엘러리 퀸 Elle

20세기 미스터리를 대표하는 거장. 작가 활동 외에도 미스터리 연구가, 장서가, 잡지 발행인으로 잘 알려져 있다. 또한 '엘러리 퀸'은 그의 작품 속에 등장하는 탐정 이름이기도 한데, 셜록 홈스와 명성을 나란히 하는 금세기 최고의 명탐정이다.

엘러리 퀸은 한 사람의 이름이 아니라 만프레드 리(Manfred Bennington Lee, 1905~1971)와 프레데릭 다네이(Frederic Dannay, 1905~1982), 이 두 사촌 형제의 필명이다. 둘은 뉴욕 브루클린 출신으로 각각 광고 회사와 영화사에서 일하던 중, 당시 최고 인기 작가였던 밴 다인(S. S. Van Dine)의 성공에 자극받아 미스터리 소설에 도전하기로 마음먹는다. 그들의 계획을 현실로 만든 것은 〈맥클루어스〉 잡지사의 소설 공모였다. 탐정의 이름만 기억될 뿐 작가의 이름은 쉽게 잊힌다고 생각한 그들은, '엘러리 퀸'이라는 공동 필명을 탐정의 이름으로 삼았다. 그들이 응모한 작품은 1등으로 당선됐으나, 공교롭게도 잡지사가 파산하고 상속인이 바뀌어 수상이 무산된다. 하지만 스토크스 출판사에 의해 작품은 빛을 보게 되는데, 이것이 바로 엘러리 퀸의 역사적인 첫 작품 《로마 모자 미스터리》(1929)였다.

이후 엘러리 퀸은 논리와 기교를 중시하는 초기작부터 인간의 본성을 꿰뚫는 후기작까지, 미스터리 장르의 발전을 이끌며 역사에 길이 남을 걸작들을 생산해냈다. 대표작은 셀 수 없을 정도이나, 그가 바너비 로스 명의로 발표한 《Y의 비극》(1932)은 '세계 3대 미스터리'로 불릴 만큼 높은 평가를 받고 있으며 중편 〈신의 등불〉(1935)은 '세계 최고의 중편'이라는 별칭을 가지고 있다. 이외 《그리스 관 미스터리》(1932), 《이집트 십자가 미스터리》(1932), 《X의 비극》(1932), 《재앙의 거리》(1942), 《열흘간의 불가사의》(1948) 등은 미스터리 장르에서 언제나 거론되는 걸작들이다. '독자에의 도전'을 비롯해 그가 작품에서 보여준 형식과 아이디어는 거의 모든 후대 작가들에게 영향을 미쳤으며 특히 일본의 본격, 신본격 미스터리의 기반이 됐다.

작품 외에도 엘러리 퀸은 미스터리 장르의 전 영역에 걸쳐 두각을 나타냈다. 비평서, 범죄 논픽션, 영화 시나리오, 라디오 드라마 등에서도 활동했으며, 미국미스터리작가협회 회장을 역임했다. 또 현재에도 발간 중인 〈EQMM 엘러리 퀸 미스터리 매거진〉(1941년 시작됨)을 발간해 앤솔러지 등을 출간하며 수많은 후배 작가를 발굴하기도 했다. 미국미스터리작가협회는 이런 엘러리 퀸의 공을 기려 1969년 '《로마 모자 미스터리》 발간 40주년 기념 부문'을 제정하기도 했으며, 1983년부터는 미스터리 분야에서 두각을 나타낸 공동 작업에 '엘러리 퀸 상'을 수여하고 있다.

SIGONGSA *design* 박지은
photo © *Eric Schaal*

열흘간의 불가사의

엘러리 퀸 지음
배지은 옮김

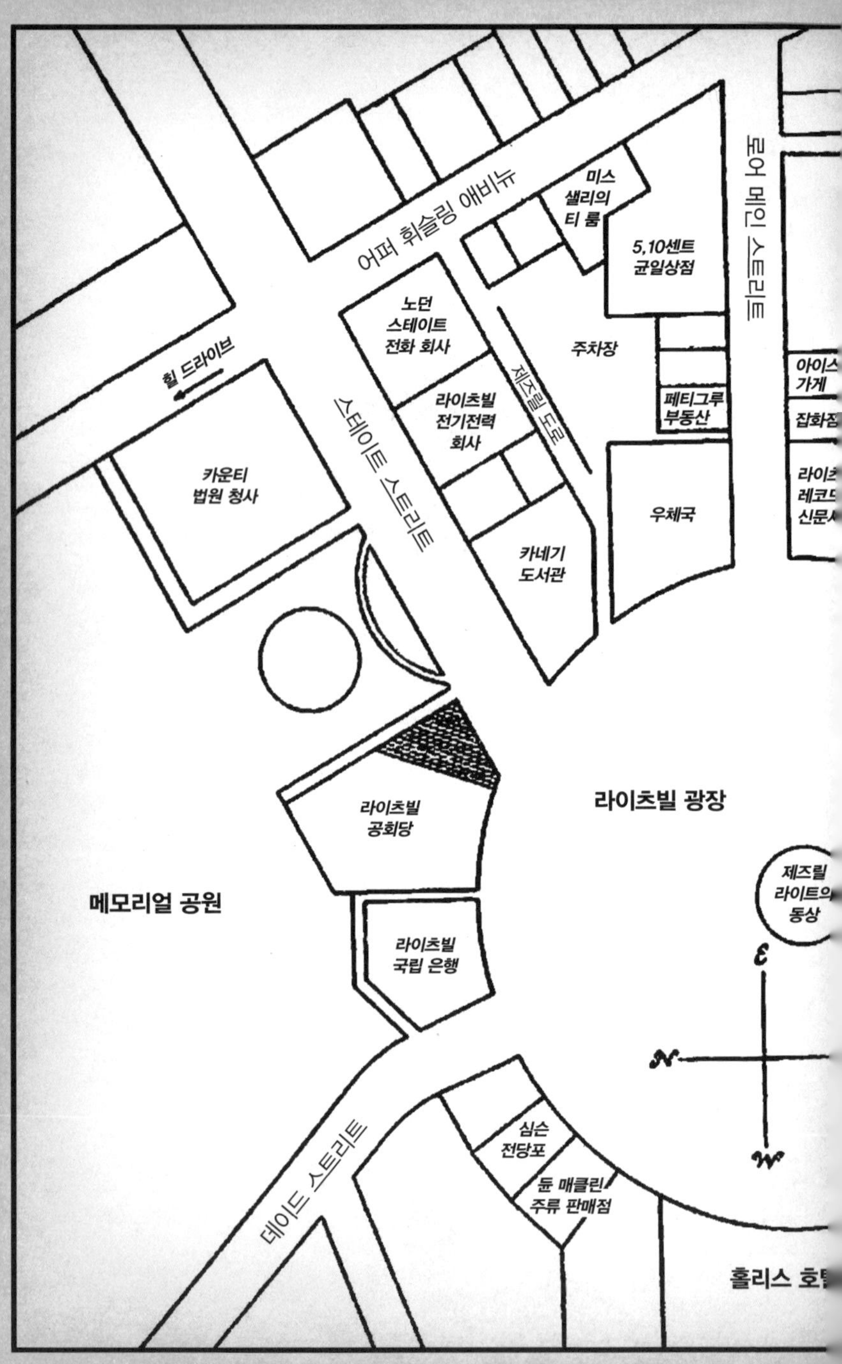

어퍼 휘슬링 애비뉴
미스
샐리의
티 룸
5,10센트
균일상점
로어 메인 스트리트
힐 드라이브
노던
스테이트
전화 회사
주차장
제즈릴 도로
라이츠빌
전기전력
회사
아이스
가게
페티그루
부동산
잡화점
스테이트 스트리트
카운티
법원 청사
우체국
카네기
도서관
라이츠빌 광장
라이츠빌
공회당
제즈릴
라이트의
동상
메모리얼 공원
라이츠빌
국립 은행
E
N
W
데이드 스트리트
심슨
전당포
듄 매클린
주류 판매점
홀리스 호텔

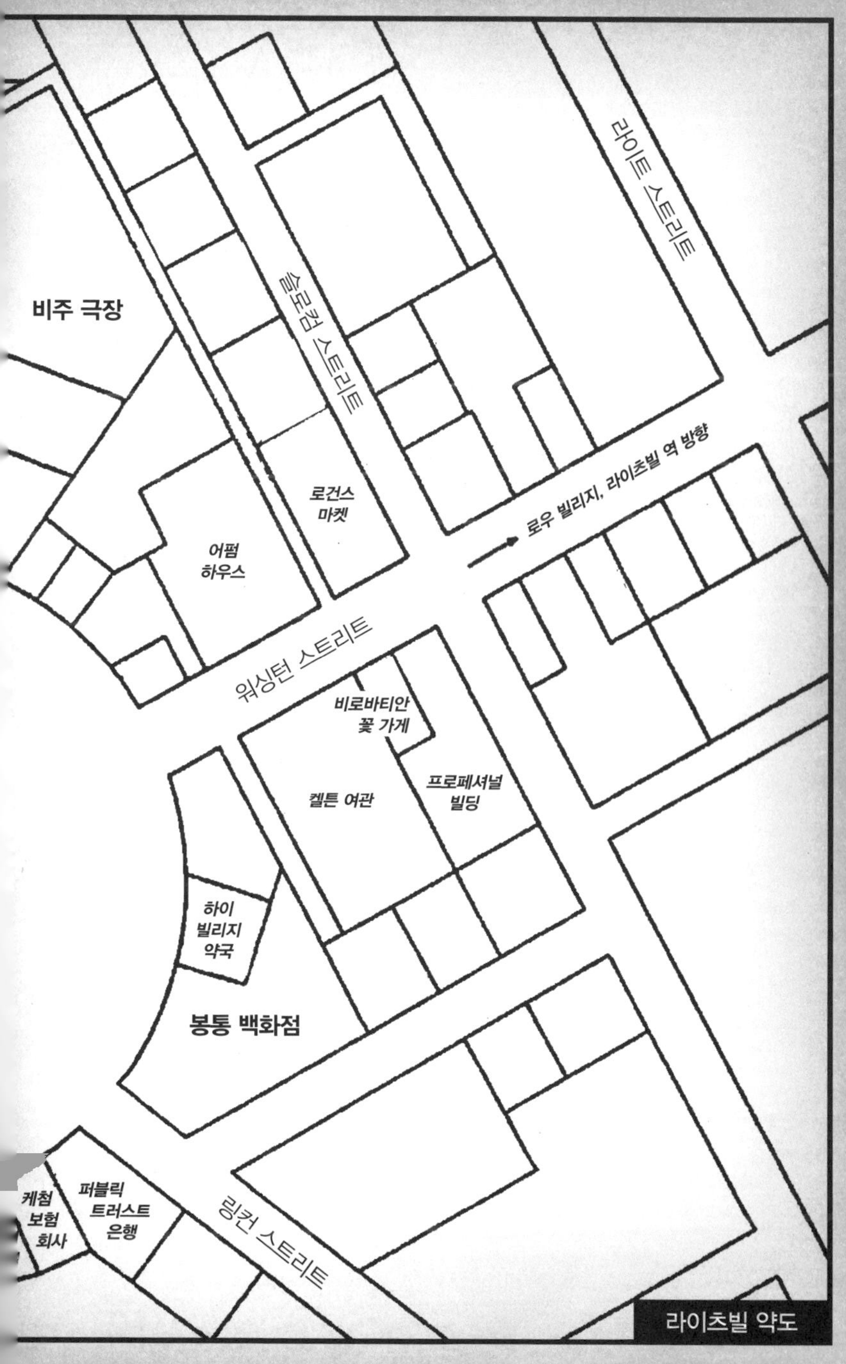

라이트 스트리트
솔로컴 스트리트
비주 극장
로건스 마켓
어펌 하우스
로우 빌리지, 라이츠빌 역 방향
워싱턴 스트리트
비로바티안 꽃 가게
켈튼 여관
프로페셔널 빌딩
하이 빌리지 약국
봉통 백화점
케첩 보험 회사
퍼블릭 트러스트 은행
링컨 스트리트
라이츠빌 약도

차례

* 본문의 성경 인용문은 《성경전서 개역 한글판》을 따랐습니다. 또한 셰익스피어 《리어 왕》의 인용문은 2012년 출간된 《리어 왕》(이희옥 옮김, 시공사)을 참고하였습니다.
* 본문의 각주는 모두 옮긴이주입니다.

제1부
아흐레 동안의 불가사의

이 소동은 (소동이 늘 그렇듯) 아흐레 동안 계속되었다.
— 헤이우드, 《격언집》

첫 번째 날

태초에 아무것도 형체가 없었고, 어둠은 무희처럼 끝없이 움직였다. 저 너머 어딘가에서 영문을 알 수 없는 흥겨운 음악이 희미하게 들렸다. 이윽고 음악은 어마어마한 소리로 밀려오더니 그 소리에 파묻혀 음악이 사라지고, 그 엄청난 소리에 떠밀려 마치 허공을 나는 각다귀처럼 공간에서 공간으로 흘러 다니다가, 소리가 지나가고 차츰 잦아들면서 다시 희미한 음악 소리로 남았고, 어둠은 다시 끝없이 움직였다.

모든 것이 흔들렸다. 뱃멀미가 났다.

어쩌면 여기는 바다인지도 모른다. 말간 구름 같은 그림자가 대서양의 밤하늘에 드리우고 총총히 박힌 별들이 몸을 떨고 있는. 아까 그 음악은 선원들의 노랫소리이거나 검은 바다의 출렁임이었을 것이다. 이것은 현실이다. 눈을 감으면 구름과 별들은 사라지지만 흔들림은 여전하고 음악 소리도 계속 들려오고 있으니까. 거기에 생선 냄새가 났고 조금 더 복잡한, 이를테면 시큼한 꿀 냄새 같은 것도 났다.

흥미로웠다. 모든 것이 답을 알 수 없는 문제였고 보이는 것, 들리는 것, 냄새, 맛, 모든 것이 그에게 새로우면서도 중요하게 다가왔다. 이전에는 그가 존재하지 않았던 것처럼. 마치 태어나는 것 같았다. 마치 배에서 태어나는 것 같았다. 마치 요람처럼 천천히 흔들리는 배 위에 누워서, 배와 함께 흔들리는 밤 안에서 흔들리며 하늘을 바라보는 것 같았다. 모든 것이 이대로만 있어준다면 이렇게 기분 좋은 무한함 안에서 영원히 흔들릴 수 있겠지만, 그렇지가 않았다. 하늘이 닫히면서 별들이 쏟아져 내려오고 있었다. 이것은 또 다른 수수께끼였다. 별들이 가까워지면서 빛이 밝아지기는커녕 오히려 사그라졌기 때문이다. 흔들림도 달라졌다. 이제는 우악스럽게 흔들리고 있었다. 문득 그는 생각했다. 배가 흔들리는 게 아닌 것 같아. 내가 흔들리는 건가 봐.

그는 눈을 떴다.

그는 무언가 딱딱한 것 위에 앉아 있었다. 무릎은 턱에 붙이고 있었다. 양손은 무릎을 감싸 안고, 몸은 앞뒤로 흔들리고 있었다.

누군가가 "배가 아니잖아"라고 말했다. 낯익은 목소리였지만 아무리 애를 써도 누구의 목소리인지 기억할 수가 없어 그는 놀랐다.

그는 날카롭게 주위를 둘러보았다.

방 안에는 아무도 없었다.

방.

여기는 방이다.

이 사실이 파도처럼 그를 덮쳤다.

그는 무릎을 감싸 안고 있던 손을 풀어 바닥을 짚었다. 따스하고 거친 무언가가 손에 닿더니 스르륵 밀렸다. 그것이 마음에 들지 않아 그는 손을 얼굴로 가져갔다. 이번에는 손바닥에 거칠거칠한 감촉이 느껴지면서 불쾌한 기분이 들었다. 나는 방 안에 있고 면도를 해야 해. 그런데 면도가 뭐지?

그러다가 그는 면도가 무엇인지 생각이 나 웃었다. 어떻게 면도가 뭔지를 생각해내야만 할 수가 있을까?

그는 다시 손을 내려 거친 느낌이 나는 것을 만졌다. 담요 같았다. 동시에 그는 자신이 이런 생각을 하는 동안 어둠이 사라져버렸음을 깨달았다.

그는 얼굴을 찡그렸다. 어둠이 정말 있기는 했던 걸까?

순간 그는 그렇지 않다는 것을 깨달았다. 순간 그는 하늘도 존재하지 않는다는 것을 깨달았다. 그건 천장이었다. 그것도 빌어먹을 더러운 천장이었다. 그는 얼굴을 찡그렸다. 그 별들도 다 가짜였다. 낡은 창 그림자 틈으로 새어 들어온 사라져가는 햇살일 뿐이었다.

어디선가 〈아일랜드의 눈이 미소 지을 때〉*를 고래고래 부르는 소리가 들렸다. 출렁이는 물소리도 들렸다. 조금 전의 그 냄새는 생선 냄새가 맞았다. 돼지기름에 튀기는 생선 냄새였다. 그는 시큼하고 들척지근한 맛을 삼켰다. 그리고 곧 그 맛 역시 그가 숨 쉬는 공기 속에 떠도는 냄새들의 조합에 불과하다는 것을 깨달았다. 속이 메스꺼운 것도 이상한 일이 아니었다. 방 안의 공기는 케케묵었다. 치즈처럼.

양말 안에서 묵힌 치즈처럼. 그는 씩 웃었다. 여긴 어디지?

그는 침대에서 일어나 앉았다. 한때는 흰색으로 멋졌을 침대의 철제 프레임은 이제 습진에 걸려 몸을 비틀며 괴로워하는 것 같았다. 침대는 모호한 모양으로 금이 간 유리를 마주 보고

* 〈When Irish Eyes Are Smiling〉, 아일랜드 민요.

있었다. 방은 우스꽝스러울 정도로 좁았고, 벽은 바나나 색깔이었다.

바나나 껍질이라도 발라놓은 건가. 그는 다시 씩 웃으며 생각했다.

지금까지 세 번이나 웃었어. 아무래도 난 유머 감각이 있는 사람인가 봐. 그런데 젠장, 여긴 어디냐고!

방 안에는 타원형 등받이에 조각으로 장식을 한 큰 의자가 있었다. 방석은 마치 피부병에 걸린 말의 털로 만든 것 같았고, X자 모양으로 엮은 철사가 의자의 화려한 다리를 감고 있었다. 벽에 기우뚱하게 걸린 달력의 그림 속에서 죽어가는 긴 머리 남자가 그를 바라보고 있었다. 문에는 이가 나간 도자기 옷걸이가 그를 향해 손가락처럼 불쑥 솟아 있었다. 미스터리한 손가락. 그러나 답은 무엇인가? 옷걸이에는 아무것도 걸려 있지 않았고, 의자에도 아무것도 없었다. 그리고 그림 속의 남자는 여기가 배가 아니라고 말한 그 목소리처럼 낯익었다. 그 목소리도 그림도 손이 닿지 않는 곳에 있었다.

무릎을 세우고 침대에 웅크리고 앉아 있는 이 남자는 더러운 부랑자다. 그게 나다. 잔뜩 얻어맞은 얼굴을 하고 더러운 옷을 벗을 생각조차 하지 않는 더러운 부랑자. 더러운 부랑자. 그곳에서 그는 자신의 더러움이 마음에 들기라도 한 것처럼 그 안에 파고들어 앉아 있었다. 그리고 그것은 고통이었다.

내가 침대 위의 이 남자라서? 이전에 이 더러운 부랑자를 한 번도 본 적이 없는데 어떻게 내가 이 남자가 될 수 있을까?

어려운 문제다.

여기가 어딘지 모를 뿐 아니라 내가 누군지도 모르니 어려운 문제다.

그는 다시 웃었다.

이 침대인지 뭔지에 드러누워서 잠이나 자야겠다. 그게 내가 할 일이야. 그는 생각했다. 그리고 다음 순간 하워드는 다시금 별빛에 감싸인 배가 되었다.

하워드가 다시 깨어났을 때는 모든 것이 달라져 있었다. 서서히 다시 태어나는 일도 없었고, 배의 환상 같은 비현실적인 것들도 없었다. 눈을 뜨자 이상한 방과 달력의 예수 그림과 깨진 거울이 보였다. 그는 침대에서 벌떡 일어나 그가 기억하고 있는 모습을 노려보았다.

그의 머릿속에서 거의 모든 기억이 되살아났다. 그가 누구인지, 어디서 왔는지, 왜 뉴욕에 왔는지까지도. 슬로컴에서 애틀랜틱 스테이터를 잡아탄 기억이 났다. 오븐처럼 푹푹 찌는 그랜드 센트럴 역의 용광로 같은 24번 트랙 경사로를 터덜터덜 걸어 오르던 기억이 떠올랐다. 테라치 갤러리에 전화를 걸어 제렌즈 전시회가 몇 시에 문을 여는지 물어본 것도 기억났다. 그의 귓가에 짜증 섞인 유럽 억양의 목소리가 "머네어 제렌즈의 전시회는 어제 끝났습니다"라고 말한 것도 기억났다. 그리고 그는 이 쓰레기장 같은 곳에서 눈을 뜬 것을 기억해냈다. 그러나 그 목소리와 이 방 사이에는 검은 안개가 걸려 있었다.

하워드의 몸이 떨렸다.

그는 몸이 떨리기 전부터 몸이 떨리게 될 것을 알았다. 그러나 떨림이 이렇게 지독하리라는 것은 알지 못했다. 그는 스스로를 통제하려 애썼다. 하지만 아무리 몸에 힘을 줘도 떨림은 심해질 뿐이었다. 그는 이 나간 도자기 옷걸이가 있는 문으로 다가갔다.

이렇게 오래 잤을 리가 없어. 저 밖은 아직 출렁이는 바다인 거야.

그는 문을 열었다.

복도는 지나간 사람들이 남긴 냄새를 머금고 있었다.

대걸레질을 하던 노인이 고개를 들었다.

"저기요. 여기가 어딥니까?" 하워드가 말했다.

노인은 대걸레에 기대섰다. 눈이 하나밖에 없었다. "한때는 서부에도 갔었지." 노인이 말했다. "한창때에는 꽤 돌아다녔어. 거기 길가 널찍한 데에 인디언 놈이 앉아 있더라고. 사방으로 아무것도 없고, 그냥 작고 낡은 판잣집 하나에 그 뒤로 산이 있었지. 아마 캔자스였던 것 같은데……."

"그보다는 오클라호마나 뉴멕시코 같은데요." 벽에 기대선 하워드가 말했다. 그 생선은 이미 누가 먹었나 보다. 틀림없다. 그러나 그 냄새는 감질나게 이 안을 떠돌고 있었다. 그도 무언가 먹어야 했다. 그것도 곧. 언제나 그랬듯이. "그래서요? 난 여기서 나가야 해요."

"이 인디언 놈이 판잣집 벽에 등을 대고 먼지 구덩이 위에 앉아 있는데 말이야……."

갑자기 노인의 눈이 하워드의 이마 한가운데로 향했다. 하워드가 말했다. "폴리페모스*였나요?"

"아니, 그놈 이름은 몰랐어. 어쨌거나 그 인디언 놈 머리가 못으로 벽에 박혀 있고, 그 위로 빨간 글씨가 커다랗게 쓰여 있

* 그리스 신화에 나오는 외눈박이 거인.

었어. 뭐라고 쓰여 있었을 것 같나?"

"뭔데요?"

"월도프 호텔." 노인이 의기양양하게 말했다.

"참 고맙기도 하네요." 하워드가 말했다. "그 말을 들으니 힘이 나는군요. 그래서 젠장, 여기가 어디냐고요?"

"어디긴 어디야. 여인숙이지, 바워리에 있는 여인숙. 스티브 브로디나 팀 설리번* 같은 놈들에게는 어울리지만 너 같은 인간들한테는 지나치게 좋은 곳이야. 이 더러운 거지 놈아."

들통이 날아올랐다. 마치 새처럼 허공으로 날아올라, 철퍼덕하고 음악적인 소리를 내며 옆으로 쓰러졌다.

노인은 하워드가 들통이 아니라 자신을 걷어차기라도 한 것처럼 몸을 떨었고, 회색 비누 거품을 뒤집어쓴 채 서서 금방이라도 울음을 터뜨릴 것 같은 표정을 지었다.

"대걸레 이리 주세요. 내가 닦을 테니." 하워드가 말했다.

"이 더러운 거지 놈!"

하워드는 다시 방으로 돌아갔다.

그는 침대에 앉아 손으로 코와 입을 감싸고 간절한 마음으로 숨을 세게 내쉬었다.

그러나 술을 마신 것은 아니었다.

그의 손이 아래로 축 늘어졌다.

축 늘어진 손은 온통 피범벅이었다.

손이 온통 피범벅이었다.

* 스티브 브로디와 팀 설리번은 모두 미국의 영화배우.

하워드는 옷을 잡아 찢었다. 기름때에 절고 먼지가 묻어 뻣뻣한 황갈색 개버딘 옷이 찢어지고 구겨졌다. 그의 몸에서 쌍둥이 언덕 너머 조킹의 농장 축사에서 나던 악취가 풍겼다. 어릴 때 그는 조킹의 돼지들을 피하기 위해 슬로컴 마을을 멀리 돌아가곤 했다. 그러나 지금 그런 건 문제가 아니었다. 그때는 오히려 유쾌한 기분마저 들었다. 냄새나는 건 피해 가면 그뿐이었으니까.

그는 이를 잡는 원숭이처럼 자기 몸을 샅샅이 훑었다.

그리고 불쑥 그것이 나타났다. 엉겨 붙은 커다란 암갈색 핏덩어리. 핏덩어리의 일부는 옷깃에, 나머지는 셔츠에 붙어 있었다. 핏덩어리 때문에 셔츠와 재킷이 서로 달라붙어 있었다. 하워드는 재킷에서 셔츠를 떼어냈다.

아직 굳지 않은 핏덩어리의 단면이 울퉁불퉁했다.

그는 침대에서 벌떡 일어나 깨진 거울 쪽으로 달려갔다. 오른쪽 눈이 씨를 파낸 오래된 아보카도 같았다. 붉은 상처가 콧날을 가로질러 나 있었다. 아랫입술 왼쪽은 풍선껌처럼 부풀어 있었다. 그리고 왼쪽 귀는 만화처럼 보랏빛이었다.

싸움을 했구나!

그랬나?

그리고 그가 졌다.

아니면 이겼나?

아니면 이기기도, 지기도 한 걸까?

그는 떨리는 손을 다치지 않은 눈앞으로 가져가 자세히 살폈다. 양쪽 손의 관절에 깊은 상처가 나 있었고, 긁히고 부어 있었다. 손등에 난 금빛 털 사이를 가로질러 피가 흘러 있었다.

피 묻은 털은 마스카라를 바른 속눈썹처럼 뻣뻣하게 곤두서 있었다.

하지만 이건 내 피야.

그는 손을 돌려 손바닥을 보았고, 그 순간 안도감이 물결처럼 그를 감쌌다.

손바닥에는 피가 묻어 있지 않았다.

그럼 아무도 죽이지 않았나 보다. 그는 기분 좋게 생각했다.

그러나 좋은 기분은 금세 사라져버렸다. 또 다른 피가 묻어 있었다. 재킷과 셔츠 위. 어쩌면 이건 그의 피가 아닐지도 모른다. 어쩌면 다른 사람의 피일지도 모른다. 어쩌면 이번엔 정말로 저질렀을지도.

어쩌면……!

이러다 쓰러지고 말겠어. 계속 이 생각만 하고 있으면 곧 쓰러져버릴 거야.

손의 통증.

그는 천천히 주머니를 뒤졌다. 집을 나설 때 그는 200달러가 넘는 돈을 가지고 있었다. 주머니 조사는 형식적인 것이었다. 주머니 안에 뭔가가 있을 거라고 기대하지도 않았고, 결과에 실망하지도 않았다. 돈은 없었다. 시계도 없었다. 시계에는 프랑스로 떠날 때 아버지가 장식으로 달라고 주신 금으로 만든 망치 모형이 달려 있었다. 작년 생일에 샐리가 선물로 준 금제 만년필도 없었다. 누가 훔쳐 간 거다. 아마도 이 아편굴에 들어온 다음이겠지. 그럴듯한 얘기다. 선불을 받지 않고 방을 내주었을 리가 없으니까.

하워드는 '여인숙 직원', '로비', '바워리'가 지난밤 어떤 모습이었는지 떠올리려 애썼다.

어젯밤. 아니면 그저께 밤. 아니면 2주 전. 지난번엔 엿새 동안 지속됐다. 한번은 몇 시간 만에 끝난 적도 있었다. 얼마나 지속되는지는 한참 후가 아니면 알 수 없었다. 세월에 썩어 비틀어진 나무토막의 나이테처럼, 주위 상황을 알아야만 시간을 측정할 수 있었다.

하워드는 다시 힘없이 문으로 향했다.

"오늘이 며칠입니까?"

노인은 엎질러진 물 위로 무릎을 꿇고 앉아 걸레로 물을 훔치고 있었다.

"오늘이 며칠이냐고요?"

노인은 여전히 기분이 상해 있었다. 그는 고집스럽게 들통 위로 걸레를 짰다.

하워드는 자신의 이 가는 소리를 들었다.

"오늘이 며칠이냐고요?"

노인이 침을 뱉었다.

"성질부리면 베이글리를 부를 거야. 그자가 손봐줄 거야. 그렇고 말고."

그러더니 노인은 하워드의 선량한 눈에서 뭔가를 본 듯 고분고분해졌다.

"어제가 노동절이었어."

노인은 그렇게 말하고는 들통을 들고 사라졌다.

9월 첫째 월요일 다음 날인 화요일.

하워드는 서둘러 방으로 돌아와 달력을 봤다.

달력의 연도는 1937년이었다.

하워드는 머리를 긁적이며 웃었다. 조난자, 나는 조난자야. 사람들이 내 뼈를 바다 밑바닥에서 찾아낼 거야.

일기장!

하워드는 미친 듯이 일기장을 찾기 시작했다.

그는 당황스러웠던 첫 번째 시간 여행을 마친 후 곧장 일기를 쓰기 시작했다. 매일 밤 기록을 하면서 그가 의식하는 부분을 글로 남기고, 암흑의 여행을 되돌아볼 수 있는 견고한 발판을 마련하기 위해서였다. 그러나 그것은 희한한 일기였다. 그 일기에는 이를테면 육지의 사건들만 기록되어 있었다. 그가 시간이 존재하지 않는 바다를 건널 때 일기장은 매끄러운 백지로 남아 있었다.

그는 두툼한 검은색 포켓 노트를 일기장으로 사용했다. 다 채운 일기장은 집에 있는 책상에 치워두었다. 그러나 그는 항상 한 권을 가지고 다니면서 거기에 일기를 썼다.

만약 그것마저 없어졌다면……!

그러나 재킷의 바깥 주머니 속 아일랜드산 리넨 손수건 아래에 일기장이 있었다.

마지막 장을 펼친 그는 최근의 이 여행이 19일간 지속되었다는 사실을 알게 되었다.

그는 더러운 창문을 통해 아래를 내려다보았다.

바닥에서 3층.

충분해.

하지만 그냥 다리만 부러지고 만다면?

그는 복도로 뛰어나갔다.

엘러리 퀸은 지금 당장은 한 마디도 듣지 않겠다고 말했다. 통증과 굶주림과 탈진에 시달리고 있는 사람의 이야기는 시인이나 성직자를 즐겁게 할 수는 있을지언정 사실을 중시하는 인간에게는 그저 시간 낭비에 불과하다는 것이었다. 따라서 엘러리는 순전히 이기심으로 하워드의 옷을 벗기고, 뜨거운 물이 담긴 욕조에 그를 밀어 넣고, 면도를 해주고, 상처를 치료하고, 깨끗한 옷을 입히고, 아침 식사로 우스터소스와 타바스코 핫소스를 섞은 토마토 주스 큰 잔과 작은 스테이크, 버터를 바른 뜨거운 토스트 일곱 장, 블랙커피 세 잔을 입안에 욱여넣어 주었다.

"이제야 알아보겠네." 엘러리가 세 번째 커피를 따르며 기분 좋게 말했다. "그리고 이제 자네도 생각을 하는 데 필요한 최소한의 기능은 되찾았겠지. 그래, 하워드. 마지막으로 봤을 땐 대리석을 쪼개고 있었는데, 그동안 뭘 한 거야? 대리석은 졸업하고 직접 인간의 살로 조각을 하는 건가?"

"제 옷 보셨죠?"

엘러리가 웃었다. "목욕을 오래 하더라고."

"바워리에서 여기까지 꽤 오래 걸어왔어요."

"파산했어?"

"제가 누군지 아시잖아요. 제 주머니도 보셨겠죠?"

"당연하지. 아버지는 안녕하신가?"

"잘 지내세요." 그러더니 하워드는 놀란 듯 테이블을 밀어냈다. "저 전화 좀 써도 돼요?"

엘러리는 하워드가 서재로 들어가는 것을 바라보았다. 서재의 문이 잘 닫히지 않아 엘러리는 문을 닫아주어야 할지 잠시 망설였다. 문 너머로 한동안 아무 소리도 들리지 않는 것으로 보아 장거리 전화를 걸고 있는 듯했다.

아침 식사를 마친 엘러리는 파이프에 손을 뻗으며 예전에 만났던 하워드 밴혼을 떠올렸다.

전쟁과 대서양과 10년의 세월 너머로 기억나는 것은 별로 없었고 그나마 남은 기억도 희미했다. 두 사람은 위셰트 거리와 생 미셸 거리가 만나는 길모퉁이의 카페 테라스에서 만났다. 전쟁 전의 파리였다. 카굴라르*와 민중의 도시 파리, 굉장한 전시회들이 열리던 파리, 정교한 카메라와 가이드북을 든 완벽한 관광객 차림으로 파리 우안을 누비던 나치가 빈과 프라하에서 온 창백한 난민들 사이를 초인처럼 어깨로 밀치고 전진하며 피카소의 벽화 〈게르니카〉를 보러 가던 파리, 피레네 산맥 너머 마드리드가 불간섭 협정으로 인해 죽어가는 동안 격분한 스페인 사람들의 논쟁이 넘쳐나던 파리. 무너져가던 파리. 그곳에서 엘러리는 한젤이라는 남자를 찾고 있었다. 그 이야기는 완전히 별개의 해묵은 이야기로 아마 앞으로도 언급될 일은 없을 것이다. 그러나 아무튼 한젤은 나치였고 나치 중 일부가 위셰트 거리에 출몰한다는 말이 나돌아서, 엘러리는 그곳에서 한젤을 찾고 있었다.

그리고 그곳에서 그는 하워드를 만났다.

하워드는 파리 좌안에서 살고 있었고 불행했다. 위셰트 거리 사람들은 파리의 다른 지역 사람들처럼 난공불락의 마지노선에 대해 신뢰하지 않았다. 정치적 분위기는 불안했고, 그런 분위기가 조각을 공부하러 바다 건너 유학을 온, 머릿속에는 온

* 반유대주의를 표방한 프랑스의 비밀 결사.

통 로댕과 부르델, 신고전주의, 그리스 작품의 순수성으로 가득 찬 젊은 미국인의 마음을 어지럽히고 있었다. 그 당시 엘러리는 하워드를 다소 불쌍하다고 느낀 데다, 주위를 두리번거리는 남자가 둘이라면 혼자일 때보다 다른 사람들 눈에 잘 띄지 않을 거라 생각했기 때문에, 자신의 테이블에 하워드가 합석하도록 허락했다. 3주 동안 그들은 서로에 대해서 많은 것을 알게 되었다. 그러던 어느 날 한젤이 14세기 프랑스풍의 생세브랭 거리를 벗어나 엘러리의 포위망에 잡혔고, 그것으로 하워드와는 마지막이 되었다.

서재에서 하워드의 말소리가 들렸다. "하지만 아버지, 전 괜찮다니까요. 아버지한테 거짓말 안 해요." 그러더니 하워드는 웃었다. "사람들 다 철수시키세요. 곧 집에 갈게요."

그 3주 동안 하워드는 자신의 아버지에 대해 엄청난 경외심을 담아 장황한 얘기를 늘어놓았다. 엘러리는 하워드의 이야기를 들으며 그의 아버지 밴혼이 가슴이 떡 벌어진 영웅 같은 체격에 권력과 위엄, 인간미, 재기, 열정, 관대함을 두루 갖춘, 그야말로 진정한 아버지의 표상 같은 인물이라는 인상을 받았다. 나중에 하워드의 멋진 작업실로 초대를 받았을 때, 작업실을 가득 메운 조각상들이 제우스, 모세, 아담과 같은 남성미 넘치는 인물들임을 확인하고 엘러리는 자신의 생각이 맞은 것 같아 즐거웠다. 그러는 동안에도 하워드가 어머니에 대해서는 한 번도 언급하지 않은 것이 특이하다는 생각을 했었다.

"아뇨, 엘러리 퀸 씨와 같이 있어요." 하워드가 말했다. "아버지도 기억하시죠? 전쟁 전에 파리에서 만났던 그 멋진 분이요. 네, 퀸……. 네, 같은 사람이에요." 그러고는 우울하게 말했다. "오랜만에 한번 만나보려고 했죠." 그렇게 파리에서 목가적인 나날을 보내는 동안, 엘러리는 하워드가 가련한 시골내기일 거라는 인상을 받았다. 그러나 하워드는 뉴잉글랜드 출신이었다. 정확히 뉴잉글랜드 어디인지는 몰랐지만 뉴욕에서 그리 멀지 않은 곳이라고 들었다. 밴혼 가족은 그 지역 부유층들이 모여 사는 마을에서 살고 있을 것이 분명했다. 가족은 하워드, 그의 아버지 그리고 아버지의 동생이 있었다. 가족 중 여자에 대한 언급을 한 적이 한 번도 없었기 때문에 엘러리는 하워드의 어머니가 오래전에 돌아가셨을 거라 추측했다. 하워드는 유모와 여러 가정교사들에 둘러싸여 어린 시절을 보냈고, 그를 가르치는 대가로 돈을 받는 어른들의 눈을 통해 세상을 배웠다. 그 말은 결국 배운 게 아무것도 없다는 뜻이었다. 현실 세상을 볼 수 있는 유일한 창구는 그가 살던 마을뿐이었다. 그 당시 파리에서 지내던 하워드가 불안하고 혼란스럽고 분노에 차 있었던 것은 이상할 것이 없었다. 그는 고향 마을의 중심가에서, 그리고 그의 아버지에게서 너무 멀리 떨어져 있었던 것이다.

당시 엘러리는 심리학자라면 하워드에게 상당한 흥미를 느낄 것이라고 생각했다. 하워드는 뼈대가 굵고 다부진 근육질 체형에, 단단한 머리와 사각턱과 튼튼한 피부를 지닌 활동가 스타일의 남자였고, 대중소설의 전형적인 주인공처럼 대담하고 모험심 강하고 남자다운 영웅의 모습을 하고 있었다. 그러나 역사상 가장 격정적인 소용돌이에 휘말린 유럽에 붙들려 있던 그는, 말하자면, 불안한 눈빛으로 우람한 어깨 너머를 끊임없이 돌아보면서 바다 건너 고향 집의 난롯가와 아버지를 찾고 있었다. 아버지는 자신의 형상으로 아들을 창조하지만 결과가 항상 기대한 대로 나오지는 않는 법이라고 엘러리는 생각했다.

엘러리는 하워드가 자신의 의지가 아닌 디드릭 밴혼의 바람 때문에 유럽에 머물고 있다는 느낌을 받았다. 엘러리가 보기에 하워드는 보스턴의 미술 학교에서 공부하거나, 아니면 고향 마을의 하나뿐인 미술계 권위자가 되어 시장 직속 기획위원회의 자문으로 일하며 마을의 레크리에이션 센터에 벌거벗은 여자를 조각하겠다는 외국인 조각가의 작업을 승인하는 게 타당한지 같은 문제나 자문해주면서 지냈더라면 훨씬 더 행복할 것 같았다. 하워드라면 아마 그런 상황에서 완벽한 조언을 할 수 있었을 거라고 엘러리는 웃으며 생각했다. 하워드는 위셰트 거리와 자카리 거리가 만나는 모퉁이의 '은밀한 영업을 하는' 가게 앞을 지날 때면 항상 얼굴을 붉히곤 했다. 한번은 그 가게 바로 건너편에 있는 경찰서를 가리키며 유럽에 대한 감정을 솔직하게 터뜨렸다. "제가 딱히 점잔을 떠는 사람은 아니지만요, 그래도 이건 너무해요. 이건 순수의 타락이라고요!" 그때 엘러리는 하워드가 자기 고향 마을의 사회적 현실조차도 잘 모르고 살지 않았나 싶은 생각이 들었다. 그 이후 엘러리는 멋진 파리 좌안의 작업실에서 냉정하게 망치와 끌을 손에 들고 자기 아버지의 형상을 돌 위에 새기던, 제멋대로 자란 불안한 젊은 영혼 하워드에 대해 생각하곤 했다. 그는 하워드를 정말로 좋아했다.

"하지만 그건 바보짓이에요, 아버지. 샐리에게 제 걱정은 할 필요 없다고 전해주세요. 전혀요."

그러나 이 모든 것은 10년 전의 일이다. 10년 사이에 또 다른 위대한 조각가가 하워드의 얼굴을 바꾸어놓았다. 그동안 엘러리는 전문적이고 완벽한 손길을 뻗친 미지의 예술가에 대해서는 전혀 생각하지 않고 있었다. 하워드의 입가에는 이제 보일 듯 말 듯한 주름이 잡혔고, 다치지 않은 눈에는 성숙한 사람의 경계심 가득한 번득임이 깃들어 있었다. 그들이 헤어진 후 젊은 밴혼에게 무슨 일이 생겼다. 하워드는 이제 사창가 때문에 당황하는 일은 없을 것이다. 그리고 아버지에게 말하는 목소리에도 엘러리가 10년 전에는 들어본 적 없었던 어조가 깔려 있었다.

엘러리는 갑자기 이상한 기분이 들었다.

하지만 그 기분을 곰곰이 새겨보기도 전에, 하워드가 서재에서 나왔다.

"아버지가 절 찾으려고 동부 지역 경찰들을 전부 다 풀어놓으셨더라고요." 하워드가 웃었다. "퀸 경감님의 직업에 대해 좋지 않게 말씀하시던데요."

"동부는 넓어, 하워드."

하워드는 앉아서 붕대를 감은 손을 살펴보기 시작했다.

"뭣 때문이야? 전쟁?" 엘러리가 물었다.

"전쟁이요?" 하워드가 놀란 듯 고개를 들었다.

"고통스러운 경험 때문에 괴로워하는 게 뚜렷이 보여. 내 생각엔 고통스러우면서도 만성적인 경험인 것 같고. 전쟁 후유증 아냐?"

"전쟁은 겪어본 적도 없는걸요."

엘러리가 미소를 지었다. "이를테면 그렇다는 거지. 내가 말문을 틔워준 거야."

"아, 그렇군요." 하워드가 오른발을 움직이며 엘러리를 뚫어지게 쳐다보았다. "선생님이 왜 제 문제에 관심을 가질 거라고 생각했는지 모르겠어요."

"일단 그렇다고 해두지."

엘러리는 괴로워하는 하워드를 바라보았다.

"자, 얼른. 털어놔."

하워드가 불쑥 말했다. "선생님, 두 시간 반 전에 저는 창밖으로 뛰어내리려고 했어요."

"그래? 그런데 지금은 생각이 바뀌었나 보지?" 엘러리가 말했다.

하워드의 얼굴이 서서히 붉어졌다. "거짓말 아니에요!"

"난 극적인 이야기에는 전혀 관심이 없어." 엘러리가 파이프를 털었다.

엉망으로 망가진 하워드의 얼굴이 굳어지고 파랗게 질렸다.

"하워드, 누구든 이따금씩 장난삼아 자살에 대한 얘기를 하곤 해. 그렇지만 다들 안 죽고 여전히 잘 살잖아." 하워드가 엘러리를 노려보았다. "자네는 나를 어떠한 비밀도 털어놓을 수 있는 친구로 여기는 것 같아. 하지만 하워드, 출발이 잘못됐어. 자네 문제는 자살이 아냐. 나한테 강한 인상을 남기려고 애쓰지 마." 하워드의 시선이 흔들렸다. 엘러리가 씩 웃었다. "난 자네가 마음에 들어. 10년 전, 지배적이면서도 자유방임주의자인 자네 아버지가 완전히 망쳐놓은 모범생 소년일 때부터 자네를 좋아했다고. 아, 그런 얼굴 하지 마, 하워드. 자네 아버지를 비난하려는 게 아니니까. 내가 말하려는 건 대부분의 미국 아버지들 얘기야. 사람에 따라 정도의 차이가 있을 뿐이지.

아무튼 나는 코흘리개 시절의 자네를 좋아했고, 이제 누가 봐도 말쑥하게 자란 지금의 자네도 좋아한다는 얘기야. 자네는 문제를 안고 나를 찾아왔어. 나는 할 수 있는 한 자네를 도울 거야. 하지만 그렇게 허세를 부리고 있으면 내가 할 수 있는 게 아무것도 없어. 방해만 될 뿐이지. 자, 내가 자네 영혼에 상처를 준 건가?"

"웃기지 마요."

둘은 함께 웃었다. 엘러리가 활기차게 말했다. "파이프 채워 올 테니 기다려."

1939년 9월 1일의 이른 아침, 나치의 전투기가 바르샤바 상공에서 포효했다. 그날이 다 지나기도 전에 프랑스 공화국은 국가 총동원령과 계엄령을 선포했다. 그 주가 다 지나기도 전에 하워드는 고향으로 향했다.

"돌아갈 구실이 생겨서 기뻤어요." 하워드가 솔직하게 말했다. "프랑스니 난민이니, 히틀러, 무솔리니, 생미셸 카페 같은 것들에, 그리고 저 자신에게도 질렸거든요. 그냥 제 방 침대에서 담요나 뒤집어쓰고 구르다가 한 20년쯤 자고 싶었어요. 조각에도 신물이 났죠. 집에 오자마자 치즐을 집어 던졌다니까요.

아버지는 평소처럼 너그러우셨어요. 아무것도 묻지 않으시고, 아무 말씀도 하지 않으셨어요. 그냥 저 혼자 해결하도록 내버려두셨죠."

하지만 하워드는 혼자 해결하지 못했다. 그의 방 침대는 그가 고대하던 포근한 안식처가 아니었다. 마을의 거리도 어쩐지 샤키페셰 거리보다 더 낯설었다. 그는 어느덧 고통을 겪는 유럽의 소식을 보도하는 신문과 잡지와 라디오 뉴스에 자신도 모르게 귀를 기울이고 있었다. 그는 거울을 피하기 시작했다. 그리고 그는 삼촌이 은밀히 자신을 관찰하고 있다는 사실에 몹시 분개했다. 밴혼가의 저녁 식사 자리에서는 종종 싸움이 일어났고, 하워드의 아버지는 그 둘을 중재하느라 애를 먹었다.

"삼촌?" 엘러리가 물었다.

"울퍼트 삼촌이요. 아버지 동생이에요. 한 성격 하시죠." 하워드는 더 이상 삼촌에 관해서는 말하지 않았다.

그러던 중 하워드는 암흑의 바다 위로 첫 번째 항해를 떠났다.

"아버지의 결혼식 날 밤에 있었던 일이에요." 하워드가 말했다. "우리 모두 놀랐어요. 그 결혼 때문에요. 울프 삼촌이 노망든 늙은이들 얘기를 하면서 은근히 비아냥대던 게 기억나요. 하지만 아버지는 그렇게 나이가 드신 것도 아니고, 정말 아름답고 멋진 사람과 사랑에 빠지신 거였어요. 아버지는 절대 실수를 하시는 법이 없죠.

어쨌든 아버지는 샐리와 결혼식을 올리고 신혼여행을 떠나셨어요. 바로 그날 밤 저는 옷장 거울 앞에 서서 넥타이를 풀고 있었는데…… 잠자리에 들려고 옷을 벗던 중이었어요. 그런데 바로 다음 순간 650킬로미터나 떨어진 곳에서 트럭 운전사들과 함께 파리 얼룩이 묻은 블루베리 파이를 삼키다 목에 걸려 기침을 하고 있는 거예요."

엘러리는 조심스럽게 파이프에 다시 성냥을 갖다 댔다. "순간 이동인가?" 엘러리가 웃었다.

"농담하는 거 아니에요. 그게 제가 기억하는 다음 순간이었어요."

"시간이 얼마나 흘렀던 거야?"

"닷새하고 반나절이요."

엘러리가 뻐끔거렸다. "이 빌어먹을 파이프."

"선생님, 전혀 기억이 나지 않았어요. 분명 제 방에서 넥타이를 풀고 있었는데, 바로 다음 순간 650킬로미터 떨어진 곳에서 저녁 식사 자리에 앉아 있었다고요. 거기에 어떻게 갔는지, 거의 엿새가 지나는 동안 제가 뭘 했는지, 뭘 먹었는지, 어디서 잤는지, 누구와 얘기를 했는지, 무슨 말을 했는지…… 전혀 기억이 안 나요. 백지예요. 시간이 흐르는 감각도 없었어요. 마치 죽어서 땅에 묻혔다가 다시 부활한 것처럼요."

"이제 좀 낫네." 엘러리가 파이프를 보며 말했다. "아, 그래. 불안할 만하긴 하군. 하지만 드문 일은 아니야. 기억상실증이지."

"맞아요." 하워드가 씩 웃으며 말했다. "기억상실증. 그런 명칭이죠. 경험해보신 적 있어요?"

"이야기를 계속해봐."

3주 후 그 일은 또 일어났다.

"첫 번째는 아무도 몰랐어요. 울퍼트 삼촌은 제가 어디를 가거나 말거나, 집을 오래 비우거나 말거나 그런 건 신경도 안 쓰는 분이고, 아버지는 신혼여행 중이었으니까요. 하지만 두 번째로 그 일이 일어났을 때는 아버지와 샐리가 집에 돌아와 있었어요. 아버지와 샐리가 스물여섯 시간 만에 저를 찾았고, 그 후로도 여덟 시간 동안 저는 정신을 차리지 못했어요. 두 사람이 저한테 무슨 일이 있었는지 얘기해주어야만 했죠. 저는 샤워를 마치고 걸어 나오던 기억이 간신히 났을 뿐이고요. 하지만 그 후로 하루 반나절이 지나 있었던 거예요."

"의사에게 진찰은 받아봤어?"

"당연히 아버지는 의사란 의사는 모두 불러 모으셨어요. 하지만 저한테서 문제가 될 만한 것은 하나도 찾지 못하더군요. 선생님, 전 정말 겁이 났어요. 농담이 아니에요."

"당연히 그랬겠지."

하워드는 천천히 담배에 불을 붙였다. "고마워요. 정말 무서웠다고요." 그는 이맛살을 찌푸리며 성냥불을 불어 껐다. "잘 설명할 수가 없는데……."

"모든 일반 법칙들이 멈춰버린 것처럼 느껴졌겠군. 자네한테만."

"바로 그거예요. 갑자기 제가 완전히 혼자인 것처럼 느껴졌어요. 일종의…… 일종의 사차원 같은 거랄까."

엘러리가 미소를 지었다. "자기분석은 이제 그만하지. 기억상실 증세는 계속 반복됐나?"

"전쟁 내내 계속됐어요. 진주만이 공습을 당했을 때는 거의 안도감마저 들더라고요. 제복을 입고, 행군을 하고, 작전을 수행하고……. 모르겠어요. 해결 방안이 보일 것 같았거든요. 단지…… 군대에서 절 받아주지 않았어요."

"그래?"

"입대를 거부당했죠. 육군, 해군, 공군, 해병대, 상선 순서대로요. 예상치 못한 순간에 암전이 돼버리는 남자를 어디에 쓰겠어요." 부어오른 하워드의 입술이 위로 말려 올라갔다. "조국의 부름에도 응할 수 없는 몸이 되어버린 거죠."

"그래서 계속 집에 머물 수밖에 없었군."

"괴로웠어요. 마을 사람들은 전부 이상한 눈으로 바라보고,

방학을 맞아 집에 온 애들도 저를 피했고요……. 아마 그 사람들은 모두 제가 부잣집 아들이라 그런 줄로……. 그래도 마을 위쪽에 있는 대형 항공기 조립 공장에서 야간 근무조로 일하면서 저도 나름대로 전쟁에 참여했어요. 낮에는 주로 집의 작업실에서 진흙과 돌과 씨름하며 지내고요. 밖에는 잘 나다니지 않았어요. 남들 눈에 띄지 않게 움츠리고 지내기가 무척 어려웠어요."

엘러리는 안락의자에 대자로 앉아 있는 하워드의 탄탄한 몸을 훑어보고는 고개를 끄덕였다. 그러고는 활기차게 말했다.

"좋아. 그럼 이제 자세한 내용으로 들어가보지. 기억상실증에 대해 아는 걸 전부 말해봐."

"간헐적으로 발생해요. 사전 조짐도 전혀 없어요. 그래도 의사들 중 하나는 제가 평소와 달리 흥분하거나 화가 났을 때 증세가 나타나는 것 같다고 그러더군요. 때로는 몇 시간 정도만 지속되기도 하고, 어떨 땐 3, 4주씩 계속되기도 해요. 깨어나는 장소는 그야말로 천차만별이에요. 집에서 깬 적도 있고, 보스턴, 뉴욕……. 한번은 어느 시골 마을에서 깨기도 했어요. 또 한번은 허허벌판 위 더러운 길바닥에서 정신이 들기도 했고요. 그냥 아무 데서나 깨어나는 거예요. 그럴 때마다 제가 어디 있었는지, 뭘 했는지 조금도 기억이 나지 않아요."

"하워드, 다리 위로 올라간 적은 없었어?" 엘러리는 태연한 목소리로 물었다.

"다리 위요?"

"그래."

하워드의 목소리도 엘러리와 마찬가지로 태연했다.

"한 번. 그랬어요. 왜요?"

"의식이 돌아왔을 때 뭘 하고 있었어? 다리 위에서 말이야."

"제가 뭘…… 하고 있었냐고요?" 하워드가 주저했다.

"그래."

"왜……?"

"뛰어내리려고 했지? 아냐?"

하워드가 엘러리를 바라보았다. "젠장, 도대체 어떻게 알았어요? 의사한테도 말한 적 없는데!"

"자살 패턴이 강하게 드러나 보여서. 비슷한 다른 경험은 없었어? 목숨을 끊으려는 순간에 깨어났다거나 하는."

"두 번이요." 하워드가 긴장한 채 말했다. "첫 번째는 호수 위 카누에서였어요. 막 호수로 뛰어들려던 참이었죠. 두 번째는 호텔 방 안 의자에서 발을 떼려던 순간이었어요. 목에는 줄이 걸려 있었고요."

"그리고 오늘 아침에도 창밖으로 뛰어내리려고 했고?"

"아뇨. 그땐 의식이 있었어요." 하워드가 벌떡 일어났다. "선생님……."

"아니, 기다려. 앉아." 하워드가 앉았다. "의사는 뭐라고 그래?"

"저는 신체적으로는 완벽하게 건강하대요. 기억상실을 일으킬 만한 병력도 없고요. 간질이나 뭐 그런 거 말이에요."

"최면 요법 같은 건 안 해봤나?"

"최면이요? 했던 것 같아요. 왜 그런 거 있잖아요. 최면을 걸어놓고는, 깨우기 전에 최면 걸렸던 걸 기억하지 말라고 명령하면…… 그냥 잠들었나 보다고 생각하면서 일어나는 거요."

하워드가 우울하게 웃었다. "저는 최면에 잘 걸리는 사람은 아닌 것 같아요. 제대로 걸렸던 건 한두 번뿐이고, 그 이후로는 성공한 적이 없어요. 제가 협조를 안 하거든요."

"의사들이 뭔가 구체적인 얘기는 안 했어?"

"유식한 말은 많이들 하죠. 그중 어떤 건 의미가 있는 것 같기도 해요. 하지만 의사들도 증세가 나타나는 걸 막지는 못했어요. 아버지가 마지막으로 데려온 심리학자는 제가 과(過)인슐린증을 앓는 것 같다고 말했어요."

"과…… 뭐라고?"

"과인슐린증이요."

"들어본 적 없는데."

하워드가 어깨를 으쓱했다. "설명하기로는 당뇨에 정확히 반대되는 상태라고 하더군요. 췌장인지 뭔지가 충분한 인슐린을 못 만들면…… 그 의사는 '분비'라고 하던데…… 아무튼 인슐린을 못 만들면 그게 당뇨가 되는 거고요. 인슐린을 너무 많이 분비하면, 그 굉장히 멋진 이름의 증상이 생기고. 그래서 그게 원인이 되면 여러 증상 중에서도 특히 기억상실증이 일어날 수 있다더군요. 뭐, 그럴 수도 있고 아닐 수도 있고. 확실치는 않아요."

"당내성 검사도 해봤겠군."

"결론이 안 났어요. 때로는 정상이고 어떨 땐 아니고. 사실은요, 선생님, 그 사람들도 잘 몰라요. 만날 하는 말이 제가 협조만 잘 하면 알아낼 수 있을 거래요. 도대체 저한테 뭘 기대하는 거죠? 영혼이라도 한 조각 내줘야 하나요?"

하워드는 양탄자를 노려보았다.

엘러리는 침묵을 지켰다.

"의사들은 저한테 신체적, 기능적 문제가 없어도 이따금씩 일시적인 기억상실을 일으키는 게 가능하다는 결론을 내렸어요. 참 도움이 되는 말이죠?" 하워드는 안락의자에 앉아 목뒤를 문지르며 몸을 움직였다. "이젠 의사들이 뭐라든 신경도 안 써요. 제가 그 블랙홀로 걸어 들어가는 걸 멈출 수 없다면 전……." 하워드는 벌떡 일어섰다. 그러더니 창가로 걸어가 창밖 87번가를 바라보았다. "도와주시겠어요?" 하워드는 돌아보지 않고 말했다.

"모르겠는데."

그러자 하워드가 돌아섰다. 낯빛이 창백했다. "전 도움이 필요해요!"

"왜 내가 도울 수 있다고 생각하지?"

"네?"

"하워드, 난 의사가 아냐."

"전 의사들한테 질렸어요!"

"그래도 결국 의사들이 원인을 찾아낼 거야."

"그럼 그동안 전 어쩌고요? 미쳐버리라고요? 지금도 전 미치기 직전이라고요!"

"앉아, 하워드. 앉으라고."

"선생님, 절 도와주셔야 해요. 전 절망적이에요. 저랑 같이 저희 집에 가주세요!"

"자네 집에?"

"네!"

"왜?"

“다음번 증세가 나타날 때 선생님이 제 옆에 있어주셨으면 해요. 절 지켜봐 주셨으면 한다고요. 제가 뭘 하는지 봐주세요. 어딜 가는지. 어쩌면 제가…….”

“이중생활을 하고 있을까 봐?”

“네!”

엘러리는 벽난로로 가서 다시 파이프를 털었다.

그러고는 말했다. “하워드, 털어놔.”

“네?”

“털어놓으라고.”

“무슨 말이에요?”

엘러리가 곁눈으로 하워드를 보았다. “뭔가 얘기하지 않은 게 있어.”

“그런 거 없어요.”

“아니, 있어. 지금 자네 문제의 원인을 찾고 궁극적으로 낫게 해줄 사람은 의사뿐이야. 그런데 자네는 의사들에게 협조하지 않고 있어. 진단을 하거나 처치를 하려 하면 호락호락하게 굴지도 않아. 자네도 의사들한테 하지 않은 얘기를 나에게는 했다고 인정했잖아. 왜 나지, 하워드? 우린 10년 전에 겨우 3주 정도 만난 게 다야. 왜 나냐고?”

하워드는 대답하지 않았다.

“내가 대답하지. 왜냐하면,” 엘러리가 허리를 펴고 말했다. “나는 아마추어 탐정이거든. 그리고 자네는 기억을 잃고 있는 동안 범죄를 저질렀다고 생각하고 있어. 아마 한 번 이상일 거야. 어쩌면 기억을 잃었을 때마다 한 번씩일 수도 있고.”

“아녜요. 저는…….”

"그래서 의사들에게 협조를 안 하는 거야. 의사들이 그걸 알아낼까 봐 두려워서."

"아네요!"

"맞아." 엘러리가 말했다.

하워드의 어깨가 축 늘어졌다. 몸을 돌린 하워드는 엘러리가 입혀준 재킷의 주머니에 붕대를 감은 손을 찔러 넣었다. 그는 다소 풀이 죽은 듯 말했다. "그래요. 어쩌면 그런 건지도 몰라요."

"좋아! 이제야 얘기가 좀 되겠군. 그런 의심을 하는 데 뭔가 확실한 이유라도 있어?"

"아뇨."

"있는 것 같은데."

하워드가 갑자기 웃었다. 그는 손을 꺼내서 들어 보였다.

"제가 여기 왔을 때 제 손 보셨죠. 오늘 아침 그 여인숙에서 깨어났을 때 손이 그 상태였어요. 제 외투랑 셔츠도 보셨잖아요."

"그것 때문에? 그야 싸움이라도 했나 보지."

"네, 하지만 정확히 무슨 일이 벌어진 건지는 모르죠." 하워드의 목소리가 높아졌다. "그것 때문에 제가 우울한 건지는 확실하지 않아요. 모르겠어요. 전 알아야 해요! 그래서 선생님이 저희 집에 와주셨으면 하는 거예요."

엘러리는 빈 파이프를 빨며 잠시 방 안을 서성거렸다.

하워드는 불안한 눈빛으로 그를 바라보았다.

"생각해보고 있는 거예요?" 하워드가 물었다.

엘러리가 걸음을 멈추고 벽난로 선반에 몸을 기댔다. "내가 지금 생각하고 있는 건 자네가 아직도 뭔가를 숨기고 있을 가능성이 있나 하는 거야."

"도대체 왜 그러시는 거예요? 숨기는 거 없다니까요!" 하워드가 소리쳤다.

"확실해, 하워드? 나한테 전부 말한 게 확실하냐고?"

"아, 하느님 맙소사." 하워드가 소리쳤다. "도대체 저한테 원하는 게 뭐예요? 가죽이라도 벗겨볼까요?"

"왜 화를 내?"

"저더러 거짓말쟁이라고 하니까 그러죠!"

"그럼 아냐?"

이번에는 하워드는 소리를 지르지 않았다. 그는 안락의자로 달려가 화가 난 듯 거칠게 주저앉았다.

그러나 엘러리는 집요했다. "아니냐고, 하워드?"

"아녜요." 뜻밖에 하워드의 목소리가 수그러들었다. "당연히 사람들은 누구나 비밀을 가지고 있죠. 비밀 말이에요." 하워드는 심지어 미소까지 지었다. "하지만 선생님, 기억상실에 관해서 제가 알고 있는 건 모조리 다 말씀드렸어요. 믿든 안 믿든 그건 선생님 마음이에요."

"지금 이 시점에선 안 믿는 쪽으로 기우는데."

"제발요."

엘러리는 하워드를 흘깃 바라보았다. 그는 안락의자의 가장자리에 걸터앉아 팔걸이를 움켜잡고 있었다. 지금은 미소를 짓지도, 화를 내지도, 평정을 유지하고 있지도 않았다. 지난 30분 동안과는 완전히 다른 모습이었다.

"말할 수 없는 뭔가가 있어요. 그걸 아시면 선생님도 그 이유를 이해할 거예요. 아니, 아무도 이해 못 해요. 그건……." 하워드는 말을 멈추고 천천히 일어섰다. "귀찮게 해서 죄송해요. 집에 도착하는 대로 옷은 바로 보내드릴게요. 차비 좀 빌려주실래요? 동전 한 푼도 가진 게 없어서."

"하워드."

"네?"

엘러리는 하워드에게 다가가 어깨에 팔을 둘렀다. "자네를 도우려면 좀 더 깊이 파고들어 봐야 할 것 같아. 자네 집에 갈게."

하워드는 다시 집에 전화를 걸어 아버지에게 엘러리가 며칠 정도 집에 머물 거라는 소식을 알렸다.

"아버지가 좋아하실 거라 생각했어요." 엘러리는 하워드가 웃으며 말하는 소리를 들었다. "아뇨, 얼마나 오래 있을지는 모르겠어요. 아마 로라 아주머니의 요리에 흥미를 잃게 될 때까지겠죠."

하워드가 서재에서 나오자 엘러리가 말했다. "지금 자네랑 같이 가면 좋겠지만, 여길 뜨려면 하루나 이틀 정도는 걸릴 것 같아."

"물론이죠. 당연해요." 하워드는 기분이 좋아 보였다. 그는 그야말로 뛸 듯이 기뻐하고 있었다.

"그리고 내가 지금 소설을 하나 쓰고 있는데……."

"가지고 오세요!"

"그래야 해. 원고를 넘기기로 한 날짜가 있는데, 지금 일정이 늦어지고 있어서."

"제가 골칫덩이가 되어버린 것 같네요."

"자기감정대로 저지를 수 있는 용기를 배워야지." 엘러리가 웃었다. "거기에 쓸 만한 타자기가 있나?"

"필요하신 건 뭐든지 최상품으로 준비할게요. 게다가 손님용 별채를 쓰실 수 있어요. 별채에서 혼자 지내면서도 저랑 가까이 있을 수 있죠. 본채에서 몇 미터밖에 안 떨어져 있거든요."

"괜찮을 것 같은데. 아, 그건 그렇고, 하워드. 자네 가족에게 내가 가는 이유를 굳이 알릴 필요는 없겠어. 최대한 긴장감 없는 분위기가 더 좋을 것 같아서 말야."

"노인네를 속이기가 꽤 어려울 거예요. 조금 전에도 아버지가 전화로 말씀하시던걸요. '그래, 이제 너도 보디가드를 고용하기로 마음먹을 때가 됐지.' 물론 농담으로요. 하지만 아버지는 눈치가 빠르시거든요. 아버지는 이미 선생님이 왜 오시는지 꿰뚫어보고 계실걸요."

"그래도 마찬가지야. 더 이상은 말하지 마."

"가족들한테는 선생님이 소설을 끝마칠 수 있도록 제가 소란스러운 도심에서 벗어날 수 있는 기회를 제공해드렸다고 말할게요." 하워드의 선량한 눈에 구름이 드리웠다. "어쩌면 꽤 오래 걸릴지도 몰라요. 다음번 증세가 나타날 때까지 몇 달이 걸릴 수도 있고……."

"아니면 영원히 나타나지 않거나." 엘러리가 말했다. "그런 생각은 해본 적 없어, 나의 친애하는 덴마크 친구? 기억상실 증세가 시작됐을 때처럼 갑자기 없어질 수도 있다고 말이야." 하워드는 활짝 웃었지만 확신하지 못하는 듯 보였다. "이봐. 아버지가 오시면 내가 나갈 수 있는데, 그때까지 기다리는 건 어때?"

"제가 집에 제대로 갈 수 있을지 걱정이신가 보군요."

"아냐." 엘러리가 말했다. "음, 사실은 그래."

"고마워요. 하지만 오늘 돌아가는 게 좋을 것 같아요. 가족들이 걱정하니까요."

"그렇겠지. 정말 괜찮은 거 맞지?"

"네, 발작이 3주 이내로 연달아 일어났던 적은 한 번도 없었어요."

엘러리는 하워드에게 약간의 돈을 챙겨주고 배웅을 하러 거리로 내려갔다.

두 사람은 택시의 열린 문 앞에서 악수를 했다. 그때 갑자기 엘러리가 물었다. "그런데 하워드, 어디로 가야 하지?"

"무슨 말씀이세요?"

"난 자네가 어디 사는지 몰라!"

하워드는 깜짝 놀란 듯 보였다. "제가 말씀 안 드렸나요?"

"전혀!"

"종이 좀 줘보세요. 아니, 잠깐만요. 저한테 수첩이 있어요. ……내가 소지품을 전부 옮겼던가? 아, 여기 있네요."

하워드는 두툼한 검은 수첩에서 종이 한 장을 찢어 주소를 적어주고는 떠나버렸다.

엘러리는 택시가 길모퉁이를 도는 것을 지켜보았다.

그러고 나서 그는 종이쪽지를 손에 쥔 채 생각에 잠겨 다시 계단을 올랐다.

하워드는 이미 죄를 저질렀어. 그건 그가 두려워하는 것처럼

기억을 잃은 상태에서 '저질렀을지도 모르는' 범죄가 아냐. 그는 의식이 있는 상태에서 죄를 저질렀고, 그 죄를 기억하고 있어. 그 죄 그리고 그 죄를 둘러싼 정황, 그것이 바로 하워드가 '말할 수 없는 것'이야. 정상적인 의식 상태일 때는 자신의 감정적인 문제와 무관하다고 결사적으로 주장하는 그 '비밀'. 하지만 정확히 그 죄와 연루된 죄책감 때문에 그는 절박한 심정으로 나를 찾아온 거야. 심리학적으로 하워드는 거기에 대한 벌을 받길 원하고 있어.

그 죄는 무엇인가?

그것이 답을 찾아야 하는 첫 번째 문제였다.

그리고 그 답은 오직 하워드의 집에서만 찾을 수 있었다. 그곳은…….

엘러리는 하워드가 끄적거린 종이쪽지를 들여다보았다.

그는 하마터면 쪽지를 손에서 놓칠 뻔했다.

하워드가 적은 주소는 이랬다.

밴혼
노스 힐 드라이브
라이츠빌

라이츠빌!

로우 빌리지의 작고 아담한 기차역. 네모진 포석이 깔린 가파른 거리. 원형 광장, 그리고 새들이 점묘화를 그려놓은 창건자 제즈릴 라이트의 동상을 받치고 있는 예스러운 말구유. 홀리스 호텔, 이제는 문을 닫은 하이 빌리지 약국, 솔 가우디의 양복점, 봉통 백화점, 윌리엄 케첨 보험 회사, 심슨의 전당포 앞에 걸려 있는 세 개의 금빛 공, 존 F. 라이트가 행장으로 있던 우아한 라이츠빌 국립 은행.

수레바퀴처럼 뻗은 거리들. 스테이트 스트리트, 붉은 벽돌로 지은 시청 청사, 카네기 도서관과 미스 에이킨, 나긋나긋하고 키 큰 느릅나무들. 로어 메인 스트리트, 〈라이츠빌 레코드〉 신문사 사옥과 그 앞의 유리판 뒤로 붙어 있던 신문들, 늙은 피니 베이커, 페티그루의 부동산 사무소, 앨 브라운의 아이스크림 가게, 비주 극장과 지배인 루이 카한…….

힐 드라이브와 쌍둥이 언덕 묘지와 그 아래로 5킬로미터 정도 떨어진 곳의 라이츠빌 교차로. 슬로컴 구역과 16번 도로 옆 '핫 스팟'과 네온사인을 밝히고 있는 대장간과 저 멀리 마호가니 산의 정상.

예전 기억들이 머릿속에서 펼쳐지면서 그는 얼굴을 찡그리며 방금 전까지 하워드가 앉았던 낡은 가죽 안락의자에 파묻히듯 앉았다.

라이츠빌…….

엘러리가 짐 하이트와 노라의 비극을 관찰하던 그때 하워드 밴혼은 어디에 있었던 걸까?* 그때는 전쟁 초기였으니 하워드의 말대로 집에 머물며 비행기 공장에서 일하고 있었을 것이다. 종전 후 얼마 지나지 않아 데이비 폭스 대위의 사건과 관련해 엘러리가 라이츠빌을 다시 방문했을 때는 왜 하워드의 흔적을 발견하지 못했던 것일까?** 그렇다. 그 사건을 수사하는 동

* 《재앙의 거리》 참고.

** 《폭스가의 살인》 참고.

안에는 라이츠빌 주민들을 거의 만나지 못했다. 하지만 하이트 사건이 일어났던 첫 번째 방문에서는 지역 주민들의 관심이 그에게 집중됐고, 헐마이니 라이트가 사람들을 처리해주었다. 엘러리가 마을에 머무는 동안 하워드가 그의 존재를 모르고 지나쳤다는 것은 불가능했다. 게다가 노스 힐 드라이브는 힐 드라이브와 연결된 도로였다. 힐 드라이브는 라이트 가족과 하이트 부부의 집이 있던 곳이다. 엘러리는 그곳에 있을 때 처음에는 하이트 부부의 집에서, 이후에는 라이트가의 손님방에서 지냈다. 아마 밴혼가에서는 차로 10분 정도, 그보다 더 멀지는 않을 것이다. 그러고 보니 바로 그 '밴혼'이라는 이름에서 어렴풋이 라이츠빌의 기억이 떠올랐다. 분명 존 라이트가 마을 어딘가를 지나면서 몇 번인가 디드릭 밴혼의 이름을 언급한 걸 들었다. 시민 의식이 강하고 자선사업을 많이 하는 백만장자라고. 그리고 엘리 마틴 판사도 그에 대해 얘기한 적이 있었던 것 같다. 밴혼이 라이트-마틴-윌러비 모임의 일원이었다면 한 번쯤은 마주쳤겠지만, 그렇지 않았던 모양이다. 그러나 이해할 수 있는 일이었다. 그 세 사람은 라이츠빌의 유서 깊은 사교계의 주축을 이루는 사람들이다. 그러나 밴혼은 이를테면 라이츠빌의 미쓰비시 같은 존재로, 산업계의 거물이었을 것이다. 컨트리클럽 회원들과 그의 사이에는 전통적인 카스트처럼 넘을 수 없는 벽이 존재하는 것이다. 그렇다고 하더라도 엘러리가 그 마을에 머물고 있다는 사실을 하워드가 모를 수는 없었다. 그리고 하워드가 나서지 않았다는 것은 결국 그가 의도적으로 위셰트 거리의 옛 친구를 피했다는 뜻이었다. 왜?

하지만 엘러리는 이 문제를 그리 심각하게 생각하지 않았다.

하워드는 그 당시 새로이 발병한 증상 때문에 괴로워하고 있었다. 아마도 그는 두 사람 간의 친분을 다시 잇는 고행에 직면하기가 너무 두려웠을 것이다. 아니면 그의 내면에 여전히 깊이 묻어둔 죄책감으로 말미암아 움직일 수 없었을 가능성도 컸다.

엘러리는 파이프를 새로 채웠다. 지금 그를 괴롭히는 문제는 그가 세 번째 사건 때문에 다시 라이츠빌로 향해야 한다는 사실이었다. 정말이지 괴로운 우연이다. 엘러리는 우연을 싫어했다. 우연은 그를 불안하게 만든다. 그리고 이 문제를 거듭해서 생각할수록 그는 더욱 불안해졌다.

내가 미신을 믿는 사람이었다면 이걸 운명이라고 했을 거야.

기이하게도 이전의 라이츠빌 사건들을 수사하는 동안, 매번 상황은 만족스럽지 않은 결론으로 흘러갔다. 그때도 궁금했지만 지금도 궁금해진다. 여기에 어떤 패턴이 있는 것은 아닌지, 그 패턴이 너무도 거대해서 인간의 눈으로는 파악할 수 없는 것이 아닌지. 확실히 이상한 일이었다. 하이트 사건과 폭스 사건에서 성공적인 해답을 이끌어냈음에도 불구하고 사건들의 특성 때문에 그는 진실을 숨겨야만 했고, 따라서 저 바깥세상에서는 라이츠빌에서의 그의 모험을 그의 가장 두드러진 실패로 여기고 있는 것이다.

그리고 지금 이 밴혼 사건…….

빌어먹을 라이츠빌, 빌어먹을 사건들!

엘러리는 하워드의 주소를 스모킹 재킷*의 주머니에 쑤셔 넣고 짜증스러운 손으로 파이프를 채웠다.

그러나 곧 엘러리는 앨버타 매너스커스가 그동안 어찌 지냈

* 사교 자리에서 담소를 나누거나 담배를 피울 때 주로 입는 기장이 짧은 남성용 웃옷.

을지, 에멀린 뒤프레가 서늘한 저녁 무렵 미술에 관해 토론하자며 그를 초대하지는 않을지 궁금한 마음이 들어, 활짝 웃고 말았다.

두 번째 날

기차가 슬로컴을 향해 떠났다. 엘러리는 생각했다. 이곳은 별로 달라진 게 없구나.

자갈밭을 뒹굴던 말똥들은 대부분 사라졌다. 역 주변에 옹기종기 늘어서 있던 목조 건물들도 몇 채 사라졌다. 근처 상점의 벽돌들이 이루는 격자무늬는 오래된 프레스코화의 낯선 아라베스크 무늬처럼 보였다. 네온사인이 달린 대장간은 이제 네온사인이 달린 차고가 되었고, 라이츠빌 운송 회사의 고물 전차를 재활용했던 '필 식당'은 푸른 차양이 달린 크로뮴 차량으로 완전히 새롭게 바뀌어 있었다. 그러나 문이 열려 있는 역장 사무실 안에는 여전히 개비 워럼의 대머리가 환영 인사를 하듯 번쩍거렸고, 기차역 처마 밑의 녹슨 손수레 위에는 전에도 본 듯한 사내아이가 더러운 발에 푸른색 작업복 차림을 하고 앉아, 전과 똑같이 껌을 씹으며 멍하니 허공을 바라보고 있었다. 그리고 역 주변 시골 풍경도 윤곽은 전혀 변하지 않은 채 색깔만 달라져 있었다. 이곳은 포근한 가을날에 걸맞은 색깔을 입은 라이츠빌이었다.

같은 들판, 같은 언덕, 같은 하늘이 있었다.

엘러리는 갑자기 숨을 멈췄다.

라이츠빌에는 뭔가 달콤한 것이 있다고 엘러리는 생각했다. 그는 여행 가방을 플랫폼에 내려놓고 하워드를 찾았다. 지나치는 행인들마저도 친근했다. 10년 전 파리에 있던 하워드가 왜 시골뜨기처럼 보였는지 쉽게 이해할 수 있었다. 린다 폭스처럼 라이츠빌을 좋아하거나, 롤라 라이트처럼 라이츠빌을 싫어하거나, 이곳에서 태어나 이곳에서 자랐다면 세상 어느 곳을 가든지 마음 한구석에 라이츠빌을 품고 가는 것이다.

하워드는 어디 있지?

엘러리는 플랫폼의 동쪽 끝에서 서성거렸다. 이곳에서는 어퍼 휘슬링 애비뉴가 올려다보였다. 어퍼 휘슬링 애비뉴는 로우 빌리지를 가로질러 광장의 한쪽 구석을 끼고 우아하게 방향을 틀어 젖과 꿀이 흐르는 땅으로 차분하게 이어지다가, 마침내는 가나안에라도 이를 것 같았다. 엘러리는 마을에 있던 미스 샐리의 티 룸에서 아직도 라이츠빌의 상류층 인사들에게 파인애플 마시멜로 너트 무스를 내놓는지 궁금해졌다. 그리고 시드니 고치의 잡화점에서는 여전히 후추, 등유, 커피 콩, 고무장화, 식초, 치즈의 향이 기분 좋게 어우러진 냄새를 맡을 수 있는지, 토요일 밤 그로브의 댄스파티에서는 수심에 가득 찬 어머니들이 아직도 빗자루를 들고 아이들을 찾아다니는지, 그리고…….

"퀸 선생님?"

엘러리가 몸을 틀자 바로 옆에 으리으리한 스테이션왜건이 서 있었고, 운전석에는 젊은 여자가 앉아 미소를 짓고 있었다.

전에 라이츠빌에서 만난 적이 있는 여자다. 틀림없다. 어렴풋이 낯이 익은 얼굴이었다.

그러나 그 순간 자동차 문에 반짝이는 금박을 입힌 글자로 D. 밴혼이라고 쓰인 것이 눈에 띄었다.

하워드가 여동생에 관한 얘기는 안 했는데. 제길! 그것도 아주 예쁜 여자잖아.

"밴혼 양?"

여자는 놀란 듯했다. "어머나, 이를 어째. 하워드가 제 얘기를 안 하던가요?"

엘러리가 씩씩하게 대답했다. "아마 하워드가 그 얘기를 했을 때 제가 점심을 먹으러 나갔었나 봅니다. 이렇게 아름다운 동생이 있다는 말을 왜 안 했을까요?"

"동생이요?" 그녀는 고개를 뒤로 젖히고 크게 웃었다. "전 하워드의 동생이 아니에요, 퀸 선생님. 엄마예요."

"뭐라고요?"

"그러니까…… 계모죠."

"밴혼 부인이시라고요?" 엘러리가 소리쳤다.

"우리 가족끼리의 농담이에요." 그녀는 짓궂은 표정을 지어 보였다. "그리고 전 퀸 선생님을 오랫동안 동경해왔답니다. 선생님을 가까이에서 한번 뵙고 싶어 견딜 수가 없었어요."

"절 동경하셨다고요?"

"하워드 말로는 선생님이 멋진 분이라고 하더군요. 선생님이 유명 인사라는 걸 모르시나요? 디드릭은 선생님 책을 전부 갖고 있어요. 남편은 선생님이 이 세상에서 제일 훌륭한 추리소설 작가라고 생각하는걸요. 저는 몇 년 동안이나 몰래 선생님을 좋아하고 있었어요. 예전에 선생님이 퍼트리샤 라이트와 같이 차를 타고 로우 빌리지를 지나가는 걸 본 적이 있었는데, 그

때 저는 패티가 미국에서 가장 운이 좋은 여자라고 생각했죠. 퀸 선생님, 저기 있는 게 선생님의 여행 가방인가요?"

사건의 시작으로는 기분 좋은 출발이었다. 엘러리는 자신이 무척 중요한 인물인 동시에 남자라는 기분이 들었다. 그는 디드릭 밴혼에게 터무니없는 부러움을 느끼며 샐리 밴혼의 옆 좌석에 올라탔다.

역을 떠나며 샐리가 말했다. "하워드가 엉망진창인 얼굴로 차를 몰고 마을에 나가면서 너무 우울해하기에 제가 집에 있으라고 했어요. 그냥 하워드더러 나오라고 할 걸 그랬나 봐요! 저에 대해서 아예 한 마디도 말을 안 했으리라고는 생각 못 했어요."

"그 친구의 억울한 누명을 벗겨주어야 정의가 바로 설 것 같군요." 엘러리가 말했다. "하워드는 부인에 대해서 분명히 얘기를 했습니다. 다만 제가 미처 생각지 못했던 것은……."

"제가 너무 젊다는 거요?"

"어…… 그렇죠."

"다들 그렇게 놀라요. 아마 디드와 결혼하면서 저보다도 나이가 많은 의붓아들을 얻었기 때문이겠죠! 제 남편을 잘 아세요?"

"그런 영광은 누리지 못했습니다."

"디드는 나이의 개념으로 생각할 수 없는 사람이에요. 남편은 크고, 힘이 있고, 또 깜짝 놀랄 만큼 젊어요." 샐리는 약간 반항적으로 덧붙였다. "그리고 잘생겼고요."

"그 점에 대해서는 의심하지 않습니다. 하워드는 그리스 신 같은 외모를 가지고 있으니까요."

"아, 그 두 사람은 전혀 닮지 않았어요. 체격은 둘이 비슷하지만, 디드는 오래된 버터넛 나무처럼 검고 못생겼거든요."

"방금 전에 잘생겼다고 하시지 않았나요."

"그래요. 남편을 화나게 하고 싶을 땐 남편한테 내가 지금껏 본 중에 가장 못생긴 미남이라고 말하곤 하죠."

엘러리가 웃었다. "약간의 패러독스가 포함된 것 같은데요."

"디드릭도 그렇게 말해요. 그러면 제가 지금까지 본 중에 가장 잘생긴 추남이라고 말해줘요. 그러면 남편이 다시 활짝 웃죠."

엘러리는 그녀가 마음에 들었다. 건실하면서도 훌륭한 성품을 지닌 디드릭 밴혼 같은 남자가 어떻게 그녀와 사랑에 빠질 수 있었는지 알 것 같았다. 나이는 스물여덟이나 스물아홉 정도 되지 않을까 싶었지만, 그녀의 외모, 몸매, 웃음, 발그레한 볼은 열여덟 살 소녀의 것이었다. 밴혼의 나이에, 오랜 세월 외롭게 지내는 동안 한 번도 들춰본 적 없었을 그의 정열을 생각해보면, 샐리의 매력은 저항할 수 없는 자력처럼 그를 끌어당겼을 것이다. 그러나 여러 방면을 통해 들은 바로는 밴혼은 경험이 많고 노련한 남자이기도 했다. 샐리의 젊음이 그를 감정적으로 끌어당겼겠지만, 그는 잠자리 파트너보다 아내를 원했을 것이다. 그가 필요로 하는 것을 샐리가 어떻게 만족시켰을지도 쉽게 알 수 있었다. 그녀의 외모는 우아했고, 몸매는 젊고 싱그러웠으며, 웃음에는 지혜가 깃들어 있고, 홍조를 띤 얼굴에서는 온기가 느껴졌다. 그녀는 지적이었고, 따스하면서도 기민한 친밀함 아래에는 신중함이 잠재되어 있음을 알 수 있었다. 그녀의 솔직함은 아이처럼 자연스럽고 매력적이었다. 그럼에도 그녀의 미소는 어딘지 나이 들어 보이고 슬펐다. 사실 엘러리는 샐리와 함께 얘기하면서, 그녀의 모습 중에서 미소가 가장 도발적이라는 생각이 들었다. 그녀는 모순적인 매력을 지니고 있었는데, 그중에서도 가장 모순적인 부분이 그녀의 미소였다. 그는 다시금 이전에 어디에서 그녀를 만났는지, 그게 언제였는지가 궁금해졌다……. 운전을 하며 꾸밈없이 즐겁게 얘기하는 샐리를 관찰할수록, 엘러리는 밴혼이 어떻게 그의 독신생활을 미련 없이 청산할 수 있었는지 이해할 수 있었다.

"퀸 선생님?" 샐리가 엘러리를 보고 있었다.

"죄송합니다." 엘러리가 재빨리 대답했다. "마지막에 뭐라고 하셨는지 못 들었어요."

"라이츠빌을 바라보면서 이 여자가 귓전에다 그만 좀 떠들어 댔으면 하고 바라셨겠군요."

엘러리가 주위를 둘러보았다. "힐 드라이브로군요! 어떻게 이렇게 빨리 왔죠? 마을을 가로질러 온 게 아니던가요?"

"물론 그랬죠. 어디 다른 데라도 가 계셨어요? 오, 알겠어요. 소설 생각을 하고 계셨나 보군요."

"그럴 리가요. 부인 생각을 하고 있었습니다."

"저요? 이런 세상에. 선생님의 이런 면에 대해서는 하워드가 경고해주지 않던데."

"저는 밴혼 씨가 이곳 라이츠빌에서 모든 남성들의 시기를 한 몸에 받고 있을 게 분명하다고 생각하고 있었습니다."

샐리가 그를 힐긋 보았다. "듣기 좋은 말인데요."

"진심입니다."

샐리의 시선이 다시 눈앞에 뻗은 길로 향했다. 엘러리는 그녀의 뺨이 분홍빛으로 물드는 것을 눈치챘다. "고마워요. 저는 늘 제 자신이 부족하다고 생각하는데……."

"그것도 부인의 매력의 일부죠."

"아뇨, 정말이에요."

"저도 진심으로 말한 겁니다."

"그러세요?" 샐리는 놀란 듯했다.

엘러리는 그녀가 정말로 마음에 들었다.

"퀸 선생님, 집에 도착하기 전에요……."

"엘러리라고 불러주시면 좋겠는데요."

뺨의 홍조가 더욱 짙어졌다. 엘러리는 그녀가 불편해하는 것 같다고 생각했다.

"물론……." 엘러리가 말을 이었다. "저를 계속 퀸 선생님이라고 부르셔도 됩니다. 하지만 저는 부군께 달려가서 제일 먼저 제가 부인과 사랑에 빠졌다고 얘기할 겁니다. 그럼요! 그러고 나서 손님용 별채에 파묻혀 하워드가 제 코앞에서 손을 흔들어도 모를 정도로 미친 듯이 일을 하면서 인생을 송두리째 문학과 바꿔버릴 겁니다. 그런데 무슨 얘기를 하려던 건가요, 샐리?"

그는 씩 웃었다. 그리고 곧 그녀의 감정을 상하게 한 것 같아 당혹스러워졌다. 그녀는 완전히 화가 나 있었다. 엘러리는 잠깐 동안 그녀가 울음을 터뜨리지 않을까 생각했다.

"죄송합니다, 밴혼 부인." 엘러리가 그녀의 손을 건드리며 말했다. "정말로 죄송합니다. 용서해주십시오."

"그런 일은 생각도 마세요." 샐리가 화난 목소리로 말했다.

"이게 저예요. 저는 열등감이 정말 심해요. 그리고……." 샐리는 잠시 망설이다가 웃었다. "정말 영리한 분이세요, 엘러리 씨."

그래서 그도 함께 웃었다.

"지금 저를 놀리신 거죠?"

"제가 뻔뻔한 놈이라서 그렇습니다. 저도 어쩔 수 없어요. 제2의 천성인걸요. 저는 엿보기 톰의 영혼을 가졌답니다."

"저한테 뭔가 의심할 거리가 있다고 생각하시나요?"

"아뇨, 아닙니다. 그냥 어둠 속에서 찔러보는 거예요."

"그래서?"

엘러리는 활기차게 말했다. "당신이 저한테 얘기해봐요."

묘한 그 미소가 또다시 떠올랐다가 곧바로 사라졌다. "어쩌면……." 그리고 또다시 잠시 후에. "어쩌면 당신에게는 얘기할 수 있을 것 같은 아주 이상한 기분이……." 샐리는 갑자기 말을 끊었다. 엘러리는 아무 말도 하지 않았다. 마침내, 완전히 달라진 목소리로 샐리가 말했다. "제가 집에 도착하기 전에 말하려고 했던 건…… 하워드에 대한 얘기예요."

"하워드?"

"하워드가 아마 말했을 텐데……."

"기억상실증이요?" 엘러리가 가벼운 목소리로 말했다. "네, 그 얘긴 했습니다."

"하워드가 얘기를 했을지 궁금했어요." 스테이션왜건이 언덕길을 오르기 시작하자 샐리는 앞을 똑바로 바라보았다. "당연한 일이지만 하워드 아버지와 저는 거기에 대해선 얘기를 많이 하지 않아요. 제 말은 하워드에게요. 엘러리 씨, 우리는 정말로 겁이 나요."

"기억상실증은 사람들이 생각하는 것보다 더 흔한 증상입니다."

"그런 이상한 일에 대해선 당신이 훨씬 더 경험이 많으시겠지요. 엘러리 씨, 당신 생각엔, 글쎄요……. 이 일이 걱정할 만한 일이라고 생각하세요? 제 말은…… 정말로요?"

"물론이죠. 기억상실증은 일반적인 경우는 아니고 그 원인도 밝혀야 하니까……."

"우리는 정말 할 수 있는 건 다 해봤어요." 그녀는 깊은 고민에 빠져 있었고 그것을 조금도 숨기려 하지 않았다. "하지만 의사들은 하워드가 제대로 협조도 하지 않는다고 그러고……."

"저도 그렇게 들었습니다. 하워드는 결국 이겨낼 거예요. 기억상실증 사례들 중 대다수가 그렇죠. 오, 저기 라이트 저택이 보이는군요!"

"네? 아, 옛날 기억이 떠오르시나 보죠?"

"몰려오네요. 샐리, 라이트 씨 가족은 어떻게 지내나요?"

"자주 만나지는 않아요. 라이트 가족은 힐 마을 사람들이니까. 라이트 씨가 세상을 떠난 건 알고 계시죠?"

"존 라이트 씨요? 네, 그분을 정말 좋아했는데. 여기 있는 동안 헐마이니 라이트 부인은 한번 만나봐야 할 것 같아요."

어쩌다 보니 하워드의 기억상실증에 관한 얘기는 더 이상 나오지 않았다.

화려할 거라고 예상은 했지만, 그것은 어디까지나 아늑하고 예스러운 라이츠빌식의 화려함이었다. 그래서 엘러리는 눈앞에 펼쳐지는 광경에 채 마음의 준비를 하지 못한 상태였다.

스테이션왜건은 노스 힐 드라이브에서 방향을 틀어 거대한 버몬트산 대리석 기둥 사이를 지나 저택의 진입로로 들어섰다. 길 양옆에는 이탈리아산 사이프러스와 지금껏 본 나무들 중에 가장 아름다운 영국 주목과 가지각색의 관목들이 늘어서 있었다. 원예에 문외한인 엘러리가 보더라도 이 조경은 자연의 산물이 아니라 부자의 묘목장에서나 볼 수 있는 희귀한 작품임을 알 수 있었다. 차는 나선형 오르막길을 오르고 바위로 장식된 정원과 테라스를 지나, 마침내 언덕 꼭대기에 우뚝 선 거대한 현대식 저택의 현관 앞에 멈춰 섰다.

남쪽으로는 지금 막 두 사람이 올라온 골짜기의 평지를 품은 마을이 보였고, 장난감 같은 건물들이 연기를 뻐끔뻐끔 뱉어내고 있었다. 북쪽에는 마호가니 산이 자리를 잡고 있었다. 서쪽과 마을 너머 남쪽으로는 광활한 농경지가 펼쳐져 있어 라이츠빌에 시골의 분위기를 더했다.

샐리가 차의 시동을 껐다. "정말 멋지죠."

"네?" 엘러리가 물었다. 그녀는 항상 사람을 놀라게 한다.

"지금 그 생각 하고 계셨죠. 정말 엄청나게 멋있구나 하고."

"음, 그래요." 엘러리가 웃었다.

"지나치게 멋있죠."

"그런 말은 안 했는데요."

"그건 제 생각이에요." 다시 샐리가 기묘한 미소를 지었다. "그리고 우리 둘 다 맞아요. 정말 그래요. 지나치게 말이죠. 아, 천박하다는 뜻은 아니고요. 마치 디드 그 사람 같아요. 모든 게 완벽하면서도 거대하죠. 디드는 절대 보통 사이즈로 하는 법이 없어요."

"제가 본 저택 중에 가장 아름답군요." 엘러리가 진심으로 말했다.

"그이가 저를 위해 지어준 거예요."

엘러리는 샐리를 바라보았다. "당신에 비하면 그렇게 멋있진 않은데요."

"엘러리 씨는 귀여운 분이시네요." 그녀가 웃으며 말했다. "사실 이 안에서 살다 보면 집의 크기 같은 건 느껴지지 않아요."

"당신이 집에 맞게 커지는 거겠죠."

"아마도요. 제가 처음에 얼마나 겁이 났는지, 얼마나 우왕좌왕했는지, 디드에게는 한 번도 말한 적이 없어요. 저는 원래 로우 빌리지 출신이거든요."

밴혼은 그녀를 위해 이런 웅장한 저택을 지어주었다. 그리고 그녀는 로우 빌리지 출신이다…….

로우 빌리지는 공장 지대다. 로우 빌리지에는 볼품없는 벽돌집들이 몇 블록 정도 늘어서 있는데, 주택 대부분은 골조가 다 썩은 데다 초췌하고 더러웠으며 현관은 부서져 있었다. 간혹 말끔한 벽면과 우아한 버팀목으로 지은 집을 만나기도 하지만, 그건 어디까지나 간혹 가다 있는 일이다. 윌로 강이 로우 빌리지를 관통해 흘렀는데, 강이라기보다는 사프란 냄새가 진동하는 폭 좁은 배수로였다. 그곳으로 공장 폐수가 흘러들어 갔다. 로우 빌리지에는 '외국인'들이 살았다. 폴란드인, 프랑스계 캐나다인, 이탈리아인, 유대인 가족이 여섯 가구, 흑인 가족이 아홉 가구. 창녀촌과 60와트짜리 간판이 달린 싸구려 술집들. 토요일 밤이면 라이츠빌 경찰차가 자갈 깔린 비뚤비뚤한 골목길을 쉴 새 없이 순찰하는 곳.

"저는 폴리가(街)에서 태어났어요." 샐리는 그 우스꽝스러운 미소를 지으며 말했다.

"폴리가는 운이 좋군요." 폴리가!

"정말 귀여운 분이세요. 아, 하워드가 왔네요."

하워드가 달려 나와 엘러리의 손을 꽉 잡고 그의 여행용 가방을 들었다. "안 오시는 줄 알았어요. 뭐 한 거예요, 샐리. 납치라도 한 거예요?"

"정반대야." 엘러리가 말했다. "하워드, 나는 이분께 완전히 반해버렸어."

"그리고 나도 이분께 반했고요, 하워드."

"와, 벌써 그렇게 된 거예요? 샐리, 로라가 저녁 식사 때문에 초조해하고 있어요. 버섯이 주문한 대로 오지 않은 것 같은데……."

"어머, 이럴 수가. 그건 재앙이네요. 엘러리 씨, 전 실례할게요. 하워드가 별채로 안내할 거예요. 제가 직접 다 확인했지만, 혹시 필요한 게 있으면 별채 거실에 내선 전화가 있을 거예요. 전화는 본채 부엌과 연결되어 있지요. 아, 뛰어가야겠어요!"

엘러리는 하워드의 모습이 신경 쓰였다. 하워드를 마지막으로 본 건 화요일이었다. 오늘은 목요일이다. 그사이 하워드는 몇 년은 늙어 있었다. 다치지 않은 눈 아래에는 도랑이 패어 있었고, 입술은 긴장으로 인해 붉어져 있었으며, 피부는 화창한 오후에 어울리지 않게 누르스름한 회색빛을 띠고 있었다.

"제가 왜 역으로 마중을 안 나갔는지 샐리가 설명하던가요?"

"사과할 필요 없어, 하워드. 자네는 계시를 받았던 거야."

"샐리에게 정말 빠져버렸군요."

"반했다니까."

"이쪽이에요, 선생님."

손님용 별채는 보랏빛 너도밤나무 사이에 박혀 자연석으로 지은 보석처럼 빛나고 있었다. 본채 테라스와 별채 사이에는 원형 수영장이 있었고, 바닥의 넓은 대리석 위에 접의자와 파라솔이 펼쳐진 테이블, 술을 마실 수 있는 이동식 바가 있었다.

"여기 수영장 옆에 타자기를 두고 단어 하나를 쓸 때마다 물에 뛰어드셔도 돼요." 하워드가 말했다. "만일 진정한 혼자만의 공간을 원하신다면…… 이쪽으로 와서 보세요."

시골 별장 스타일로 지어진 별채 내부에는 침실 두 개와 욕실, 커다란 벽난로와 히코리 나무로 만든 큼직한 가구들이 있었다. 바닥에는 흰 염소 가죽 깔개가 깔려 있었고, 벽에는 올 굵은 면직물로 짠 벽걸이가 걸려 있었다. 거실에는 그간 엘러리가 본 것 중에 가장 말쑥한 책상이 놓여 있었다. 히코리 나무와 쇠가죽으로 만든 것으로 황제의 품격에 어울릴 만한 것이었다. 책상 앞에는 폭이 넓은 회전의자가 놓여 있었다.

"제 책상이에요." 하워드가 말했다. "저기 본채 제 방에서 가지고 왔어요."

"감동적인데."

"뭐, 전 사용하지 않으니까요." 하워드가 벽걸이가 걸린 벽 쪽으로 갔다. "이걸 보여드리고 싶었어요." 그는 벽을 덮고 있던 벽걸이를 들췄다. 벽이 있어야 할 자리에는 커다란 창이 나 있었다.

거친 초록색 벽걸이 너머 저 아래로 라이츠빌이 보였다.

"무슨 말인지 알겠군." 엘러리가 회전의자에 앉으며 중얼거렸다.

"여기서 글을 쓰실 수 있을 것 같아요?"

"힘들겠는데." 하워드가 웃었다. 엘러리는 무심히 말을 건넸다. "괜찮아, 하워드?"

"괜찮으냐고요? 물론이죠."

"숨기려 들지 마. 기억상실증이 재발하지는 않았어?"

하워드는 비뚤게 걸려 있는 사슴 머리를 똑바로 바로잡았다. "왜 물어보시는 거예요? 말씀드렸잖아요. 3주가 되기 전에 재발한 적은……."

"얼굴이 안돼 보여서."

"그때 두들겨 맞은 후유증이겠죠." 하워드가 부산스럽게 몸을 돌렸다. "침실은 이쪽이에요. 욕실엔 샤워 부스가 있고요. 이건 표준형 타자기고, 휴대용은 저쪽 구석에 있어요. 그리고 종이랑 연필, 먹지, 스카치위스키는……."

"87번가의 스파르타식 인생으로 영원히 돌아가지 못하게 하려는 거야? 하워드, 정말 굉장해. 진짜로."

"아버지가 이 오두막집을 직접 설계하셨죠."

"위대한 분이시군. 아직 모습을 드러내시지는 않았지만."

"아버지는 최고예요." 하워드가 초조하게 말했다. "저녁 식사 때 뵐 수 있을 거예요."

"기대하고 있어."

"아버지가 선생님을 얼마나 뵙고 싶어 하는지 모르실 거예요. 자 그럼……."

"벌써 가려고?"

"네, 좀 씻으셔야죠. 아니면 그냥 쉬셔도 좋고요. 마음 내키실 때 아무 때나 집으로 오세요. 그럼 구경시켜드릴게요."

그리고 하워드는 가버렸다.

엘러리는 한참 동안 회전의자에 앉아서 불안정하게 몸을 움직였다.

화요일과 오늘 사이에 뭔가 잘못되었다. 그것도 아주 크게. 그리고 하워드는 그걸 그에게 알리고 싶어 하지 않는다.

엘러리는 샐리 밴혼도 그것을 알고 있을지 궁금했다.

그는 알고 있을 거라고 결론 내렸다.

엘러리가 저택의 거실로 들어섰을 때, 그곳에는 하워드가 아닌 샐리가 그를 기다리고 있었다. 하지만 엘러리는 놀라지 않았다.

그녀는 목선이 깊게 파인 보그 스타일의 검은색 디너 드레스를 입고 목에는 검은색 시폰 스카프를 두르고 있었다. 가장 매력적인 모순을 지닌 모습이라고 엘러리는 또다시 생각했다.

"아, 저도 알아요. 너무 과하죠?" 샐리가 얼굴을 붉히며 말했다.

"감탄과 회개 사이에서 망설이게 되는군요." 엘러리가 외쳤다. "제 옷차림은 저녁 식사에 걸맞은가요? 하워드가 전혀 말을 안 해줘서요. 사실 야회복은 가져오지 않았습니다."

"야회복 같은 걸 입으셨다간 디드가 엘러리 씨의 목을 조를 거예요. 그이는 격식 차린 복장을 싫어하거든요. 그리고 하워드는 할 수만 있다면 정장은 절대 입지 않아요. 저는 그냥 이게 새 옷이기도 하고 또 엘러리 씨를 감동시켜드리고 싶기도 해서 입은 것뿐이에요."

"감동했습니다. 정말이에요!" 샐리가 웃었다. "하지만 부군께서는 뭐라 생각하실까요?"

"부군? 맙소사, 이 옷은 디드가 저를 위해 만들어준걸요."

"진정 위대한 분이시군요." 엘러리가 경건하게 말했다. 샐리는 다시 웃었고, 덕분에 엘러리는 별것 아닌 것처럼 말을 이을 수 있었다. "하워드는 어딨죠?"

"위층 작업실에요." 샐리가 우스꽝스러운 표정을 지어 보였다. "하워드가 지금 기분이 고조됐거든요. 그럴 땐 제가 버릇없는 아이 다루듯 하워드를 위층 자기 공간으로 보내요. 위층은 하워드가 통째로 쓰고 있어서, 거기에서 자기 마음대로 투덜거릴 수 있죠." 샐리는 가볍게 덧붙였다. "엘러리 씨가 하워드의 행동을 꽤 너그럽게 봐주셔야 할 거예요."

"말도 안 됩니다. 제 행동거지도 에밀리 포스트*가 추천할 만한 것은 아닌걸요. 특히 일할 때는요. 부인도 아마 사흘이면 저더러 짐 싸서 나가라고 하실 겁니다. 어쨌든 고마운 마음이 드네요. 이렇게 해서 부인을 독점할 기회가 생겼으니까요."

그는 경외하는 눈빛으로 샐리를 살펴보며 신중하게 말했다.

역에서 샐리를 만난 그 순간부터 엘러리는 하워드의 문제에서 샐리가 대단히 중요한 요소임을 직감했다. 하워드는 자기 아버지에게 감정적으로 얽매여 있었다. 둘 사이에 이 사랑스러운 여인이 갑작스럽게 침입하자, 아버지의 관심과 애정을 독차지하던 아들에게 이는 충격으로 작용했을 것이다. 하워드의 말대로 첫 번째 기억상실 증세가 아버지의 결혼식 날 밤에 일어

* 에티켓에 관한 책과 칼럼을 쓴 미국 여류 작가.

났다면 이는 의미심장한 일이다. 엘러리는 본채 현관 앞에서 하워드와 샐리가 잠깐 만났을 때 둘 사이에 흐르는 긴장의 징후를 아주 가까이에서 지켜보았고, 그것을 간파했다. 하워드의 과장된 행동, 엘러리 앞에서 샐리와 얘기할 때 보인 극도의 무심함을 가장한 태도, 시선 회피 같은 것들은 내면 갈등의 명백한 방어적 표현이었다. 여자인 샐리는 그보다 용의주도했으나, 엘러리는 샐리가 자신에 대한 하워드의 감정을 알고 있을 거라는 것을 의심하지 않았다. 그녀에 대한 감정. 만일 그녀가 그렇고 그런 여자였다면, 그녀는 전혀 남남인 남자에게서 안식을 구하려 할 것이라는 생각이 들었다. 그녀는 그런 여자인가?

그래서 그는 그녀를 진중하게 살펴보았다.

하지만 샐리는 미소를 지으며 말했다. "절 독차지해요? 오, 엘러리 씨. 안타깝지만 그리 오래는 아닐 거예요."

"안타깝지만?" 엘러리도 미소를 지으며 중얼거렸다.

샐리가 차분하게 말했다. "디드가 방금 집에 왔어요. 지금 한껏 들떠서 빗질하고 있는걸요. 잠깐 칵테일이라도 한잔하시겠어요?"

이것은 거절해야 하는 초대였다. 그래서 엘러리는 말했다. "고맙습니다만 밴혼 씨를 기다리겠습니다. 정말 근사한 방이네요!"

"마음에 드세요? 그럼 남편이 내려올 때까지 방을 구경시켜 드릴게요."

"좋습니다."

엘러리는 정말로 샐리가 마음에 들었다.

방은 모두 거대했고 군주의 위엄에 어울리도록 영웅적 취향으로 꾸며져 있었다. 자연목의 풍부함이 돋보이는 가구와 극적인 느낌을 주는 벽면, 널찍한 벽난로, 단순한 색채의 나열……. 거인을 위한 방이었다. 그러나 엘러리가 더욱 근사하다고 느낀 것은 여주인이었다. 로우 빌리지 출신의 아가씨는 이 모든 것들을 위해 태어난 사람처럼 화려한 공간을 화려하게 누비며 거닐고 있었다.

엘러리는 폴리가를 잘 알고 있었다. 라이츠빌을 처음 방문했을 때, 지금은 브래드퍼드 부인이 되었지만 당시에는 스웨터 차림의 발랄한 소녀였던 퍼트리샤 라이트가 엘러리의 가이드 역할을 맡아 마을의 어두운 빈민촌을 안내했던 것이다. 폴리가는 로우 빌리지에서도 가장 열악한 빈민가였다. 온수조차 나오지 않는 암울한 아파트들이 줄줄이 늘어선 음침한 골목과 멍청하게 일만 하는 공장 노동자들. 말수가 적은 그곳의 남자들은 늘 어디선가 두들겨 맞기 일쑤였고, 여자들은 여성성을 상실했으며, 십 대들의 눈빛은 사나웠고, 아기들은 더러운 데다 항상 굶주림에 시달리고 있었다.

그리고 샐리는 폴리가 출신이다! 디드릭 밴혼 자신이 조각가가 되어 자기 아들이 진흙을 빚는 것처럼 그녀의 살과 영혼을 빚어낸 걸까. 아니면 이 소녀가 카멜레온 같아서 알 수 없는 자연의 손길에 따라 주위 환경에 맞게 색깔을 바꾼 걸까. 예전에 헐마이니 라이트가 방으로 들어설 때 그녀가 지닌 위엄으로 인해 방 안에 있던 모든 것이 초라해지는 걸 본 적이 있다. 그러나 샐리와 비교하면 헐마이니는 그저 시골뜨기 아낙네일 뿐이었다.

그때 디드릭 밴혼이 양팔을 활짝 벌리고 빠른 걸음으로 계단을 내려왔다. "안녕하십니까!" 우렁찬 인사가 수작업으로 만든 기둥에 반사되어 튕겨져 나왔다.

그 뒤로 그의 아들이 발을 질질 끌며 내려왔다.

순간 아들과 아내와 저택이 밴혼을 중심으로 어우러지고, 모양을 바꾸고, 다시 균형을 잡더니, 완전한 일체를 이루었다.

그는 어느 모로 보나 특출한 남자였다. 그를 이루고 있는 모든 것이 거대했다. 몸, 목소리, 제스처까지도. 그가 나타나기 전까지 웅장하게 느껴졌던 방은 더 이상 커 보이지 않았다. 그는 이 방을 완전히 채웠다. 이 방은 그의 크기에 맞게 지어진 것이었다.

밴혼은 키가 큰 사람이었지만 실제로는 보이는 것만큼 크지 않았다. 어깨는 하워드나 엘러리만큼 넓지 않았지만, 두께가 어마어마했기 때문에 젊은 남자라도 그의 옆에 서면 어린아이 같아 보였다. 손도 그야말로 엄청났다. 두툼하고 커다란 근육질의 손은 그 자체로 두 개의 묵직한 장비와 같았다. 그 손을 보자 예전에 생미셸 카페에서 디드릭이 처음엔 일용직 노동자에서 시작했다고 했던 하워드의 말이 떠올랐다. 그러나 엘러리를 매료시킨 것은 밴혼의 머리였다. 그의 머리는 크고 뼈대가 굵었다. 윤곽선은 각이 졌고 눈썹은 힘이 있어 보였다. 눈썹 아래 자리 잡은 얼굴은 지금껏 엘러리가 본 중에 가장 못생겼으면서도 가장 매력적인 남자의 얼굴이었다. 문득 엘러리는 샐리의 말이 단순히 모순적인 말장난이 아니라 정확한 사실이었다는 생각이 들었다. 얼굴이 그토록 못생겨 보이는 건 얼굴의 이목구비가 보잘것없어서가 아니라 전체적으로 조화를 이루지 못했기 때문이었다. 코, 턱, 입, 귀, 광대뼈…… 모든 것이 너무 컸다. 검은빛이 도는 피부는 거칠었다. 이런 부조화 속에서, 크고 깊고 밝고 아름답고 비범한 두 눈이 검은 얼굴을 빛내며 얼굴 전체의 분위기를 특이하면서도 조화롭고 유쾌하게 탈바꿈시켜놓았다.

밴혼의 목소리는 그의 덩치만큼이나 크면서도 깊고 남성적이었다. 그는 말을 할 때 목소리뿐만 아니라 몸도 함께 사용했다. 목소리와 몸이 분리된 것이 아니라 무의식중의 리듬을 통해 함께 움직이면서 듣는 이를 사로잡아버렸다. 그에게서 벗어나는 것은 불가능했다.

엘러리와 악수를 하면서 잽싸게 아내에게 팔을 두르고, 칵테일을 따르며 하워드에게 난롯불을 켜도록 지시하고, 가장 큰 의자에 앉아 다리를 팔걸이에 걸쳐놓고……. 디드릭 밴혼이 무엇을 하든 무엇을 말하든, 그것은 모두 대단히 중요하면서도 무엇 하나 소홀히 해서는 안 되는 것들이었다. 간단히 말해, 집의 주인이 돌아온 것이다. 그는 그것을 애써 드러내려 하지 않았다. 자신의 존재가 그 사실을 말해주었기 때문이다.

아들과 아내와 함께 있는 그를 눈앞에서 직접 보니, 그들의 관계는 필연적인 것처럼 느껴졌다. 밴혼의 활력이 향하는 모든 것은 결국 그의 활력에 흡수되어버리고 만다. 그의 아들은 그를 숭배하고 모방했다. 그리고 그를 향한 숭배를 삭일 수도, 그와 견줄 수도 없었던 그의 아들은…… 하워드가 되었다. 그리고 그의 아내 샐리……. 밴혼은 그녀를 사랑함으로써 그녀 또한 자신을 사랑하게 만들었고, 그 사랑을 단단히 붙잡아 지켰다. 그가 사랑하는 이들은 그에게 무력하게 얽매여 있었다. 그들은 그의 움직임을 따라 함께 움직였다. 그들은 그의 의지의 일부였다. 그는 신화 속 반신반인(半神半人)을 연상시켰다. 엘러리는 10년 전 하워드의 펜션 작업실에서 마냥 즐거워만 했던 것을 하워드에게 말없이 사과했다. 하워드가 그의 아버지의 형상에 따라 제우스상을 조각한 것은 단지 낭만적인 감상 때문만이 아니었다. 그는 무의식중에 아버지의 초상을 조각한 것이었다. 엘러리는 디드릭이 신들의 선함을 지닌 것처럼 신들의 악함도 지니고 있을지 궁금했다. 그가 악을 지니고 있다면 그 악은 결코 평범하지 않을 것이다. 이 사내는 평범함의 범주를 넘어선 자다. 그는 공정하고 논리적이며 확고부동하다.

샐리의 말이 맞았다. 이 남자는 나이의 개념으로는 생각할 수 없다. 밴혼은 아마 예순이 넘었을 것이다. 그러나 그는 마치 인디언 같았다. 거칠고 검은 머리는 가늘어지지도 회색으로 바래지도 않았으며, 자세는 구부정하지도 불안하게 흔들리지도 않았다. 그에게서는 오로지 강하고 변치 않는 힘만이 느껴졌다. 그리고 이 세상에 그를 쓰러뜨릴 수 있는 것은, 이를테면 번개 같은 또 다른 힘뿐이리라.

화제는 온통 엘러리의 소설에 집중되어 있었다. 듣기 좋은 번드레한 말이 오고 갔지만 대화에 진전은 없었다.

그래서 엘러리는 기회가 오자마자 잽싸게 말했다. "아, 그런데 말입니다. 하워드가 일전에 이 기억상실증에 대한 얘기를 하면서 그 때문에 무척 당황스럽다고 한 적이 있었습니다. 개인적으로 기억상실증이 크게 우려할 일은 아니라고 생각합니다만, 밴혼 씨께서는 그 원인이 뭐라고 생각하시는지 궁금합니다."

"그건 나도 알고 싶군요." 디드릭은 그의 큰 손을 가볍게 아들의 무릎 위에 얹었다. "하지만 이 아이는 까다로운 환자라서 말입니다."

"제가 아버지를 닮았다는 말씀이죠." 하워드가 말했다.

디드릭은 웃었다.

"하워드가 얼마나 의사들에게 비협조적이었는지 벌써 엘러리 씨에게 말씀드렸어요." 샐리가 남편에게 말했다.

"이놈이 조금만 더 어렸어도 아주 먼지가 날 때까지 두들겨 패줬을 텐데." 밴혼이 으르렁거렸다. "여보, 퀸 씨가 시장하실 거야. 나는 그렇거든. 저녁 준비 아직 안 됐나?"

"벌써 준비됐어요, 디드. 지금 울퍼트를 기다리는 거예요."

"아, 내가 말 안 했던가? 미안해, 여보. 울프는 오늘 늦을 거야. 기다릴 필요 없어."

샐리는 재빨리 자리를 떴고 디드릭은 엘러리에게 몸을 돌렸다.

"내 동생은 독신자들이 갖고 있는 나쁜 버릇이란 나쁜 버릇은 모두 갖고 있습니다. 요리하는 사람의 마음 같은 건 절대 헤아리는 법이 없죠."

"가족은 말할 것도 없고요." 하워드가 덧붙였다.

"하워드는 울퍼트와 별로 사이가 좋지 않아요." 디드릭이 웃었다. "아들에게도 말했지만, 이놈은 자기 삼촌을 이해하려 들지 않아요. 울퍼트는 보수적이고……."

"보수가 아니라 수구죠." 하워드가 쏘아붙였다.

"돈에 신중하고……."

"지독한 구두쇠고요."

"사업적 측면에서 다루기 힘든 사람이란 건 인정해요. 그래도 그게 범죄는 아니니까……."

"그게 바로 울퍼트 삼촌이 하는 짓이에요, 아버지. 범죄 말이에요."

"하워드, 네 삼촌은 완벽주의자라서……."

"노예 감독이죠!"

"내가 말을 끝맺게 해다오." 디드릭이 부드럽게 말했다. "퀸 씨, 내 동생은 주위 사람들이 즉시 복종하기를 기대하는 그런 사람입니다. 하지만 또 달리 보면 동생은 자기가 부리는 어느 누구보다도 스스로를 더 닦달하면서……."

"삼촌 봉급은 일주일에 32달러가 아니니까요. 삼촌은 자기 자신을 닦달할 이유가 충분하죠."

"하워드, 네 삼촌은 공장을 운영하며 우리를 위해 많은 걸 해줬다. 그 점은 잊지 말도록 하자꾸나."

"아버지, 아버지도 잘 아시잖아요. 아버지가 삼촌을 틀어쥐고 계시지 않는다면 삼촌이 무슨 짓을 했을지 말이에요. 속도 시스템을 도입하고, 노조에 스파이를 심고, 연공서열을 폐지하고, 바른말 하는 사람들을 전부 해고하고……."

"와, 하워드." 엘러리가 말했다. "사회적 의식이 깨어난 건가? 위세트 거리 때에 비하면 많이 변했네."

하워드가 뭐라 투덜거렸고, 그들은 모두 웃었다.

"내 얘기의 요점은 내 동생이 근본적으로 불행한 사람이란 겁니다." 디드릭이 말을 이었다. "난 그 애를 이해해요. 하지만 아들놈까지 이해해주길 기대할 수는 없지요. 울퍼트는 불안과 좌절로 뭉친 놈입니다. 사는 게 두려운 거요. 그래서 하워드에게는 늘 그런 말을 합니다. 자기 눈 안에 든 문제를 봐라. 일이 곪을 때까지 내버려두지 마라. 문제를 해결하기 위해 뭔가를 해라. 그러고 보니 생각났는데…… 이 저녁 식사 문제로 시간을 낭비하지 않으려면 뭔가를 해야 되겠군요. 샐리!"

샐리가 드레스 위에 예쁜 비닐 앞치마를 두르고 들어왔다. 웃음을 머금은 그녀의 뺨이 동그랬다. "로라 때문이에요, 디드. 로라가 파업에 들어갔어요."

"버섯." 하워드가 소리쳤다. "맙소사, 버섯…… 로라는 엘러리 씨의 팬이거든요. 이건 위기네요."

"버섯이 왜?" 디드릭이 물었다.

"오늘 오후에 제가 전부 해결한 줄 알았어요, 여보. 그런데 지금 로라가 퀸 씨에게 버섯 소스도 없이 스테이크를 대접할 수는 없다고 하는 거예요. 그리고 버섯은 아직 안 왔는데……."

"버섯 따위 집어치워, 샐리! 차라리 내가 직접 스테이크를 굽겠어!" 디드릭이 외쳤다.

"여기 앉아서 칵테일이나 한 잔 더 따르세요." 샐리가 남편의 정수리에 키스를 하며 말했다. "스테이크는 비싸답니다."

"파업 훼방꾼." 하워드가 말했다.

샐리는 나가면서 하워드를 흘겨보았다.

저녁 식사를 하는 동안 뭔가가 엘러리의 신경에 거슬렸다. 그는 그 이유를 도무지 알 수가 없었다. 식사는 두말할 나위 없이 최고였다. 감탄을 자아낼 만큼 멋진 벽난로의 창살 너머로 석탄불이 황실의 격식에 따라 우아하게 활활 타올랐고, 미식가의 미뢰를 자극하기 위해 디자인된 세련된 도자기 그릇과 예술의 신 불카누스가 직접 만든 것 같은 은제 식기가 차려졌다. 디드릭이 세쿼이아 나무의 심장부에서 파냈다고밖에 생각할 수 없는 엄청난 나무 볼에 담긴 샐러드를 직접 섞었다. 그리고 믿을 수 없을 만큼 훌륭한 디저트가 나왔다. 샐리는 그것을 '오스트레일리아 타르트'라고 불렀는데, 분명 모든 타르트들의 증조할머니쯤 될 것이라고 엘러리는 생각했다. 테이블 한가운데를 차지하는 거대한 타르트는 한입 베어 물 때마다 풍부한 맛으로 입안을 가득 채웠다. 그리고 대화는 생동감이 넘쳤다.

그럼에도 여전히 물밑으로 흐르는 뭔가가 있었다.

그런 게 있을 리가 없지 않은가. 대화는 음식만큼이나 풍성했다. 엘러리는 밴혼의 어린 시절에 대해 많은 것을 알게 되었다. 디드릭과 울퍼트 형제는 49년 전 어린 소년일 때 라이츠빌에 오게 되었다. 두 사람의 아버지는 타오르는 지옥 불과 유황을 설파하는 전도사로, 이 마을 저 마을을 떠돌며 죄인들의 머리 위로 영원한 저주를 청하는 사람이었다.

"아버지는 진심이셨습니다." 디드릭이 웃었다. "아버지가 진짜로 화가 나시면 울프와 나는 정말로 무서워했어요. 내가 장담하는데 아버지가 고함을 지르시면 진짜로 눈이 빨갛게 변하곤 했지요. 그 긴 검은 수염에는 항상 침이 방울방울 맺혀 있었고. 아버지는 우리를 항상 두들겨 패곤 하셨지요. 이른바 사랑의 매라고 할까. 아버지는 신약보다는 구약을 더 즐겨 읽으셨어요. 나는 항상 아버지가 예레미야 아니면 늙은 존 브라운*과 비슷하지 않을까 생각했는데, 어느 쪽이든 아버지와 제대로 겨룰 만한 대상은 아니었던 것 같아요. 아버지는 보고 느낄 수 있

* 미국의 노예 폐지론자. 광신자로 알려져 있다.

는 하느님을 믿으셨소. 특히 느낄 수 있는 하느님을. 어른이 되고 나서야 아버지가 실제로는 아버지 자신의 모습대로 하느님을 창조하셨다는 걸 깨닫게 되었지요."

전도사의 구원의 여정 가운데 라이츠빌은 잠시 거쳐 가는 역에 불과했다. 그러나 아버지는 아직도 여기 계신다고 디드릭은 말했다. "쌍둥이 언덕 공동묘지에 계신다오. 로우 빌리지의 기도 모임에서 뇌졸중으로 돌아가시는 바람에 말이오."

밴혼 전도사의 가족은 라이츠빌에 남게 되었다.

그 후 비범한 디드릭 밴혼은 로우 빌리지에서 노스 힐 드라이브의 산마루에 오르고, 또 아내를 위해 다시 로우 빌리지로 내려간 것이다.

그나저나 왜 하워드는 말을 하지 않는 걸까?

"우리는 마을에서 제일 가난한 사람들이었소. 그러다가 울프가 에이머스 블루필드의 사료 가게에 취직을 했지요. 나는 에이머스건 어디건 실내에서 일하는 걸 견딜 수가 없었고, 그래서 도로 보수 일을 하게 된 거요."

샐리가 조심스럽게 은 주전자에 담긴 커피를 따르고 있었다. 그녀가 남편의 자서전 때문에 괴로워하는 것은 아니었다. 그녀는 누가 보더라도 분명히 남편을 자랑스럽게 여기고 있었다. 샐리를 괴롭히는 것은 뒤뜰만큼이나 긴 식탁의 중앙에 앉아 있는 하워드였다. 하워드는 디저트 포크로 장난을 치면서 아버지 얘기를 듣는 척 반쯤 미소를 지으며 침묵을 지키고 있었고, 샐리는 하워드의 침묵을 느끼고 있었다.

"그다음엔 일이 술술 풀렸소. 울프는 야심이 큰 녀석이었지요. 동생은 밤에 통신강좌로 부기와 경영학, 재무를 공부했소.

나도 야심이 많았지만 동생과는 좀 다른 방식이었고. 나는 사람들 사이로 뛰어들었다오. 손에 쥔 모든 기회를 다 뒤져보면서, 책에서 배울 수 없는 걸 배웠지요. 그건 지금도 마찬가지요. 하지만 재미있는 게 말입니다, 퀸 씨, 기술 서적과 아버지의 성경, 셰익스피어, 인간의 심리를 다룬 몇몇 논문을 제외하면 책에서는 내 인생에 직접 적용할 수 있는 내용을 조금도, 단어 하나조차도 찾을 수가 없었단 거요. 사는 데 도움도 안 되는 것을 무엇하러 배워야 한단 말입니까?"

"토론하기엔 훌륭한 주제군요." 엘러리가 웃었다. "밴혼 씨께서는 책이 우리에게 세상의 극히 일부만을 가르친다는 골드스미스의 말에 동의하시겠군요. 그리고 책이 인류의 저주이며 인쇄술의 발명은 인간에게 닥친 최고의 불행이라고 말한 디즈레일리에게도 공감하실 거고요."

"디드는 자기가 말하는 걸 정말로 믿는 건 아녜요." 샐리가 말했다.

"아니야, 여보. 난 진심이야." 디드릭이 항변했다.

"글쎄요. 책이 아니었으면 전 여기에 있지도, 이 자리에 앉아 있지도 못 했을걸요."

"자, 방어해보시죠." 하워드가 중얼거렸다.

샐리가 말했다. "어머, 하워드. 아직도 여기 있었어요? 커피 더 따라줄게요."

엘러리는 두 사람이 이제 제발 그만 좀 했으면 하고 바랐다.

"나는 스물네 살에 도로 건설 회사를 소유하게 되었소. 스물여덟 살 때는 로어 메인 스트리트의 부동산을 몇 채 갖게 되었고, 프랭크 로이드의 할아버지인 로이드 씨에게서 목재 저장소도 샀소. 울퍼트는 그 무렵 보스턴의 증권회사에서 일하고 있었지요. 그때 전쟁이 났고 나는 곧장 프랑스로 건너가 17개월을 보냈다오. 주로 진창과 병균들 속에서 뒹군 기억만 나지만 말이오. 울프는 참전을……."

"절대 할 리가 없죠." 하워드가 말했다. 그 말에는 자신도 참전하지 못했다는 씁쓸함이 묻어 있었다.

"네 삼촌은 폐가 약해서 면제된 거다."

"지금까지 삼촌한테 그런 문제가 있는지 전혀 몰랐는데요."

"어쨌든 퀸 씨, 내 동생은 내가 외국에 나가 있는 동안 보스턴에서 이곳으로 돌아와 내 사업을 맡아주었소. 그리고……."

"어찌나 착한 분이신지." 하워드가 덧붙였다.

"하워드."

"죄송해요. 하긴, 아버지가 돌아오셨을 때 삼촌이 군부대와 목재 공급 계약을 맺는 작은 기적을 보여주긴 했지요."

"이제 그만하면 됐다." 디드릭의 이 말은 기분 좋게 들리긴 했지만, 하워드는 입을 다물고 더 이상 말하지 않았다. "그래도 울프는 꽤 잘 해냈어요. 그래서 그 이후 자연스럽게 함께 일하게 된 거지요. 우리는 1929년 대공황 때 같이 파산했다가 다시 함께 일어섰습니다. 그게 지금까지 이어져 여기까지 오게 된 거요."

앨러리는 "여기"라는 말이 이 노스 힐 드라이브의 호화로운 저택과, 라이츠빌의 경제계에 미치는 밴혼의 권력에 대한 수사학적 암시를 동시에 뜻하는 것이 아닐까 생각했다. 그리고 밴혼이 들려주는 여러 사소한 에피소드들을 통해 앨러리의 생각은 점점 더 굳어졌다. 밴혼가는 목재 저장소, 제재소, 기계 공장,

황마 공장, 슬로컴의 제지 공장, 그 밖에 마을 전체에 널려 있는 10여 개의 다른 공장들도 소유하고 있었고, 그 외에도 라이츠빌 전력 회사와 라이츠빌 은행의 지분을 보유하고 있는 것이 분명했다. 특히 은행 지분 보유는 존 라이트가 세상을 뜨면서 가능했던 것이다. 그리고 디드릭은 최근에 프랭크 로이드의 신문사를 사들여 시설을 현대화하고 진보 성향으로 개혁했다. 〈라이츠빌 레코드〉는 이미 정치권에서 막강한 영향력을 발휘하고 있었다. 밴혼가의 재산은 제2차 세계대전을 전후로 해서 계속 늘어가고 있는 것 같았다.

밴혼의 이야기는 솔직하고 자연스러우며 유쾌했다. 엘러리가 막 긴장을 풀기 시작했을 때, 갑자기 울퍼트 밴혼이 들어왔다.

울퍼트는 그의 형을 일차원적으로 투사한 존재였다.

울퍼트도 디드릭만큼 키가 컸고, 외모도 형만큼이나 못생기고 덩치도 컸지만, 디드릭이 폭과 두께를 가지고 있다면 울퍼트는 가늘게 휜 선을 연상케 했다. 그는 길이만 있고 실체는 없는 것 같아 보였다. 그의 안에는 혈기도, 열의도, 위엄도 없었다. 그의 형이 웅장한 조각상이라면 울퍼트는 펜으로 그린 캐리커처였다.

울퍼트는 굶주린 새가 썩은 고기 위로 급강하하듯 식당으로 들어왔다. 그리고 새 같은 눈으로 엘러리를 냉랭하게 쏘아보았다.

디드릭이 부드럽고 따뜻한 힘을 지녔다면 이 남자는 시큼하고 떨떠름한 인상을 풍겼다. 그러나 그 표현만으로는 부족했다. 엘러리는 잠깐 지옥을 들여다보게 된 것 같은 우스꽝스러운 기분을 느꼈다. 길쭉한 울퍼트의 얼굴 가운데에서 입술이 쭉 쪼개졌다. 아마도 나름대로 미소랍시고 시도해본 것 같았으나, 보이는 것이라고는 여우 같은 입술의 뒤틀림과 한껏 드러낸 말의 이빨 같은 의치뿐이었다. 악수를 하려고 내민 손은 온통 뼈밖에 없었다.

"이분이 우리 하워드의 그 유명하신 친구분이구만." 울퍼트가 말했다. 가느다란 그의 목소리에서 시큼한 뒷맛이 느껴졌다. 그가 "우리 하워드"라고 말할 때 그나마 있었을지도 모를 두 사람 사이의 친밀함까지도 퇴색해버렸고, "유명하신"에는 조롱의 기색이, "친구분"에는 외설적인 분위기가 담겨 있었다.

불안과 좌절로 뭉친 사람……. 엘러리는 그 말이 맞다고 생각했다. 그리고 동시에 그는 위험한 사람이었다. 그는 디드릭의 아들을 원망했다. 그는 디드릭의 아내를 원망했다. 그는 디드릭도 원망하는 것 같았다. 그러나 그가 그 다양한 원망들을 다양한 형태로 표현해내는 것을 지켜보는 일은 자못 흥미로웠다. 그는 하워드를 무시했다. 그는 샐리를 깔보았다. 형 디드릭에게는 경외심을 드러냈다. 조카는 경멸하고, 형수는 질투하고, 형은 두려워하면서 증오하는 것 같았다.

그는 천박한 사람이기도 했다. 울퍼트는 저녁 식사에 늦은 것에 대해 샐리에게 사과하지 않았다. 그는 도발적인 태도로 식탁 위에 팔꿈치를 올린 채 짐승처럼 음식을 먹었고, 마치 그 자리에 다른 사람은 아무도 없고 디드릭과 단둘만 있는 것처럼 디드릭에게만 말을 건넸다.

"결국 끌려 들어가게 되셨군요, 형님. 나중에 저에게 구해달라고 부탁하시게 될 겁니다."

"무슨 얘기야?"

"그 미술관 사업 말이에요."

"매켄지 부인이 전화했나?" 디드릭의 눈이 반짝이기 시작했다.

"형님이 나가신 다음에요."

"내 제안을 받아들였군!"

울퍼트는 툴툴거렸다.

"미술관이요? 언제 라이츠빌에 미술관이 생겼습니까, 밴혼 씨?" 엘러리가 말했다.

"아직은 없어요." 디드릭은 희색이 만면했다. 뼈가 앙상한 울퍼트의 손목이 끊임없이 움직거렸다.

"꽤 큰 사업이에요." 하워드가 갑자기 끼어들었다. "몇 달 동안이나 진행 중이에요. 몇몇 노인네들이…… 마틴 부인, 매켄지 부인 그리고 특히……."

"내가 맞춰볼까." 엘러리가 웃으며 말했다. "그리고 특히 에멀린 뒤프레."

"맞아요! 이 멋진 도시의 고고한 예술가들을 잘 아시나 봐요?"

"그럴 기회가 있었어. 그것도 꽤 많이."

"그럼 제 얘기를 이해하실 거예요. 그 사람들은 위원회예요. 위원회에 밑줄 긋고. 그 사람들이 도시행정위원을 통해 결의안을, 이것도 밑줄, 통과시켰어요. 그리고 라이츠빌을 우리 주의 문화적 수도로 만들기 위해 필요한 모든 것이 마련되었죠. 문화적 수도에 밑줄. 단지 그 사람들은 미술관이 돈을 어마어마하게 잡아먹을 거라는 사실을 잊고 있어요."

"기금을 마련하느라 그분들이 고생을 많이 했어요." 샐리는 의아한 눈으로 남편을 바라보고 있었다.

디드릭은 여전히 기쁜 표정이었고, 울퍼트는 꾸역꾸역 음식을 먹고 있었다.

"하지만 아버지, 도대체 그 일에 어떻게 엮이신 거예요?" 하워드는 어리둥절했다.

"혹시 기부를 하신 건가요, 디드?" 샐리가 말했다.

디드릭은 그저 빙긋이 웃을 뿐이었다.

"어서 말해봐요. 또 뭔가 영웅적인 일을 하신 거죠?"

"형님이 무슨 짓을 했는지 압니까?" 울퍼트가 언짢은 목소리로 말했다. "상당한 규모의 적자를 메워주겠다고 했다고요."

하워드가 아버지를 바라보았다. "족히 수십만 달러는 될 텐데요."

"48만 7천 달러." 울퍼트 밴혼이 쏘아붙였다. 그는 포크를 던지듯 내려놓았다.

"그 사람들이 어제 날 찾아왔어." 디드릭이 설득하듯 말했다. "기금 마련 캠페인에 실패했다고 하더구나. 그래서 그 사람들에게 그 적자를 메워주겠다고 하는 대신 조건을 하나 제시했지."

"디드, 저한테는 그런 얘기는 한 마디도 안 했잖아요." 놀란 샐리가 큰 소리로 말했다.

"아껴두고 싶었거든. 게다가 그 사람들이 내 조건을 받아들일 거라는 생각도 특별히 안 했고."

"무슨 조건인데요, 아버지?"

"미술관 얘기가 처음 나왔을 때 네가 그랬지. 건물 전면에 페디먼트인지 프리즈*인지 뭐 그런 것을 넣고, 거기에 신화 속 신

* 건물 윗부분에 그림이나 조각으로 띠 모양의 장식을 넣은 것.

들의 조각상을 실물 크기로 제작하도록 건축 계획을 제대로 세워 실행해야 한다고."

"제가 그런 말을 했어요? 전 기억 안 나는데."

"난 기억한다. 그래서……. 그게 내 조건이었어. 조각상을 설치하고, 그 조각상을 제작하는 조각가는 작품에 'H. H. 밴혼'이라고 서명을 새겨야 한다는 조건."

"오, 디드!" 샐리가 숨을 들이마셨다.

울퍼트는 자리에서 일어나 트림을 한 번 하고는 방을 나갔다.

하워드의 얼굴이 하얗게 질렸다.

"물론……." 디드릭이 느릿느릿 말했다. "네가 원치 않는다면, 얘야……."

"원해요." 하워드가 속삭였다.

"혹시 네가 자격이 없다고 생각한다면……."

"아, 할 수 있어요!" 하워드가 말했다. "할 수 있어요!"

"그럼 매켄지 부인에게 내일 수표를 보내마."

하워드는 떨고 있었다. 샐리는 하워드에게 새로 커피를 따라주었다.

"제 말은 할 수 있을 것 같은데……."

"바보처럼 굴지 말아요, 하워드." 샐리가 재빨리 말했다. "뭘 조각할 거예요? 무슨 신을 생각하고 있어요?"

"글쎄요…… 하늘의 신 주피터하고……." 하워드가 주위를 둘러보았다. 여전히 멍한 상태였다. "누구 연필 없어요?"

연필 두 자루가 달그락 소리를 내며 하워드 앞에 떨어졌다.

그는 식탁보 위에 스케치를 하기 시작했다.

"하늘의 여왕 주노……."

"아폴로도 있어야겠지? 태양신이던가?" 디드릭이 진지하게 말했다.

"그리고 바다의 신 넵투누스도요." 샐리가 외쳤다.

"지하 세계의 신 플루토를 빼놓으면 안 되지." 엘러리가 말했다. "사냥의 신 디아나, 전쟁의 신 마르스, 목신 판……."

"비너스…… 불카누스…… 미네르바……."

하워드가 손을 멈추고 아버지를 바라보았다. 그러더니 자리에서 일어섰다. 그러다 곧 다시 자리에 앉더니, 다시 일어서서 식당을 나가버렸다.

샐리가 말했다. "오, 디드. 당신은 정말. 갑자기 눈물이 나려고 하네요." 그러고는 식탁을 돌아 남편에게 다가가 키스했다.

"지금 무슨 생각을 하시는지 알 것 같소, 퀸 씨." 디드릭이 아내의 손을 잡고 말했다.

"저는 지금 밴혼 씨가 의사 면허를 따셔야 할 것 같다고 생각하고 있습니다만." 엘러리가 미소를 지었다.

"꽤 비싼 약이죠." 밴혼이 싱긋 웃었다.

"맞아요. 하지만 디드, 아주 잘 듣는 약이에요! 제가 알아요!" 샐리가 목멘 소리로 말했다. "하워드의 얼굴 보셨어요?"

"울퍼트 얼굴은 봤어?" 거인은 고개를 뒤로 젖히고 웃음을 터뜨렸다.

샐리가 하워드를 보러 2층으로 올라가자, 디드릭은 엘러리를 서재로 데리고 갔다.

"내 서재를 보여주고 싶었습니다, 퀸 씨. 혹시라도 여기에 뭔가 쓸 만한 게 있다면, 그러니까 소설을 집필하는 데 도움이 될 만한 게…….”

“친절을 베풀어주셔서 감사합니다, 밴혼 씨.”

엘러리는 입에 시가를 물고 손에는 브랜디를 든 채로 군주의 서재를 둘러보았다. 방의 주인은 거대한 가죽 의자에 몸을 깊숙이 파묻고 앉아 짓궂은 눈초리로 엘러리를 바라보았다.

“책에서 얻을 게 별로 없다고 하신 분 치고는 수집량이 꽤 방대하네요.” 엘러리가 말했다.

거대한 책장에는 어마어마한 양의 초판과 한정판 컬렉션이 전시되어 있었다. 책 제목들은 보수적이었다.

“굉장히 가치 있는 것들도 좀 있고요.” 엘러리가 중얼거렸다.

“전형적인 부자의 서재죠?” 디드릭이 덤덤하게 말했다.

“전혀 그렇지 않습니다. 뜯지 않은 책도 거의 없군요.”

“대부분은 샐리가 뜯은 겁니다.”

“그래요? 아, 그건 그렇고 밴혼 씨. 아까 오후에 부인과 약속한 게 있는데, 제가 부인께 완전히 반했다고 밴혼 씨에게 말씀드리겠다고 했죠.”

디드릭이 웃었다. “그거 잘됐네요.”

“흔한 불만으로 받아들이겠습니다.”

“샐리에겐 특별한 게 있지요.” 디드릭은 생각에 잠겼다. “세심한 남자들만이 그걸 알 수 있어요. 자, 잔을 채워드리지요.”

하지만 엘러리는 책꽂이를 계속 바라보고 있었다.

“내가 선생의 팬이라는 건 얘기했죠.” 디드릭 밴혼이 말했다.

“밴혼 씨. 정말 놀랐습니다. 제 책을 전부 다 갖고 계시는군요.”

“그리고 전부 다 읽었습니다.”

“와! 작가로서 이런 친절에 보답할 수 있는 건 거의 없을 겁니다. 누군가 대신 죽여드릴 사람이라도 있으면 말씀하세요.”

“비밀을 하나 말씀드리지요, 퀸 씨.” 디드릭이 말했다. “퀸 씨에게 여기 오셔서 소설을 쓰시도록 부탁했다고 하워드가 말했을 때 나는 어린아이처럼 흥분했죠. 선생이 쓴 책은 전부 다 읽었고, 신문에 난 활약상도 전부 읽었답니다. 선생이 라이츠빌에 두 번 방문한 동안 선생을 만나지 못했던 것이 제 인생에서 가장 큰 아쉬움이었습니다. 첫 번째 방문, 그러니까 선생이 라이트 가족과 지냈을 때, 나는 전쟁 관련 계약을 따느라 내내 워싱턴에서 머물고 있었죠. 폭스 사건 때문에 선생이 두 번째로 여기 왔을 때도 나는 워싱턴에 있었는데, 그 이유는…… 뭐, 그건 중요하지 않습니다. 그저 애국심의 발로였다고 해두죠.”

“그리고 저한테 이런 듣기 좋은 소리는…….”

“전혀 그런 게 아닙니다. 샐리에게 물어보세요. 그리고…….” 디드릭은 미소를 지었다. “그 두 사건에서 선생은 라이츠빌을 보기 좋게 속였더군요. 하지만 날 속이진 못했소.”

“속여요?”

“나는 하이트 사건과 폭스 사건을 아주 면밀히 살펴봤어요.”

“저는 그 두 사건 모두 실패했습니다.”

“그래요?”

디드릭은 엘러리를 보며 웃었다. 엘러리도 마주 보며 웃었다.

“그랬던 것 같은데요.”

“그럴 리가요. 이미 말했지만 나는 퀸 전문가요. 선생이 무슨 일을 했는지 말해볼까요?”

"제가 이미 말씀드렸잖습니까."

"나의 영예로운 손님을 삐딱한 거짓말쟁이라고 부르고 싶진 않소만." 디드릭이 싱긋 웃었다. "하지만 선생은 로즈메리 하이트 살인 사건을 해결했어요. 그리고 범인은 짐이 아니었지요. 비록 그자가 노라의 장례식을 중단시키고 바보 같은 스턴트를 펼치며 그 신문기자의 차로 도주하긴 했지만……. 그 여자 이름이 뭐였죠? 아무튼 선생은 누군가를 보호하고 있었어요. 선생은 일부러 비난을 감수한 거요."

"그런다고 제가 멋있어지지는 않을 텐데요."

"그거야 선생이 누구를 보호하는지, 왜 그러는지에 따라 다르지요. 선생 같은 사람이 그런 일을 했다는 사실 그 자체만으로도 바로 열쇠가 되는 겁니다."

"무슨 열쇠요?"

"모르죠. 몇 년이나 그 문제로 머리를 굴려왔지만. 미스터리가 나를 못살게 굴어요. 그래서 내가 미스터리에 사족을 못 쓰는가 봅니다."

"정신 상태가 저와 비슷하시군요. 마치 미로처럼 엉클어져 있는 것이. 아무튼 계속해보십시오."

"음, 제시카 폭스가 자살하지 않았다는 데에도 내 전부를 걸겠소. 그 여자는 살해된 거요. 그리고 선생이 그걸 입증했고요. 누가 그 여자를 죽였는지도 증명을 했겠지만…… 내 생각엔 선생이 그 문제의 진실도 손에 쥐고 있다고 생각해요. 아마도 같은 이유이겠지요."

"밴혼 씨, 작가가 되셨으면 좋을 뻔했네요."

"폭스 사건에서 내가 알 수 없는 점은, 그 문제라면 하이트 사건도 마찬가지인데, 과연 진실이 어디에 숨어 있느냐 하는 점입니다. 나는 두 사건에 관련된 사람들을 모두 알고 있어요. 그리고 장담하건대 그 사람들 중 범죄를 저지를 만한 사람은 하나도 없거든요."

"그걸로 충분히 답이 되지 않습니까? 사건은 보이는 그대로이고, 저는 다른 답을 세우는 데 실패한 겁니다."

디드릭은 담배 연기 너머로 엘러리를 바라보았다. 엘러리도 예의 바르게 디드릭을 마주 보았다. 그러다가 디드릭은 웃었다.

"선생이 이겼소. 선생에게 신뢰를 저버리라고 부탁하진 않겠습니다. 단지 내가 라이츠빌 최고의 엘러리 퀸 팬이라는 사실을 주장하고 싶었을 뿐입니다."

"변호사의 권고에 따라 거기에도 대답하지 않겠습니다." 엘러리가 웅얼거렸다.

디드릭은 즐거워하며 고개를 끄덕이고는 시가를 깊이 빨아들였다. "아, 그리고 안심시켜드리려고 하는 말인데, 여기 계시는 동안 선생을 성가시게 하는 일은 없을 겁니다. 이 집을 선생 집이라 생각하고 마음껏 이용하길 바랍니다. 격식 같은 건 조금도 차릴 필요 없어요. 우리와 함께 식사를 하고 싶지 않다면 샐리에게 얘기하세요. 그러면 로라나 에일린이 별채로 가서 식사를 차려드릴 겁니다. 여기엔 차가 넉 대 있으니까 마음껏 쓰세요. 우리한테서 벗어나고 싶으시거나, 공공 도서관에 갈 때, 그냥 드라이브를 하고 싶을 때도요."

"정말 친절하시군요, 밴혼 씨."

"이기적인 거죠. 난 그저 선생의 책이 밴혼의 집에서 쓰였다는 사실을 자랑할 수 있기를 바라는 겁니다. 우리가 선생을 귀찮게 한다면 책의 질이 떨어질 것이고, 그렇게 되면 자랑할 거리도 없어지게 되겠죠. 아시겠습니까?"

엘러리가 웃는 동안 멋쩍어하는 하워드를 등 뒤에서 밀며 샐리가 들어왔다. 하워드는 참고 서적을 잔뜩 들고 있었고 멍든 얼굴에는 다시 생기가 감돌았다.

그날 저녁, 그들은 고대 로마의 신들을 재창조하려는 하워드의 열정적인 계획을 들으며 남은 시간을 보냈다.

엘러리가 본채를 떠나 별채로 돌아온 것은 자정이 넘어서였다.

하워드는 엘러리를 테라스로 데리고 나갔고, 두 사람은 잠시 동안 단 둘이 있었다.

달빛은 으슥했고 테라스 너머로는 어둠이 짙게 깔려 있었다. 그러나 별채에 불이 켜져 있어서 그 불빛이 머리칼을 훑는 여인의 손가락처럼 정원으로 흘러나왔다. 미풍이 보이지 않는 나무를 흔들고, 머리 위 별들은 추운 듯 몸을 떨었다.

두 사람은 나란히 서서 말없이 담배를 피웠다.

마침내 하워드가 말했다. "선생님, 어떻게 생각하세요?"

"뭘?"

"이 미술관 일 말이에요."

"어떻게 생각하냐고?"

"그런 후원 제도를 좋아하지 않으시죠?"

"후원 제도?"

"제가 조각을 할 수 있게 아버지가 미술관을 사주셨잖아요."

"그게 거슬려?"

"네!"

"하워드." 엘러리는 적절한 말을 고르기 위해 잠시 멈췄다. 하워드에게 말을 하려면 외교적 화법을 동원해야 한다. "첼리니의 〈소금 상자〉는 프랑수아 1세 때문에 탄생한 거야. 그리고 시스티나 성당의 천장 벽화, 빈콜리 성당의 〈모세상〉, 루브르의 〈노예상〉이 탄생하는 데 있어 교황 율리우스는 미켈란젤로만큼이나 중요해. 셰익스피어에게는 사우샘프턴 백작이, 베토벤에게는 발트슈타인 백작이 있었고, 반 고흐에게는 동생 테오가 있었지."

"제가 그런 위대한 작가의 반열에 낄 수나 있나요." 하워드가 정원을 바라보았다. "그렇다면 그건 제가 아버지의 아들이기 때문일 거예요."

"어원학적으로도 후원자(patron)는 아버지(father)와 한 배 속에서 나온 단어야"

"애써 그러실 필요 없어요. 제가 무슨 말 하는 건지 아시잖아요."

"그러니까 자네가 디드릭 밴혼의 아들이 아니었다면 이런 의뢰가 들어오지 않았을 거라고 생각하는 거야?"

"그래요. 일반적인 공모로 진행해서……."

"하워드, 나는 파리에 있을 때 자네 작품을 충분히 봤고 자네에게 상당한 재능이 있다는 걸 알고 있어. 10년간 자네도 예술가로서 성장을 했겠지. 그렇지만 일단 자네가 재능이 없다고 가정해보자고. 그것도 아예 없다고 말이야. 솔직히 까놓고 말해볼까. 후원 시스템이 예술에서 문제가 되는 건 변덕스러운 후원자가 예술 작품의 창작에 개입해 이리저리 휘두를 수 있다는 거야. 하지만 그런 단점이 있는 반면 좋은 점도 있지."

"그 말씀은 제 작품이 좋다는 전제하에 그렇단 거죠."

"자네 작품이 썩 좋지 않더라도 그래. 자네가 그 조각들을 제작하지 않는다면, 미술관을 건립하는 데 드는 이 엄청난 돈을 자네 아버지가 내놓지 않았을 거란 생각은 안 들어? 물론 잔인한 얘기지. 하지만 우린 잔인한 세상에 살고 있어. 자네는 라이츠빌에 중요한 의미를 지닌 문화시설을 세우는 일을 하고 있는 거야. 그건 해볼 만한 일이지. 내 말이 고리타분하게 들리지 않았으면 좋겠는데, 자네가 해야 할 일은 자네가 만들 수 있는 가장 멋진 조각을 만드는 거야. 자네도 자네 아버지도 아닌 바로 이 마을을 위해서. 그리고 만일 자네가 진짜로 기가 막힌 작품을 만들어내면, 글쎄, 자네가 이 고장 출신 인재라는 사실이 더해져서 자네 작품은 이 지역의 명물이 되겠지."

하워드는 말이 없었다.

엘러리는 새 담배에 불을 붙였다. 그의 말이 실제보다 더 확신에 차 있는 것처럼 들리기를 간절히 바랐다.

마침내 하워드가 웃었다. "어딘가에 분명히 허점이 있는데 도무지 찾을 수가 없군요. 아무튼 좋은 말씀이에요. 마음속에 새기도록 할게요." 그러고 나서 그는 달라진 목소리로 말했다. "고마워요, 선생님."

하워드는 본채 쪽으로 발걸음을 옮겼다.

"하워드."

"네?"

"기분이 어때?"

하워드가 걸음을 멈췄다. 그러더니 부어오른 눈을 어루만지며 다시 돌아섰다. "아버지가 얼마나 현명한 분인지 새삼 느끼기 시작했어요. 이 미술관 일 때문에 머릿속이 아주 말끔해졌어요! 기분 좋아요."

"내가 계속 여기 머물렀으면 좋겠어?"

"설마 돌아가시려고요?"

"그냥 자네 생각이 어떤지 알고 싶을 뿐이야."

"제발 여기 머물러주세요!"

"물론이지. 그건 그렇고 방 배치에 불편한 점이 좀 있어. 자네는 본채의 꼭대기 층에 있고 나는 여기 별채에 머물고 있으니 말이야."

"제가 또 발작을 일으킬 경우를 말씀하시는 거예요?"

"그래."

"그럼 제 방에서 지내시는 건 어때요? 제가 위층 전체를 다 쓰고 있으니까……."

"그럼 나는 저 저주받은 소설을 쓰기 위해 필요한 독립적인 공간을 지킬 수가 없겠지. 나는 주로 밤에 일을 많이 하거든. 애초에 계약을 안 했어야 했는데……. 기억상실 증세는 한밤중에 주로 일어나나?"

"아뇨, 사실 제가 자는 동안에는 한 번도 일어난 적이 없었어요."

"그럼 자네가 코를 골 때까지 내가 잠자리에 들지 않으면 되겠군. 일이 간단해지겠는데. 낮에는 여기 앉아서 본채 문을 감시하며 일을 하는 거야. 밤이 되면 자네가 꿈나라에 갔다고 확신할 때까지 잠을 안 자면 되고. 저기가 자네 침실인가? 저기 맨 꼭대기 층, 불이 켜져 있는 방?"

"아뇨, 저기는 제 작업실의 창문이에요. 제 침실은 오른쪽에 있어요. 지금은 불을 꺼놨어요."

엘러리가 고개를 끄덕였다. "이제 가서 자."

하지만 하워드는 움직이지 않았다. 그가 몸을 약간 돌리자 얼굴에 그림자가 드리웠다.

"뭐 마음에 걸리는 거라도 있어, 하워드?"

하워드는 몸을 약간 움직였지만, 아무 말도 하지 않았다.

"그럼 가서 자. 자네가 잠들 때까지 내가 잘 수 없다는 걸 몰라?"

"안녕히 주무세요." 하워드의 목소리가 아주 이상했다.

"잘 자, 하워드."

엘러리는 문이 닫힐 때까지 기다렸다. 그러고 나서 그는 테라스를 건너 별빛이 총총히 박힌 수영장을 돌아 천천히 별채로 걸어갔다.

그는 별채의 불을 끄고 밖으로 나와 현관에 앉았다. 그리고 어둠 속에서 파이프 담배를 피웠다.

디드릭과 샐리는 잠자리에 든 모양이었다. 본채의 2층에는 불빛이 보이지 않았다. 그리고 잠시 후 하워드의 작업실 창문에서도 불빛이 사라졌다. 얼마간의 시간이 흐른 후 그 오른쪽 옆 창문에 불빛이 들어왔다. 5분이 지나자 그 창문도 어두워졌다. 하워드가 잠자리에 든 것이다.

엘러리는 오랫동안 그곳에 앉아 있었다. 하워드도 쉽게 잠이 들지는 못하리라.

오늘 밤 하워드를 괴롭힌 건 무엇이었을까? 기억상실증은 아니다. 무언가 새로운 문제이거나, 아니면 예전 문제가 새롭게 전개되고 있거나. 지난 이틀 사이에 어떤 문제가 있었다. 누가 그 일에 연루되었을까? 디드릭? 샐리? 울퍼트? 아니면 엘러리가 아직 만나지 못한 어떤 사람?

하워드와 샐리 사이에 흐르는 팽팽한 긴장은 그 문제의 일부일 것이다. 하지만 또 다른 긴장이 있다. 하워드와 그가 싫어하는 삼촌 사이에 흐르는 긴장. 하워드와 그 아버지 사이의 해묵은 긴장, 애정 어린 긴장이.

어둠에 잠긴 거대한 집이 냉정하게 엘러리를 마주 보고 있다.

어둡고 거대한 집.

증오가 있는 거대한 집이다. 아니면 사랑이 있는 거대한 집이거나.

문득 엘러리는 예전에 뭔가 이와 비슷한 경험을 한 것 같은 기분이 들었다. 이렇게 라이츠빌의 밤에 잠기듯 앉아 라이츠빌 사람들 간의 문제를 놓고 골똘히 생각했던 적이 있었다. 롤라와 패티 라이트가 가고 난 후 하이트의 집 현관에 앉아 있던 그 밤. 탤보트 폭스 집 현관의 그네 의자에 앉아 있던 그 밤. 두 집 다 저 언덕 아래, 더 짙은 어둠 속 어딘가에 있다. 그러나 그때 그는 무엇엔가 열중하고 있었다. 이번에는…… 이번에는 막연히 어둠을 한입 베어 물려고 발버둥치는 것 같다.

어쩌면 아무것도 없을지도 모른다. 어쩌면 그저 하워드의 기억상실증만이 문제의 전부일지도 모른다. 명백하고 평범한 원인에 의한 기억상실증. 나머지는 모두 상상에 불과할지도 모른다.

엘러리가 막 파이프를 털고 방으로 가려고 일어선 순간, 갑자기 허공 속에서 그의 손이 멈추고, 온몸의 근육이 놀라 굳어졌다.

저쪽에서 뭔가가 움직였다.

눈이 어둠에 익숙해지자 어느 정도 그 모습을 알아볼 수 있었다. 회색 점과 얼룩진 점으로 이루어진 그것은 이제 형체를 갖추고 있었다. 밤의 직소 퍼즐 가운데 한 조각이었다.

그것이 정원의 수영장 옆 불빛이 비치는 곳, 으스스한 푸른색 가문비나무 약간 못 미친 곳에서 움직였다.

집에서 나온 사람은 아무도 없었다. 그러니 하워드일 리가 없다. 그게 누구든 저곳에 계속 있었던 것이다. 그와 하워드가 테라스에 앉아 얘기를 나누는 내내, 그가 이곳 오두막 앞에 혼자 앉아 담배를 피우며 생각에 잠겨 있던 내내.

긴장한 엘러리는 실눈을 뜨고 그림자 너머를 응시했다.

그때, 그곳에 대리석 벤치가 있었다는 사실이 기억났다.

기억이 떠오르자 그는 어둠을 떨쳐버리려 기를 쓰고 노력했다. 그러나 아무리 애를 써도 보이는 것은 없었다.

그때 갑자기 빛이 수영장과 정원 위로 소나기처럼 쏟아져, 그는 소리를 지를 뻔했다. 구름이 뒤로 물러나며 달이 드러난 것이다.

무언가가 정원 벤치에 있었다. 벤치 위에 있는 그 거대한 물체는 흘러넘쳐 바닥에까지 흩어져 있었다.

그의 눈이 새로운 장면에 다시 적응하자, 그는 그 물체의 정체를 알 수 있었다.

그것은 천 혹은 외투에 둘러싸인 사람의 형상이었다. 다리가 퉁퉁한 것으로 보아 여자인 듯했다.

그 물체는 여전히 거기에 있었다.

잠시 후 엘러리는 그것이 무엇인지 알아보았다. 세인트고든스*의 작품 〈죽음〉이었다. 옷으로 온몸을 가리고, 머리와 얼굴마저도 어둠으로 뒤덮고, 한쪽 팔만 내놓은 채 손으로 턱을 받치고 앉은 여인.

그러나 잠시 후 휘장처럼 펄럭이는 달빛이 돌에서 생명을 거두어 가버리자 작품과의 유사성은 사라져버렸다. 그리고 놀랍게도 그 물체가 일어서더니, 늙은, 아주 늙은 여인이 되었다.

늙은 여인의 등은 화난 고양이처럼 반원 모양으로 둥글게 굽어 있었다. 노파가 움직이기 시작했다. 그 움직임은 은밀하면서도 뭔가 고풍스러운 분위기를 풍겼다.

노파가 땅 위를 부유하듯 조금씩 움직이는 동안, 그녀의 입에서 목소리가 흘러나왔다. 가늘고 희미한 소리가 바람을 타고 끝없이 메아리치듯 들려왔다.

*"내가 사망의 음침한 골짜기로 다닐지라도……."***

그리고 노파는 사라졌다.

완전히.

방금 전까지도 노파는 저기에 있었다. 그런데 바로 다음 순간 사라진 것이다.

엘러리는 눈을 비볐다. 그러나 다시 눈을 뜨고 보아도 아무것도 보이지 않았다. 다시 구름이 달을 가렸다.

엘러리가 외쳤다. "거기 누구요?"

대답이 없었다.

밤의 속임수다. 저기에는 아무것도 없었던 거다. 그리고 그가 '들었던' 소리는 실은 그의 머릿속에 남아 있던 비슷한 기억

** 아일랜드 출신의 미국 조각가.*

*** 〈시편〉 23편 4절.*

일 뿐이다. 조각 작품에 관한 얘기들…… 단단한 죽음 같은 어둠에 잠겨 있는 집…… 깊은 사색…… 자기최면…….

그는 엘러리 퀸답게 신중하게 길을 더듬어 수영장을 돌아, 이제는 보이지 않는 정원의 벤치로 다가갔다.

벤치 위에 손바닥을 대보았다.

돌은 따뜻했다.

엘러리는 별채로 돌아와 불을 켜고 여행 가방을 뒤져 손전등을 꺼낸 후, 재빨리 정원으로 돌아갔다.

그는 달빛이 사라지기 직전에 노파가 발을 디뎠던 뒤쪽 수풀을 살펴보았다.

그러나 다른 것은 없었다.

노파는 사라졌고, 답은 어디에도 없었다. 그는 30분 동안 바닥을 뒤졌다.

세 번째 날

샐리의 목소리에 팽팽한 긴장감이 서려 있어서, 엘러리는 하워드가 또 발작을 일으킨 줄 알았다.

"엘러리 씨! 일어났어요?"

"샐리, 뭔가 잘못됐군요? 하워드인가요?"

"어머, 아네요. 실례를 무릅쓰고 잠깐 들어왔어요. 불쾌하게 생각지 마세요." 그녀의 웃음소리가 너무 날카롭고 높다. "아침 식사 가져왔어요."

엘러리는 서둘러 씻은 다음 가운을 걸쳐 입고 거실로 들어섰다. 샐리는 서성거리며 초조하게 담배를 피우고 있었다. 그녀는 피우던 담배를 벽난로 안에 잽싸게 던져버리고, 커다란 은 재떨이의 뚜껑을 낚아채듯 잡아 닫았다.

"정말 친절하시군요, 샐리. 하지만 이러실 필요는 없습니다."

"디드와 하워드는 아침 일찍 따뜻한 식사를 드는 걸 좋아해요. 엘러리 씨는요? 커피 드실래요?"

그녀는 매우 초조해 보였다. 그녀는 끝없이 재잘거렸다.

"저도 제가 이러는 게 지나친 거 알아요. 그래도 이곳에서 처음 맞는 아침인데, 싫어하지 않으실 거라 생각했어요. 디드는 잠시 외출했거든요. 울퍼트도요. 늦잠으로 시간을 낭비하고 싶지 않으시다면, 제가 커피랑 햄이랑 달걀이랑 토스트를 싸 들고 불쑥 쳐들어오는 걸 싫어하지 않으시겠죠. 엘러리 씨가 얼마나 소설 집필을 시작하고 싶어 하시는지 잘 알고 있어요. 앞으로 자주 이러지는 않을게요. 아무튼 디드는 엘러리 씨를 방해하지 말라고 명령을 내려놓았고, 저는 충실한 아내니까……."

그녀는 손을 떨고 있었다.

"괜찮아요, 샐리. 아침나절에는 곧장 일을 시작하지 않으니까요. 작가가 자기 이야기의 실낱같은 실마리를 다시 잡기 위해 얼마나 많은 일을 해야 하는지 잘 모르실 거예요. 뭐 손톱을 정리한다거나 아침 신문을 읽는다거나……."

"그 말을 들으니 기분이 나아지네요." 그녀는 미소를 지으려 애썼다.

"커피 좀 같이 드시죠. 기분이 더 좋아질 겁니다."

그녀는 쟁반 위에 있던 두 번째 잔을 집어 들었다. 엘러리는 그 잔이 있다는 것을 처음부터 눈치채고 있었다.

"저에게 커피를 권하길 기다리고 있었어요." 너무 가볍다.

"샐리. 무슨 일이에요?"

"그것도 물어봐 주길 기다리고 있었어요."

그녀는 커피 잔을 내려놓았다. 그녀는 손을 정말로 심하게 떨고 있었다. 엘러리는 담배에 불을 붙이고 일어서서 테이블을 돌아 그녀의 입술 사이에 담배를 물려주었다.

"뒤로 좀 기대앉아요. 원한다면 눈도 감고요."

"아뇨, 여기서는 안 돼요."

"그럼 어디에서?"

"여기 말고 어디든."

"그럼 옷 갈아입을 동안 잠깐 기다려요."

그녀의 얼굴이 초췌했다. 그녀는 고통을 느끼고 있었다. "엘러리 씨, 일하셔야 하는데 이렇게 끌고 나가려던 건 아니에요. 이건 옳지 않아요."

"기다려요, 샐리."

"이렇게까지 하는 건 꿈도 꾸지 않았는데……."

"이제 그만해요. 3분 안에 나올게요."

문 쪽에서 하워드의 목소리가 들렸다. "결국 여기 오셨군요."

샐리가 의자에서 돌아앉아 손으로 의자 등받이를 잡았다. 얼굴이 너무 창백해서 엘러리는 샐리가 곧 기절하지 않을까 하는 생각이 들었다.

하워드의 뺨은 잿빛이었다.

엘러리가 차분하게 말했다. "하워드, 무슨 일이든 간에 샐리가 나에게 온 건 잘한 일이야. 그리고 샐리를 말린 자네가 잘못한 거고."

부은 아랫입술 때문에 하워드의 입이 쓴웃음을 짓는 것처럼 보였다.

"좋아요, 선생님. 옷 입고 나오세요."

엘러리가 별채에서 나오자 저택의 현관 앞에 세워져 있는 새 컨버터블 자동차가 보였다. 샐리가 운전석에 앉아 있었고, 하워드는 소풍 바구니를 싣고 있었다.

엘러리는 그들에게 걸어갔다. 샐리는 옅은 갈색 수에드 재킷을 입고 머리에는 실크 스카프를 터번처럼 두르고 있었다. 화장을 다소 짙게 해서 뺨의 색깔이 화사했다.

그녀는 엘러리의 시선을 피했다.

하워드는 마치 소풍 바구니가 세상에서 가장 중요한 것인 양 바구니에만 정신을 쏟고 있었다. 그는 엘러리가 샐리 옆에 앉자 그제야 고개를 들었다. 하워드가 엘러리의 옆자리에 비집고 앉았고 샐리는 시동을 걸었다.

"저 바구니는 뭡니까?" 엘러리가 쾌활하게 물었다.

"로라에게 소풍 도시락을 싸달라고 했어요." 샐리가 기어를 부지런히 움직이며 말했다.

하워드가 웃었다. "그 이유도 말하지 그래요? 만일 누가 물어보기라도 하면 소풍 가는 길이라고 구실을 대려는 거죠. 안 그래요?"

"맞아요." 샐리의 목소리는 아주 낮았다. "난 이런 쪽으로는 점점 약아지고 있어요."

그녀는 굽은 길에서 난폭하게 커브를 틀었다. 노스 힐 드라이브의 끝에서 그녀는 방향을 왼쪽으로 돌렸다.

"어디 가는 겁니까, 샐리? 이쪽으로는 한 번도 가본 적이 없는데."

"퀘토노키스 호수로 가려고요. 거기 마호가니 산의 산자락에 작은 언덕이 있어요."

"소풍 가기 좋은 곳이죠." 하워드가 말했다.

샐리는 하워드를 한 번 쳐다보았고 그는 얼굴을 붉혔다.

"외투도 몇 벌 가져왔어요. 이맘때는 바람이 좀 차거든요." 하워드가 무뚝뚝하게 말했다 그것으로 대화는 끊어졌고, 엘러리는 감사한 기분이 들었다.

여느 때 같았으면 북쪽으로 향하는 기분 좋은 드라이브가 되었을 것이다.

라이츠빌과 마호가니 산 사이에는 부드러운 선을 지닌 시골 풍경이 펼쳐져 있었다. 언덕이 많은 땅은 그 자체로 생명을 지니고 있었다. 돌담은 쭉 뻗어나가고, 흐르는 개울물 위에 걸려 있는 작은 다리에는 십 런(Sheep Run)이니 인디언 워시(Indian Wash)니 매컴버스 크릭(McCombers's Creek) 같은 이름이 붙어 있기 마련이었다. 클로버가 무성히 자라난 초원은 깊은 바닷속 세상 같았고, 그 위로 소 떼가 얌전히 떠돌아다니며 풀을 뜯고 있었다. 이곳은 라이츠빌뿐만 아니라 주 전체에서도 가장 큰 목장 지대다. 엘러리는 병원 건물처럼 생긴 헛간과, 스테인리스 스틸로 만든 반짝이는 들통과, 느릿느릿 움직이며 풀을 뜯는 소 떼와, 눈앞에 펼쳐진 구릉지대를 바라보았다.

길은 산을 향해 반듯하게 뻗어 있었다.

그러나 비밀을 싣고 달리는 그들이 이 길을 음산하게 바꿔놓았다. 죄악에 물든 그들의 짐은 사악하고 부정한 것이었다. 엘러리는 그것을 의심하지 않았다.

컨버터블이 달리는 동안 주위의 풍경이 계속 변했다. 왜소한 소나무가 나타나더니 불쑥 튀어나온 화강암이 보였다. 소 떼는 양 떼로 바뀌었다. 곧 양도 돌담도 사라지고, 우뚝 솟은 나무들만 남았다. 곧이어 덤불이 나타나고 띄엄띄엄 삼림이 보이더니, 마침내 거대하고 빽빽한 숲이 모습을 드러냈다. 하늘은 손에 잡힐 듯했고, 차가운 바다처럼 시리도록 투명하고 푸르렀으며, 구름이 유유히 흘러 다녔다. 공기도 날카로운 이빨을 드러냈다.

그들은 빽빽한 숲을 가로질러 어두운 협곡으로 들어섰다. 거대한 소나무와 가문비나무, 솔송나무 아래로는 햇빛이 전혀 들지 않았고, 도처에는 화강암으로 된 산의 골격이 고스란히 드러났다. 거대한 대지. 엘러리는 디드릭이 떠올랐고, 이 숲이 이루는 무시무시한 조화와 분위기 때문에 샐리가 이곳을 고백의 장소로 선택한 게 아닐까 하는 생각이 들었다.

곧 산기슭에 난 푸른 상처처럼 퀘토노키스 호수가 모습을 드러냈다. 호수는 초록빛 머리카락으로 에워싸여 고요히 누워 있었다.

샐리는 호숫가로 차를 몰아 이끼가 퍼져 있는 바위 옆에 세우고 시동을 껐다.

주위에는 온통 월계수와 옻나무가 펼쳐져 있었고, 알싸한 소나무 향이 코를 찔렀다. 새들이 날아와 호숫가 통나무 위에 자리를 잡았다. 새들은 언제라도 날아오를 수 있도록 자세를 잡고 있었다.

"이제 시작할까요?" 엘러리가 말했다. 그리고 그들은 일어섰다.

엘러리가 담배를 내밀었지만 샐리는 고개를 저었다. 장갑을 낀 그녀의 손은 아직도 운전대를 잡고 있었다. 엘러리는 하워드를 흘깃 바라보았다. 그러나 하워드는 호수만 바라보고 있었다.

"이제 시작할까요?" 엘러리가 다시 말했다. 그는 담뱃갑을 주머니에 다시 집어넣었다.

"엘러리 씨." 걸린 듯한 목소리가 났다. 샐리는 다시 입술을 죽였다. "이건 모두 제 생각이었다는 걸 알아주셨으면 해요. 하워드는 결사반대했어요. 우리는 이틀 동안 보이지 않는 구석에서 틈틈이 계속 싸웠어요. 수요일부터요."

"말씀해보세요."

"그래서 여기 온 건데, 어떻게 시작해야 좋을지 모르겠네요." 샐리는 하워드를 쳐다보지는 않았지만, 말을 멈추고 기다렸다.

하워드는 아무 말도 하지 않았다.

"하워드, 내가 엘러리 씨에게 하워드에 관해…… 말해도 될까요? 먼저?"

엘러리는 하워드가 굳어 있음을 느낄 수 있었다. 그의 몸은 나무처럼 단단하게 굳어 있었다. 그리고 갑자기 엘러리는 지금부터 듣게 될 이야기가 하워드가 가진 거대한 문제의 근원 중 적어도 일부에 관한 얘기가 될 거라는 생각이 들었다. 어쩌면 가장 큰 뿌리, 그의 내면에 가장 깊이 박혀 있는 뿌리일지도 모른다.

샐리가 울기 시작했다.

하워드는 가죽 시트에 파묻혀 앉아 있었다. 내면의 고통에 짓눌린 그의 입술이 느슨해졌다. "그러지 마요, 샐리. 내가 직접 말할게요. 그러니까 울지 좀 말아요!"

"미안해요." 샐리는 가방을 뒤져 손수건을 꺼냈다. 그녀는 소리를 죽이며 말했다. "다신 이런 일 없을 거예요."

하워드는 엘러리를 돌아보며 마치 불쾌한 일을 얼른 해치워버리려는 듯 급하게 말했다. "전 디드릭 밴혼의 아들이 아니에요."

"가족 말고는 이 일을 아는 사람이 없어요." 하워드가 말했다. "샐리에게는 아버지가 결혼식 날 말했고요. 하지만 샐리가 비밀을 아는 유일한 외부인이에요." 하워드의 입술이 비틀어졌다. "아, 물론 저도 외부인의 한 사람이지만요."

"그럼 자넨 누군가?" 이 세상에서 가장 평범한 질문인 것처럼, 엘러리가 물었다.

"저도 모르죠. 아무도 몰라요."

"버려진 건가?"

"진부한 얘기죠? 이런 얘기는 호레이쇼 앨저*와 함께 끝났어야 하는데. 하지만 여전히 그런 일이 일어나고 있어요. 제가 바로 그 예죠. 한 가지 말해줄까요. 그런 일이 본인에게 일어나면, 그 일은 이 세상에서 가장 놀랍고도 새로운 사건이 되어버려요. 이전에는 어느 누구에게도 일어난 적이 없는 그런 일 말이에요. 그리고 이런 일이 다른 누군가에게 다시는 일어나지 않도록 해달라고 하느님에게 기도하는 거예요."

하워드는 무미건조하게 서두르듯 말했다. 이 문제가 지금 그가 겪고 있는 문제 중에서 제일 사소한 것이라는 듯. 그래서 엘러리는 이 문제가 그의 내면 가장 깊은 곳에 자리 잡고 있는 문제라는 것을 알았다.

"저는 아기였어요. 태어난 지 며칠 되지도 않은 아기였죠. 전통적인 방식으로 밴혼 집안의 문 앞에 놓여 있었대요. 담요에 싸여 싸구려 빨래 바구니에 담긴 채로요. 담요에는 제 생년월일을 적은 종이쪽지가 핀으로 꽂혀 있었고요. 생년월일 외에 다른 내용은 없었대요. 그 바구니는 지금도 다락방 어딘가에

* 미국 아동 문학가. 가난한 소년이 역경을 딛고 성공한다는 내용의 작품을 집필하였다.

있을 거예요. 아버지가 그걸 버리실 리가 없죠." 하워드가 웃었다.

샐리가 말했다. "그냥 작은 바구니예요."

하워드가 웃었다.

"다른 단서는 없었고?" 엘러리가 물었다.

"네."

"바구니나 담요나 종이쪽지는?"

"바구니와 담요는 값싸고 평범한 것이었어요. 아버지 말씀이 마을 어디에서나 살 수 있는 그런 거라고 하시더군요. 종이는 그냥 포대자루를 찢은 거였고요."

"그때 아버지는 결혼하셨나?"

"독신이셨어요. 몇 년 전 샐리와 결혼하시기 전까지는 쭉 독신이셨죠. 제1차 세계대전이 일어나기 직전이었어요." 하워드는 새들을 바라보며 말했다. 새들은 다시 통나무 위에 자리를 잡고 앉아 있었다. "아버지가 어떤 수를 쓰셨는지는 모르겠는데, 어찌어찌해서 법원에서 입양 명령을 받아내셨어요. 아마 그 당시에는 입양이 그렇게 까다롭지 않았던 것 같아요. 아버지가 최고의 유모를 구해서 저를 돌보게 하셨는데, 그게 도움이 됐겠죠. 아무튼 아버지는 저에게 하워드 헨드릭 밴혼이라는 이름을 지어주셨어요. 하워드는 아버지의 아버지, 그러니까 그 늙은 싸움꾼 이름에서 딴 거고, 헨드릭은 아버지의 할아버지 이름이래요. 그러다가 전쟁이 났고 아버지는 울퍼트 삼촌을 보스턴에서 불러오신 다음 떠나셨죠.

울퍼트 삼촌은 저한테 친절하지는 않았어요." 하워드는 또다시 웃으며 말했다. "한번은 저를 아주 구석구석 두들겨 패고 있었는데, 보모가 울고불고 삼촌과 싸우고 그랬던 게 기억나요. 그 보모는 아버지가 전쟁터에서 돌아오시자 곧바로 나갔어요. 그 후에 다른 보모가 왔죠. 할머니 내니, 그분 이름은 거트였지만 저는 그분을 '내니'라고 불렀어요. 꽤 독창적인 아이였죠? 내니는 6년 전에 돌아가셨는데……. 물론 그 후에도 가정교사가 계속 붙었어요. 아버지는 계속 번창하셨고. 제 기억 속엔 거인들만 남아 있어요. 수많은 거인들. 큰 얼굴을 한 거인들이 왔다가 다시 사라지는 거예요.

저는 다섯 살 때까지 제가 누구인지 몰랐어요. 친애하는 울프 삼촌께서 제게 말씀해주셨죠."

하워드는 잠시 멈췄다. 그는 손수건을 꺼내서 목덜미를 닦고는 손수건을 치워버리고 다시 이야기를 계속했다.

"그날 밤 저는 아버지한테 삼촌 얘기가 무슨 뜻이냐고, 나를 어디 먼 곳으로 보내버리실 거냐고 물어봤어요. 아버지는 저를 들어 올려서 키스를 해주셨고, 전부 설명해주고 안심시켜주셨던 것 같아요. 하지만 그 후로도 몇 년 동안은 누가 와서 날 데려가지 않을까 계속 두려웠어요. 낯선 사람이 오기만 하면 숨어버렸죠.

요점에서 자꾸 벗어나고 있네요. 아무튼 그래서 그날 밤에 아버지는 울퍼트 삼촌이랑 대판 싸우셨어요. 제가 바구니에 담겨 버려진 아기였고, 아버지가 진짜 제 아버지가 아니라는 걸 제게 말했다는 이유 때문에요. 저는 원래 자고 있었어야 했는데, 아버지의 화난 목소리를 듣고 아래층으로 살그머니 내려가서……. 커튼 틈새로 엿보았던 게 기억나요. 그랬던 것 같아요. 아버지가 그렇게 크게 화를 내시는 건 처음 봤어요. 아버지는 마구 소리를 지르면서 제가 좀 더 크면 직접 얘기해줄 생각이었다고 말씀하셨어요. 그게 아버지로서의 의무이고, 저에게 어떻게 얘기를 해주어야 할지도 정확히 알고 계셨다고요. 당신이 없는 사이에 어린 저에게 그렇게 겁을 준 이유가 뭐냐며 막 따지셨죠. 울퍼트 삼촌이 뭐라고 말을 했는데…… 굉장히 안 좋은 얘기였던 것 같아요. 아버지의 얼굴이 바위처럼 굳어지더니 주먹을 드셨거든요. 아버지 손은 원래 크잖아요. 그런데 그때 제 눈에는 그 주먹이 마치 파인 그로브의 전쟁기념관에 전시된 남북전쟁 시대의 대포알처럼 보이더군요. 그런 주먹으로 울퍼트 삼촌의 입을 때렸죠."

하워드는 다시 한 번 웃었다.

"아직도 울퍼트 삼촌의 가느다란 목이 뒤로 꺾이면서 이가 입 밖으로 흩어져 나가던 장면이 눈에 선해요. 어릴 때 보던 영화의 슬랩스틱 코미디 같았어요. 삼촌의 이는 진짜였지만요. 삼촌은 턱이 부러져서 병원에 6주나 입원해야 했어요. 의사들은 한동안 삼촌 목의 중요한 신경인지 척추인지 어딘지가 손상돼서 평생 마비가 되거나 죽을 거라고 했어요. 그래도 그렇게까지 손상이 되진 않았고 삼촌도 마비되거나 죽지 않았어요. 하지만 아버지는 그 이후로 누구도 때리지 않으셨어요."

그래서 디드릭은 자신만의 죄책감을 짊어지고 있었다. 그리고 그의 동생은 디드릭의 죄책감을 25년간 이용해먹고 있었다. 그러나 그 죄책감이 아무리 강하다고 해도, 이것은 비교적 사소한 사건이었다. 이 이야기에서 중요한 부분은 하워드에 관한 내용이었다. 그리고 그것이 그의 신경증 증세를 설명하고 있었다. 하워드와 디드릭 사이의 강한 애착은 하워드가 자신의 근본에 대해 품고 있는 공포, 울퍼트가 자극한 공포에 의해 생겨났고, 이야기가 지닌 폭력성으로 인해 하워드의 무의식에 트라우마처럼 고착됐다. 자신이 디드릭의 아들이 아니라는 사실을 알게 된 후, 자기 부모가 누구인지 알지 못하는 하워드는 디드릭에게 매달렸고, 그에게 위대한 아버지의 이미지를 씌우고 마침내 그것을 돌에 새기게 된 것이다. 조각상은 자신을 보호하는 상징인 동시에 이 적대적인 세상과 자신 사이에 놓인 다리였다. 그러던 중 샐리가 등장했고, 아버지는 샐리와 결혼했다.

"이 이야기가 중요한 이유는 단 하나예요." 하워드가 진지하게 말했다. "이후에 일어난 일을 이해하시려면, 그리고 우리가 처한 상황을 이해하시려면, 아버지가 저에게 어떤 의미인지 아셔야 하기 때문이에요."

"자네 아버지가 자네에게 어떤 의미인지는 알고 있어." 엘러리가 말했다.

"그렇지 않을걸요. 내 존재 전부, 내가 가진 모든 것, 그건 다 아버지께 빚진 거예요. 심지어는 제 이름마저도요! 아버지는 절 받아들이셨어요. 아버지는 제가 최상의 보살핌을 받을 수 있도록 해주셨고, 그러기 위해서 때로는 큰 희생을 감수하셨어요. 동생이 항상 옆에서 신경을 곤두서게 만들어도 가끔씩 병신 같은 놈이라고 욕도 해주시고. 아버지는 절 교육시키셨어요. 아버지는 제가 어린이용 찰흙 세트에 조각칼을 휘두르던 그때부터 조각가가 되고 싶다는 제 꿈을 북돋워주셨어요. 아버지는 저를 외국으로 보내주셨고, 돌아왔을 때 다시 받아주셨죠. 아버지는 제가 경제적인 부담 없이 일을 계속할 수 있도록 해주셨어요. 저는 아버지의 상속자 세 명 중 하나예요. 아버지는 한 번도 저를 나무라신 적이 없어요. 뭔가 두드러진 결과를 내놓지 못해도, 게을러도, 제가 무슨 짓을 해도요. 어젯밤 아버지가 무슨 일을 하셨는지 선생님도 직접 보셨죠. 저에게 미술관을 사주신 거요. 그래서 저한테 재능이 있는지는 모르겠지만 아무튼 제 재능을 펼칠 수 있도록 해주셨죠. 제가 만일 유다였다면 전 아버지를 다치게 하거나 실망시키지 못했을 거예요. 저는 그러고 싶지 않아요. 아버지는 제 존재의 이유예요. 전 아버지에게 하나부터 열까지 다 빚지고 있어요."

"그 말은 자네 아버지가 완벽하게 자신의 본분에 충실하고 계신다는 뜻 같은데. '아버지' 역할 말이야." 엘러리가 미소를 지으며 말했다.

하워드가 화가 난 듯 말했다. "어차피 이해하실 수 있을 거라 생각지 않았어요." 그는 차에서 훌쩍 뛰어내리더니 바위 쪽으로 걸어갔다. 그는 이끼 위에 앉아 돌멩이에 발길질을 했다. 돌멩이는 발에 맞지 않았고, 하워드는 그 돌멩이를 집어 들어 통나무 쪽으로 가볍게 던졌다.

새들이 다시 날아갔다.

"지금까지는 하워드의 이야기였고요." 샐리가 말했다. "이젠 제 이야기를 해드릴게요."

엘러리가 자리를 옮기자 샐리는 몸을 반쯤 틀고 다리를 접어 몸 아래로 깔고 앉았다. 이번에는 그녀가 담배를 받아 들었다. 샐리는 왼팔을 운전대 위에 얹고는 잠시 담배를 피웠다. 마치 난관을 돌파하기 위한 주문을 생각해내려는 것 같았다. 하워드가 샐리 쪽을 힐긋 보더니 다시 시선을 돌렸다.

"제 이름은 사라 메이슨(Sara Mason)이에요." 샐리는 머뭇거리며 운을 뗐다. "에이치(h)가 없는 사라예요. 엄마는 이걸 아주 중요하게 생각하셨어요. 〈라이츠빌 레코드〉에서 이렇게 쓴 이름을 보시고 그게 굉장히 우아하다고 생각하셨나 봐요……. 다른 모든 것들 중에서도, 저를 샐리라고 부르기 시작한 건 디드였어요." 그녀는 희미하게 미소를 지었다.

"아버지는 삼베 공장에서 일하셨어요. 삼베도 만들고 재생 원모도 만들고. 삼베 공장이 어떤 곳인지 아마 모르실 거예요. 디드가 그곳을 사들이기 전에는 마치 지옥 구덩이 같았어요. 디드가 그곳을 번듯하게 만들었죠. 지금은 아주 잘 돌아가요. 삼베는 여러 곳에 쓰이거든요. 심지어 축음기판에도 들어가죠. 아, 그건 재생 원모였나? 항상 헷갈리네요. 아무튼 디드는 공장을 전부 사들여서 다시 꾸몄어요. 그러면서 제일 먼저 한 일이 아버지를 해고한 거였죠."

샐리가 고개를 들었다. "아버지는 좋은 일꾼이 아니었어요. 공장 일은 보통은 여자애들이 하는 일이었어요. 기술도 필요 없고 어렵지도 않고요. 그런데 아버지는 그 일도 제대로 못하셨어요. 아버지는 모든 걸 다 갖춘 분이셨어요. 교육도 잘 받으셨고. 하지만 계속 실패만 하셨어요. 아버지는 항상 술을 마셨고, 술만 마시면 엄마를 때렸어요. 저는 한 번도 아버지한테 맞지 않았어요. 아버지가 기회를 못 잡으신 거죠. 저는 아주 어려서부터 아버지를 피하는 법을 배웠거든요." 그녀는 예의 그 희미한 미소를 지었다. "저는 다윈 이론의 모범적인 사례예요. 언니 오빠 동생이 그렇게 많았는데도 살아남은 건 저 하나예요. 나머지는 어려서 다 죽었어요. 아마 아버지랑 엄마가 그렇게 죽지 않았다면 저도 죽었을 거예요."

"오." 엘러리가 말했다.

"두 분은 아버지가 일자리를 잃은 후 몇 달 지나지 않아 돌아가셨어요. 아버지는 끝내 다른 일자리를 찾지 못하셨어요. 어느 날 아침 아버지는 윌로 강에서 발견됐어요. 사람들 말로는 아버지가 전날 밤에 술에 취해서 발을 헛디디는 바람에 그냥 물에 빠져 죽은 거래요. 이틀 후에 엄마는 몇 번째인지도 모르는 아기를 낳으러 라이츠빌 병원으로 실려 가셨어요. 조산이었죠. 아기는 사산됐고 엄마도 같이 죽었어요. 그때 저는 아홉 살이었고요."

이건 전형적인 폴리가의 이야기다. 엘러리는 생각에 잠겼다. 그러나 그는 혼란스러워지기 시작했다. 이 이야기 중 어디에도 지금 그의 옆에 앉아 있는 샐리의 싹으로 보일 만한 것은 없다. 사회적으로 기적은 드문 일이다. 남루한 꼬마 사라 메이슨은 어떻게 샐리 밴혼이 되었는가?

샐리는 다시 미소를 지었다. "별로 비밀도 아니에요, 엘러리 씨."

"사람을 짜증나게 하시네요." 엘러리가 쏘아붙였다. "어떻게 된 겁니까?"

"디드요. 저는 미성년자였고, 무일푼이었고, 친척이라고는 뉴저지에 사는 엄마의 사촌 한 분과 신시내티에 사는 아버지의 형님뿐이었죠. 그분들 모두 저를 원치 않으셨어요. 양쪽 다 가난하고 먹여 살려야 할 식구도 많았을 테니 그분들을 원망하진 않아요. 저는 카운티의 피보호자 신분으로 슬로컴 고아원으로 보내질 처지에 놓였는데, 때마침 디드가 제 사연을 들었어요.

디드는 그때 병원의 신탁 관리인이었는데 오갈 데 없는 아이를 하나 남기고 죽은 여자 얘기를 들었던 거죠.

그전엔 저를 본 적이 없었어요. 하지만 제가 누구인지 알게 되었죠. 자기가 해고한 맷 메이슨이 남기고 간 고아……. 그걸 왜 신경 썼느냐고 가끔씩 물어보곤 했어요. 그럼 디드는 항상 웃으면서 그건 첫눈에 반한 사랑이었다고 그래요. 그가 저를 처음 본 건 폴리가의 플라스코 부인 댁으로 저를 보러 왔을 때였어요. 플라스코 부인은 저를 잠시 돌봐주셨던 이웃이었어요. 아직도 눈에 선해요. 퉁퉁하고 큰 덩치에 금테 안경을 쓴 엄마 같은 분이었죠. 그날은 금요일 밤이었고 플라스코 부인은 양초에 불을 붙이고 있었어요. 유대인 집안이었거든요. 아주머니가 유대인들은 금요일 밤에 초를 밝힌다고 설명해주시던 게 기억나요. 금요일에 해가 지면 유대인들의 안식일이 시작된다고, 그 전통은 수천 년이나 계속된 거였다고……. 그때 노크 소리가 나서 어린 필리 플라스코가 문을 열었는데, 문 앞에 거대한 남자가 서 있는 거예요. 무시무시한 기억이었죠. 집 안의 촛불과 아이들을 둘러보면서 '여기 엄마 잃은 어린 여자아이가 있다던데 그게 누구냐?'라고 말하던 모습이요. 첫눈에 반한 사랑!" 샐리는 다시 예의 그 은밀한 미소를 살며시 지었다. "저는 겁에 질린 더러운 꼬마였어요. 팔다리는 빼빼 말랐고 갈비뼈가 어찌나 앙상했는지 그 위로 젓가락 행진곡도 칠 수 있었을 거예요. 저는 너무 겁이 나서 그에게 맞서 싸웠어요. 꼭 길고양이 같았죠." 그녀는 소리를 내어 웃었다. "그렇게 되었던 것 같아요. 디드는 저를 무릎에 앉히려고 애를 쓰고, 저는 전투를 벌였죠. 얼굴을 할퀴고, 정강이를 걷어차고……. 플라스코 부인은 놀라서 소리를 지르고 아이들은 모두 제 주위에서 악을 쓰며 춤을 추고…….” 그녀의 표정이 달라졌다. “디드가 얼마나 힘이 셌는지, 얼마나 크고 따뜻했는지, 또 그에게서 얼마나 멋진 냄새가 났는지 기억해요. 부엌 식탁 위의 갓 구운 빵보다도 더 멋진 냄새였어요. 저는 비명을 지르며 디드의 넥타이를 적시고 있었고, 그러는 동안 그이는 제 머리카락을 쓰다듬으며 다정하게 말을 건넸어요. 디드도 자기만의 전투를 벌였던 거죠. 저와 맞서 싸웠던 거예요.”

하워드가 일어서서 차로 다가오더니 거칠게 말했다. “이제 얘기를 좀 진행시키죠, 네?”

“그래요, 하워드.” 잠시 후 샐리가 다시 입을 열었다. “그래서 디드는 카운티의 관리들과 합의를 봤어요. 저를 위해 신탁기금을 세우고…… 자세한 얘기는 안 해도 되겠죠. 저는 디드의 돈으로 사립학교에 입학했고, 친절하고 이해심 많고 진보적인 사람들과 함께 지냈어요. 제대로 된 사립학교에서요. 다른 주에 있는 학교였어요. 그러다 결국 사라로렌스 대학까지 갔고, 해외 유학도 다녀왔죠. 저는 사회학에 관심을 갖게 됐어요.” 샐리는 대수롭지 않게 말했다. “그쪽으로 학위가 몇 개 있어요. 그리고 뉴욕과 시카고에서 흥미로운 일을 좀 했고요. 하지만 저는 언제나 라이츠빌에 돌아와 이곳에서 일하길 원했어요.”

“폴리가에서.”

“폴리가에서요. 그리고 그렇게 했지요. 실은 아직도 일을 하고 있어요. 지금은 숙련된 인력들을 직원으로 모시고, 학교랑 병원, 완전한 복지 서비스 프로그램을 운영하고 있어요. 주로 디드의 돈으로 말이죠. 그러다 보니 자연스럽게 그 사람에 대해 많이 알게 되었고……."

"밴혼 씨가 당신을 자랑스럽게 생각했겠군요." 엘러리가 중얼거렸다.

"그런 식으로 시작되었던 것 같아요. 하지만…… 그러다가 그이는 저를 사랑하게 되고 말았어요.

그이가 저에게 그 사실을 말했을 때 제 기분이 어땠는지 말로는 설명할 수 없을 것 같아요. 디드와는 항상 편지를 주고받았어요. 제가 학교에 다닐 때는 저를 보러 비행기를 타고 오기도 했죠. 저는 그이를 한 번도 아버지처럼 생각해본 적이 없어요. 그보다는 오히려 크고 힘이 센 남자 수호천사라고 생각했죠. 제가 만일 '하느님처럼'이라고 말한다면 너무 바보 같은 소리처럼 들릴까요?"

"아뇨." 엘러리가 말했다.

"그이가 저에게 쓴 편지는 모두 보관하고 있어요. 사진도 은밀한 곳에 숨겨두고 있고요. 크리스마스엔 멋진 물건들로 가득 찬 커다란 상자를 선물로 받았어요. 제 생일엔 언제나 아름다운 것들을 받았고요. 디드의 취향은 고급스러우면서도 비범할 정도로 여성적이에요. 부활절에는 엄청난 꽃다발을 보냈죠. 저에게 그이는 모든 것이었어요. 착하고, 친절하고, 강하고 그리고…… 위로가 되어주는 사람, 외롭다고 느낄 때 머리를 기댈 수 있는 그런 존재였어요. 그가 그 자리에 없을 때도요.

그리고 저는 그이의 다른 면을 알게 되었어요. 예를 들면, 저를 위한 거액의 기금을 세우고 나서 1년 후쯤 그이가 파산을 했어요. 1929년 대공황 때요. 그 기금은 변경 불가능한 조건이 아니었어요. 그이는 그 돈을 꺼내 쓸 수도 있었어요. 그 돈이 얼마나 필요했을지는 하느님도 아실 거예요. 하지만 그이는 기금에서 한 푼도 건드리지 않았어요. 그런 식이에요.

그이가 제게 청혼했을 때 저는 심장이 입 밖으로 튀어나올 뻔했어요. 정말로 현기증이 났어요. 그건 너무 과분했거든요. 끔찍할 정도로 과분한 일이었죠. 제 안에서는…… 제 안에서는 견디지 못하겠다는 기분이 들었어요. 정말 몸이 못 버틸 것 같은 그런 기분이요. 그토록 오랫동안 흠모하고 숭배해왔는데. 이제는 이렇게."

샐리는 말을 멈췄다가 다시 낮은 목소리로 말을 이었다. "저는 그러겠다고 대답하고 그이의 품에 안겨 두 시간을 울었어요."

갑자기 그녀는 엘러리의 눈을 들여다보았다.

"이제 깨달으셨겠죠. 정말로 이해하시겠죠. 디드릭이 저를 창조했다는 걸요. 제가 누구이든, 그는 그 손으로 저를 빚었어요. 단지 돈이나 기회만이 아니고요. 그이는 제가 성장하고 발전하는 과정에 창의적인 태도로 늘 관심을 가졌어요. 그는 제 학업을 지시하고 관리했어요. 그의 편지는 현명했고 어른스러웠고 언제나 옳았어요. 그는 제 친구였고 선생님이었고 고백을 들어주는 신부님이었어요. 주로 멀리서 지켜보고 도움을 주는 식이었지만요. 하지만 그가 전해준 가르침은 그런 식으로 제 안에 가라앉았죠. 만일 그이를 자주 만났다면 그렇게 깊이 받아들이지 못했을 거예요. 그이는 저에게 너무나 소중한 사람이었어요. 그래서 편지를 쓸 때 저는 그이에게 다른 아이들이 엄마에게도 말하기를 꺼리는 그런 얘기까지 썼어요. 저는 디드가 뭘 바라는 건 한 번도 본 적이 없어요. 그이는 언제나 그곳에 있었어요. 항상 옳은 말만 하고, 올바르게 간섭하고, 올바른 몸짓을 하면서요.

디드가 아니었다면…… 저는 로우 빌리지의 꾀죄죄한 여자로 자라 가난뱅이 공장 노동자와 결혼해서 영양실조에 걸린 아이들 한 무더기를 키우느라 몸부림치고 있었을 거예요. 못 배우고, 무지하고, 무미건조하게, 온몸에 병이 든 채로, 희망도 없이."

샐리는 갑자기 몸을 떨었다. 하워드가 차의 뒤쪽으로 다가와 낙타털 외투를 꺼내더니 재빨리 샐리의 어깨를 덮어주었다. 그러더니 놀랍게도 그녀의 어깨 위에 손을 올려놓았고, 그녀도 그의 손 위로 자기 손을 포개어 관절에 힘이 들어가도록 꼭 잡았다.

"그리고……." 샐리는 엘러리의 눈을 똑바로 쳐다보면서 말했다. "그리고 저는 하워드를 사랑하게 되었고, 하워드는 저를 사랑하게 되었어요."

'그들이 서로 사랑에 빠졌다'라는 말이 흐리멍덩한 엘러리의 머릿속에서 끝없이 메아리쳤다.

그러나 잠시 후 정신을 차리고 모든 것이 마술처럼 제자리로 돌아오자, 엘러리는 자신의 둔감함에 화들짝 놀랐다. 지금까지 그는 하워드의 신경증의 본질을 이해했다고 확신하고 있었기 때문에 이 상황에는 완전히 무방비 상태였다. 그는 분석을 통해 하워드가 샐리를 미워한다고, 샐리가 자신에게서 아버지를 훔쳐 갔기 때문에 그녀를 증오하고 있다고 확신했다. 분명히 그는 무의식이 지닌 영악하고 복잡한 논리를 헤아리지 못했다. 정확히 말하자면 하워드는 샐리를 증오했기 때문에 그녀와 사랑에 빠진 것이라는 사실을 이제는 알 수 있었다. 그녀는 그와 그의 아버지 사이를 비집고 들어왔다. 그녀와 사랑에 빠짐으로써, 그는 그녀를 아버지에게서 떼어낸 것이다. 샐리를 갖기 위해서가 아니라 디드릭을 다시 차지하기 위해서. 디드릭을 다시 차지하고, 동시에 디드릭을 벌하기 위해서.

엘러리는 하워드와 샐리가 이 점에 대해서는 아무것도 모르고 있다는 걸 알고 있었다. 의식적으로, 하워드는 그녀를 사랑했다. 의식적으로, 그는 자신의 사랑의 결과인 죄책감으로 괴로워하고 있었다. 아마도 그 죄책감 때문에 하워드는 감추고 또 감추었을 것이다. 라이츠빌로 와달라고 엘러리에게 도움을 청하는 그 순간에도 아버지의 아내와 자신 사이의 관계를 감추었고, 샐리가 엘러리에게 진실을 들고 찾아오려 했을 때도 한 번 더 그것을 감추려고 했다. 만일 샐리가 아니었다면, 하워드는 절대 엘러리를 찾아오지 않았을 것이다.

그렇게 된 거야. 분명해. 하지만 이건 내 능력 밖의 일이야. 이 정도 깊이의 물에서는 낚시를 할 수 없어. 장비도 없고. 내가 할 수 있는 건 하워드를 최고의 심리학자에게 보내서 그 사람들 손에 맡기고, 집에 돌아가서 전부 잊어버리는 거야. 끼어들면 안 돼. 끼어들면 안 돼. 하워드에게 심각한 상처를 입히게 될 거야.

그에 비하면 샐리는 한결 단순한 경우다. 샐리는 하워드를 사랑했다. 반감에 의해 우회적으로 사랑하는 게 아니라 그냥 하워드를 사랑했다. 어쩌면 하워드임에도 불구하고, 그를 사랑했다. 그러나 해법은 더 어려웠다. 하워드와의 행복 같은 건 아예 문제도 아니다. 그의 사랑은 거짓이다. 상대를 정복하게 되면 거짓 사랑은 그 실체를 드러낼 것이다. 그렇지만…… 어디까지 간 걸까?

엘러리가 물었다. "어디까지 간 거야?"

그는 화가 났다.

하워드가 말했다. "너무 멀리까지요."

"내가 말할게요, 하워드." 샐리가 말했다.

하워드가 신경질적으로 다시 말했다. "너무 멀리 갔어요."

"같이 얘기해요." 샐리가 조용히 말했다.

하워드는 입술을 달싹거리다가 반쯤 돌아섰다.

"하워드, 내가 먼저 말할게요. 엘러리 씨, 그 일은 지난 4월에 있었어요. 디드는 일 때문에 변호사를 만나러 뉴욕으로 갔어요……."

샐리는 짜증이 치밀 정도로 신경이 곤두서 있었다. 디드릭은 며칠 동안 집을 비울 예정이었다. 로우 빌리지에서 해야 할 일이 있었지만, 그날만큼은 이상하게 일을 하고 싶은 기분이 아니었다. 그곳 사람들도 딱히 그녀를 그리워하지 않을 터였다.

샐리는 충동적으로 차를 몰고 밴혼 산장으로 가기로 결정했다.

바리새 호수 근처에 있는 산장은 마호가니 산보다도 더 높은 곳에 있었다. 여름에는 부자들이 즐겨 찾는 휴양지였지만 4월에는 황량한 곳이었다. 식료품 배달도 되지 않지만 산장에는 일 년 내내 비상식량이 급속 냉동고 안에 비축되어 있었다. 샐리는 가는 길에 식료품점에 잠시 들러 며칠간 먹을 빵과 우유를 샀다. 날씨가 쌀쌀하겠지만, 그곳에는 항상 산더미 같은 장작이 쌓여 있었다. 그리고 근사한 벽난로도 있었다.

"혼자 있고 싶었어요. 울퍼트는 같이 지내기엔 암울한 사람이니까요. 하워드는……. 아무튼 저는 혼자 떠나고 싶었어요. 사람들에게는 보스턴에 가서 쇼핑을 좀 할 거라고 말했어요. 제가 어디 가는지 다른 사람들에겐 알리고 싶지 않았어요. 가족들은 로라와 에일린이 잘 돌봐줄 테니까……."

샐리는 차를 몰고 떠났다.

하워드가 쉰 목소리로 말했다. "샐리가 떠나는 걸 봤어요. 저는 작업실에서 빈둥거리고 있었는데…… 그게, 아버지는 나가셨고, 샐리도 떠나니 저와 울퍼트 삼촌만 남게 되어서……. 저도 나가야겠다고 생각했죠. 갑자기 그때…… 산장이 생각났어요."

샐리가 장작 한 아름을 안고 산장 안으로 막 들여놓았을 때, 하워드가 문 앞에 나타났다. 두 사람 주위에는 숲의 정적이 깔렸다. 두 사람은 오랫동안, 오랫동안 서로를 바라보았다. 그러다 하워드가 방 안으로 들어왔고, 샐리는 장작을 떨어뜨렸고, 그는 그녀를 품에 안았다.

"무슨 생각이었는지는 기억이 안 나요." 하워드가 웅얼거렸다. "어떻게 그렇게 됐는지. 무슨 생각을 했는지. 제가 무슨 생각을 하고 있긴 했을까요. 제가 아는 건 그녀가 거기에 있었고, 제가 거기에 있었고, 그녀를 품에 안아야겠다는 것뿐이었어요. 그런데 그렇게 하고 나니 제가 그녀를 사랑한다는 걸 알게 되었죠. 몇 년 동안이나 사랑했던 거예요. 그때 그걸 알았죠."

정말 그랬다고?

"그건 운명이었어요. 샐리가 보스턴에 갔다고 내내 생각하고 있었는데, 운명이 저를 산장으로 데려간 거예요."

그건 운명이 아냐, 하워드.

샐리가 말했다. "전 아팠어요." 그 말대로 그녀는 정말 아팠다. "저는 아팠고 또 괜찮기도 했어요. 제 인생의 그 어느 순간보다도 생기가 넘쳤죠. 모든 게 제 주위로 빙글빙글 돌았어요. 오두막집도 산도 세상도. 저는 눈을 감고 생각했어요. '난 몇 년 동안이나 알고 있었어. 몇 년 동안이나.' 저는 한 번도 디드릭을 사랑한 적이 없었어요. 진짜로. 하워드를 사랑하는 식으로는 한 번도 그를 사랑한 적이 없었죠. 저는 감사의 마음을, 엄청난 빚을 지고 있다는 기분을, 영웅을 경배하는 마음을, 사랑으로 착각했던 거예요. 그때 알았어요. 하워드의 품 안에서, 처음으로. 저는 겁에 질렸고 행복했어요. 저는 죽고 싶었고 살고 싶었어요."

"그래서 결국은 살았네요." 엘러리가 무미건조하게 말했다.

"샐리를 비난하지 말아요!" 하워드가 외쳤다. "그건 제 잘못이에요. 샐리를 봤을 때 저는 발길을 돌려 토끼처럼 달아났어야 했어요. 제가 깨뜨린 거예요. 제가 샐리를 무너뜨린 거예요. 제가 그녀를 사랑하고, 그녀의 눈에 키스를 하고, 제 입술로 그녀의 입술을 막고, 그녀를 안고 침실로 들어간 거예요."

이제 우리 눈앞에 상처가 드러났고, 이제 그 위에 소금을 뿌리는구나.

"하워드는 그 일이 있은 이후로 계속 스스로를 단죄하고 있어요. 그럴 필요 없어요, 하워드." 샐리의 목소리는 매우 차분했다. "혼자 그런 게 아녜요. 둘이 그랬어요. 나는 당신을 사랑하고 당신에게 날 허락한 거예요. 그 순간에는 그게 옳았으니까요. 옳았어요, 하워드! 오직 그 순간뿐이었지만, 그 순간에는 그게 옳았어요. 그 이후엔……. 엘러리 씨, 거기엔 정당한 이유 같은 건 없어요. 하지만 그렇게 된 거예요. 다른 사람이었다면 그런 순간 하워드와 저보다 더 강인했을 거예요. 우리는 둘 다 방심했던 것 같아요. 그럴 때가 있잖아요. 사전에 아무리 방어막을 둘러쳐도 무너지고 마는……. 그리고 그건 순간적인 것도 아니었어요. 그 자체로 좋지 않았던 거죠. 저는 그를 사랑했고, 그는 저를 사랑했어요." 샐리가 말했다. "우리는 아직도 서로를 사랑해요."

오, 샐리.

"그건 완전히 바보 같은 짓이었어요. 우린 생각하지 않았어요. 그냥 느꼈죠. 우리는 그날 산장에서 밤을 보냈어요. 다음 날 아침 우리는 있는 그대로의 현실을 봤어요."

"우리에겐 두 가지 선택이 있었어요." 하워드가 중얼거렸다. "아버지에게 말하느냐 말하지 않느냐. 하지만 얼마 지나지 않아 두 가지 선택 같은 건 아예 없다는 걸 알게 됐어요. 한 가지뿐이었던 거죠. 그건 선택이 아니었어요."

"그이에게는 말할 수 없었어요." 샐리는 엘러리의 팔을 잡았다. 그녀의 목소리가 높아졌다. "엘러리 씨, 아시겠어요? 디드에겐 말할 수 없었어요. 아아, 그이에게 말하면 그이가 어떻게 할지 난 잘 알아요. 디드답게, 그이는 나와 이혼해줄 거예요. 내 앞으로 재산을 한몫 떼어주고, 불평이나 분노의 말 같은 건 한 마디도 내뱉지 않을 거예요. 그이는…… 디드답게요. 하지만 엘러리 씨, 그이의 내면은 죽을 거예요. 아시겠어요? 아니,

당신은 몰라요. 그이가 제 주위에 뭘 쌓았는지 당신은 알 수 없어요. 단순히 집 얘기를 하는 게 아니에요. 디드가 쌓아 올린 건 자기 삶의 방식, 자기의 남은 인생 전부였어요. 그이는 한 여자만 바라보는 남자예요, 엘러리 씨. 디드는 저 이전에 다른 여자를 사랑한 적도 없었고, 앞으로도 없을 거예요. 자랑하려고 이런 말을 하는 게 아니에요. 그건 사실 저와는 아무 상관도 없는 거예요. 제가 누구인지, 뭘 했는지, 뭘 하지 않았는지 따위는 상관없어요. 그건 디드예요. 디드가 자기의 중심으로 저를 선택했고, 태양을 도는 지구처럼 자신의 존재 이유를 제 주위로 회전하게 만든 거예요. 디드에게 그 얘기를 털어놓는다면 그건 그이에겐 사형선고가 될 거예요. 그이를 서서히 죽이는 거예요."

"안됐군요." 엘러리가 말문을 열었다. "그건……."

"알아요. 이런 생각은 그날 이전에는 해본 적이 없어요. 제가 말할 수 있는 건 다만…… 말하지 않았다는 거예요. 그리고 너무 늦어버렸죠."

엘러리는 고개를 끄덕였다. "좋아요. 말을 안 했단 말이죠. 그 일이 있었고, 당신들 두 사람은 비밀을 지키기로 결심했다. 그다음엔요?"

"그것 말고도 더 있죠." 하워드가 말했다. "우리는 그분에게 빚진 게 있잖아요. 만일 제가 진짜 아버지의 아들이고, 아버지가 정상적인 환경에서 성인인 샐리를 만나 결혼한 거였다면…… 그것만으로도 그 일은 정말로 나쁜 일이었을 거예요. 하지만……."

"하지만 자네는 밴혼 씨가 자네를 창조했다고 여기고 있지.

밴혼 씨가 아니었다면 자네는 아무것도 아니었을 텐데. 샐리도 같은 생각인 거고." 엘러리가 말했다. "그건 전부 이해가 가. 내가 알고 싶은 건 이거야. 그래서 어떻게 됐어? 그 문제와 관련해서 자네가 무슨 짓을 했다는 건 분명해. 그리고 그 때문에 뭔가 일이 꼬였고. 그게 뭐야?"

샐리가 입술을 지그시 깨물었다.

"그게 뭐냐고?"

샐리가 갑자기 고개를 들었다. "그때 우리는 그렇게 결심하고 다 끝내기로 했어요. 다시는 이런 일이 있어서는 안 된다고. 우리는 그 일을 잊어야 한다고. 하지만 그 일을 잊거나 말거나 상관없이, 어떤 상황에서라도 그 일은 다시는 있어서는 안 되는 거예요. 무엇보다도, 디드릭이 알아서는 안 되고요.

그 일은 다시는 일어나지 않았어요. 그리고 디드도 몰라요. 우리는 그 일을 완전히 묻어버렸죠. 단지……." 샐리가 말을 멈췄다.

"말해요!" 하워드가 외치는 소리가 호수 위로 울리면서 주위의 새들을 놀라게 했다. 새들은 구름까지 솟아올라 크게 원을 그리며 날더니 사라져버렸다.

순간 엘러리는 무언가 불길한 일이 일어날 것 같다는 생각이 들었다.

그러나 하워드의 표정에서 동요의 기색이 점차 사라졌다. 그는 주머니에 손을 찔러 넣고는 몸을 떨었다.

하워드가 입을 열었지만 목소리는 거의 들리지 않았다.

"일주일 정도는 괜찮았어요. 그러고 문득 보니…… 저와 마찬가지로 잊으려고 애쓰는 샐리와 같은 집에서 지내고 있는 거예요. 같은 식탁에서 밥을 먹고. 하루에 열두 시간 연기를 하고…….”

진작 달아날 수도 있었는데.

“전 샐리에게 편지를 썼어요.”

“맙소사.” *맙소사!*

“쪽지였어요. 샐리에겐 말을 건넬 수가 없었어요. 하지만 누군가에게 말을 해야만 했어요. 그걸…… 그 일을 말해야만 했다고요. 그래서 종이 위에 말한 거죠.” 하워드는 갑자기 목이 메었다.

엘러리는 눈을 가렸다.

“전부 네 통이었어요.” 샐리의 목소리는 작게 꺼져 들어갔다. “연애편지였어요. 편지는 제 방 베개 밑에 있었어요. 아니면 화장대 서랍 안에요. 그건 연애편지였고 네 통 중 어느 걸 읽더라도 그날 밤 산장에서 우리 둘 사이에 무슨 일이 있었는지 어린애라도 알 수 있을 만한 것이었어요. 지금 이 얘기는 전부가 아니에요. 그 편지들은 제가 말하는 것보다 훨씬 더 노골적이었어요. 모든 게 다 들어 있었죠. 상세하게.”

“제가 미쳤던 거예요.” 하워드가 거칠게 말했다.

“그리고 물론…….” 엘러리가 샐리에게 말했다. “그건 태웠겠죠.”

“아뇨.”

엘러리는 훌쩍 차에서 뛰쳐나왔다. 화가 난 그는 숲을 뚫고 하얀 길을 걸어 내려가, 양 떼와 소 떼를 지나고 다리와 돌담을 건너, 70킬로미터를 걸어 라이츠빌로 돌아가서, 짐을 싸 들고 기차역으로 달려가 뉴욕으로 가는 기차를 잡아타고 냉정을 되찾고 싶었다.

그러나 잠시 후 그는 다시 차로 돌아왔다.

"미안합니다. 태우지 않았단 말이죠. 그럼 그걸 어쨌습니까, 샐리?"

"저는 하워드를 사랑했어요!"

"어쨌냐고요?"

"어쩌지 못했어요! 그건 제가 가진 전부였으니까!"

"그걸 어떻게 했습니까?"

샐리는 손가락을 비틀었다. "저한테 옻칠을 한 낡은 상자가 있었어요. 꽤 오래 갖고 있었죠. 학교 다니던 시절부터였으니까. 어느 앤티크 상점에서 산 거였는데, 바닥이 이중으로 되어 있어서 겉에서 보이지 않는 비밀 공간이 있어요. 거기에 사진 같은 걸 은밀히 숨길 수도 있고……."

"디드릭의 사진을요."

"디드릭의 사진을." 그녀가 손가락을 폈다. "그 이중 바닥에 대해서는 아무에게도 얘기하지 않았어요. 디드에게도. 그게 좀 바보 같은 얘기처럼 들릴 것 같아서요. 저는 그 상자에 보석을 담아두었어요. 아래 비밀 공간에는 네 통의 편지를 넣어두었고요. 거기라면 안전할 거라 생각했어요."

"무슨 일이 있었습니까?"

"그 네 통의 편지를 받은 이후로 저는 이성을 되찾았어요. 저는 하워드에게 더 이상 편지를 쓰지 말라고 했죠. 하워드도 더 이상은 편지를 보내지 않았어요. 그러다가…… 3개월쯤 전에…… 6월에……."

"집에 도둑이 들었죠." 하워드가 웃었다. "그냥 평범한 도둑이요."

"그가 제 침실에 들어왔어요." 샐리가 속삭였다. "제가 마을의 미용실에 간 날이었는데, 제 옻칠한 상자를 훔쳐 갔어요."

엘러리는 손가락으로 눈꺼풀을 문질렀다. 눈에서 열이 나고 껄끄러운 느낌이 들었다.

"상자에는 디드가 준 값비싼 보석이 잔뜩 들어 있었어요. 도둑은 그저 보석을 노리고 상자를 통째로 들고 달아나버린 거예요. 상자 안의 비밀 공간에 뭐가 들었는지도 모른 채. 그 안에 든 것을 돌려받아서 태워버릴 수만 있다면 다이아몬드와 에메랄드 같은 건 전부 그냥 줄 수도 있었을 텐데."

엘러리는 아무 말도 하지 않았다. 그는 차에 기대섰다.

"물론 디드에게는 말을 해야 했어요."

"아버지는 데이킨 서장을 부르셨죠." 하워드가 말했다. "그리고 데이킨은……."

"데이킨." *그 민첩한 양키, 데이킨.*

"……데이킨은 몇 주가 지나도록 도난당한 보석을 찾는 데만 열을 올렸어요. 필라델피아, 보스턴, 뉴욕, 뉴어크의 전당포들은 전부 뒤졌죠. 보석은 띄엄띄엄 나타났어요. 여기서 한 점, 저기서 한 점. 하지만 도둑에 대한 설명은 하나도 일치하질 않았어요. 도둑은 끝내 잡히지 않았죠. 아버지는 우리가 운이 좋다고 그러시더군요." 하워드는 다시 웃었다.

"하워드와 제가 그 옻칠한 상자가 나타나기를 얼마나, 얼마나 기다렸는지 그이는 몰랐어요." 샐리가 긴장한 목소리로 말했다. "하지만 상자는 나타나지 않았어요. 하워드는 아무런 값어치도 없는 상자이니 도둑이 그냥 던져버렸을 거라고 수도 없이 말했어요. 그럴 듯한 말이었죠. 하지만…… 아니라면요? 도둑이 그 이중 바닥을 발견했다면요?”

뭉게뭉게 부풀어 오른 구름이 호수 위로 헤엄치고 있었다. 구름은 어두운 심장을 품고 있었고 하늘에 대비된 구름의 모습은 현미경으로 보는 푸른 배경의 거대한 미생물 같았다. 호수가 급격히 어두워지면서 차가운 빗방울이 호수의 수면에 떨어지며 몇 개의 점을 이루고 있었다. 엘러리는 손을 뻗어 외투를 집으면서 엉뚱하게도 소풍 바구니를 생각했다.

“그 편지를 걱정하던 중에 지난번 기억상실을 겪은 거예요.” 하워드가 중얼거렸다. “분명해요. 몇 주가 지나고 상자가 나타나지 않자 모든 게 다 괜찮아 보였고, 그동안 내내 속이 삭아 들어가는 것 같은 기분이었거든요. 제렌즈 전시회 때문에 뉴욕에 갔던 날, 전 그냥 기분 전환을 할 만한 일을 찾고 있었어요. 제렌즈 따위는 관심도 없었어요. 그 사람 작품은 좋아하지도 않아요. 그 사람은 브랑쿠시*나 아르키펭코** 계열의 작가고, 저는 철저하게 신고전주의 추종자거든요. 하지만 그건 일종의 출구였어요. 그리고 무슨 일이 있었는지는 아시죠?

큰 거 한 방이 날아오기 전에 정신을 잃다니, 재미있어요. 그 후로는 또 멀쩡한 것도요.”

“얘기를 계속해보지.” 엘러리가 지친 듯 말했다. “도둑이 자네에게 접근했다고 생각하는데. 지난 수요일이었나?”

수요일일 수밖에 없다. 그는 그가 여기 오기 전날에 하워드에게 뭔가 심각한 일이 있었던 게 아닐까 하고 생각했던 기억

* 루마니아 출신의 추상 조각가.

** 미국의 표현주의 조각가.

이 났다.

"그래요. 수요일." 샐리가 얼굴을 찌푸렸다. "네, 수요일이죠. 하워드가 뉴욕에서 당신을 만나고 온 다음 날이었어요. 제가 전화를 받았는데……."

"당신이 전화를 받았다고요. 전화를 건 사람이 당신을 지목하던가요? 이름을 말하면서?"

"네, 에일린이 전화를 받았는데 어떤 남자가 저와 얘기를 하고 싶다고 하더래요. 그래서……."

"남자?"

"에일린이 남자라고 그랬어요. 하지만 전화를 받으니 저는 잘 모르겠더군요. 목소리가 굵은 여자일 수도 있었겠죠. 아무튼 우스꽝스러운 목소리였어요. 거칠고 속삭이는 듯한."

"목소리를 변조했군요. 그 사람이 편지를 돌려받는 대가로 얼마를 부르던가요?"

"2만 5천 달러요."

"싸네요."

"싸다고요?" 하워드가 놀란 눈으로 엘러리를 쳐다보았다.

"자네 아버지라면 그보다 더 불렀어도 기꺼이 지불하셨을 텐데. 그 편지가 공개되는 걸 막기 위해서라면 말이야. 자네 생각은 안 그런가?"

하워드는 대답하지 않았다.

"그 사람도 그렇게 말했어요." 샐리는 힘없는 목소리로 말했다. "그 사람은 돈을 구할 시간을 이틀 주겠다고 했어요. 그러고 나서 다시 전화로 돈을 전달할 방법을 알려주겠다고 했어요. 만일 거절하거나 신뢰를 저버리려고 하면, 그 편지를 디드릭에게 팔겠다고 했어요. 훨씬 더 비싼 값에요."

"그래서 그 사람한테 뭐라고 했습니까, 샐리?"

"거의 말을 할 수가 없었어요. 정신이 아득해져서 기절할 것 같았거든요. 간신히 정신을 가다듬고 돈을 모아보겠다고 말했어요. 그랬더니 그 남자가 전화를 끊었어요. 아니면 그 여자였거나."

"협박범이 또 전화를 했습니까?"

"오늘 아침에요."

"오." 엘러리가 말했다. "이번엔 누가 전화를 받았습니까?"

"제가 받았어요. 혼자 있었거든요."

이제는 호수 위로 비가 거세게 내리고 있었다. 하워드가 짜증스럽게 말했다. "차 지붕을 닫는 게 좋겠어요, 샐리." 그러나 샐리가 말했다. "나무 아래에는 비가 그렇게 많이 안 떨어져요. 그냥 소나기예요." 그러더니 그녀는 엘러리를 바라보며 말했다. "하워드는 오늘 아침에 건축가에게 미술관 설계도 사본을 받으러 마을로 나갔어요. 디드와 울퍼트가 나가고 곧바로 나간 거였죠. 저는…… 하워드가 올 때까지 기다려야 했어요. 그래서 우리는…… 얘기를 했고 제가 엘러리 씨에게 아침 식사를 갖다 드린 거예요."

"아침에 그자가 뭐라고 하던가요, 샐리?"

"제가 직접 돈을 가지고 나올 필요는 없대요. 대리인을 보낼 수도 있어요. 하지만 한 사람만 가야 해요. 만일 경찰에 신고하거나 그 자리에 누군가 다른 사람을 데려온다면 자기는 무조건 알 수 있다고 했어요. 그럼 그자는 나타나지 않을 거고 거래는 그걸로 끝이라고요. 그다음에는 곧장 디드의 사무실로 가서 디드를 만날 거라고 했어요."

"그자와 만나기로 한 장소는 어딥니까? 그리고 언제예요?"

"홀리스 호텔 1010호에서……."

"아, 그렇군요." 엘러리가 중얼거렸다. "건물의 꼭대기 층이로군요."

"……내일, 토요일 오후 2시에. 돈을 가져오는 사람이 누구든 1010호로 가면 문이 잠겨 있지 않을 거라고 했어요. 방으로 곧장 들어가서 거기에서 다음 지시를 기다리라고 했어요."

이제 두 사람은 함께 엘러리를 간절한 눈빛으로 뚫어져라 바라보았고 엘러리는 다시 그들의 시선을 피했다. 그는 호숫가로 걸어갔다. 비는 그쳤고, 믿을 수 없게도 구름은 사라지고 없었다. 새들이 돌아왔다. 대기는 촉촉하고 신선했다.

엘러리가 돌아왔다.

"그래서 두 사람은 돈을 지불할 생각인가요?"

샐리는 당황하는 기색이었다.

"지불할 생각이냐고요?" 하워드가 위협적으로 말했다. "이해를 못 하시나 보군요."

"이해해. 그리고 나는 협박이나 협박범에 대해서는 완벽하게 꿰고 있지."

"달리 뭘 어쩌겠어요?" 샐리가 외쳤다. "돈을 주지 않으면 편지를 디드릭에게 가져갈 거예요!"

"디드릭이 알지 못하게 하기 위해서는 뭐든 하겠다고 단단히 마음을 먹은 건가요?" 두 사람은 대답이 없었다. 엘러리는 한숨을 쉬었다. "그래서 협박이 극악무도한 것이죠. 안 그렇습니까? 샐리, 2만 5천 달러 가지고 있어요?"

"저한테 있어요." 하워드가 트위드 재킷의 안주머니를 뒤지더니 길고 평평하고 밋밋한 마닐라 봉투를 꺼냈다. 그는 그것을 엘러리에게 건넸다.

"내가?" 엘러리가 완벽하게 무덤덤한 목소리로 말했다.

샐리가 속삭였다. "하워드는 절대로 저를 보낼 수 없다고 그래요. 그리고 저도 하워드가 가서는 안 된다고 생각해요. 이 일은 무척이나 신경이 곤두서는 일이예요. 하워드라면 도중에 기억상실 발작을 일으킬지도 몰라요. 그러니 우리는 이러지도 저러지도 못해요. 게다가 우리 둘은 이 마을에선 아주 잘 알려진 사람들이에요. 만일 누군가 우리를 알아본다면……."

"내일 제가 두 분의 대리인으로 가주길 바라는 겁니까?"

"그래주시겠어요?"

그 말은 약간 기진맥진한 숨결에 섞여 흘러나왔다. 바람이 빠지는 풍선의 마지막 호흡처럼. 그녀 안에는 남은 것이 아무것도 없었다. 분노도, 죄책감도, 수치심도, 심지어는 절망도.

앞으로 어떻게 될지는 중요하지 않아. 그녀는 절대 예전 모습으로 돌아갈 수 없어. 그녀는 모든 게 끝났어. 이제 문제는 디드릭이야. 처음부터 끝까지. 그는 절대 모르겠지. 그리고 어느 정도 시간이 흐르고 나면 그녀는 그와 조금은 행복해질 수도 있을 거야.

그리고 하워드, 자네는 졌어. 자네는 심지어 이기려고 애를 썼다는 사실도 깨닫지 못한 채 지고 말았어.

"내가 뭐랬어요?" 하워드가 외쳤다. "이건 모 아니면 도예요, 샐리. 선생님이 이 일을 해줄 거라 생각하다니, 그런 기대는 말았어야 했어요. 더욱이 선생님이라면. 그냥 내가 해야 해요."

엘러리는 하워드에게서 봉투를 건네받았다. 봉투는 봉해져 있지 않았다. 봉투에는 고무줄이 감겨 있었다. 그는 고무줄을 풀고 안을 들여다보았다. 봉투는 빳빳한 500달러짜리 새 지폐로 채워져 있었다. 엘러리는 묻는 듯한 눈빛으로 하워드를 쳐다보았다.

"정확해요. 500달러짜리 50장."

"샐리, 그자가 작은 단위의 지폐로 준비하라거나 하는 말은 안 했습니까?"

"안 했어요."

"무슨 상관이에요?" 하워드가 으르렁거렸다. "어차피 우리가 돈을 추적하지도, 잡을 생각도 않을 거라는 걸 그자도 잘 알 텐데요. 뭐가 맘에 들지 않으면 그자는 그냥 입만 열면 된다고요."

"디드는 그 사람을 절대 믿지 않을 거예요!" 샐리가 하워드에게 소리쳤다. 그러더니 그녀는 다시 입을 다물었다.

엘러리는 다시 봉투에 고무줄을 감았다.

"이리 주세요." 하워드가 말했다.

그러나 엘러리는 봉투를 주머니에 집어넣었다. "내일 이게 필요하잖아. 안 그래?"

샐리의 입이 벌어졌다. "해주시려고요?"

"조건이 하나 있어요."

"오." 샐리가 기운을 차렸다. "뭔데요, 엘러리 씨?"

"내가 굶어 죽기 전에 저 바구니를 여는 거예요."

돌아오는 길에 엘러리는 과장된 태도로 '소설'을 핑계로 들면서 저녁 식사에는 불참하겠다고 말해 어려운 문제를 해결했다. 엘러리는 우는 소리로 나들이 때문에 이미 하루의 대부분을 날려버렸고, 일반적으로 작가들은 출판사에 대한 의무를 지키기로 정평이 나 있는데, 자기도 작가로서의 의무를 지키려면 일을 빨리 진행시켜야 한다고 설명했다. 그는 조심스럽게 목소리를 고르며, 단어를 직접적으로 언급하지 않으면서, 내일도 문학과는 상관없는 소일거리를 해야 하니 일정이 더 빠듯해질 거라는 얘기도 간신히 전달했다.

모두 의도적인 것이었다. 엘러리는 혼자만의 시간이 간절히 필요했다. 샐리가 그의 진짜 이유를 의심했다 하더라도, 겉으로는 아무 내색도 하지 않았다. 하워드는 노스 힐 드라이브로 돌아오는 내내 계속 졸았다. 문득 엘러리는 잠은 또 다른 형태의 죽음이라는 말이 떠올랐다.

엘러리는 별채로 돌아와 문을 닫고 통유리창 앞 의자 위에 무너지듯 주저앉았다. 그러고는 라이츠빌의 풍경을 물끄러미 바라보았다. 하워드는 그의 아버지와 대면하겠지. 샐리도 그의 남편을 대면하겠지. 하지만 곧 엘러리는 그 두 사람이 이미 경험이 풍부하다는 사실을 떠올렸다. 분명히 그 둘은 디드릭을 대하는 일에 아주 능숙할 것이다.

엘러리는 이 불쾌한 사건에서 특히 샐리 때문에 기분이 상했고, 정확히 자신의 감정이 어떤 것인지 궁금했다. 크게 봐서는 실망일 것이다. 샐리는 그녀에 대한 그의 기대를 저버렸으니까. 그는 그가 느끼는 이 감정의 대부분은 언짢음이라고 파악했다. 그녀는 그의 자존심을 상하게 한 것이다. 그는 샐리가 비범한 여자라고 생각했다. 그가 틀렸다. 그녀는 그냥 여자였을 뿐이다. 어쩌면 그가 상상했던 샐리 역시 남편이 아닌 다른 남자를 사랑하는 자신의 모습을 발견하고 그 자극적인 감정에 굴복했을지 모른다. 하지만 그 다른 남자가 하워드라니, 그건 말도 안 되는 일이었다. (그 다른 남자가 엘러리 자신일 수도 있겠다는 생각이 떠올랐지만, 비논리적이고 비과학적이며 가치 없는 생각이라 즉시 머릿속에서 지워버렸다.)

갑자기 엘러리는 자신이 하워드 밴혼에 대해서, 신경증이든 아니든, 그리 많은 생각을 하지 않고 있었다는 걸 깨달았다.

이 때문에 엘러리의 생각은 하워드에게로 향했고, 자연스럽게 안주머니에 들어 있는 두툼한 봉투를 떠올렸다. 그리고 다음 날 만나게 될 이 협박범의 특징과 정체를 생각하게 되었다. 그러나 생각이 흘러가는 곳마다 그는 답을 구할 수 없는 문제에 부딪혔다.

잠에서 깨고 나서야 엘러리는 자신이 잠들었다는 사실을 알았다. 라이츠빌의 하늘에는 어둠이 드리워져 있었다. 계곡 아래쪽에는 팝콘을 흩어놓은 것처럼 불빛이 깜박였다. 의자에 앉은 채로 몸을 뒤틀자 창밖으로 저택이 보였다.

기분이 좋지 않았다. 저곳에는 복잡하게 뒤얽힌 밴혼 가족이 있고, 불쾌한 모습으로 서 있는 그의 여행 가방이 있다. 아니, 그는 그냥 기분이 좋지 않았다.

엘러리는 신음을 하며 의자에서 일어나, 책상 위 전등의 스위치를 더듬어 찾았다. 책상이 워낙 커서 쉽지 않았다.

그러나 케이스를 열고, 타자기의 덮개를 걷고, 손가락을 움직여 관절을 풀고, 턱을 문지르고, 귀를 파고, 몇 가지 전통적인 준비 동작을 정해진 순서대로 꼼꼼하게 마치고 나니, 이상하게도 작업이 즐거울 것 같다는 생각이 들었다.

엘러리는 그에게서는 상당히 보기 드문 작가의 기운이 퍼지는 것을 느끼며, 곧바로 집필에 빠져들었다. 뇌에는 윤활유를 칠한 것 같았고, 손가락에는 힘이 넘쳤다.

타자기는 경쾌하게 점프하면서 달가닥거리며 질주했다.

시간이 한없이 흘러가던 중 벨소리가 울렸다. 그는 그 소리를 무시했고, 나중에 소리가 멈춘 것을 깨달았다. 위대한 로라가 저택 부엌에서 손짓하며 그를 부르는 것이겠지. 식사? 아뇨, 됐어요.

그는 일을 계속했다.

"퀸 씨."

고집스러운 목소리를 들으니 그 목소리가 그의 이름을 두어 번 연거푸 불렀다는 사실이 떠올랐다.

그는 주위를 둘러보았다.

문이 열려 있었다. 그리고 그 앞에는 디드릭 밴혼이 서 있었다.

순간 그의 머릿속에 모든 것이 한꺼번에 떠올랐다. 북쪽으로의 드라이브, 숲, 호수, 불륜을 저지른 두 남녀의 이야기, 협박범, 안주머니에 들어 있는 봉투.

"들어가도 되겠습니까?"

무슨 일이 있었나? 디드릭이 알게 된 건가?

엘러리는 긴장한 모습으로 회전의자에서 일어났다. 그래도 미소는 띠고 있었다.

"들어오십시오."

"기분은 좀 어떻습니까?"

"빼근하네요."

디드릭은 다소 매서운 태도로 문을 닫았다. 엘러리는 놀랐다. 그러나 몸을 돌린 디드릭은 미소를 짓고 있었다.

"몇 분 동안이나 노크를 하고 계속 불렀는데, 안 들리셨던 모양이군요."

"정말 죄송합니다. 여기 앉으세요."

"제가 방해가 되었나 봅니다."

"와주셔서 감사하지요. 정말입니다!"

디드릭은 웃었다. "작가분들은 어떻게 이렇게 몇 시간이고 한자리에 앉아서 단어들을 쏟아내는지 늘 궁금했습니다. 나라면 미쳐버렸을 거요."

"그런데 지금 몇 시죠, 밴혼 씨?"

"11시가 넘었습니다."

"맙소사."

"아직 식사도 하지 않으셨죠. 로라가 거의 울기 직전이었어요. 내선으로 계속 전화를 걸더니, 나중에는 선생의 책들을 전부 공공 도서관으로 보내버리겠다고 고래고래 소리를 지르더군요. 로라가 상황을 이해했는지는 모르겠지만, 아무튼 결국은 포기했죠."

디드릭은 초조해 보였다. 그는 근심에 싸여 초조해하고 있었다. 엘러리는 그것이 마음에 들지 않았다.

"자, 여기 앉으세요, 밴혼 씨."

"내가 정말 방해가 되지 않는지……."

"어쨌든 곧 일을 마치려던 참입니다."

"제가 바보처럼 느껴지는군요." 디드릭이 커다란 의자에 앉으며 말했다. "다른 사람들에게는 선생을 방해하지 말라고 말하고서는……." 그는 말을 멈췄다. 그러더니 다시 갑자기 말문을 열었다. "퀸 씨, 하고 싶은 얘기가 있어 왔습니다."

드디어 시작이구나.

"오늘 아침에 사무실로 출근했을 때는 선생이 일어나기 전이었습니다. 나가기 전에 얘기를 하려고 했지만……. 나중에 전화를 했더니 에일린이 그러더군요. 선생이 샐리와 하워드와 함께 소풍을 나갔다고요. 그리고 오늘 저녁엔 선생을 방해하고 싶지 않았습니다." 디드릭은 손수건을 꺼내 얼굴을 닦았다. "하지만 얘기를 하지 않고 잠자리에 들 수는 없었어요."

"무슨 문제인가요, 밴혼 씨?"

"3개월쯤 전에 집에 도둑이 들었습니다."

엘러리는 웨스트 87번가가 그리웠다. 불륜이라는 것은 그냥 사전에나 나오는 단어이고, 서로의 관계 안에 갇힌 선한 사람들의 멍청한 행동은 그의 서류철에서나 찾아볼 수 있는 그곳.

"도둑이요?" 엘러리는 놀란 척 물었다. 아니면 적어도 놀란 것처럼 들렸기를 바랐다.

"네, 2층 어딘가로 침입해 아내의 침실에서 보석 상자를 훔쳐 갔어요."

디드릭은 땀을 흘리고 있었다. 그가 누릴 수 있는 사치였다. 엘러리는 질투심이 났다. 그는 내가 이 일을 전혀 모른다고 생각하고 있다. 그래서 이 얘기를 꺼내는 것이 그토록 힘든 것이다.

"그럴 수가. 상자는 찾았습니까?"

잘했어, 엘러리 퀸. 이제 내 땀샘만 제어할 수 있으면 되겠는데…….

"상자요? 아, 보석 말씀이시군요. 네, 샐리의 보석들은 동부의 여러 전당포에서 한 점씩 찾았습니다. 상자는 물론 못 찾았고요. 아마 그냥 어딘가에 던져버린 거겠죠. 값어치도 없는 낡은 물건이니까요. 샐리가 학교 다닐 때부터 쓰던 거였다죠. 문제는 그게 아닙니다, 퀸 씨." 디드릭은 다시 얼굴의 땀을 닦았다.

"그렇군요!" 엘러리는 담배에 불을 붙이고 성냥불을 세게 불어 껐다. "그런 도둑 이야기야말로 제가 듣기 좋아하는 이야기입니다, 밴혼 씨. 다친 사람도 없고……."

"하지만 도둑은 끝내 잡지 못했습니다, 퀸 씨."

"네?"

"못 잡았어요." 디드릭은 큰 손을 서로 움켜잡았다. "도둑은 찾을 수가 없었어요. 인상착의조차도 알 수가 없습니다."

이제부터는 그가 무슨 말을 하든 상관없다. 엘러리는 기뻤다. 그는 회전의자에 앉아 그날 하루 중에서 가장 좋은 기분을 느꼈다.

"간혹 그런 경우가 있어요. 3개월 전이라고 하셨죠, 밴혼 씨? 저는 10년 만에 도둑을 잡은 사례도 아는데요."

"그런 것도 아닙니다." 거인은 맞잡은 손을 풀었다가 다시 잡았다. "어젯밤에……."

어젯밤?

엘러리는 살짝 냉기를 느꼈다.

"어젯밤에 또 도둑이 들었습니다."

어젯밤에 또 도둑이 들었다.

"그래요? 하지만 오늘 아침에는 아무도……."

"아무에게도 말하지 않았으니까요."

다시 집중해. 하지만 천천히.

"아침에 저에게 이 얘기를 못 하셨다니 죄송하네요, 밴혼 씨. 저를 발로 차서라도 깨우셨어야 했는데."

"오늘 아침엔 선생에게 알려야 할지 확신이 안 섰습니다." 청동 같은 디드릭의 피부 아래로 회색빛이 비쳤다. 그는 두 손을 맞잡았다가 풀기를 반복했다. 그러더니 갑자기 벌떡 일어섰다. "이렇게 여자처럼 굴다니! 사실 이전에도 불쾌한 진실을 대면한 적이 있었습니다."

불쾌한 진실.

"오늘 아침에 제가 제일 먼저 일어났습니다. 평소보다 일찍 일어났죠. 아침 식사 때문에 로라를 번거롭게 하고 싶지 않아서 마을에서 가볍게 아침을 들기로 했죠. 서재로 내려가 책상 위에 있던 계약서를 좀 챙기려고 했는데…… 그게 보였습니다."

"뭐가 있었는데요?"

"프랑스식 창문 하나가…… 남쪽 테라스로 이어진 문인데요……. 그게 깨져 있었습니다. 도둑이 손잡이 근처의 유리판을 깨뜨리고 손을 집어넣어 열쇠를 돌린 거죠."

"흔한 수법이군요." 엘러리가 고개를 끄덕였다. "도난당한 물건은?"

"벽에 설치한 금고가 열려 있었습니다."

"제가 한번 봐야겠네요."

"무력을 사용한 흔적은 없어요." 디드릭이 아주 조용히 말했다.

"무슨 말씀입니까?"

"금고는 비밀번호를 아는 자가 연 것입니다. 간밤에 누가 서재에 침입했다는 증거를 보지 못했다면 그 안은 들여다보지도 않았을 겁니다."

"비밀번호는 조작이 가능해요, 밴혼 씨……."

"내 금고는 도난 방지용입니다." 밴혼이 우울하게 말했다. "지난 6월에 도난 사건이 일어난 이후로 새것을 설치했어요. 지미 밸런타인*이라고 해도 그건 못 열었을 겁니다, 퀸 씨. 간밤의 도둑은 암호를 알고 있었던 겁니다."

"뭘 훔쳐 갔습니까?" 엘러리가 다시 물었다.

"나는 늘 사업상의 이유로 금고 안에 거액의 현금을 넣어둡니다. 현금이 없어졌습니다."

현금…….

"다른 건요?"

"다른 건 괜찮았습니다."

"서재 금고에 거액의 현금을 보관하고 있다는 사실을 다른 사람들도 알고 있습니까, 밴혼 씨?"

"그렇진 않습니다." 디드릭의 입술이 비틀어졌다. "일하는 사람들도 몰라요. 가족만 압니다."

"그렇군요……. 도난당한 금액은요?"

"2만 5천 달러입니다."

엘러리는 자리에서 일어나 책상을 돌아 라이츠빌 위에 깔린 어둠을 바라보았다.

* 오 헨리의 단편에 나오는 유명한 도둑.

"금고의 비밀번호는 누가 압니까?"

"나 말고요? 울퍼트, 하워드, 샐리가 알고 있습니다."

"음." 엘러리는 몸을 돌렸다. "이 개탄할 만한 사건에서 바로 결론으로 도약하지 않는 법을 일찍이 익히셨군요, 밴혼 씨. 깨진 유리는 어떻게 하셨습니까?"

"다른 사람들이 내려오기 전에 조각을 주워 담아 던져버렸죠. 테라스 바닥에 온통 유리 조각 천지였습니다."

테라스 바닥.

"테라스 바닥이요?"

"테라스 바닥입니다."

디드릭의 말투는 의미심장했다. 그 의미를 간파한 엘러리는 그가 안쓰럽게 느껴졌다.

"프랑스식 창문 바깥쪽입니다, 퀸 씨. 그렇게 멍한 표정 지을 필요 없어요. 오늘 아침에 이미 그 의미를 알았으니까요." 디드릭의 목소리가 높아졌다. "나는 바보가 아닙니다. 그래서 유리 조각을 치운 겁니다. 그래서 경찰에 전화하지 않은 겁니다. 문 밖에 유리 조각이 흩어져 있었다면 유리는 안에서 깬 겁니다. 서재 안에서요. 내 집 안에서 말이오, 퀸 씨. 이건 서툰 내부자가 외부인의 소행처럼 보이게 하려고 한 겁니다. 오늘 아침에 이미 알았어요."

엘러리는 다시 책상으로 돌아와 회전의자에 주저앉아 불안한 듯 움직이며 집주인에게는 들리지 않을 나지막한 휘파람을 불었다. 그 소리가 들렸다 해도 집주인의 기분은 나아지지 않았을 것이다. 그러나 디드릭은 전혀 신경 쓰지 않았다. 그는 거친 분노를 풀 곳을 찾지 못해 끊임없이 방 안을 서성거렸다.

"내 가족 중 한 사람이……." 디드릭 밴혼이 외쳤다. "2만 5천 달러가 그렇게 간절히 필요했다면 도대체 왜 나에게 오지 않았을까요? 내가 절대 그런 부탁을 거절하지 않을 거라는 건 가족들 모두 압니다. 아니, 알아야 해요. 돈이 아니더라도. 나는 그들이 뭘 했든, 무슨 문제가 있든 신경 쓰지 않아요!"

엘러리는 휘파람 소리에 맞춰 손가락을 두드리며 창문 너머를 바라보았다. *아마 이 일은 신경 쓰실걸요.*

"이해할 수가 없습니다. 나는 저녁 내내 기다렸어요. 저녁식사 때 그리고 그 후에도요. 가족 중 누군가가 내게 내색해주기를, 말 한마디나 표정으로 어떤 표시라도 해주기를 기다렸습니다."

그렇다면 당신은 동생을 범인으로 생각하지는 않는 거군요. 울퍼트와는 하루 종일 같이 일을 하니까. 오늘도 사무실에서 울퍼트를 봤을 테니까요. 범인이 울퍼트라고 생각하지 않는 거예요.

"하지만 아무 일도 없었습니다. 아, 물론 긴장감은 감돌더군요. 그건 느꼈어요. 하지만 그들은 모두 그걸 같이 나누고 있는 것 같았습니다." 디드릭은 서성거리기를 멈췄다. "퀸 씨." 그의 목소리가 굳어 있었다.

엘러리는 고개를 돌려 그를 바라보았다.

"가족 중 한 사람이 나를 신뢰하지 않습니다. 그게 나에게 얼마나 큰 충격인지 선생은 이해 못 할 겁니다. 그런 게 아니라면…… 어떻게 말해야 좋을지 모르겠군요. 얘기를 할 수도 있었습니다. 물어볼 수도 있었습니다. 심지어 애원을 할 수도 있었습니다. 오늘 저녁 그 얘기를 끄집어내려고 네 번이나 시도해봤어요. 하지만 저는 할 수 없었습니다. 내 혀가 무슨 이유에

서인지 묶여버렸어요. 그것 말고 또 다른 게 있었습니다."

엘러리는 기다렸다.

"그 기분이…… 어떤 문제든 간에 그걸 다른 사람이 알게 하고 싶지 않습니다. 굉장히 안 좋은 일일 게 뻔하니까요. 보세요." 못생긴 얼굴이 바위처럼 굳어졌다. "나는 누가 그 돈을 가져갔는지 알아내야겠습니다. 돈이 문제가 아니에요. 그 돈의 다섯 배가 사라졌다고 해도 나는 기꺼이 잊어버릴 수 있습니다. 하지만 내 가족 중 누가 심각한 문제를 갖고 있는지 알아야만 합니다. 일단 누군지 알면 문제를 찾는 것은 한결 쉬워지겠죠. 그럼 그 문제를 해결할 겁니다. 지금은 아무것도 묻고 싶지 않아요. 나는……." 디드릭은 망설이더니 다시 단호하게 말을 이었다. "나는 거짓말을 원치 않아요. 진실을 알게 되면 내가 처리할 수 있습니다. 어떤 문제든 상관없어요. 퀸 씨, 나를 위해서 이 일을 조사해주시겠습니까? 은밀하게요."

엘러리가 즉시 대답했다. "물론 그러겠습니다, 밴혼 씨." 그는 이 게임이 싫었다. 하지만 디드릭은 그가 아는 사실을 몰라야 했다. 그냥 몰라야 했다. 망설이면 디드릭은 의심할 것이다.

디드릭은 안도하는 것 같았다. 디드릭은 축축한 손수건으로 뺨과 턱과 이마를 닦았다. 이제는 미소까지 조금 짓고 있었다.

"부탁드리는 게 얼마나 겁이 났는지 모릅니다."

"당연히 그러셨겠죠. 그건 그렇고요, 밴혼 씨. 없어진 2만 5천 달러의 지폐 구성이 어떻게 됩니까? 단위는요?"

"전부 500달러짜리 지폐입니다."

엘러리가 천천히 말했다. "500달러 지폐 50장. 지폐의 일련번호 목록은 보관하고 계십니까?"

"서재 책상 서랍에 있습니다."

"한번 보여주십시오."

디드릭 밴혼이 책상 서랍을 여는 동안, 엘러리 퀸은 최선을 다해 단서를 찾는 탐정 역할을 연기했다. 프랑스식 창문을 점검하고, 벽의 금고를 꼼꼼히 살펴보고, 창문에서 금고에 이르는 직선 경로상의 양탄자를 훑었다. 심지어는 남쪽 테라스로 나가 보기도 했다. 그가 돌아오자, 디드릭은 엘러리에게 라이츠빌 은행 상호가 새겨진 종이를 건네주었다. 엘러리는 그것을 안쪽 주머니, 하워드가 오후에 준 2만 5천 달러가 든 봉투 옆에 집어넣었다.

"뭐 특별한 거라도?" 디드릭이 걱정스럽게 물었다.

엘러리는 고개를 저었다. "이 사건에서는 정식 절차가 도움이 안 될 것 같군요, 밴혼 씨. 내 지문 채취 도구들을 이쪽으로 보내달라고 하던가, 아니면 데이킨 서장 것을 빌릴 수도 있겠지만…… 그건 현명한 짓이 아닐 겁니다. 하지만 솔직히, 밴혼 씨가 여기저기에 지문을 찍지 않으셨다고 해도…… 그러니까 제 말은 지문을 찾는다고 해도 큰 의미가 있는 건 아니라는 겁니다. 내부 소행인 경우에는요. 그건 뭡니까?"

"뭐 말입니까?"

책상의 서랍이 아직 열려 있었다. 전등의 불빛에 비쳐 서랍 안에서 무언가가 반짝거렸다.

"아, 저건 제 겁니다. 6월의 그 사건이 있은 직후에 바로 산 거죠."

엘러리는 그것을 집어 들었다. 스미스앤드웨슨 38구경 권총이었다. 공이치기가 없고 총신이 짧은 리볼버로 니켈 도금이 되어 있었다. 약실은 다섯 개 모두 장전이 되어 있었다. 엘러리는 그것을 다시 서랍 안에 내려놓았다.

"좋은 총이네요."

"그렇죠." 디드릭은 약간 냉랭하게 말했다. "'가정용'으로는 이상적인 제품이라고 하기에 샀습니다." 엘러리는 말을 꺼낸 것을 후회했다. "그리고 6월 도난 사건에 대해 말하자면……."

"그것도 외부인 소행이 아닐 거라고 의심하시는 건가요?"

"퀸 씨의 생각은 어떻습니까?"

이 남자를 피하기란 대단히 어려운 일이다.

"그렇게 생각하시는 데 특별한 이유라도 있습니까? 어젯밤 사건처럼 유리창이 이상한 방향으로 깨져 있었다던가?"

"아뇨. 물론 그때는 제가 아무것도 몰랐으니까요……. 데이킨 서장 말이 단서가 전혀 없다고 하더군요. 만일 내부 소행이라고 의심할 만한 근거가 있었다면 저에게 그렇게 말했을 겁니다."

"그렇죠. 데이킨은 사실이라는 위대한 신을 모시는 사람이니까."

"하지만 지금은 이 두 사건이 서로 연관되어 있다고 확신합니다. 보석은 모두 값비싼 것이었어요. 그걸 전당포에 잡혔잖습니까. 그리고 다시 또 돈을." 디드릭은 미소를 지었다. "저는 항상 제 자신을 관대한 사람이라고 여겨왔죠. 스스로를 속이기가 얼마나 쉬운지 보여주는 겁니다, 퀸 씨. 자, 이제 저는 자러 가겠습니다. 내일 중요한 일이 있으니까요."

나도 그래요. 엘러리가 생각했다. 나도 그래요.

"안녕히 주무세요, 퀸 씨."

"안녕히 주무십시오."

"만일 뭐든 발견하신다면……."

"물론입니다."

"이 일에…… 연루된 사람에게는 말하지 마십시오. 저에게 오세요."

"알겠습니다. 아, 밴혼 씨."

"네."

"여기 아래층에서 누가 어슬렁거리는 소리를 들으셔도 놀라지 마세요. 그건 아마 냉장고를 뒤지는 댁의 손님일 겁니다."

디드릭은 씩 웃고는 다정한 태도로 손을 크게 흔들며 서재를 나갔다.

엘러리는 그가 정말 안됐다는 생각이 들었다.

그리고 자신도.

로라가 그를 위해 만찬을 준비해두었다. 여느 때 같았으면, 그리고 이른 오후부터 아무것도 먹지 않았다는 사실을 감안하면, 엘러리는 차려놓은 음식을 한입 먹을 때마다 그녀에게 축복이 내리기를 기원했을 것이다. 그러나 실제로는 입맛이 별로 없었다. 그는 로스트비프와 샐러드를 조금씩 뒤적거리면서 밴혼이 잠들 때까지 기다렸다. 그러다가 손에 커피 잔을 들고 조용히 서재로 돌아왔다.

엘러리는 집주인의 회전의자에 앉아 등받이가 문 쪽으로 향하도록 의자를 돌렸다. 그러고 나서 두툼한 마닐라 봉투를 안주머니에서 꺼내 재빨리 내용물을 손가락으로 훑어보았다. 지폐는 일련번호 순서대로 정리되어 있었다. 조폐공사에서 발행한 것을 곧장 가져온 것 같았다. 그는 지폐를 봉투에 집어넣고 다시 안주머니에 넣었다. 그러고 나서 디드릭이 준 종이를 꺼냈다.

주머니 안에 든 지폐는 어젯밤 밴혼의 금고에서 나온 것이었다.

디드릭이 도둑 얘기를 꺼낸 그 순간부터 엘러리는 그 사실을 조금도 의심하지 않았다. 단순히 사실을 확인할 필요가 있을 뿐이었다.

이제 처리해야 할 문제가 하나 더 있었다.

"이제 들어와도 돼, 하워드." 엘러리가 말했다.

하워드가 눈을 껌벅이며 들어왔다.

"문 닫아." 하워드는 순순히 지시에 따랐다. 그는 잠옷 위에 가운을 걸쳤고, 맨발에 슬리퍼를 신고 있었다. "자네도 알겠지만 자넨 이런 일에 정말 서툴러, 하워드. 어디까지 들었어?"

"전부 다요."

"그리고 내가 서재로 돌아올 때까지 기다린 거지. 내가 뭘 하나 보려고."

하워드는 아버지의 가죽 의자에 걸터앉아, 주먹을 쥔 큰 손을 무릎 위에 올려놓았다.

"선생님……."

"설명은 내가 할게. 자네는 어젯밤 아버지의 금고에서 돈을 훔쳤고, 그 돈은 지금 내 주머니에 있어." 엘러리가 앞으로 몸을 기대며 말했다. "하워드, 자네가 날 어떤 처지로 몰아넣었는지 제대로 알고 있긴 한 거야?"

"선생님, 저는 제정신이 아니었어요." 하워드의 목소리는 거의 들리지 않았다. "그만한 돈이 저한테는 없었어요. 그리고 돈은 어디서든 꼭 구해야만 했고요."

"그 돈이 자네 아버지 금고에서 훔친 돈이라고 왜 나한테 얘기 안 했어?"

"샐리에게 알리고 싶지 않았거든요."

"오, 샐리는 모른다."

"몰라요. 호수에서도 말할 수 없었고, 오는 길에도 말할 수 없었어요. 샐리가 옆에 있었으니까."

"아까 오후나 밤에 나에게 따로 얘기할 수도 있었잖아. 내가 별채에 혼자 있었을 때."

"선생님 작업을 방해하고 싶지 않았어요." 하워드가 갑자기 고개를 들었다. "아니, 그게 진짜 이유는 아니에요. 전 겁이 났어요."

"내가 내일 일을 안 하겠다고 할까 봐?"

"그런 건 아니에요. 선생님, 이런 짓을 한 건 저도 태어나서 처음이에요. 그리고 아버지에게 이런 짓을 해야만 했던 것도……." 하워드가 무겁게 몸을 일으켰다. "무슨 일이 있어도 협박범에게 돈을 줘야 해요. 아마 제 말을 안 믿으시겠지만, 그건 저를 위해서가 아니에요. 샐리를 위해서도 아니고. 저는 선생님이 생각하는 것만큼 그런 겁쟁이는 아니에요. 오늘 밤에, 지금 당장이라도 아버지에게 말할 수 있어요. 남자 대 남자로. 아버지에게 다 말하고 샐리와 이혼해달라고, 그러면 샐리와 결혼하겠다고 말할 수 있어요. 아버지가 절 때리시면 저는 바닥에서 일어서서 처음부터 다시 말할 거예요."

난 믿어, 하워드. 자네가 그럴 수 있다는 걸. 그리고 그러면

서 일종의 쾌감을 느끼게 되리라는 것도.

“하지만 이번 일에서 보호해야 할 대상은 아버지예요. 아버지는 그 편지를 보셔서는 안 돼요. 편지를 보시면 아버지는 죽을 거예요. 그깟 2만 5천 달러는 없어도 상관없어요. 아버지는 수백만 달러나 갖고 계신걸요. 하지만 그 편지는 아버지를 죽일 거예요. 제가 적당한 구실을 댈 수만 있었어도, 그만한 돈이 왜 필요한지 그럴싸한 가짜 이유를 하나만 지어낼 수 있었어도, 저는 아버지에게 솔직하게 부탁했을 거예요. 하지만 그러려면 근거를 대야 했죠. 아버지는 쉽게 속지 않으니까요. 그리고 저는 근거를 댈 수가 없었어요. 그래서 금고에서 훔친 거예요.”

“그래서 자네가 도둑인 걸 아버지가 아시게 되면?”

“그런 상황이 닥치면 맞서야죠. 하지만 아버지가 알아내실 리가 없어요.”

“밴혼 씨는 이미 자네 아니면 샐리가 범인이라는 걸 알고 있어.”

하워드는 이해할 수 없는 듯한 얼굴이었다. 그는 화가 나서 말했다. “제가 서툴렀군요. 생각을 좀 해봐야겠어요.”

가엾은 하워드.

“선생님, 이런 난처한 일에 말려들게 해서 정말 죄송해요. 그 돈 돌려주세요. 내일 제가 직접 홀리스 호텔에 가겠어요. 그리고 선생님은 여기 계속 계셔도 좋고 떠나셔도 좋아요. 뭐든 선생님이 최선이라고 생각하시는 대로 하세요. 이 일에는 더 이상 말려들지 않게 하겠어요.”

하워드는 책상으로 다가와 손을 내밀었다.

그러나 엘러리가 말했다. "내가 모르는 게 또 뭐가 있나?"

"없어요. 이제 더는 없어요."

"6월의 도난 사건은?"

"그건 제가 그런 게 아니에요!"

엘러리는 하워드를 한참 동안 올려다보았다.

하워드가 그 시선을 받아 노려보았다.

"그럼 누가 그랬어?"

"그걸 어떻게 알아요? 좀도둑이 그런 거겠죠. 그건 아버지가 틀렸어요, 선생님. 도둑은 밖에서 들어온 거예요. 전부 우연히 그렇게 일어난 거예요. 도둑이 보석을 집어 가면서 그 상자도 가치가 있다는 걸 알아낸 거죠. 선생님, 그 빌어먹을 돈 봉투 돌려주시고 이 일은 잊어버리세요!"

엘러리가 한숨을 쉬었다. "자러 가, 하워드. 이 일은 내가 끝을 볼 테니."

엘러리는 무거운 발을 끌며 별채를 향해 걸어갔다. 그는 지쳤고, 주머니 안의 봉투가 천 근은 되는 듯 무겁게 느껴졌다.

그는 북쪽 테라스를 가로질러 수영장을 빙 돌아 발걸음을 옮겼다.

나는 수영장에 빠져 죽지도 못 해. 그랬다간 주머니 안에서 돈이 발견될 거 아냐.

그 순간 그는 정원의 돌 의자에 부딪혔다.

고통이 전신을 훑었다. 그 고통은 무릎에서만 온 것은 아니었다.

돌 의자!

어젯밤 이곳에 앉아 있던 늙은 여인.

그는 그 노파에 대해서는 완전히 잊고 있었다.

네 번째 날

토요일 오후의 라이츠빌은 상업적인 분위기를 물씬 풍긴다. 하이 빌리지의 상점들은 손님으로 가득 차고, 금전 등록기는 깡충깡충 뛰어오르며 끊임없이 비명을 질러댄다. 광장과 로어 메인 스트리트는 북적이고, 비주 극장의 매표소 앞에서부터 늘어선 줄은 슬로컴 스트리트와 워싱턴 스트리트가 만나는 모퉁이의 로건스 마켓까지 이어진다. 제즈릴 도로의 주차장은 주차료를 35센트로 올리고, 로어 메인 스트리트, 어퍼 휘슬링 애비뉴, 스테이트 스트리트, 광장, 슬로컴 스트리트, 워싱턴 스트리트…… 어디를 가든 주중에는 전혀 볼 수 없었던, 시골에서 외출 나온 뻣뻣한 기성복 바지를 입은 호두 빛깔 피부의 농부와 뻣뻣한 신발을 신은 아이들, 뻣뻣한 깅엄 옷을 입고 모자를 쓴 뚱뚱한 아낙네들과 부딪치게 된다. 포드사의 모델 T와 지프차가 도처에서 펜더를 서로 긁어대며 접촉 사고를 일으키고, 중앙에 제즈릴 라이트의 동상이 서 있는 광장을 둘러싼 공용 주차장은 디트로이트산 자동차들로 빽빽히 경계망을 두르고 있어 보행자가 그 틈을 비집고 다니기란 거의 불가능에 가깝다. 목요일 저녁과는 완전히 딴판이었다. 목요일 저녁에는 스테이트 스트리트의 시청 옆 메모리얼 공원의 중앙에서 밴드 콘서트가 열린다. 콘서트가 열리는 밤에는 로우 빌리지의 주민들과 젊은이들이 거의 모두 몰려나온다. 큰형의 카키 셔츠를 입은 화려한 소년들이 열을 지어 걷고 소년들 앞으로는 긴장한 소녀들이 둘씩, 셋씩, 넷씩 짝을 이루어 함께 행진을 한다. 은색 헬멧을 쓰고 수자*의 행진곡을 연주하는 미국 재향군인 밴드도 주차된 차들의 조명을 한 몸에 받으며 군사 대형으로 거리를 행진한다. 목요일은 월세를 내며 상점을 운영하는 상인들보다는 거리에서 핫도그나 팝콘을 파는 노점상들의 날이었다.

그러나 토요일은 견고하다.

토요일 오후에는 상류사회 사람들이 하이 빌리지로 내려와 모임을 가지며 공동체의 문화적, 행정적, 정치적 건전성을 수호하기 위해 열띤 토론을 벌인다. (모임에 관해서 말하자면, 토요일은 산업계의 날은 아니다. 장사를 하는 사람들은 대체로 사업과 관계없는 일은 월요일에 처리하는데, 토요일에는 장사가 잘되는 반면 월요일의 수익은 부진하기 때문에 이는 상당히 합리적인 관행이었다. 따라서 라이츠빌 소상공회 상인 연합은 매주 월요일 정오에 홀리스 호텔에 모여 폭찹과 잘게 썬 감자를 먹으며 판매세 문제를 논의한다. 상공회의소는 목요일에 켈튼 식당에서 구운 햄과 달콤한 캔디를 들며 미국적인 것이 무엇인지에 관해 토론했고, 로터리클럽은 수요일에 어펌 하우스에서 어펌 부인의 튀긴 닭과 보이젠베리 잼을 곁들인 뜨거운 비스킷을 먹으며 공산주의의 위협에 대해 목소리를 높였다.)

매주 토요일 오후에 힐 드라이브와 스카이톱 로드와 쌍둥이 언덕 너도밤나무 숲의 부인들은 홀리스 호텔과 켈튼 식당의 연

* 미국의 유명한 행진곡 작곡가.

회장을 엄숙한 수다로 가득 채웠다. 이곳에 모이는 부인들은 어펌 하우스의 폴 리비어 룸과 뱅킷 홀에서 열리는 보다 품격 높은 모임인 미국 독립전쟁 참전 용사 후손 부인 애국 단체, 뉴잉글랜드 족보 학회, 라이츠빌 기독교 여성 금주 모임, 라이츠빌 공화당 부인 모임 등에 참석하지 못하기 때문에, 시민 포럼 위원회, 라이츠빌 로버트 브라우닝 연구회, 라이츠빌 부인 구호단, 라이츠빌 시정 개선 클럽, 라이츠빌 인종 포용 단체 등등의 오찬회에 참석하는 것이다. 이런 모임이 전부 동시에 열리는 것은 물론 아니었다. 부인들 중에서도 활발하게 활동을 하는 사람들은 효율적으로 일정을 짜서 한날에 오찬회를 두 곳, 심지어는 세 곳까지 참석하곤 했다. 그러다 보니 세 군데 호텔의 토요일 만찬 메뉴는 채소 위주였고 디저트는 주로 과일로 구성되었다. 그러나 역시 남편들은 일요일 정찬 메뉴가 너무 검소하다고 불만을 터뜨리곤 했다. 그러던 중 뱅고르와 우스터 출신의 젊은 가사 도우미 두 명이 라이츠빌로 이사를 왔다. 이들은 라이츠빌 남편들의 이러한 고민을 자신들의 좋은 사업 기회로 삼았다.

이렇게 상업과 문화와 시민 사회의 모든 요소들이 한데 뒤섞여 발효를 일으키는 와중에, 사람을 대상으로 한 범죄는 포트사이드*만큼이나 먼 나라 얘기였다. 사실 협박 따위는 라이츠빌의 토요일 오후를 보내면서 절대로 머릿속에 떠오를 일이 없을, 특히나 고약한 개인의 일탈 행동이었다. 아마도 협박범이 토요일 오후를 디드릭 밴혼의 2만 5천 달러를 접수하는 날로 정한 것은 분명 그런 이유 때문일 거라고, 엘러리는 우울한 마

* 수에즈 운하의 지중해 쪽에 있는 항구.

음으로 생각했다.

엘러리는 하워드의 수수한 로드스터를 하이 빌리지 입구 어퍼 데이드 스트리트의 구불구불한 언덕길 중턱에 세웠다. 차에서 내린 그는 돈이 든 안주머니를 한 번 만지고는, 광장을 향해 언덕을 내려갔다. 어퍼 데이드 스트리트는 그가 일부러 고른 장소였다. 토요일 오후에는 마을의 중심부에서 넘쳐흐르는 차들이 어퍼 데이드 스트리트로 모여들면서, 익명성을 원하는 사람이 힘들이지 않고 쉽게 정체를 감출 수 있었다. 그럼에도 엘러리는 눈앞에 펼쳐진 광경에 놀라고 말았다. 어퍼 데이드 스트리트는 알아볼 수가 없을 정도였다. 그가 마지막으로 라이츠빌을 방문한 이후로, 75년 넘게 회색 골조와 담쟁이덩굴에 덮인 주택들이 서 있던 자리에 나병에 걸린 것 같은 벽돌로 새 건물들을 엄청나게 쌓아 올린 것이다. 언덕에는 온통 세련되고 말끔한 새 상점들이 가득 들어서 있었다. 석탄 저장소가 있던 곳은 거대한 중고차 시장으로 바뀌어 잘 닦인 차들이 첩첩이 쌓여 있었다. 그 차들이 중고차라는 사실이 믿어지지 않았지만, 정말로 중고차가 맞다면 그 차들은 지저귀는 새들의 날갯짓에 맞춰 공기의 정령들에 의해 천상의 도로 위를 달리다 이곳으로 온 것이리라.

아, 라이츠빌!

엘러리는 점점 더 우울해졌다. 어퍼 데이드 스트리트를 무자비하게 침입한 상점들의 금속 간판 아래를 걷는 그의 얼굴은 오렌지색, 흰색, 파란색, 금색, 초록색 네온사인의 불빛을 받으며 총천연색으로 빛났다(사람들은 꼭 이렇게 천박한 광경을 연출하며 태양의 모습으로 현현하신 신께 맞서야 하는 걸까?).

엘러리는 이곳의 풍경이 그가 애정 어린 마음으로 기억하는 라이츠빌과는 거리가 멀다고 느꼈다.

협박? 별로 놀랄 일도 아니다.

하지만 언덕 아래로 내려가 모퉁이를 돌자 그의 발걸음이 빨라졌다. 다시 고향에 돌아온 것이다.

여기 순수한 옛 광장이 있다. 원형 광장. 코에는 새똥이 묻고 그 아래 발밑에 말구유가 있는 창립자 제즈릴 라이트의 청동 동상을 중심으로, 스테이트 스트리트, 로어 메인 스트리트, 워싱턴 스트리트, 링컨 스트리트, 어퍼 데이드 스트리트가 수레의 바퀴살처럼 펼쳐져 있는 곳. 이곳의 거리들도 변모한 라이츠빌의 성격을 보여주고 있었지만, 그래도 아직은 뭔가 신비로운 방식으로 죄악의 도시로부터 돌아온 탕자들을 불러 모으고 있었다. 바퀴살 중에서 가장 넓은 스테이트 스트리트 위쪽으로 시청이 보이고, 그 옆에는 메모리얼 공원이 있었다. 카네기 도서관(돌로레스 에이킨은 아직도 박제된 올빼미와 독수리와 함께 이곳을 지배하고 있을까?), 그리고 이제는 낡아버린 카운티 법원의 '신(新)청사'가 있었다. 로어 메인 스트리트에는 비주 극장, 우체국, 〈라이츠빌 레코드〉 신문사 사옥, 상점들이 있었고, 워싱턴 스트리트에는 로건스 마켓, 어펌 하우스, 프로페셔널 빌딩, 앤디 비로바티안 꽃 가게가, 링컨 스트리트에는 사료 가게, 마구간 그리고 의용 소방대 건물이 있었다. 그러나 병아리들을 거느린 암탉처럼 이 모든 것에 생명을 불어넣는 것은 광장 그 자체였다.

그리고 존 라이트의 은행이 있다. 이제는 존 라이트의 은행이 아니라 디드릭 밴혼의 은행이지만. 그래도 같은 건물이었고 견고함도 그대로였다. 그리고 오래된 블루필드 상점과 J. P. 심슨의 전당포, 솔 가우디의 양복점, 봉통 백화점, 듄 매클린의 고급 주류 판매점이 있었다. 그리고 아아, 슬픈 변화가 있었는데, 하이 빌리지 약국이 이제는 대형 체인의 분점이 되어 있었고, 윌리엄 케첨의 보험 회사는 핵전쟁 군수품 할인 상점이 되어 있었다.

그리고 웅장하여라, 홀리스 호텔의 대형 차양은.

엘러리는 손목시계를 쳐다보았다. 1시 58분.

그는 서두르지 않고 홀리스 호텔의 로비로 들어갔다.

도시의 열정은 이제 무르익어가고 있었다. 대연회장에서는 엄청난 음악 소리와 식기류 부딪치는 소리가 흘러나왔다. 로비는 부글거리고 벨보이들은 질주했다. 데스크의 종은 계속 쨍그랑댔다. 내선 전화는 불이 날 지경이었다. 마크 두들의 아들 그로버는 이제 약간 뚱뚱한 모습이 되었는데, 짜증이 섞인 친절한 태도로 신문과 담배를 팔고 있었다.

엘러리는 다른 사람들의 시선을 끌지 않을 정도의 속도로, 무심하게 로비를 가로질러 걸었다. 그는 사람들의 걷는 속도에 맞춰 너무 빠르지도 느리지도 않게 움직였다. 그의 태도나 표정은 어딘가에 주의를 기울이는 듯 확신에 차 있으면서도 기분 좋은 호기심을 띠고 있어, 라이츠빌 사람에게는 라이츠빌 사람처럼 보이고 이방인에게는 이방인처럼 보였다. 그는 사람들 사이에 파묻혀 엘리베이터 세 대 중 두 번째 것을 기다렸다. 엘리베이터 안에 들어서자 그는 가려는 층을 말하지 않고 운전수에게 반쯤 몸을 돌린 채 그저 기다렸다. 6층에 이르렀을 때 엘러리는 운전수의 얼굴을 알아봤다. 윌리 플라네츠키였다. 그를 마지막으로 봤던 것은 카운티 법원 건물 맨 꼭대기 층에 있는 카운티 교도소 접견실에서였다. 당시의 플라네츠키는 나이가 지긋하고 머리는 회색빛이었다. 이제 그는 늙어서 머리는 백발이 되었고, 두툼한 어깨는 심하게 굽어 있었다. 오, 세월이여! 그로버 두들은 배가 불룩해지고 은퇴한 경찰은 호텔 엘리베이터를 운전하는구나. 여하튼 엘러리는 윌리 플라네츠키에게 등을 돌리고 게걸음으로 조심스럽게 10층에서 내렸다.

J. 에드거 후버*를 닮은 남자가 영업 사원용 가방을 들고 그와 함께 내렸다.

남자는 왼쪽으로 걸어갔다. 그래서 엘러리는 오른쪽으로 걸어갔다.

엘러리는 남자가 방문을 열고 사라지기에 충분한 시간 동안 방 번호를 찾는 척하며 돌아다녔다. 그러고는 재빨리 돌아와, 엘리베이터를 지나, 10층에서 같이 내린 남자가 1031호로 들어가는 것을 확인하고 걸음을 재촉했다. 터키산 붉은 카펫이 그의 발소리를 삼켜주었다.

1010호에 가까워지자 엘러리는 속도를 늦추지 않고 가볍게 뒤를 돌아보았다. 복도는 텅 비어 있었고, 방문 밖으로 고개를 내밀고 엿보는 자도 없었다. 1010호 앞에서 엘러리는 걸음을 멈추고 다시 주위를 둘러보았다.

아무것도 없었다.

그는 문손잡이를 돌려보았다.

문은 잠겨 있지 않았다.

* 미 연방 수사국(FBI)의 창설자이자 초대 국장.

거짓말은 아니었구나.

엘러리는 불쑥 문을 밀었다. 그리고 기다렸다.

아무 일도 일어나지 않았다. 그는 안으로 들어서자마자 문을 잠갔다.

방 안에는 아무도 없었다. 적어도 몇 주 동안은 아무도 이 방에 들어오지 않았던 것 같았다.

방 안에는 싱글 침대가 덩그러니 놓여 있을 뿐 욕조조차 없었다. 한쪽 구석에 배수관이 드러나 있는 흰색 세면대가 있었고, 세면대 위에는 나무로 만든 수건걸이가 있었다. 사람 키만 한 벽장이 세면대 옆에 놓여 있었다.

성(聖)보니파티우스*가 꾸미기라도 한 것인지, 방 안에는 더 이상 줄일 게 없을 만큼 최소한의 물건만 놓여 있었다. 좁은 침대 위에는 오톨도톨한 무늬가 새겨진 바랜 보라색 시트가 덮여 있었고, 그 옆에는 협탁, 속을 많이 채워 불룩해진 의자, 스탠드 조명, 사무용 책상, 풀 먹인 면 테이블보가 덮인 탁자가 있었다. 탁자 위에는 거울이 걸려 있었고, 반대편 벽에는 침대 위로 먼지 쌓인 그림에 '산 위에서의 일출'이라는 제목이 붙어 있었다. 하나뿐인 창문에는 때가 묻어 번들거리는 담갈색 커튼이 걸려 있었다. 커튼 자락으로부터 아래로 6센티미터쯤 되는 곳에 페인트 조각이 부스러져 떨어진 커다란 라디에이터가 놓여 있었다. 마룻바닥에 깔린 카펫은 초록색 액스민스터 제품으로 완전히 색이 바래 있었다. 협탁 위에는 전화기가 있었고, 사무용 책상 위에는 물병, 두꺼운 유리잔, 가장자리에 홈이 파인 사

* 청빈을 실천한 독일의 성직자.

각형 재떨이가 있었다. 탁자 위 거울에 메뉴판을 기대어 세워 놓았는데, 메뉴판에는 '품격 있는 만찬을 위한 최고급 요리, 헌팅룸, 홀리스 호텔'이라고 새겨져 있었다.

엘러리는 옷장 안을 들여다보았다.

텅 빈 옷장 안 모자 선반 위에는 종이로 만든 세탁물 주머니가 있었고, 무언가 정체를 알 수 없는 그릇이 바닥에 놓여 있었다. 그것이 무엇인지 확인하는 데 조금 시간이 걸렸다. 엘러리는 그 물건의 정체를 파악하고 기분이 좋아졌다. 그것은 노인들이 '천둥 항아리'라고 부르는 일종의 요강이었다. 엘러리는 그것을 제자리에 살며시 되돌려놓았다. 이것이야말로 라이츠빌의 참모습이었다.

엘러리는 옷장 문을 닫고 주위를 둘러보았다.

수건걸이에 수건이 없고 창문이 잠겨 있는 것으로 보아, 협박범이 일반적인 방법으로 이 방을 빌리지 않은 것은 분명했다. 그러나 샐리에게 전화를 건 익명의 협박범은 어제 아침부터 이미 이곳 1010호를 사용할 수 있다는 사실을 알고 있었다. 이번 일의 핵심은 이 방에 쉽게 들어올 수 있어야 한다는 것이다. 따라서 그는 현금으로 미리 방값을 치르고 방을 예약했을 것이다. 그러나 그는 정식 절차를 밟은 것은 아니다. 문을 열어놓기 위해서, 협박범은 여느 공구점에서 파는 만능열쇠를 이용했을 것이다. 홀리스 호텔의 방은 아직 실린더 자물쇠를 설치하기 전이었다.

엘러리는 속을 가득 채운 의자에 편안히 앉아 생각에 잠겼다. 이 모든 것을 종합해볼 때 범인은 신중한 사람이다. 그는 이곳에 모습을 나타내지 않을 것이다. 그러나 접촉은 해야 한다. 따라서 메시지를 보낼 것이다.

엘러리는 얼마나 오래 기다려야 하는지, 그리고 메시지는 어떤 방식으로 올 것인지 궁금했다.

그는 의자에 앉아 긴장을 풀었다. 담배는 피우지 않았다.

10분이 다 되어갈 무렵 그는 자리에서 일어나 서성거리기 시작했다. 그런 다음 다시 옷장 안을 들여다보고, 무릎을 꿇고 침대 아래를 살펴보고, 책상 서랍을 열어보았다.

협박범은 경찰이나 숨은 조력자가 없다는 확신이 들 때까지 기다릴 터였다. 그게 아니라면 이런 일에 경험 많은 탐정이 샐리의 특사로 온 것을 알고 겁에 질려 달아난 걸까.

10분 더 기다려 보겠어.

엘러리는 메뉴를 집어 들었다.

'사과 튀김을 곁들인 앙리풍의 로스트 포크…….'

전화벨이 울렸다.

엘러리는 두 번째 벨이 울리기 전에 수화기를 집어 들었다.

"네?"

목소리가 말했다. "돈은 책상의 오른쪽 맨 위 서랍에 집어넣어. 서랍을 닫아. 어펌 하우스 10호실로 가. 방에 들어가. 거기 책상 오른쪽 맨 위 서랍에 편지가 있을 거다."

엘러리가 말했다. "어펌 하우스, 방 호수는……."

"편지는 그 방에 8분간 둘 것이다. 지금 출발하면 걸어가서 가져오기 딱 알맞은 시간이지."

"하지만 이게 거짓말이 아니라는 걸 어떻게……."

딸깍 소리를 내며 전화가 끊겼다.

엘러리는 수화기를 내려놓고, 서랍으로 달려가 맨 위 서랍을 열고 돈이 든 봉투를 안에 집어넣은 뒤, 서랍을 세게 닫고, 방을 뛰쳐나와 문을 닫았다. 복도는 비어 있었다. 그는 욕을 내뱉고는 엘리베이터 버튼을 두들겼다. 첫 번째 엘리베이터의 문이 거의 곧바로 열렸다. 안에는 아무도 없었다. 엘러리는 얼굴에 주근깨가 난 빨간 머리 운전수의 손에 1달러짜리 지폐를 쑤셔 넣었다.

"로비로 곧장 내려가. 멈추지 말고!" 수완을 부릴 때가 아니었다.

시간을 다투는 일이었다.

엘러리는 곧장 로비에 몰려 있는 사람들을 헤치고 벨보이에게 달려갔다.

"쉽게 10달러 벌고 싶어?"

"네, 선생님."

엘러리는 그에게 10달러를 쥐여주었다. "지금 당장 10층으로 가. 최대한 빨리 가야 해. 그리고 1010호를 계속 지켜보는 거야. 누가 다가오면 손잡이를 문질러 닦거나 뭐 그런 시늉이라도 해. 아무것도 하지 말고 아무 말도 하지 말고, 그냥 거기서 기다려. 1010호야. 내가 15분 안에 돌아올 테니까."

그는 서둘러 광장으로 달려갔다.

어펌 하우스는 워싱턴 스트리트에 있었다. 광장으로부터 30미터 떨어진 곳이었다. 어펌 하우스의 2층 목조 기둥은 홀리스 호텔의 입구에서도 보였다. 엘러리는 광장의 인파를 헤치며 달려 나갔다. 그는 링컨 스트리트를 건너고, 봉통 백화점과 한때 마이론 가백의 약국이었던 곳을 지나 뉴욕 백화점을 지나쳤다. 그는 신호를 무시하고 워싱턴 스트리트를 건넜다.

그 목소리가 그를 미치도록 화나게 했다. 그 목소리가 그의 귓가에서 계속 속삭이고 있었다. "돈은 책상의 오른쪽 맨 위 서랍에 집어넣어……." 속삭이는 소리라도 목소리는 알아들을 수 있다. 그러나 이 속삭임은…… 화장지! 그거다. 협박범은 화장지를 수화기에 대고 속삭인 것이다. 그렇게 하면 목소리는 거칠게 진동하고 떨리면서 완전히 다르게 들리고, 성별도 나이도 알 수 없게 되어버린다.

어펌 하우스의 10호실. 아마 1층일 것이다. 서쪽 건물에 방이 몇 개 있었다. 서쪽 건물……. 서두르며 달려가는데, 문득 작은 손 하나가 머릿속 문을 두드렸다. 어찌된 영문인지 유쾌하게 생긴 검은 얼굴이 계속해서 그 문 밖으로 고개를 내밀었다. 미군 제복을 입은 젊은 남자의 얼굴, 에이브러햄 L. 잭슨 상병! 잭슨 상병이 데이비 폭스 사건에서 한 진술이 떠올랐다. 그가 로건스 마켓의 배달원일 때 포도 주스 여섯 병을 배달했다는 얘기. 로건스 마켓……. 로건스 마켓은 여전히 어펌 하우스 맞은편, 워싱턴 스트리트와 슬로컴 스트리트의 모퉁이에 서 있었다. 잭슨…… 잭슨이 그때 뭘 했다고 했지? 그리고 이렇게 오랜 시간이 흐른 지금에 와서 갑자기 왜 그게 신경이 쓰이는 걸까? 잭슨은 로건스 마켓 뒷길에 세워놓은 배달용 트럭에서 상자를 나르고 있었다. 그렇다. 그것이 그의 진술 내용이었다. 로건스 마켓의 비상용 출구와 비주 극장의 뒷면이 공유하는 뒷길…… 그리고 그곳에 어펌 하우스의 옆문이……. 옆문! 서쪽 건물의 옆문! 그거였다. 거기라면 사람들의 주의를 끌지 않고 어펌 하우스에 들어갈 수 있다. 엘러리는 시계를 쳐다보고 어펌 하우스의 정문을 지나쳤다. 6분 30초. 그리고 뒷길…….

그는 뒷길로 들어가 옆문까지 달려갔다.

복도는 텅 비어 있었다. 바닥에는 짙은 푸른색 카펫이 깔려 있고 벽에는 '콩코드 다리의 긴급 소집병'의 붉은 깃발이 그려진 벽지가 발려 있었다. 문을 두 개 지나서 세 번째 문에 '10'이라는 숫자가 걸려 있었다.

문은 닫혀 있었다.

엘러리는 문으로 달려가 주저 없이 손잡이를 돌렸다. 문이 열리자마자 그는 쏜살같이 뛰어 들어가 책상의 오른쪽 맨 위 서랍을 벌컥 열었다.

그곳에 편지 묶음이 놓여 있었다.

6분하고 몇 초가 흐른 후 엘러리는 홀리스 호텔의 10층 세 번째 엘리베이터에서 뛰어나왔다. 여기까지 내내 달려온 것이다.

"어이!"

'비상구'라고 쓰인 문에서 벨보이의 머리가 불쑥 튀어나왔다.

"저 여기 있습니다."

엘러리가 숨을 헐떡이며 벨보이에게 달려갔다. "어땠어?"

"아무 일도 없었습니다."

"아무 일도?"

"네."

엘러리는 소년을 유심히 살펴보았다. 그러나 소년의 얼굴에는 호기심만 떠올라 있었다.

"아무도 1010호에 들어가지 않았단 말이지?"

"네, 선생님."

"물론 아무도 나오지 않았고?"

"네, 선생님."

"문에서 시선을 떼거나 한 건 아니겠지?"

"한순간도 눈을 떼지 않았습니다."

"확실해?"

"맹세할 수 있어요." 벨보이는 목소리를 낮췄다. "선생님, 혹시 탐정이세요?"

"음…… 뭐 그럴 수도."

"여자 문제죠? 네?"

엘러리는 수수께끼 같은 미소를 지었다. "아까 그 10달러에 5달러를 더하면 지금 이 일을 전부 잊을 수 있겠나?"

"그럼요!"

엘러리는 벨보이가 엘리베이터를 타고 사라질 때까지 기다렸다. 그러고 나서 1010호로 달려갔다.

돈이 든 봉투는 없었다.

이성을 장사 밑천으로 삼는 사람에게, 상대방으로부터 허를 찔린다는 것은 주먹으로 한 방 맞는 것과 같다. 라이츠빌에서 허를 찔린다는 것은 녹아웃이 되도록 두들겨 맞는 것과 같다.

엘러리는 어퍼 데이드 스트리트까지 천천히 걸어갔다.

협박범은 어떻게 돈을 가져갔을까?

1010호에 숨어 있던 것도 아니었다. 엘러리는 전화를 받은 시점 전후로 방을 샅샅이 수색했다. 옷장은 비어 있었다. 책상 서랍도 비어 있었다(논리상 범인이 난쟁이일 가능성도 포함시켜야 한다). 침대 아래에도 아무도 없었다. 욕실은 아예 없다. 옆방과 문을 공유하지도 않는다. 창문으로 들어오는 것은 불가능하다. 범인이 파리 인간이었다면, 호텔 아래 광장은 새해 전날 밤의 타임스 스퀘어만큼이나 북적거렸을 것이다.

그러나 이 친구는 엘러리가 떠난 후 1010호에 들어왔고 엘러리가 돌아오기 전에 사라졌다. 그는 심지어…… 벨보이가 보초를 서기 전에 이미 빠져나간 것이다.

당연하지.

엘러리는 자신의 순진함에 고개를 저었다. 그 호텔 벨보이가 거짓말을 한 게 아니라면, 답은 단순히 시간 순서에 놓여 있다. 방은 줄곧 감시를 받고 있었다. 아주 잠깐 동안을 제외하고. 엘러리가 엘리베이터를 타고 아래층으로 내려가고, 벨보이가 올라온 그사이.

그사이에 협박범이 움직인 것이다.

그는 홀리스 호텔 안에서 전화를 걸었다. 10층의 다른 방이거나, 아니면 9층, 아니면 로비의 내선 중 하나였을 것이다. 그는 편지를 가져가는 데 시간제한을 걸었다. 약삭빠른 놈! 잠깐이라도 생각할 시간이 있었다면 편지가 어펌 하우스의 10호실 책상에 아예 없었을 수도 있고, 있다고 하더라도 협박범이 제시한 시간이 지나도 편지를 다시 가져가기 위해 그곳에 나타나는 위험을 무릅쓰지 않으리라는 것을 생각해냈을 것이다. 그러나 그는 엘러리에게 생각할 시간을 주지 않았다. 게다가 그는 다른 면에서도 유리했다. 생각할 여유가 있든 없든, 샐리의 특사라면 범인의 지시를 어길 수가 없는 것이다. 협박을 당하는 사람의 입장에서 이번 작전의 핵심은 편지를 회수하는 것이다. 이를 위해서는 돈을 잃을 위험과 편지 회수에 실패할 위험마저도 감수해야 한다. 범인은 이 점을 파악했다. 그리고 실행에 옮졌다.

그는 엘러리가 떠난 후 1010호에 들어와서 돈을 챙기고, 벨보이가 10층에 나타나기 전에 다시 나간 것이다. 아마도 비상계단을 통해 한 층 아래로 내려간 후 그곳에서 엘리베이터를 타고 내려갔을 것이다.

엘러리는 홀리스 호텔로 돌아가 1010호의 예약 상황을 확인하고, 어펌 하우스로 가서 협박범이 남겨놓았을 몇 가지 단서를 확인해볼까 생각했다. 그러나 그는 곧 어깨를 으쓱하고는 하워드의 차로 돌아갔다. 그랬다간 아마 그 의심 많은 벨보이가 불러들인 데이킨 서장이나 디드릭 밴혼의 〈라이츠빌 레코드〉 소속 기자의 손에 걸려들어 좋지 않은 결말을 맞게 될 것이다. 경찰과 언론은 무조건 피해야 한다.

그는 도대체 어쩌다가 자신이 이런 우울한 일에 휘말리게 된 건지 궁금해졌다.

엘러리는 16번 도로의 핫 스팟 옆에 하워드의 로드스터를 세우고 안으로 들어갔다. 실내는 사람들로 북적거렸다. 그는 뒤에서 두 번째 칸막이로 어슬렁거리며 걸어갔다. "합석해도 되겠습니까?"

샐리는 앞에 놓인 맥주에 손도 대지 않은 상태였지만, 하워드 앞에는 빈 위스키 잔이 세 개 놓여 있었다.

샐리는 창백했다. 립스틱 때문에 얼굴이 더욱 창백해 보였다. 그녀는 칙칙한 갈색 스웨터와 스커트를 입고, 그 위에 낡은 개버딘 코트를 걸치고 있었다. 하워드는 짙은 회색 정장을 입고 있었다.

두 사람은 엘러리를 올려다보았다.

엘러리가 말했다. "자리 좀 내주세요." 그리고 그는 그녀의 옆자리에 앉아 바깥쪽을 향해 등을 돌렸다. 흰 앞치마를 두른 웨이터가 쿵쿵 소리를 내며 걸어가면서 말했다. "곧 오겠습니다, 손님." 엘러리는 돌아보지 않고 말했다. "급할 거 없어요." 그는 왼손으로 샐리의 무릎에 뭔가를 떨어뜨렸고 오른손으로는 그녀의 맥주잔을 집었다.

샐리가 아래를 내려다보았다.

그녀의 뺨이 달아올랐다.

하워드가 중얼거렸다. "샐리. 오 하느님, 감사합니다."

"아, 하워드."

"이리 줘보세요."

"테이블 아래로." 엘러리가 말했다. "아, 웨이터. 맥주 두 잔하고 위스키 한 잔."

웨이터는 빈 잔을 집어 들고 더러운 행주로 테이블을 닦기 시작했다.

"그 더러운 걸레질은 안 해도 돼요." 하워드가 거칠게 말했다.

웨이터는 잠시 노려보더니 서둘러 떠났다.

엘러리는 자신의 손 안에 다른 손이 잡히는 것을 느꼈다. 그 손은 작고 부드럽고 따뜻했다. 그 손은 곧 잽싸게 빠져나갔다.

하워드가 말했다. "네 통 다 있어요, 샐리. 네 통 전부요. 선생님……."

"전부 다 있는 거 확실해? 정확히 그거 맞아?"

"네."

샐리가 고개를 끄덕였다. 그녀의 눈은 하워드를 향해 타올랐다.

"원본 맞아? 사본 아니고?"

"네." 다시 하워드가 말했다.

그리고 샐리도 다시 고개를 끄덕였다.

"테이블 밑으로 나한테 좀 줘봐."

"선생님에게요?"

"하워드, 신과 논쟁하려는 건가요." 샐리가 웃었다.

"조심하세요, 손님!"

웨이터가 맥주 두 잔과 위스키를 테이블 위로 거칠게 내려놓았다. 하워드가 안주머니를 뒤졌다.

"내가 낼게. 잔돈은 가져요, 웨이터." 엘러리가 말했다.

"오! 감사합니다." 웨이터는 화가 누그러진 얼굴로 자리를 떴다.

잠시 후, 엘러리가 말했다. "자, 하워드. 이제 그 재떨이 좀 건네줘."

그는 재떨이 위에 손을 얹고, 아무렇지도 않게 주위를 둘러보았다. 다시 돌아봤을 때 재떨이는 그와 샐리 사이의 좌석에 놓여 있었다.

"두 사람 다 한잔하면서 얘기 좀 나눠요."

샐리는 팔꿈치를 테이블 위에 올려놓고 맥주를 홀짝이면서 미소를 지었다. 그녀는 하워드에게 시선을 고정한 채로 말했다. "엘러리, 나는 이제부터 내가 죽는 날까지 매일 밤 당신과 당신이 해준 이 일에 대해 하느님께 감사할 거예요. 매일 밤과 매일 아침마다요. 이 일은 절대 잊지 않을 거예요. 절대로."

"여기 좀 내려다봐요." 그가 말했다.

샐리가 그가 가리킨 곳을 보았다. 커다란 유리 재떨이 위에 종잇조각이 작은 더미를 이루고 있었다.

"이거 보여, 하워드?"

"보여요!"

엘러리는 담배에 불을 붙이고 불이 붙은 성냥을 왼손으로 옮겨 재떨이에 떨어뜨렸다.

"외투 조심해요, 샐리."

그는 네 번에 걸쳐 제물을 바쳤다.

두 사람이 따로따로 가버린 후, 엘러리는 세 번째 맥주를 앞에 놓고 생각에 잠겼다. 샐리가 먼저 떠났다. 그녀의 어깨는 반듯하게 펴지고 발걸음은 퀘토노키스 호수 위를 나는 새처럼 가벼웠다. 거기에는 거칠디 거친 현실에 벨벳 안감을 댄 것처럼 순수한 안도의 감정이 깃들어 있었다고 엘러리는 생각했다.

하워드는 의기양양하게 큰 소리로 떠들어대다 돌아갔다.

편지는 돌아왔고, 불에 태웠으며, 위험은 끝났다. 샐리의 발걸음과 하워드의 기운찬 목소리에서 엘러리는 두 사람의 생각을 읽을 수 있었다.

환상을 깨서 좋을 건 없어.

그는 그날 오후의 사건을 검토해보았다.

협박범은 돈을 가져가기 전에 편지 원본을 내주는 위험을 감수했다. 세상에 어느 협박범이 이런 짓을 하겠는가? 홀리스 호텔의 사무용 책상 서랍 속 봉투에 그냥 백지 묶음이 들어 있으면 어쩌려고? 원본 편지가 회수되고 나면 그는 손에 남는 것은 아무것도 없다. 따라서 당연히 협박범은 사전에 네 통의 편지의 사진 복사본을 준비해두었을 것이다. 그렇다면 원본을 돌려

준다고 해도 큰 의미가 없다. 사진 복사본도 원래의 목적에 정확하게 부합한다. 특히 이런 경우에는 더욱 그렇다. 하워드의 필체는 독특하다. 판화처럼 새긴 듯한 특이하고 작은 글씨체는 한눈에 곧바로 알아볼 수 있다.

지금 얘기해봤자 좋을 거 없어.

오늘은 따뜻한 햇살을 받으며 걸어요, 샐리. 내일은 다시 구름이 드리울 테니.

협박범이 다시 전화하면, 하워드, 그땐 어쩌지? 처음에는 돈을 훔쳐서 해결했지만, 두 번째 요구는 어떻게 들어줄 거야?

그리고 다른 것이 더 있었다.

엘러리는 맥주잔을 보며 얼굴을 찡그렸다.

다른 것이 더 있다.

그게 정확히 무엇인지 엘러리는 알 수 없었다. 그러나 그것이 무엇이든, 그것 때문에 엘러리는 불편했다. 머리를 따끔따끔 찌르는 듯한 예의 그 기분. 스멀거리는 비운의 느낌.

뭔가 잘못됐다. 불륜도 아니고, 협박도 아니고, 그가 지금까지 밴혼가에 와서 겪은 그런 일도 아니다. 뭔가 '잘못'되었지만 이 잘못은 종류가 다른 잘못이고, 이 잘못이 전부를 다 뒤덮고 있었다. 이것은 거대한 잘못이며, 사소한 잘못, 부분적 잘못들과는 구분되는 것이다. 그래, 그거다……. 부분적 잘못! 그가 이 불편함의 근본 원인을 파악해보려 애를 쓰면 쓸수록, 막연히 드는 생각은 모든 것이 전부 잘못됐고 부분적 잘못들은 단순히 전체적인 잘못의 일부일 뿐이라는 것이었다. 패턴의 일부인 것처럼.

패턴?

엘러리는 맥주잔을 비웠다.

그것이 무엇이든, 그것은 발전하고 있었다. 그것이 무엇이든, 결말은 좋지 않을 것이다. 그것이 무엇이든, 그는 끝까지 지켜봐야 할 것이다.

엘러리는 서둘러 핫 스팟을 나와 제한 속도를 넘겨가며 노스힐 드라이브로 돌아왔다. 마치 밴혼가에 무슨 일이 벌어지고 있으며, 빨리 돌아오면 이곳에서 벌어지고 있는 일을 자신이 막을 수 있다는 듯이.

하지만 특별한 점은 찾을 수 없었다. 다만 평소와 다른 안도의 분위기가 깔려 있었고, 긴장감도 느낄 수 없었다.

저녁 식사 자리에서 샐리는 내내 쾌활했다. 눈은 빛났고 새하얀 이가 반짝거렸다. 그녀는 군주의 저택을 자신의 존재감으로 가득 채웠다. 엘러리는 테이블을 사이에 두고 디드릭과 마주 앉은 그녀가 정말로 잘 어울린다는 생각을 했고, 그 자리에 디드릭이 아니라 하워드가 앉아 있다면 얼마나 초라했을지 생각했다. 디드릭은 제7의 천국에 있었으며, 심지어 울퍼트도 샐리의 기분에 대해 한마디 던질 정도였다. 울퍼트는 기분 좋은 샐리의 모습이 신경에 거슬렸는지, 가시 돋친 말을 내뱉었다. 그러나 샐리는 그마저도 웃어넘길 뿐이었다.

하워드도 기분이 좋아 보였다. 그는 미술관 프로젝트에 대해 열변을 토했고, 디드릭은 그런 아들의 모습에 기뻐했다.

"이제 스케치를 시작했어요. 잘되고 있어요. 느낌이 좋아요. 제대로 된 작품이 나올 것 같아요."

"그 말을 하니 생각나는데, 하워드." 엘러리가 말했다. "아직 자네 작업실을 못 봤어. 그곳이 성스러운 땅이라 외부인은 발을 들일 수 없는 건가, 아니면…….”

“저런! 그랬나요? 지금 같이 올라가요!”

“다 같이 가요.” 샐리가 말했다. 그녀는 남편에게 의미를 담은 친밀한 눈빛을 보냈다.

그때 울퍼트가 끼어들었다. “오늘 저녁에 허친슨 계약 건을 보기로 했잖아요, 형님. 허친슨에게 내일 함께 서류를 살피자고 말했는데요.”

“하지만 오늘은 토요일 밤이야. 내일은 일요일이고. 그쪽 사람들은 월요일 아침까지도 못 기다린다는 거야?”

“월요일 아침에는 떠난답니다.”

“젠장!” 디드릭이 노려보았다. “알았어. 미안해, 여보. 오늘 밤은 당신이 여주인 노릇 말고 주인 노릇도 함께 해줘야겠는데.”

엘러리는 무언가 엄청나고 거대한 것을 예상했다. 우아하게 드리워진 웅장한 휘장에 이제 막 조각을 시작한 커다란 돌덩어리가 즐비한, 헐리우드의 방음 스튜디오를 닮은 조각가의 작업실을 상상했다. 하지만 그런 것은 없었다. 작업실은 넓었지만 단순했다. 거대한 돌덩어리 같은 것도 없었고(하워드는 웃으며 말했다. “선생님, 건축에 관한 개념이 전혀 없으시군요. 여기 마룻바닥이 그런 돌을 버티겠어요?”), 휘장도 수수했다. 작업실에는 전기선과 송곳, 받침대, 클램프, 끌, 바이스, 주걱, 치즐, 망치 같은 도구들이 널려 있었다. 하워드는 돌뿐만 아니라 목재와 상아를 조각할 때 쓰는 도구들의 용도를 설명해주었다. 주위에는 작은 모형들과 간략하게 그린 스케치들이 있었다.

"여기는 초벌 작업을 하는 곳으로 사용하고 있어요." 하워드가 설명했다. "뒤쪽에 큰 창고형 건물이 있는데 원하시면 내일 보여드릴게요. 거기에서 작품을 제작해요. 돌을 직접 깎는 거죠. 창고 마루는 단단해서 무거운 하중도 견딜 수 있거든요. 그리고 돌을 나르거나 작품을 내가기에도 편하고요. 3톤짜리 대리석 덩어리를 여기까지 들어 올린다고 상상해보세요!"

하워드는 미술관 조각상을 위한 스케치를 여러 장 완성해놓았다. "아주 대략적인 스케치에요. 그냥 전체적인 구상이죠. 아직은 구체적인 건 없어요. 조금 더 자세하게 스케치를 하고 점토로 초안을 시작할 거예요. 저 뒤의 작업실로 갈 준비가 될 때까지 여기 다락방에서 아주 오랫동안 은둔해야 할 거예요."

"디드가 그러던데, 저 아래 작업실에서 뭐를 바꿔야 한다고 그랬다면서요, 하워드." 샐리가 말했다.

"네, 마루를 좀 더 강화해야 할 것 같고 서쪽 벽에도 창문을 하나 더 내고 싶어요. 끌어들일 수 있는 빛은 전부 다 끌어들여야 해요. 그리고 공간도요. 아예 서쪽 벽을 무너뜨리고 작업실 면적을 적어도 절반 정도는 더 넓힐까 생각 중이에요."

"조각들을 전부 다 집어넣으려고?" 엘러리가 물었다.

"아뇨, 원근감 때문이에요. 건물 장식 용도의 조각상은 초상 조각과는 달라요. 미켈란젤로의 작품과도 상당히 다르죠. 미켈란젤로의 작품은 감상을 하려면 작품에 바짝 다가가야 해요. 그래야 질감이나 세밀한 윤곽선 같은 걸 제대로 감상할 수 있거든요. 이런 작품들을 어느 정도 거리를 두고 보면 흐릿하고 선이 무너진 것처럼 보여요. 하지만 제가 제작할 조각상은 문제가 달라요. 이런 조각상들은 실외에서 어느 정도 거리를 두고 보는 걸 염두에 두어야 해요. 따라서 조각 기법이 날카롭고 명료해야 하죠. 실루엣과 프로필이 분명해야 해요. 그래서 그리스 조각들은 실외에서 볼 때 가장 아름답게 보이는 거예요. 뭐 사실 저는 신고전주의로 가려는 거니까요. 저는 철저히 실외 조각을 만드는 사람이에요."

하워드는 완전히 다른 사람 같았다. 내면의 혼란과 고민이 사라졌고, 눈썹은 반듯했으며, 권위와 우아함을 갖춘 태도로 설명하고 있었다. 엘러리는 스스로 조금 부끄러운 기분이 들었다. 그는 디드릭이 미술관을 '사들인 것'에 대해 부자들의 역겨운 행위라는 생각을 했다. 그러나 이제는 재능 있는 젊은 예술가에게 모두에게 가치 있는 작품을 창조할 기회가 주어진 것이라는 생각이 들었다. 그것은 그의 계산에서 완전히 새로운 요소였다. 엘러리는 그것이 대단히 좋았다.

엘러리가 웃으며 말했다. "이곳의 창조 활동의 흔적들을 보고 있자니 저 별채에 남겨둔 나의 시시한 작업이 생각나는군. 두 분은 제가 별채로 피신해서 잠시 제 타자기를 괴롭힌다면, 그런 저를 언짢게 생각하겠습니까?"

두 사람은 적당히 아쉬워했다. 엘러리는 함께 스케치를 들여다보는 두 사람을 남겨두고 자리를 떴다. 설명을 하는 하워드는 생기가 넘쳤고, 샐리는 눈을 반짝이며 그의 말에 귀를 기울였다. 촉촉한 그녀의 입술은 살짝 벌어져 있었다.

다 끝났다고? 정말? 엘러리는 우울해졌다. 편지만 증거가 되는 것이 아니었다. 그는 디드릭이 저 아래층 서재에 있는 것을 다행으로 여겼다.

엘러리는 디드릭이 그의 눈으로 직접 이 사실을 알아낸다면, 그래서 편지의 복사본이 아무 가치 없는 무의미한 것이 된다면, 그거야말로 협박범에게 정의를 실현하는 일이 될 거라고 생각했다. 그때 그는 그 여자를 다시 만났다.

그 여자는 꼭대기 층과 2층 사이의 계단을 막 돌고 있었다. 그것은 그림자의 그림자였다. 그러나 그 그림자의 그림자는 화난 고양이처럼 반쯤 굽은 모습이었다. 엘러리는 그것이 그 노파임을 알아챘다.

엘러리는 소리 없이 2층 쪽으로 몇 계단 뛰어 내려가 벽에 바짝 몸을 붙였다.

그 여자는 천천히 아래층으로 내려가고 있었다. 등이 구부정한 늙은 여인은 머리 위로 숄을 덮어쓴 모습으로 천천히 움직이며 무언가 영문을 알 수 없는 말을 웅얼거렸다.

"*거기서는 악한 자가 소요를 그치며 거기서는 곤비한 자가 평강을 얻으며…….*"*

노파는 복도 끝 어느 문 앞에서 걸음을 멈췄다. 그러더니 놀랍게도 옷자락을 뒤적여 열쇠를 꺼냈다. 노파는 열쇠를 열쇠구멍에 집어넣었다. 노파가 문을 열고 그 안으로 들어가자 노파의 모습은 더 이상 보이지 않았다. 그 문은 외계로 통하는 문이었다.

곧 닫힌 문 너머 보이지 않는 안쪽에서 찰깍하고 문을 잠그는 소리가 들렸다.

그 여자는 이곳에 산다.

그 여자는 이곳에 산다. 그리고 사흘이 다 되도록 아무도 그

** 〈욥기〉 3편 17절.*

여자의 존재를 말해준 사람이 없다. 하워드도, 샐리도, 디드릭도, 울퍼트도……. 로라나 에일린도.

왜? 도대체 저 여자는 누구인가?

노파는 꿈속의 마녀처럼 그의 의식의 경계를 미끄러지듯 넘나들었다.

저 여자가 손님이든 아니든, 나는 지옥에서 건너온 존재를 보게 된 거야. 엘러리는 계단을 내려오며 걷잡을 수 없는 생각에 빠져들었다.

다섯 번째 날

엘러리가 계단을 막 내려왔을 때 위층에서 누군가 달리는 소리가 들렸다. 소리가 나는 쪽을 돌아보자 샐리가 슈퍼맨처럼 위에서 달려 내려오고 있었다.

"뭡니까?" 그가 잽싸게 물었다.

"모르겠어요." 샐리는 잠시 진정하기 위해 엘러리의 팔을 잡았다. 엘러리는 그녀가 떨고 있는 것을 느꼈다. "엘러리 씨가 나간 직후에 저도 나와서 제 방으로 갔어요. 그런데 디드릭이 전화를 걸어 지금 당장 서재로 오라고 했어요."

"디드릭이?"

그녀는 겁에 질려 있었다.

"혹시……?"

하워드도 하얗게 질린 얼굴로 계단을 뛰어 내려왔다.

"아버지가 전화로 내려오라고 부르셨어요!"

그리고 울퍼트가 있었다. 비쩍 마른 다리에는 낡은 목욕 가운 자락이 감겨 있었고, 울대뼈는 오래된 뼈다귀처럼 튀어나와 있었다.

"형님 전화에 깼어요. 무슨 일이랍니까?"

그들은 말없이 서재로 발걸음을 재촉했다.

디드릭은 조바심을 내며 그들을 기다리고 있었다. 책상 위의 종이가 한쪽 옆으로 밀려 있었다. 디드릭의 머리카락은 모두 곤두서 있었다.

"하워드!" 디드릭이 하워드를 덥석 끌어안았다. "하워드, 다들 불가능할 거라 했는데……. 오, 하느님. 드디어 해냈어!"

"디드, 목을 졸라버릴 거예요." 섈리가 화난 웃음을 지으며 말했다. "우리 모두 다 반쯤 죽을 만큼 겁에 질렸다고요. 도대체 뭘 해냈단 거예요?"

"그래요! 전 계단을 내려오다가 목이 부러질 뻔했어요." 하워드가 으르렁거렸다.

디드릭은 포옹을 풀고 하워드의 어깨에 손을 얹었다. 그는 엄숙하게 입을 열었다. "아들아, 네가 누구인지 알아냈다."

"디드!"

"제가 누구인지 알아냈다고요?" 하워드가 되뇌었다.

"무슨 말입니까, 형님?" 울퍼트가 짜증을 내며 말했다.

"그 말 그대로야, 울프. 아, 여기 퀸 씨에게는 설명이 필요하겠구나. 그렇지?"

"저는 별채로 돌아가는 게 좋을 것 같네요, 밴혼 씨. 안 그래도 가는 길이었고……." 엘러리가 말했다.

"아니, 아닙니다. 하워드도 신경 쓰지 않을 겁니다. 퀸 씨도 아시겠지만 하워드는 제 양자입니다. 아기였을 때 우리 집 문 앞에 놓인……. 그게, 지금까지는 황새가 물어온 거나 마찬가지였지요." 디드릭은 웃었다. "자, 다들 앉아요. 앉으십시오, 퀸 씨. 하워드, 너도 좀 앉아라. 넘어지겠다. 섈리, 당신은 여기 내 무릎 위에 앉아. 이건 특별한 일이거든! 좀 웃어, 울프. 허친슨 건은 나중에 해도 돼."

그들은 자리에 앉았고, 신이 난 디드릭은 엘러리가 이미 알고 있는 사실을 열심히 엘러리에게 얘기해주었다. 디드릭은 깜짝 놀랄 만한 이야기를 열심히 전하면서, 하워드는 안중에도 없었다. 하워드는 미동도 없이 앉아 있었다. 그의 손은 무릎 위에 놓여 있었다. 얼굴에는 당혹스러운 표정이 떠올라 있었다. 그가 입을 찡그린 건 불안감 때문일까? 분명 사람들을 보는 그의 눈은 초점이 맞지 않았다. 그리고 관자놀이에서는 약간 불규칙한 맥박이 뛰는 것이 보였다.

"1917년부터 사설탐정 기관에 의뢰를 했지요." 디드릭은 손가락으로 샐리의 머리카락을 어루만지고 있었다. "하워드가 처음 나에게 왔을 때부터요. 이 아이의 친부모를 추적하기 위해서 말이죠. 사실 '기관'이라 할 만한 수준은 아니고, 그냥 1인 사무실 같은 곳이었습니다. 늙은 테드 파이필드가 소장으로 있었죠. 경찰서장직에서 은퇴를 하고 사설탐정으로 개업을 한 거였어요. 음, 나는 실질적으로 파이필드에게 수고비 조로 3년간 자금을 지원해주었어요. 내가 군대에 있을 때도 포함해서 말이오. 그때 일 기억하지, 울프. 그리고 3년이 되도록 성과가 없자 내가 포기를 한 거죠."

하워드가 이 이야기를 듣고 있는지는 알 수 없었다. 샐리도 이를 간파했다. 그녀는 당황했고, 걱정을 하고 있었다.

"때로 사소한 일이 어떻게 그렇게 중요해질 수가 있는지, 생각해보면 참 재미있단 말입니다." 디드릭은 진심을 다해 이야기를 계속했다. "두어 달 전에 내가 이발소 의자에 앉아 조 루핀에게 머리를 깎고 있었는데……."

"그 이발소 말이군요." 엘러리는 향수에 젖어 중얼거렸다. 조 루핀은 로어 메인 스트리트의 미용실에서 일하던 아내 테시를 통해 하이트 사건에 연루되었다. 홀리스 호텔의 이발소는 루이기 마리노가 주인으로 있었다. 이제 엘러리는 그 일이 생각났다. 바로 그날 오후에 엘러리가 홀리스 호텔의 로비를 옆걸음질 치고 있을 때, 머리를 짧게 깎은 마리노가 거품을 칠한 손님 얼굴 위로 몸을 굽히고 있던 걸 본 기억이 떠올랐다.

"그러다가 J. C. 페티그루의 얘기를 듣게 된 거죠. 페티그루는 바로 옆자리에서 온열기 아래 누워 있었거든요. 그 사람 알죠. 그 부동산 하는 친구……." 아직도 눈에 선했다. 엘러리가 라이츠빌에 처음 왔던 날, 로어 메인 스트리트의 부동산 사무실에서 보았던 책상 위로 뻗어 있던 12사이즈의 두 발. 그리고 그 상아 이쑤시개도.

"대화는 주로 세상을 뜬 노인들에 관한 것이었는데, 그때 누군가, 제 생각엔 아마 루이기였던 것 같습니다만, 몇 년 전 세상을 뜬 테드 파이필드를 언급한 겁니다. 페티그루가 갑자기 고개를 들더니 그러더군요. '죽었건 말건 그 파이필드라는 작자는 사기꾼에 도둑놈이오.' 그러고는 하는 얘기가, 자기가 부동산 일로 사기를 당하고 덤터기를 쓴 적이 있는데, 그때 범인을 잡아달라고 테드 파이필드에게 수수료를 꽤 많이 지불했다는 겁니다. 그랬는데 테드 파이필드는 완전히 소설을 써서 보고서랍시고 던져주고는 '수사비' 명목으로 페티그루에게 돈을 받아 갔다는군요. 수사비에 걸맞은 수사를 하기 위해 라이츠빌을 떠난 적도 없었고, 그야말로 손가락 하나 까딱하지 않았다는 거죠! 그래서 페티그루가 파이필드의 사설탐정 면허를 취소

시키겠다고 으름장을 놨더니 그 늙은 건달이 잽싸게 돈을 토해 내더랍니다. 그 얘길 들으니 이상한 기분이 들더군요. 나도 파이필드에게 3년간이나 상당한 돈을 지불했으니까요. 페티그루의 얘기가 끝나자 이발소 안에 있던 사람들이 전부 다 테드 파이필드에 대해 안 좋은 얘기를 쏟아냈어요. 사람들 얘기가 끝날 무렵에는 속이 뒤집히더군요. 풋내기처럼 남에게 속아 넘어가는 건 정말이지 싫습니다. 그보다 더 화나는 일은 없어요. 하지만 중요한 건 파이필드에게 의뢰한 일이……. 음, 그건 우리 모두에게 대단히 중요한 일이니까요."

찌푸리고 있던 샐리의 얼굴이 더욱 찌푸려졌다. 그녀는 팔을 남편의 목에 두르고 가볍게 말했다. "작가가 됐어도 좋을 뻔했어요, 여보. 무슨 이야기를 이렇게 자세하게……. 도대체 어디가 재미있는 부분이에요?"

울퍼트는 떨떠름한 표정으로 그저 앉아 있었다.

"음, 퀸 씨." 디드릭이 진지하게 말했다. "저는 직감을 믿기로 했습니다. 파이필드가 30년 전 나를 속이기만 하고 진짜 수사는 전혀 한 적이 없다고 가정하고 사건을 다시 개시하기로 한 겁니다. 그래서 이 사건을 콘헤븐의 믿을 만한 기관에 의뢰했습니다."

"저한테는 그런 얘기 하신 적 없잖아요." 하워드의 목소리라고는 할 수 없는, 뻣뻣하고 낯선 이상한 목소리가 들려왔다.

"그랬지. 승산이 없는 도박이었으니까. 30년이나 지났으니 말이다. 그리고 난 무언가 확실한 걸 손에 쥐기도 전에 네가 섣불리 희망을 갖는 걸 원치 않았거든. 음, 이제 그 승산 없는 도박의 결론이 났어. 파이필드가 나를 속인 거였어." 샐리가 놀라

손으로 입을 막았다. 그는 웃었다. "조금 전 콘헤븐에서 탐정 사무소 소장이 전화를 했다. 그 사람들이 전말을 알아냈단다, 얘야. 그 사람들도 자기들의 운을 믿지 못하더라. 사건을 맡을 때도 이건 자기들 시간 낭비인 동시에 내 돈을 낭비하는 거라고 했거든. 하지만 난 내 직감을 믿었고, 이제 알아낸 거야."

하워드가 물었다. "내 부모님은 누구예요?" 마찬가지로 뻣뻣한 목소리였다.

"얘야……." 디드릭은 망설였다. 그러다가 그는 부드럽게 말했다. "그분들은 돌아가셨다. 유감이구나."

"돌아가셨다고요." 하워드가 말했다. 하워드의 생각을 읽을 수 있었다. 그분들은 돌아가셨다. 아버지와 어머니는 죽었고, 더 이상 세상에 없다. 그들을 결코 볼 수 없을 것이다. 그들이 어떻게 생겼는지도 결코 알 수 없을 것이다. 이건 좋지 않다. 아니, 좋은 건가?

샐리가 말했다. "난 유감스럽지 않아요."

샐리는 남편의 무릎에서 내려와 책상 위에 걸터앉은 채 종이들을 만지작거렸다. "나는 유감스럽지 않아요. 그분들이 살아계셨다면, 하워드, 그야말로 엉망진창이 됐을 거예요. 그분들에게 하워드는 완전히 남이고 그분들도 하워드에겐 남이에요. 모두들 혼란스러웠을 거고 여러 사람들에게 좋을 게 하나도 없어요. 난 전혀 유감스럽지 않아요. 하워드, 당신도 그렇게 생각해요!"

"그래요." 하워드는 노려보았다. 엘러리는 그가 노려보는 모양새가 마음에 들지 않았다. 멀건 그의 눈은 더욱 멀개졌다. "좋아요. 그분들은 죽었어요." 하워드가 느릿느릿 말했다. "그런데 그분들은 누구였어요?"

"네 아버지는 농부였다, 하워드." 디드릭이 대답했다. "그리고 네 어머니는 농부의 아내였지. 정말 가난한 사람들이었어. 라이츠빌과 피델리티 사이에 있는, 여기에서 16킬로미터 정도 떨어진 곳에 있는 초라한 농장에 살았다. 울퍼트, 너는 기억하지? 거기가 30년 전에는 얼마나 황량한 곳이었는지 말이야."

울퍼트가 말했다. "허, 농부라고요?" 그 말을 하는 불손한 태도 때문에 엘러리는 그의 이를 몽땅 뽑아서 목구멍에 쑤셔 넣고 싶은 충동을 느꼈다. 샐리는 울퍼트를 죽일 듯이 쏘아보았고, 디드릭마저도 눈살을 찌푸렸다.

그러나 하워드는 삼촌의 말에 아무 반응이 없었다. 그는 그저 자리에 앉아 자신의 양아버지만 바라볼 뿐이었다.

"기관에서 조사한 정보에 따르면 농장에 사람을 고용하지도 못할 정도로 가난했다는구나." 디드릭이 말을 이었다. "네 부모님이 전부 직접 해야만 했어. 땅에서 거두는 걸로 간신히 먹고사는 정도였지. 그때 네 어머니가 아이를 가졌다. 그게 너야."

"그리고 짜잔, 엄마는 저를 이웃집 문 앞에 던져버리셨군요." 하워드가 미소를 지었다. 엘러리는 차라리 그가 다시 노려보는 쪽으로 돌아갔으면 좋겠다고 생각했다.

"너는 심한 폭풍이 불던 여름날 한밤중에 태어났다." 디드릭도 마주 보며 미소를 지었다. 그러나 그는 더 이상 행복해 보이지 않았다. 그는 이제 후회가 되고, 마음이 불편하고, 약간 날카로워졌다. 하워드의 반응을 잘못 예상한 자신에게 화가 난 것 같았다. 디드릭은 조금 더 서두르며 얘기했다. "콘헤븐의 사무소에서 발견한 여러 기록을 가지고 그날 밤 사건을 재구성할 수 있었어. 여기에서 폭풍이 아주 중요한 역할을 했지.

네 어머니는, 하워드, 라이츠빌의 의사인 사우스브리지 박사의 왕진을 청했어. 그리고 네가 무사히 태어나고 네 어머니도 쉴 수 있게 되자, 의사는 1인승 마차를 몰고 다시 마을로 돌아오려 한 거지. 그때 폭풍우가 최고조였던 거다. 아마도 돌아오는 길에 말이 번개에 놀라거나 해서 통제를 할 수 없었던 것 같아. 말과 사우스브리지 박사와 1인승 마차가 길을 벗어나 골짜기에 추락한 채로 발견됐거든. 마차는 산산조각이 났고 말은 다리가 두 개 부러졌고, 의사는 갈비뼈가 다 부러진 상태였지. 사람들이 발견했을 때 의사는 이미 죽어 있었어. 물론 그 바람에 의사는 시청에 네 출생 신고를 할 수가 없었던 거야. 탐정사무소에서는 네 부모가 그런 짓을 한 데에는 이 사건도 큰 영향을 미쳤을 거라고 생각하고 있어. 분명 그 사람들은 너무 가난해서 너를 제대로 키울 수 없을 거라고 생각했던 거 같다. 너 말고 다른 아이는 없었고. 그런 와중에 사우스브리지 박사가 사고를 당해 네 출생 신고를 못 했다는 소식을 들었으니, 너를 더 나은 가정으로 보내더라도 네 기록을 더듬어 자기들을 찾아낼 수 없을 거라고 생각했겠지. 좋은 기회라고 여겼을 거야.

네 부모를 제외하곤 사우스브리지 박사만이 유일하게 네 출생에 대해 알고 있었는데 그가 죽어버렸으니까.

왜 그들이 너를 우리 집 문 앞에 두었는지, 물론 그건 영원히 알 수 없을 거다.

그 사람들이 우리와 개인적으로 관련이 있어서라고는 생각지 않아. 우리 집은 겉에서 보면 굉장히 부유한 저택인 것처럼 보이니까. 적어도 가난한 농부의 눈에는 그렇게 보였을 거야."

"그 사람들이 이름도 없는 어린 것에게 무슨 짓을 했는지는 전부 가정일 뿐이로군요." 하워드가 미소를 지었다. "그렇지만 그 사람들이 단지 그 이름 없는 어린 것을 원하지 않아서 갖다 버린 것일 수도 있잖아요?"

"오, 하워드. 입 다물고 엄살 좀 그만 부려요." 샐리가 끼어들었다. 그녀는 굉장히 걱정이 되었다. 걱정스럽고 불안했고 디드릭에게 화가 났다.

디드릭이 급히 말했다. "아무튼 이 모든 건 콘헤븐의 탐정들이 사우스브리지 박사의 예약 기록을 찾아내서 알게 된 거다. 박사는 예약 기록을 수첩에 적어 주머니에 넣고 다녔는데, 장의사가 의사의 옷에서 그걸 찾아서 망자의 유품에 넣었고, 그 사람의 낡은 집 다락방에 옮겨놓은 것을 탐정들이 찾은 거지. 의사가 농장을 향해 떠난다는 내용이 수첩에 손글씨로 분명히 기록되어 있었고, 농부의 아내가 남자아이를 낳았다고 쓰여 있었는데 그 날짜가 네 생일과 정확히 일치했어. 내가 널 발견했을 때 네 담요에 핀으로 꽂혀 있던 그 쪽지의 날짜 말이다. 물론 나는 그 쪽지를 계속 보관하고 있었고, 그걸 탐정 사무소에 줬지. 탐정이 내게 그러더구나. 그 쪽지의 필체가 의심할 여지없이 그 농부의 글씨라고. 농부가 작성했던 저당 증서를 찾아 필적을 비교했거든. 그래서, 하워드." 디드릭은 안도의 한숨을 내쉬며 마무리 지었다. "그런 이야기였던 거야. 이제 너는 네가 누구인지 궁금해하지 않아도 돼." 그의 눈이 반짝거렸다. "이제는 너 자신으로 살아가면 되는 거다."

"오늘 밤 당신이 한 얘기 중에 처음으로 희망적인 이야기가 나왔네요." 샐리가 외쳤다. "이제 다 같이 커피라도 마시는 게 어때요?"

"잠깐만요." 하워드가 말했다. "나는 누구죠?"

"네가 누구냐니?" 디드릭이 움찔했다. 그러더니 그는 진심이 담긴 목소리로 말했다. "너는 내 아들이다. 하워드 헨드릭 밴혼. 네가 달리 누구일 수 있겠니?"

"내 말은, 그 전에 내가 누구였느냐고요? 내 이름이 뭐였죠?"

"내가 말 안 했던가? '웨이'였다."

"웨이?"

"그래. W-A-Y-E. 웨이."

"웨이." 하워드는 그 이름을 음미하듯 천천히 되뇌었다. "웨이……." 그는 고개를 저었다. 그 이름이 그에게 아무 의미도 없다는 듯이. "성 말고 이름은 없었나요?"

"아니. 그 사람들이 이름은 지어주지 않았던 것 같아. 아마도 너를 키워줄 사람에게 그 일을 남겨준 거겠지. 아주 합리적인 생각이야. 적어도 사우스브리지의 기록에서 아이의 세례명은 언급된 게 없었다."

"세례명이라고요? 그 사람들은 기독교인이었나요?"

"아, 그게 무슨 상관이에요?" 샐리가 말했다. "기독교인이건, 유대인이건, 이슬람교도건, 그런 것보다는 지금 이 모습으로 성장하게 된 과정이 더 중요한 거죠. 이제 이 얘기는 그만해요!"

"그 사람들은 기독교인이었어. 어느 교파였는지는 나도 모른다."

"그리고 그 사람들이 죽었다고 그러셨죠."

"그래."

"어떻게 죽었나요?"

"글쎄다……. 하워드. 샐리 말이 맞는 것 같다." 디드릭은 갑자기 자리에서 일어났다. "이 일에 관해서는 충분히 얘기했어."

"어떻게 죽었나요?"

울퍼트의 눈이 번쩍거렸다. 그의 눈빛은 마치 작고 잽싼 동물처럼 디드릭을 뚫고 하워드까지 찌를 것처럼 노려보았다.

"너를 나에게 보내고 10년쯤 지난 후에 농장에 화재가 났다. 두 사람 다 화재로 사망했어." 디드릭은 다소 피곤한 몸짓으로 머리를 긁었다. "정말 미안하다, 애야. 내가 바보같이 굴었구나."

하워드의 흐릿한 시선이 엘러리의 주의를 끌었다. 갑자기 엘러리는 자신이 기억상실 증세가 발현되는 것을 목격하고 있는지도 모른다는 생각이 들었다. 그 생각이 거슬렸다.

엘러리는 잽싸게 말했다. "하워드, 불안하고 흥분되겠지. 하지만 아까 샐리가 한 말이 맞아. 가장 좋은 건……."

하워드는 아예 엘러리 쪽은 쳐다보지도 않았다. "그분들이 뭔가 남긴 것은 없었나요, 아버지? 옛날 사진이라든가 그런 것 말이에요."

"애야……."

"대답하라고, 빌어먹을!"

이미 일어서 있던 하워드는 몸을 떨고 있었다. 디드릭은 충격을 받은 눈치였다. 샐리는 안심시키려는 듯 디드릭의 팔을 잡고 있었고, 그러는 동안에도 하워드에게서 눈을 떼지 않았다.

"그게…… 그게, 그 화재 이후에, 얘야, 네 어머니의 친척인가 누군가가 장례식에 와서는 화재에서 건진 몇 가지 물건들을 가지고 갔어. 농장은 완전히 무너져서……."

"어떤 친척이요? 그게 누군데요? 어딜 가면 만날 수 있어요?"

"그 사람에 관한 기록은 없어, 하워드. 그 사람은 바로 그 직후에 떠났다. 탐정 사무소도 그 사람의 행방에 관해선 아무 정보도 못 찾았나."

"알겠어요." 하워드가 말했다. 그러고 나서 그는 다시 느리고 굵은 목소리로 물었다. "제 부모님은 어디에 묻혀 있나요?"

"그건 말해줄 수 있다." 디드릭이 재빨리 말했다. "그분들은 피델리티 묘지에 나란히 묻혀 있어. 이제 커피를 좀 마시는 게 어떨까, 샐리?" 그는 우렁차게 말했다. "나는 한잔 들 거고, 하워드는……."

그러나 하워드는 이미 서재를 나가고 있었다. 그는 눈을 크게 뜨고, 손을 약간 들어 올린 채로 걷고 있었고, 계속 발을 헛디뎠다.

사람들은 그가 불안한 발걸음으로 계단을 오르는 소리를 들었다.

그리고 잠시 후, 집의 꼭대기 층에서 쾅 하고 문이 닫히는 소리가 들렸다.

샐리는 몹시 화가 나 있었다. 엘러리는 샐리가 경솔하게 굴 것 같다는 생각이 들었다.

"디드, 어쩌면 그렇게도 생각이 없어요? 하워드는 감정적으로 조금만 흔들려도 심각한 문제가 생긴다는 걸 당신도 잘 알잖아요!"

"하지만 여보." 디드릭이 초라하게 말했다. "난 그 애가 아는 게 그 애에게도 좋을 거라고 생각했어. 그 애도 항상 그걸 바랐잖아."

"그럼 적어도 저하고는 미리 상의를 했어야죠!"

"미안해, 여보."

"미안하다고요! 하워드의 얼굴이 어땠는지 봤어요?"

디드릭은 다소 어리둥절해하며 아내의 얼굴을 쳐다보았다. "샐리, 당신이 왜 이러는지 이해가 안 가는군. 당신도 항상 하워드가 알았으면 좋겠다고 생각했으면서……."

샐리, 이 사람이 바로 당신이 결혼한 현자입니다.

"저는 이 일에 있어서는 완전히 외부인입니다만……," 엘러리가 활기차게 말했다. "그리고 누가 저더러 간섭해달라고 부탁한 것도 아닙니다만, 그래도 샐리, 제 생각엔 밴혼 씨는 밴혼 씨가 할 수 있는 유일한 일을 하신 겁니다. 물론 하워드에겐 충격이었겠지요. 성격이 차분한 친구이니 더 그럴 겁니다. 하지만 하워드가 자기 존재의 근원을 알지 못했던 것도 그가 느끼는 불행의 중요한 요인 중 하나였어요. 충격이 가시고 나면……." 그녀는 그 의미를 알아챘다. 그녀가 시선을 낮추고 열심히 휘젓던 손을 내리는 것을 보고 엘러리는 그것을 알았다. 그러나 여자인 그녀는 여자답게 여전히 화가 나 있었다. 어쩌면 더 화가 난 것 같기도 했다.

샐리는 순순히 말했다. "저, 제가 잘못 생각했나 봐요. 용서

해주세요, 여보." 그때 울퍼트 밴혼이 대단히 충격적인 말을 꺼냈다. 지금까지 비쩍 마른 무릎을 끌어 올리고 상체를 앞으로 수그린 채 앉아 있더니, 상자를 열면 튀어나오는 용수철 인형처럼 불쑥 허리를 폈다. 목욕 가운이 흘러내리면서 털이 북슬북슬한 앙상한 가슴이 드러났다.

"형님, 이 일이 형님의 유언장에는 어떤 영향을 미칠까요?"

디드릭은 울퍼트를 쳐다보았다. "뭐?"

"형님은 이런 세부적인 일에는 신경을 쓰시는 법이 없죠." 울퍼트의 목소리는 신랄하다기보다는 차갑게 들렸다. 톱날의 날카로운 금속성 소리 같았다. "유언장이요, 유언장. 유언장은 아주 중요한 문서잖습니까. 이런 상황에서는 유언장이 아주 많은 문제를 일으킬 수 있으니까……."

"상황? 난 그 '상황'이라는 게 뭔지 전혀 모르겠는데……."

"그럼 이 상황을 정상이라고 할 수 있겠어요?" 울퍼트는 예의 그 비열한 미소를 지었다. "형님에겐 세 명의 상속자가 있어요. 저랑 샐리, 하워드요. 하워드는 양자죠. 샐리는 아주 최근에 맞아들인 아내고요……." 엘러리는 그가 내뱉은 '아내'라는 단어에 사실상 물음표가 붙어 있다는 것을 느낄 수 있었다.

디드릭은 말없이 앉아 있었다.

"……그리고 제가 알기로는 우리 셋이 재산을 동등하게 나눠 받게 되어 있지요."

"울프, 나는 무슨 소리인지 전혀 모르겠다. 도대체 무슨 말을 하는 거냐?"

"형님의 상속자 중 하나는 이제 웨이라는 이름의 남자로 밝혀졌으니까요." 울퍼트가 웃었다. "변호사가 보기엔 차이가 있겠지요."

"저는 퀸 씨와 정원을 좀 산책해야겠어요, 디드." 샐리가 말했다. 엘러리가 의자에서 반쯤 일어나는데 디드릭이 부드럽게 말했다. "아니." 그러고는 일어서서 자신의 동생에게 다가가 동생을 내려다보았다. 그의 동생은 조금 겁먹은 듯 뒤로 물러서더니 회색빛 의치를 드러냈다.

"그렇지 않다, 울퍼트. 앞으로도 그렇지 않을 거야. 하워드는 정당하게 내 유언장에 올라 있어. 그 아이의 법적 이름은 하워드 헨드릭 밴혼이다. 그리고 그 이름은 하워드가 원하지 않는 한 앞으로도 바뀌지 않을 거야." 디드릭은 평소와는 달리 아주 거대해 보였다. "내가 이해할 수 없는 건, 울프, 도대체 이 문제를 네가 왜 끄집어내느냐 하는 거다. 내가 횡설수설하는 걸 싫어하는 건 알겠지. 무슨 생각을 하고 있는 거냐? 무슨 얘길 하고 싶은 거야?"

울퍼트의 작은 새 같은 눈에 다시 지옥이 담겼다. 일어선 형과 자리에 앉은 동생은 서로를 노려보았다. 두 사람의 숨소리가 엘러리에게까지 들렸다. 디드릭의 깊은 숨소리와 코를 킁킁거리는 울퍼트의 짧은 숨소리. 지금까지 역사가 기록해온 여러 위기의 순간들 중 하나가 될 만한 순간이었다. 팔락이는 파리의 날갯짓만으로도 대형 사태가 일어날 수 있었다. 아니, 그렇게 느껴졌다. 울퍼트가 그 사실을 안다고 말하는 것은 불가능했기 때문이다. 그의 신랄한 비아냥거림은 너무 자연스러워서 아무것도 모르는 게 분명한데도 무언가 의미가 있는 게 아닐까 하는 생각이 들었다. 그는 시체처럼 불쾌한 비밀의 냄새를 풍기고 있었다.

영원 같은 순간이 지나고, 울퍼트는 뻣뻣한 몸을 움직여 자리에서 일어섰다. "형님은 정말 바보로군요." 그는 그렇게 말하고, 오즈의 허수아비처럼 젠체하며 서재를 나섰다.

디드릭은 그 자리에 그대로 서 있었다. 샐리는 디드릭에게 다가가 발끝으로 서서 그의 뺨에 키스했다. 그녀는 엘러리에게 눈짓으로 잘 자라는 인사를 남기고 방을 나갔다.

"아직 가지 마십시오, 퀸 씨."

엘러리는 문 앞에서 돌아섰다.

"전혀 제 생각대로 되지 않았군요." 이 말은 하소연처럼 들렸다. 디드릭은 다시 본래의 모습으로 돌아와 웃으며 의자를 권했다. "인생은 우리를 절름발이로 만들지요. 안 그런가요? 앉으십시오, 퀸 씨."

하워드와 샐리가 위층에 가지 않았으면 좋았을 텐데. 엘러리는 속으로 생각했다.

"제 동생을 위해 변명을 해줘야 할 것 같군요." 디드릭은 얼굴을 찡그리며 말을 이어갔다. "동생은 실은 불행한 놈이거든요. 불행한 사람은 항상 동행이 있게 마련이란 말이 있지요. 그건 그렇고, 2만 5천 달러 사건은 진전이 좀 있습니까?"

엘러리는 하마터면 펄쩍 뛰어오를 뻔했다.

"저, 밴혼 씨……. 이제 겨우 24시간이 지났는데요." 디드릭은 고개를 끄덕였다. 그는 책상 뒤로 돌아가 의자에 앉더니 서류를 부산스럽게 뒤적거리기 시작했다. "로라 말로는 선생이 오늘 오후에 밖에 나가셨다고 하더군요. 그래서 생각하기를……."

빌어먹을 로라!

"네, 그랬죠. 하지만……."

"이렇게 단순한 일을……." 디드릭은 신중하게 말했다. "그러니까 제 말은, 이 정도라면 어린애 장난 수준일 거라고 생각했습니다."

"때로는 단순한 사건이 가장 어렵기도 합니다." 엘러리가 말했다.

"퀸 씨." 디드릭이 느릿느릿 말했다. "누가 돈을 가져갔는지 선생은 아시죠?"

엘러리는 눈을 깜박였다. 그는 자기 자신에게, 밴혼에게, 샐리에게, 하워드에게, 라이츠빌에게 짜증이 치밀었다. 그러나 그중에서도 자신에게 가장 짜증이 치밀었다. 디드릭 같은 통찰력을 지닌 사람이 허튼소리에 속아 넘어가지 않으리라는 걸 짐작하지 못했던 건 아니다. 그 특출한 퀸 집안의 허튼소리라고 해도.

엘러리는 재빨리 마음을 정했다.

그는 아무 말도 하지 않았다.

"알고 계시는 거죠. 하지만 나한테는 말하지 않는 겁니다."

거인은 갑자기 그럴 필요를 느낀 듯 의자를 움직여 등을 돌렸다. 그러나 어깨 위로 잡힌 주름은 길게 뒤틀렸고, 움직이지 않는 그의 몸은 내부에서 꿈틀대는 거대한 힘을 애써 누르고 있었다.

엘러리는 아무 말도 하지 않았다.

"나에게 말하지 않는 데는 뭔가 확고한 이유가 있는 거겠죠." 디드릭은 벌떡 일어섰다. 그러나 곧 그의 거대한 몸은 차분해졌다. 그는 그 자리에서 뒷짐을 진 채 어둠을 내다보았다.

"아주 확고한 이유가."

그러나 엘러리는 그저 가만히 앉아 있을 뿐이었다.

디드릭의 힘찬 어깨가 축 처졌고, 손은 경련을 일으키면서 오그라들었다. 그 모습이 신기하게도 죽음과 닮아 있었다. *만일 이 시점에서 부검이 이루어진다면 밴혼의 사인(死因)은 의심으로 밝혀질 거야. 그는 아무것도 모르면서 모든 걸 의심하고 있어. 진실을 제외한 모든 것을. 디드릭 같은 사람에게 이건 죽는 것과 마찬가지야.*

그러더니 디드릭이 돌아섰다. 엘러리는 알아차렸다. 죽은 것이 무엇이었든 간에, 디드릭은 이미 그것을 해부했고 내던져버렸다는 것을.

"이 나이 먹도록 내가 배운 것이 있다면 싸움에 졌을 때는 승복해야 한다는 겁니다. 선생은 진실을 알고 있고, 나에게는 말하지 않겠죠. 그걸로 끝입니다. 퀸 씨, 이제 그 일은 그만두세요."

엘러리가 할 수 있는 말이라고는 "고맙습니다"가 전부였다.

그들은 잠시 동안 라이츠빌에 대해 이야기를 나누었지만, 대화는 매끄럽게 이어지지 않았다. 기회를 살피던 엘러리는 적절한 때 자리에서 일어섰고, 둘은 밤 인사를 나눴다.

문 앞에서 엘러리는 걸음을 멈췄다.

"밴혼 씨!"

디드릭은 놀란 것 같았다.

"또 잊어버릴 뻔했네요. 밴혼 씨께서 말씀해주실 수 있나요? 도대체 그 나이 많은 여자가 누구인지 말입니다. 얼마 전 정원에서도 봤고 아까 위층에서도 어느 불 꺼진 방으로 들어가는 걸 봤는데요."

"그건……."

"그런 사람에 관해 들어본 적 없다는 말씀은 하지 마세요. 그러시면 저는 비명을 지르며 뛰쳐나가 버릴 것 같으니까요." 엘러리가 단호하게 말했다.

"맙소사, 아무도 얘기를 안 해줬단 말입니까?"

"네, 그래서 미쳐버릴 것 같습니다."

디드릭은 웃음을 터뜨리더니 한참 동안 멈추지 못했다. 마침내 눈물을 훔치고, 그는 엘러리의 팔을 잡으며 말했다. "다시 들어와서 브랜디나 한잔합시다. 그분은 제 어머니입니다."

미스터리는 없었다. 크리스티나 밴혼은 거의 백 살이 다 되어가고 있었다. 아니, 백 번째 해가 크리스티나 밴혼에게 다가오고 있다고 해야 할 것이다. 그녀는 40년 넘도록 시간에 대한 개념 없이 매일매일 오늘을 살고 있었기 때문이다. 그녀는 마음속 황무지에 붙들려 영원토록 헤매고 있었다.

"왜 아무도 말을 하지 않았는지는 짐작이 갑니다." 디드릭은 브랜디를 마시며 말했다. "일반적인 의미로 어머니는 우리와 같이 '살고' 계시지 않거든요. 어머니는 다른 세상에서 살고 있습니다. 아버지의 세상이죠. 어머니는 아버지가 돌아가시고 난 이후로 이상한 행동을 하기 시작했어요. 울퍼트와 내가 아직 어린아이였을 때부터요. 우리를 키우시기는커녕, 우리가 어머니를 보살펴드리는 일이 점점 더 많아졌죠. 어머니는 아주 엄격한 네덜란드 칼뱅교 집안 출신입니다. 하지만 아버지와 결혼하셨을 때는 문자 그대로 지옥 불을 곁에 두고 사셨고, 아버지가 돌아가셨을 때는 아버지의…… 그…….” 디드릭이 말을 더듬었다. “……아버지의 맹렬한 신앙심도 아버지에 대한 추억처럼 물려받으셨죠. 육체적으로 어머니는 훌륭함의 표본입니다. 의사들도 어머니의 체력에 놀라요. 어머니는 완전히 혼자서 살고 계십니다. 우리와 어울리지도 않고, 식사도 같이 하지 않으세요. 밤에는 절대 불을 켜지 않으십니다. 어머니는 성경을 심장으로 기억하고 계시죠. 단순한 비유가 아니라 정말입니다.”

어머니를 정원에서 보았다는 엘러리의 얘기를 듣고 디드릭은 깜짝 놀랐다.

“희한한 일이군요. 어머니는 몇 달씩 방에서 나오시지 않는 경우가 많은데. 어머니는 스스로를 완벽하게 돌볼 수 있고, 우스꽝스러울 정도로 자신의 사생활을 주장하십니다. 어머니는 로라와 에일린을 싫어하세요.” 디드릭은 웃었다. “로라와 에일린은 절대 방에 들이지 않으시죠. 음식이나 깨끗한 시트 같은 것은 방 앞에 놔두고 가야 하죠. 어머니 방을 한번 보셔야 합니다. 어머니는 스스로 청소를 하시거든요. 마루에 음식을 놓고 그대로 먹을 수도 있을 정도예요.”

“어머님을 꼭 한번 뵙고 싶군요, 밴혼 씨.”

디드릭은 기뻐했다. “그래요? 그럼 갑시다.”

“이 시간에요?”

“어머니는 올빼미 같은 분이에요. 밤에는 깨어 계시고, 잠은 대부분 낮에 주무십니다. 정말 놀라운 분이에요. 아무튼 말씀드렸듯이 어머니에게 시간이란 것은 전혀 의미가 없으니까.”

계단을 오르면서 디드릭이 물었다. "어머니를 자세히 보신 적 있습니까?"

"아뇨."

"그럼 보고 놀라지 마십시오. 어머니는 아버지가 돌아가신 날 세상에서 한 발짝 물러나셨어요. 어머니는 사람들의 세상에서 벗어나셨고 한 세기가 바뀌었는데도 여전히 거기에 머물러 계시지요. 우리 모두가 계속 살아가고 있는 지금도."

"죄송합니다만, 어머니는 소설 속 인물 같은 느낌이 드네요."

"다섯 권짜리 시리즈에 나올 법한 인물이죠." 디드릭이 웃으며 말했다. "어머니는 자동차를 타본 적도 없고 영화를 본 적도 없습니다. 전화기는 만지지도 않아요. 비행기의 존재는 아예 부정하고, 라디오는 마법사의 주술이라고 생각하십니다. 사실 나는 어머니가 문자 그대로 연옥에서 살고 있다고 믿는 게 아닐까 종종 생각해요. 악마가 주재하는 연옥 말입니다."

"어머니께서 텔레비전을 보시면 뭐라고 하실까요?"

"그건 생각도 하기 싫군요!"

두 사람은 방 안에서 노파를 만났다. 펼치지 않은 성경이 무릎 위에 놓여 있었다.

휘슬러의 증조할머니쯤 되어 보인다고 엘러리는 생각했다. 디드릭의 얼굴을 그대로 쪼그라뜨린 듯한 그녀의 얼굴은 미라 같았고, 여전히 강인한 턱과 자부심 강한 광대뼈가 창백한 피부로 덮여 있었다. 디드릭의 눈을 닮은 그녀의 눈은 그녀의 정수였다. 그 눈은 한때는 아주 아름다웠을 것이었다. 그녀는 검은색 봄버진 천으로 만든 옷을 입었고, 머리카락이 하나도 없는 듯한 머리 위에는 검은 숄을 두르고 있었다. 그녀의 손은 부서질 듯했지만 독립적인 생명을 가지고 있었다. 두껍고 뻣뻣하고 푸르스름한 옹이가 박힌 손가락이 가볍게, 그러나 끊임없이, 무릎 위의 성경을 어루만지고 있었다.

옆 탁자에는 쟁반이 놓여 있었는데, 음식은 거의 손도 대지 않았다.

그것은 마치 다른 시간대의 다른 세계에 있는 다른 집으로 걸어 들어가는 것 같았다. 그 방은 집의 다른 부분과 아무런 관계가 없었다. 방에는 볼품없이 낡고 상처가 많은, 손으로 만든 거친 가구가 있었다. 벽지는 오래된 노란색이었고, 바닥에 깔린 양탄자는 색이 완전히 바래 있었다. 장식은 전혀 없었다. 벽난로의 벽돌에는 검은 재가 앉았고 그 위로 도끼로 깎아 만든 선반이 있었다. 이가 빠진 평범한 네덜란드제 오지그릇이 문 없는 찬장에 들어 있었고, 그 아래로 가운데가 움푹 들어간 넓은 침대가 어울리지 않게 놓여 있었다.

어디에도 아름다움은 없었다.

"아버지가 돌아가셨던 방입니다." 디드릭이 설명했다. "이 집을 지을 때 그대로 옮겨왔지요. 어머니는 다른 방에서는 결코 행복하실 수가 없으니……. 어머니?"

늙은 여인은 두 사람을 만나 기쁜 것 같았다. 그녀는 아들을 자세히 들여다보더니 다음엔 엘러리를 쳐다보았고, 이어 시든 입술에 웃음을 머금었다. 그러나 엘러리는 그녀가 느끼는 기쁨이 이제 막 회초리를 들려는 엄격한 선생의 기쁨과 같다는 것을 깨달았다.

"또 늦었구나, 디드릭!" 그녀의 목소리는 힘차고 깊었지만, 알 수 없는 불안정한 기운도 담고 있었다. 마치 끊어질 듯 이어지는 라디오 신호 같았다. "아버지 말씀을 잊지 않았겠지. *너희는 스스로 씻으며 스스로 깨끗하게 하여…….** 어서 손 내밀어 봐!"

디드릭은 의무적으로 그의 거대한 손을 내밀었고 늙은 여인은 손을 잡고 꼼꼼히 살펴보더니 손바닥을 뒤집었다. 검사를 하는 동안 그녀는 그녀가 손에 쥔 아들의 손이 크고 힘이 세다는 것을 눈치챈 것 같았다. 그녀는 표정이 부드러워지면서 디드릭을 올려다보며 이렇게 말했다. "이제 곧이다, 내 아들아. 이제 곧이야."

"곧 뭐가요, 어머니?"

"너는 남자가 될 거야!" 그녀는 자신의 말이 우스운지 킬킬거리며 웃었다.

갑자기 그녀의 시선이 엘러리에게 꽂혔다. "저 애는 나를 자주 보러 오지 않는다, 디드릭. 그 여자애도."

"어머니는 선생이 하워드인 줄 아십니다." 밴혼이 속삭였다. "그것도 그렇고, 어머니는 샐리가 제 아내라는 걸 기억하지 못하시는 것 같아요. 대개는 샐리를 하워드의 아내라고 알고 계세요. 어머니, 이분은 하워드가 아니에요. 이분은 친구입니다."

"하워드가 아냐?" 이 사실이 그녀를 괴롭게 한 것 같았다. "친구?" 그녀는 엘러리가 살아 움직이는 작은 물음표라도 되는 듯 계속 쳐다보았다. 갑자기 그녀는 흔들의자로 돌아가 앉더니 거칠게 의자를 흔들었다.

* 〈이사야〉 1장 17절.

"왜 그러세요, 어머니?" 디드릭이 물었다.

그녀는 대답하지 않았다.

"친구예요." 디드릭이 다시 말했다. "이분 성함은……."

"그래!" 그의 어머니가 말했다. 엘러리는 놀라 움찔했다. 그녀의 시선은 굉장히 날카로웠다.

*"나의 신뢰하는바 내 떡을 먹던 나의 가까운 친구도 나를 대적하여 그 발꿈치를 들었나이다!"**

엘러리는 그것이 〈시편〉 41편이라는 것을 알고 마음이 불편해졌다. 노파는 자신을 하워드로 오해했고, '친구'라는 말에 노파의 자유로운 영혼은 그와 관련된 완벽한 참고 문헌을 떠올린 것이다.

그녀는 흔들의자를 멈추고, 순수한 적의를 담은 날카로운 한 마디를 던졌다. "유다!" 그러고는 다시 등받이에 몸을 기대고 의자를 앞뒤로 흔들었다.

"선생을 싫어하시는 것 같은데요." 밴혼이 조심스럽게 말했다.

"네." 엘러리가 중얼거렸다. "저는 가보는 게 좋겠습니다. 부인을 화나게 하는 게 아무 의미가 없으니까요." 디드릭은 늙은 여인에게 몸을 조금 굽혀 인사를 하고 부드럽게 입을 맞췄다. 그리고 두 사람은 방을 나서기 위해 돌아섰다.

그러나 크리스티나 밴혼은 아직 끝난 게 아니었다.

엘러리가 불쾌한 마음이 들 정도로 기운차게 의자를 흔들며, 그녀는 날카롭게 외쳤다.

*"우리는 사망과 언약하였고!"***

* 〈시편〉 41편 9절.

** 〈이사야〉 28장 15절.

디드릭이 문을 닫을 때 엘러리가 마지막으로 본 것은 끝까지 그를 꿰뚫을 듯 노려보는 늙은 여인의 눈이었다.

"싫어하시는 것 맞네요." 엘러리는 웃으며 말했다. "마지막 헤어질 때 하셨던 얘기는 뭡니까, 밴혼 씨? 저한테는 다소 살벌하게 들리던데요."

"어머니는 늙으셨습니다." 디드릭이 말했다. "어머니는 당신의 죽음이 가까웠다고 느끼시는 겁니다. 퀸 씨에 관해서 한 얘기가 아니에요."

그러나 어두운 정원을 가로질러 자신의 별채로 돌아가는 동안, 엘러리는 그 늙은 여인이 다른 사람을 두고 한 말은 아닌 것 같다는 생각이 들었다. 마지막 순간 그를 노려보던 그 눈빛에는 분명 어떤 의미가 담겨 있었다.

그가 별채에 도착하자 가랑비가 내리기 시작했다.

여섯 번째 날

잠이 오지 않았다.

엘러리는 안절부절못하며 별채 안을 이리저리 서성거렸다. 넓은 창문 너머로 라이츠빌이 경쾌하게 빛났다. 로우 빌리지의 술집들은 북적일 것이다. 컨트리클럽에서는 여름이면 으레 그렇듯 토요일 밤의 댄스파티가 열리고 있겠지. 파인 그로브는 재즈 연주로 들썩이고 있을 것이다. 16번 도로의 은빛 물결 위로 진주처럼 어슴푸레 빛나는 핫 스팟과 거스 올젠의 로드사이드 타번이 눈에 선했다. 그리고 힐 드라이브에서 비치는 점잖은 불빛들은 그랜존 가족, F. 헨리 미니킨 가족, 에밀 포펜버거 박사의 가족, 리빙스턴 가족, 라이트 가족이 주말을 '즐기고' 있음을 알려주었다.

라이트 가족……. 그 일이 굉장히 옛날 일 같았고, 따스하고 순수하게 느껴졌다. 그것은 무척 우스운 일이었다. 왜냐하면 사건이 일어났던 당시에는 전혀 따스하지도 순수하지도 않았기 때문이다. 엘러리는 시간의 마법을 통해 늘 그렇듯 기억에 변형이 일어났나 보다고 생각했다.

아니면 따스하지도 순수하지도 않았던 그 사건이 그렇게 느껴지는 건, 순전히 그가 지금 마주한 현실과 대비되어 그런 것일까?

그러다 이성이 고개를 들면서 생각을 고쳤다. 남녀 간의 불륜이나 협박은 분명히 영악한 살인보다 극악무도한 범죄가 될 수는 없었다.

그럼 이 밴혼 사건에서 무엇 때문에 그는 특별한 악의 기운을 느끼는 것일까? 악. 그래, 그거다. *너희 말이 우리는 사망과 언약하였고 음부와 맹약하였은즉…… 우리는 거짓으로 우리 피난처를 삼았고 허위 아래 우리를 숨겼음이라 하는도다……. 침상이 짧아서 능히 몸을 펴지 못하며 이불이 좁아서 능히 몸을 싸지 못함 같으리라 하셨나니.** *

엘러리는 얼굴을 찌푸렸다. 이사야를 통해 에브라임에게 경고한 것은 하느님이었다. 크리스티나는 성경을 잘못 인용한 것이다. *대저 여호와께서 브라심 산에서와 같이 일어나시며 기브온 골짜기에서와 같이 진노하사 자기 일을 행하시리니 그 일이 비상할 것이며 자기 공을 이루시리니 그 공이 기이할 것임이라.***

엘러리는 미끈거리면서도 형체가 없는 무언가를 잡으려 애쓰는 것 같은 불쾌한 기분이 들었다. 무엇 하나 말이 되는 게 없었다.

그는 저기 자신의 무덤에서 미라가 되어버린 노파처럼 형편없는 인간이었다.

엘러리는 책꽂이에서 찾았던 성경을 멀리 밀어놓고, 그를 원망하듯 놓여 있던 타자기를 향해 돌아섰다.

* 〈이사야〉 28장 15절, 20절.

** 〈이사야〉 28장 21절.

두 시간이 지난 후 엘러리는 작업한 내용을 살펴보았다. 결과물은 설겅거렸다. 두 페이지와 열한 줄. X 표시가 수없이 많고 단어를 고친 부분도 평소의 세 배는 되는데, 내용에는 아무런 울림이 없었다. 샌본이라고 써야 할 부분에 밴혼이라고 써놓기도 했다. 앞서 206페이지에 걸쳐 자유분방한 여인이었던 여주인공은 갑자기 나이 많은 걸스카우트로 변해 있었다.

그는 두 시간 동안 작업한 내용을 찢어버리고 타자기의 덮개를 덮은 다음, 파이프를 채우고 스카치위스키를 한 잔 따라서 현관으로 나왔다.

이제는 비가 거세게 내리고 있었다. 수영장은 달처럼 보였고 정원은 검은 스펀지 같았다. 그러나 현관에는 비가 들지 않아, 엘러리는 대나무 흔들의자에 앉아서 비가 내리는 것을 바라보았다.

본채의 북쪽 테라스에 물줄기가 쏟아지는 것이 보였다. 그는 한동안 아무 생각 없이 내리는 비를 바라보며 불편한 마음을 가라앉혔다. 저택은 그의 마음처럼 어두웠다. 만일 그 늙은 여인이 아직 깨어 있다면 불을 꺼놓은 것이리라. 그는 노파도 자신처럼 어둠 속에 앉아 있는 것인지, 만일 그렇다면 무슨 생각을 하고 있을지 궁금했다.

얼마나 오래 그 자리에 앉아 있었는지는 확실치 않았다. 그러나 그 순간 그는 일어서 있었고, 파이프는 빈 잔이 놓인 바닥 흩어진 재 위에 놓여 있었다.

잠깐 잠이 들었던 것 같다. 그리고 무언가가 그를 깨웠다.

세차게 내리는 비 때문에 정원은 이제 늪이 되어 있었다. 멀리서 천둥이 울렸던 것이 어렴풋이 기억났다.

그러나 그때 그는 빗소리에 묻힌 천둥소리를 다시 들었다.

그건 천둥소리가 아니었다.

스포츠카의 엔진 소리였다.

소리는 본채 근처 남쪽, 밴혼가의 차고 쪽에서 들려왔다.

거기였다.

하워드의 로드스터다.

누군가 차가운 엔진을 예열하고 있었다. 클러치에 발을 올린 채로 계속해서 가속 페달을 짧게 밟고 있었다. 그게 누구든 차에 대해서 잘 알지 못하는 사람이라고, 엘러리는 생각했다.

그게 누구든.

당연히 하워드일 것이다.

하워드.

차가 본채 현관 앞에 반쯤 들어섰을 때 엔진의 시동이 꺼졌다.

하워드.

엘러리는 시동 장치가 음산하게 끽끽거리는 소리를 들을 수 있었다. 시동은 쉽게 걸리지 않았다. 잠시 후 시동 장치가 끽끽거리는 소리를 멈췄다. 로드스터의 문이 열리고 누군가 길로 내려서는 소리가 들렸다. 검은 형체는 재빨리 차를 돌아 자동차의 후드를 들어 올렸다. 순간 자동차의 엔진룸을 비추는 가느다란 불빛이 보였다.

저건 하워드다. 저 긴 트렌치코트, 챙 넓은 스테트슨 모자는 잘못 볼 수가 없다.

어딜 가는 걸까? 자동차 헤드라이트 불빛 너머로 잽싸게 움직이는 검은 형체에서 서두는 듯한 기색이 느껴졌다. 하워드는 이 늦은 밤, 이렇게 세차게 비가 내리는데 저토록 급히 어디를 가는 것일까?

갑자기 엘러리는 바로 몇 시간 전 서재에서 보았던 하워드의 얼굴이 떠올랐다. 그의 아버지가 콘헤븐 탐정 사무소에서 조사한 내용을 이야기할 때 그것을 듣던 하워드, 고통으로 뒤틀린 그의 입술, 노려보던 멀건 눈, 관자놀이에서 뛰던 맥박, 서재에서 나갈 때 휘청거리던 다리와 스튜디오로 오르면서 헛디디던 발. *어쩌면 나는 기억상실의 시작을 목격했던 것인지도 몰라.*

엘러리는 별채로 뛰어 들어갔다. 불을 켜는 잠깐의 시간도 허비하지 않았다. 외투를 찾아 걸치고 다시 뛰어나가기까지 채 15초도 걸리지 않았다. 그러나 이미 엔진은 으르렁거리고 있었고, 후드를 닫은 자동차는 움직이고 있었다.

철벅거리며 정원을 달리는 동안 엘러리는 소리를 지르려고 입을 벌렸지만 곧 포기하고 말았다. 소용없는 일이었다. 엔진 소리와 폭풍우 소리 때문에 그가 소리를 질러도 하워드는 듣지 못할 것이고, 전조등 불빛은 이미 도로를 향해 뻗어나가고 있었다.

엘러리는 달렸다.

차고에 있는 차들 중 열쇠가 꽂힌 차가 하나라도 있기를 바랄 뿐이었다.

첫 번째 차…… 열쇠가 꽂혀 있었다!

그는 샐리를 축복하며 그녀의 컨버터블을 몰고 차고를 빠져나왔다.

차고까지 달려오는 동안 엘러리는 이미 푹 젖어 있었다. 운전을 시작한 지 10초 만에 그는 머리부터 발끝까지 완전히 젖어버렸다. 컨버터블의 열린 지붕을 닫기 위해 스위치를 찾았지만, 바로 찾을 수가 없어서 포기했다. 어차피 다 젖었으니 더는 상관없었다. 게다가 구불구불한 길을 달리려면 운전에 집중해야 했다.

길 어디에서도 하워드의 로드스터의 흔적은 찾을 수가 없었다. 엘러리는 저택 입구를 벗어나 노스 힐 드라이브에 들어서자마자 차를 급히 멈춰 세웠다. 어느 방향으로도 차를 돌릴 준비가 되어 있었다.

오른쪽 힐 드라이브 방향으로는 아무것도 보이지 않았다.

그러나 왼쪽으로 고개를 돌리자 북쪽 방향으로 사라져가는 미등의 불빛이 보였다.

엘러리는 핸들을 세차게 왼쪽으로 꺾고 가속 페달을 힘껏 밟았다.

엘러리는 처음에 하워드가 마호가니 산으로 향하고 있다고 생각했다. 아마 속죄의 퀘토노키스 호수나, 원죄가 일어났던 바리새 호수로 가는 거겠지. 기억을 상실한 하워드는 감정적 위기의 현장으로 회귀하려는 막연한 충동에 따라 움직이고 있을 것이었다. 물론 그것은 아까 본 불빛이 하워드 차의 미등 불빛일 경우 그렇다는 것이었다. 만일 지금 하워드가 노스 힐 드라이브의 남쪽으로 방향을 잡고 마을로 향하고 있다면 영원히 그를 놓치게 될 것이다.

엘러리는 가속 페달을 더욱 세게 밟았다.

이제 속도는 시속 100킬로미터에 접어들고 있었다.

저건 그냥 윗동네 주정뱅이의 차일 수도 있어. 만일 그렇다면, 이 길에서 미끄러져 굴러 떨어져서 어설픈 간호사 노릇을 끝마치게 되더라도 나한테는 마땅한 결과일 거야.

빗방울이 코끝에서 끊임없이 떨어졌다. 신발은 완전히 젖어서 가속 페달을 밟고 있던 오른발이 계속 미끄러졌다.

그러나 그는 계속 속도를 높였다. 엄청난 속도로 달리다가 갑자기 뒤쫓던 자동차의 브레이크 등이 켜지는 것을 보고 그도 같이 브레이크를 밟았다. 왜 속도를 늦추는 걸까?

그때 교차로의 신호등이 보이면서 의문이 풀렸다. 바로 그 순간 앞차가 날카롭게 왼쪽으로 방향을 틀었다. 그러면서 엘러리가 모는 컨버터블의 전조등 불빛이 앞차에 비쳤고, 엘러리는 그 차가 하워드의 로드스터임을 확인했다. 앞차는 다시 사라졌다.

어둠과 비 때문에 도로 표지판을 볼 수 없었다. 그러나 왼쪽은 서쪽이었고, 그 말은 그들이 라이츠빌의 외곽을 돌고 있다는 뜻이었다. 엘러리는 앞차의 빨간 불빛과 일정한 거리를 유지하며 달렸다. 하워드는 시속 40킬로미터 정도로 느리게 달리고 있었다. 그 이유 또한 알 수 없었다. 그러나 그 덕분에 엘러리는 전조등을 끄고 하워드가 눈치채지 못하도록 달릴 수 있었다.

그렇다면 두 호수 모두 아니다.

어딜까?

하워드 자신도 알기는 아는 걸까?

문득 엘러리는 자신이 이제야 처음으로 라이츠빌에 온 명분을 세우고 있다는 생각이 들었다.

그러다 그는 왜 하워드가 속도를 늦췄는지 알게 되었다.

하워드는 무언가를 찾고 있었다.

잠시 후 로드스터의 미등 불빛이 또다시 사라졌다.

그렇다면 그는 찾고 있던 것을 발견한 것이다.

그리고 잠시 후 엘러리도 그것을 보았다.

그것은 갈림길이었다. 갈림길에 서 있는 작은 표지판에는 이렇게 적혀 있었다.

피델리티 3km

비포장도로인 갈림길은 이제 끈적하고 깊은 수렁이 되어 있었다.

단순히 바퀴만 붙드는 게 아니었다. 길은 이리저리 비틀리고 움푹 패이고 솟아올라 있는 데다가, 잽싸게 도망치는 여우처럼 완전히 U자로 틀어질 때도 있었다. 30초 만에 엘러리는 하워드를 놓쳤다.

엘러리는 고래처럼 입에 거품을 물고 저주를 퍼부으며 컨버터블과 씨름했다.

그의 속도계는 시속 30킬로미터에서 20킬로미터로 내려가더니, 마침내 15킬로미터까지 떨어졌다.

이제는 하워드를 따라잡느냐 마느냐는 문제가 아니었다. 그는 집요하게 운전대를 붙들고 늘어졌다. 그가 앉은 자리에는 작은 웅덩이가 생겨서 몸을 움직일 때마다 질퍽거렸다. 등의 맨살 위로 차가운 개울이 흘러가는 것 같았다. 전조등을 다시 켰지만 보이는 것이라고는 끝없이 쏟아지는 빗줄기의 장벽과 양옆에 선 흠뻑 젖은 나무들뿐이었다. 그는 길가에 웅크리고 있는 허름한 집들을 몇 채 지나쳤다.

그러는 사이 그는 하워드의 로드스터를 미처 보지 못하고 그냥 지나쳐버렸다.

이곳엔 마을 같은 것도 없다. 갈림길에서 채 3킬로미터도 떨어지지 않은 곳이었다.

하워드는 왜 아무것도 없는 이런 곳에서 차를 멈췄을까?

기억상실증 환자에게도 자기 나름의 논리가 있는 모양이로군, 하하하.

그냥 차만 세워놓은 것이 아니었다. 하워드는 로드스터의 방향을 오던 방향으로 돌려놓아 남쪽을 향하게 세워두었다.

엘러리도 좁은 길에서 컨버터블을 열심히 앞뒤로 움직여가며 방향을 돌려 남쪽을 향하도록 했다. 그는 자꾸 미끄러지려는 차를 잘 달래가며 로드스터로부터 약 20미터 정도 떨어진 곳에 세웠다. 그리고 시동과 전조등을 끈 뒤 컨버터블에서 기어 나왔다.

발을 내딛는 순간 옥스퍼드 구두의 발등까지 진흙에 파묻혔다.

로드스터에는 아무도 없었다.

엘러리는 로드스터의 발판에 앉아 물에 젖은 얼굴을 물에 젖은 손으로 힘없이 훔쳤다.

도대체 빌어먹을 하워드는 어디에 있담?

그건 중요하지 않다. 아련히 손 닿을 수 없는 곳에 있는 뜨거운 목욕물과 깨끗한 마른 옷 외에는 중요한 건 아무것도 없다. 그러나 단순히 과학적 호기심에 의한 궁금증 차원에서, 하워드는 어디로 간 것일까?

아, 발자국을 찾아볼까.

하지만 이런 진흙은 바다와 마찬가지로 흔적을 남기지 않는다.

게다가 그에게는 손전등도 없다.

엘러리는 생각했다. 몇 분만 더 기다려보겠어. 그 후에도 보이지 않으면 그때는 될 대로 되라지. 어차피 지금 여기선 아무 것도 볼 수 없어. 달도 없고…….

몸에 밴 지독한 습관의 명령에 따라 그는 마지못해 일어서서 로드스터의 문을 열고 계기판을 더듬어보았다.

하워드가 열쇠를 가져갔다는 사실을 발견함과 동시에 그는 불빛을 보았다.

희미한 불빛이었다. 불빛은 깐닥거리며 뒤로 물러났고, 잠깐 동안 사라졌다가 다시 나타나기를 반복했다. 몇 미터쯤 떨어진 곳에서 한동안 가만히 있다가 다시 깐닥거리고, 다시 사라졌다가 또다시 나타났다.

꽤 멀리 떨어진 곳에서 불빛은 계속 이상야릇하게 움직였다. 진흙 바닥에서부터 너무 높지도 낮지도 않은 높이였다. 불빛은 로드스터 건너 길의 한옆으로 비켜나 있었다.

저쪽이 들판인가?

가끔씩 불빛은 바닥에 가까워졌다. 가끔씩 사람의 허리 높이 정도에 오기도 했다.

그러더니 불빛은 상당히 오랫동안 움직이지 않았다. 엘러리는 챙 넓은 모자를 쓴 검은 형체를 알아볼 수 있었다.

하워드가 손전등을 켰구나!

엘러리는 손을 앞으로 내밀어 조용히 로드스터를 더듬으며 차 뒤편으로 돌아갔다. 컨버터블의 도구함 안에 손전등이 있을지도 모르지만 그걸 찾으러 갔다가 다른 걸 놓칠 수도 있었다. 게다가 엘러리가 불을 켜면 하워드가 놀라 달아날 가능성도 있었다.

로드스터 뒤로 축축하게 젖은 돌담이 엘러리의 손에 닿았다.

담은 허리까지 왔다.

그는 돌담을 짚고 훌쩍 건너뛰어, 가시덤불 위에 가볍게 착지했다.

엘러리 퀸은 자신이 알고 있는 저주의 말을 모두 쏟아냈다.

그러나 거머리처럼 끈질긴 엘러리 퀸은 몸을 비틀어 가시투성이의 검은딸기 덤불을 벗어나 바닥으로 굴렀고, 손을 뻗어 더듬으며 불빛을 향해 앞으로 나아갔다.

이해할 수 없는 곳이었다. 길은 잠시 오르막인가 싶더니 다시 미끄러지듯 내리막길로 이어졌다. 앞으로 뻗은 손에는 계속해서 차갑고 단단하고 축축한 물체가 닿았다. 한번은 그중 하나에 걸려 넘어지면서, 그것이 잡초가 무성한 바닥 위로 평평하게 깔려 있다는 걸 알게 되었다. 그리고 가끔씩 나무를 만났는데, 보통은 그의 코가 제일 먼저 닿곤 했다.

어둠 속에서 헤맨 적이 가끔 있었지만, 지금 이곳은 그중에서도 가장 알 수 없는 공간이었다. 발밑은 온통 덫으로 가득했다. 특히 어려운 점은 불빛을 계속 바라보면서 걸어가야 한다는 것이었다. 저 빌어먹을 불빛이 한 곳에 가만히만 있었어도! 그러나 불빛은 춤추듯 끊임없이 움직이고 있었다.

엘러리는 자신이 불빛에 전혀 가까이 다가가지 못하고 있다는 사실을 깨닫고 짜증이 치밀었다.

불빛은 저 멀리서 불행한 여행자를 유혹하는 도깨비불처럼 춤을 추었다. 절대 저곳으로 다가갈 수 없을 것 같았다.

엘러리의 발끝에 무언가가 걸리면서 그는 두 번째로 넘어졌다. 그러나 이번에는 넘어지면서 그의 머리에 무슨 일이 벌어졌다. 불빛이 번쩍 폭발하면서 머리가 어깨에서 떨어져 날아올랐고, 그 순간 그는 죽었다. 그동안의 모든 것, 빗줄기, 냉기, 하워드, 춤추는 불빛, 그 모든 것이 한순간에 멈췄다.

어쩌면 그것은 그가 저주하던 신의 섭리였는지도 모른다. 신의 섭리가 은총을 내리사 그를 스스로 부끄럽게 만든 것인지도 모른다. 그러나 엘러리가 눈을 떴을 때 그가 누워 있는 곳에서 채 6미터도 떨어지지 않은 곳에 불빛이 있었다. 그리고 이제 움직임을 멈추고 한자리에 고정된 불빛의 뒤에는 트렌치코트를 걸치고 스테트슨 모자를 쓴 하워드가 있었다. 그 불빛으로 엘러리는 자신이 무엇 위에 누워 있는지, 무엇에 발이 걸려 넘어졌는지, 그리고 그의 머리 옆쪽을 친 것이 무엇이었는지 똑똑히 볼 수 있었다.

그는 잡초가 무성한 직사각형 모양의 작은 봉분에 발이 걸린 것이었고, 그 앞에는 대리석 기둥이 돌 비둘기를 받치고 서 있었다.

그 돌 비둘기가 관자놀이를 친 것이었다. 그가 의식 없이 누워 있는 동안 하워드는 엘러리가 누워 있는 곳에서 불과 몇 미터 떨어지지 않은 곳까지 다가왔고, 여기에서 그가 찾던 것을 발견했다.

그들은 피델리티 공동묘지에 있었다.

엘러리는 무릎을 꿇고 일어섰다. 그와 하워드 사이에 대리석 묘비가 서 있었다. 그가 무릎을 꿇고 있는 모습이 보이더라도, 하워드가 그를 볼 위험은 크지 않았다. 그는 엘러리에게 등을 돌리고 있었고, 손전등 불빛에 비친 광경에 완전히 몰입해 있었다.

엘러리는 이름 모를 이의 묘비에 매달려 서 있었다. 지금으로서는 그저 바라볼 뿐 달리 방법이 없었다.

갑자기 하워드가 앞으로 달려들었다. 불빛이 미친 듯이 반원을 그렸다. 그러더니 불빛은 다시 한 곳을 비췄고, 하워드가 근처 무덤에서 한 줌의 진흙을 쥔 채 멈춰 서 있는 것이 보였다.

그는 악마 같은 힘으로 눈앞의 묘비를 향해 진흙을 던졌다.

그는 다시 진흙을 집어 들었다. 불빛이 다시 반원 모양으로 회전하다가 아까 그곳을 비췄다. 그는 다시 세차게 진흙을 던졌다.

엘러리는 이것이 악몽의 대단원에 어울리는 결말이라고 생각했다. 한 남자가 칠흑 같은 어둠과 쏟아지는 비를 뚫고 몇 킬로미터를 달려와 묘비에 진흙을 던지는 이 장면이. 손전등이 땅에 떨어지고 진흙이 덕지덕지 붙은 묘비 위로 불빛이 비치자, 하워드는 트렌치코트의 주머니에서 끌과 망치를 꺼내더니 묘비를 내리쳤다. 한 번 내리칠 때마다 돌 조각이 사방으로 튀어 오르며 거세게 내리는 빗줄기 너머 어둠 속으로 사라졌다……. 이 역시 미지의 조각 작품의 마지막 형체를 가다듬는 조각가가 할 수 있는 정당한 행위인 것처럼 보였다.

엘러리는 어두운 공동묘지에서 정신을 차렸다.

하워드는 갔다.

엘러리에게 남은 것은 저 멀리 비포장도로를 향해 서서히 멀어져가는 불빛뿐이었다.

그나마 그 불빛도 엘러리가 일어섰을 때는 사라져버렸다.

잠시 후 로드스터의 희미한 굉음이 들리더니 곧 사라졌다.

놀랍게도 비는 그쳐 있었다.

엘러리는 어둠 속에서 비둘기 장식이 있는 기둥에 기대섰다. 하워드를 쫓기엔 너무 늦었다.

그러나 시간 여유가 있었다고 해도 그는 하워드를 뒤쫓지 않았을 것이다. 그의 발아래 잠들어 있는 영혼들이 모두 일어나 그를 끌어내려 한다 해도 그를 쫓아낼 수는 없었을 것이다.

그에게는 할 일이 있었다. 그 일을 하기 위해서 필요하다면 새벽까지라도 여기 서 있을 수 있었다.

어쩌면 달이 뜰지도 모르지.

그는 기계적인 몸짓으로 자꾸만 몸에 휘감기는 외투의 단추를 풀고 진흙이 묻은 손가락으로 안주머니를 뒤져 담뱃갑을 찾았다. 담뱃갑은 은으로 만든 것이라 담배는 젖지 않았을 것이다. 그는 마른 담배를 하나 꺼내 입에 문 뒤 담뱃갑을 주머니에 다시 집어넣고 라이터를 찾았다…….

라이터!

그는 라이터를 꺼내 불을 켜고 손을 둥글게 오므려 불꽃을 막은 뒤 무덤들을 뛰어넘으며, 하워드가 자신만의 악마를 추종하던 그곳을 향해 달려갔다.

엘러리는 작은 불꽃을 보호하면서 몸을 굽혔다.

몸을 굽혀야만 했다. 이것은 분명 가난한 이들 중에서도 가장 가난한 이의 묘비였다. 퍼석퍼석하게 부스러지는 흰색 돌로 만든 묘비, 가엾게도 주위의 빽빽한 잡초보다도 키가 작은 묘비였던 것이다. 그러나 묘비는 두 개의 무덤을 합친 것만큼 넓었다. 윗부분은 갈아서 둥글게 만들었고 가운데에는 패인 부분이 있어서, 마치 모세가 받은 두 개의 십계명 돌판 같았다. 그간의 비바람과 돌의 무른 성질로 인해 묘비에는 작은 구멍들이 세월의 흔적으로 영예롭게 남아 있었다. 그러나 조각가의 끌로부터 마지막 공격을 받은 후, 묘비는 한 쌍의 무덤 위에서 처참히 피살당한 모습으로 휘청거렸다.

글자 중 일부가 성난 끌에 의해 심하게 훼손되어 있었다. 남은 글자는 판독이 불가능할 정도였다. 태어난 날짜와 죽은 날짜인 듯한 숫자는 간신히 숫자라는 것만 알아볼 수 있을 뿐 읽을 수는 없었다. 그리고 묘비명이 있었는데, 오랫동안 인내심을 가지고 들여다본 결과 엘러리는 그것이 원래 '신에게로 돌아가다'라는 글자였으리라고 결론을 내렸다. 그러나 그 이름에는 의문의 여지가 없었다. 비석의 위쪽에 깨끗한 대문자로 새겨진 글자는 이랬다.

아론과 매티 웨이(AARON AND MATTIE WAYE)

엘러리는 컨버터블을 밴혼의 차고 안 하워드의 로드스터 옆에 세웠다. 그는 놀라지 않았다. 오히려 안도감이 들었다. 그는 하워드가 기다리고 있을 거라 판단하고, 서둘러 저택의 뒤쪽으로 돌아 별채로 향했다.

그는 진흙이 묻어 뻣뻣해진 겉옷을 현관에, 나머지는 욕실로 가는 길에 던져놓고, 근육과 뼛속까지 스며들었던 냉기가 풀릴 때까지 뜨거운 물로 샤워를 했다. 그는 잽싸게 살갗을 문질러 몸을 닦고, 깨끗하고 보송보송하게 마른 옷을 입고, 잠시 거실에서 손전등을 꺼내고 스카치위스키를 한 잔 따라 마신 후, 걸

히기 시작한 어둠을 헤치고 저택으로 걸어갔다.

그는 조용히 계단을 올라, 잠들어 있는 문들을 하나하나 지나쳤다. 어디에도 불빛은 없었다. 그는 손전등을 켜지 않고 신중하게 발을 디디며 길을 더듬어 나아갔다. 맨 위층의 층계참에 이르러 그는 손전등을 켰다. 회갈색 카펫 위에 찍힌 희미한 진흙 발자국이 하워드의 침실까지 이어져 있었다. 그리고 침실의 문은 반쯤 열려 있었다.

엘러리는 문 앞에서 잠시 걸음을 멈췄다.

진흙 자국은 바닥을 헤매다 침대로 이어졌다. 침대 위에는 옷을 완전히 차려 입은 하워드가 누워 잠들어 있었다.

트렌치코트도 입고 있었다.

젖은 모자는 베개 위 물웅덩이 안에서 입을 벌린 채 던져져 있었다.

엘러리는 방문을 잠갔다.

창문의 블라인드를 내렸다.

그러고 나서 전등을 켰다.

"하워드."

그는 잠자는 남자를 쿡 찔렀다.

"하워드."

하워드는 무언가 알 수 없는 말을 중얼거리며 몸을 뒤척였고, 머리를 뒤로 젖히더니 코를 골았다. 그는 인사불성이 되어 잠들어 있었다. 엘러리는 찌르던 행동을 멈췄다.

먼저 이 옷부터 벗기는 게 좋겠어. 안 그러면 폐렴에 걸리겠어.

엘러리는 흠뻑 젖은 외투의 단추를 풀었다. 옷감은 방수 재질이었고 안감은 젖지 않았다. 그는 한쪽 소매를 벗기기 위해 옷을 잡아당겼고, 하워드의 무거운 몸을 간신히 들어 올려 외투를 잡아당기고 다른 쪽 소매도 벗겼다. 그는 하워드의 신발과 양말을 벗기고 진흙이 덕지덕지 붙은 젖은 바지를 무릎까지 내렸다. 그러고는 담요를 타월 삼아 하워드의 다리와 발의 물기를 닦았다. 침대는 어쨌든 엉망진창이었다.

그러고 나서 그는 하워드의 머리를 주물렀다.

마사지를 받자 하워드는 뒤척였다.

"하워드?"

하워드는 무언가와 싸우는 것처럼 주먹을 휘둘렀다. 그는 신음을 했다. 그러나 잠은 깨지 않았다. 엘러리가 그의 몸의 물기를 모두 닦아내자 그는 다시 반 혼수상태에 빠져들었다.

엘러리는 얼굴을 찌푸리며 허리를 폈다. 그러고 나서 그는 찬장에서 그가 원하던 위스키 병을 발견하고 병을 집어 들었다.

하워드가 눈을 떴다.

"선생님."

쏘아보는 것 같은 두 눈에는 핏줄이 서 있었다.

그 눈이 침대로 향했다. 몸은 반쯤 벗은 채였고, 진흙투성이의 젖은 옷은 마룻바닥에 나뒹굴고 있었다.

"선생님?"

그는 당혹스러운 얼굴이었다.

그러더니 갑자기 공포에 사로잡혔다.

그가 엘러리를 움켜잡았다.

"무슨 일이죠!" 혀가 뻣뻣해진 탓에 소리는 나오지 않고 입술만 움직일 뿐이었다.

"자네가 말해봐, 하워드."

"그 일이 일어난 거죠? 그렇죠?"

엘러리는 어깨를 으쓱했다. "글쎄, 무슨 일이 있긴 했지. 마지막으로 기억하는 게 뭐야?"

"서재에서 위층으로 올라온 거요. 잠시 빈둥거렸고요."

"그래, 나도 알아. 그 후에 말이야."

하워드는 눈꺼풀을 잡아 내렸다. 그러고 나서 고개를 저었다. "기억이 안 나요."

"자넨 서재에서 2층으로 올라왔어. 잠시 빈둥거렸고……."

"어디에서요?"

"어디에서?"

"아, 저한테 물으시는 거군요." 하워드가 떨면서 웃었다. "저한테 무슨 일이 있었던 거죠? 저는 작업실에서 잠깐 빈둥거리고 있었어요."

"작업실에서. 그러고 나서는…… 아무 일도 없었어?"

"전혀요. 그냥 백지예요, 선생님. 마치……." 그는 말을 멈췄다.

엘러리가 고개를 끄덕였다. "지난번처럼 말이지?"

하워드는 벌거벗은 다리를 침대 밖으로 내밀었다. 그는 몸을 떨기 시작했고 엘러리는 침대 아래에서 담요를 꺼내 그의 허벅지 위로 던져주었다.

"아직 어둡네요." 하워드의 목소리가 높아졌다. "아니면 다른 날 밤인가요?"

"아니, 아직 같은 날이야. 곧 새벽이 올 거야."

"또 발작이 있었군요. 제가 무슨 짓을 했나요?" 엘러리는 그를 자세히 쳐다보았다. "제가 어딘가에 갔었죠? 어디였어요?

선생님이 봤나요? 절 쫓아오셨나요? 하지만 선생님 옷은 젖지 않았네요!"

"쫓아갔어, 하워드. 옷은 갈아입은 거야."

"제가 뭘 했나요?"

"자, 일단 좀 진정해. 담요로 다리를 좀 덮으면 말해주지. 전혀 기억나지 않는 거 확실해?"

"전혀요! 제가 무슨 짓을 했느냐고요?"

엘러리는 그에게 말해주었다.

이야기가 끝날 무렵, 하워드는 머리를 비우려는 듯 고개를 저었다. 그는 머리를 긁고, 목 뒷덜미를 비비고, 코를 잡아당기고, 마룻바닥에 놓인 진흙투성이 옷을 바라보았다.

"정말 전혀 기억 안 나?"

"전혀요."

하워드는 엘러리를 올려다보았다.

"믿어지지가 않아요." 그러더니 그는 고개를 돌렸다. "특히 제가 그런 짓을 했다는 게……."

엘러리는 트렌치코트를 집어 들어 주머니를 뒤졌다.

끌과 망치를 보자 하워드의 낯빛은 창백하게 질렸다.

그는 침대에서 일어나 맨발로 침실 안을 서성거렸다.

"제가 그런 짓을 했다면, 무슨 짓이든 할 수 있겠군요." 하워드는 흥분해서 중얼거렸다. "이전에 제가 무슨 짓을 했을지는 하느님만이 아실 일이에요. 저는 이렇게 자유롭게 돌아다닐 권리가 없어요!"

"하워드." 엘러리는 침대 옆의 안락의자에 털썩 주저앉았다.

"자넨 아무도 해치지 않았어."

"하지만 왜요? 왜 제가 그 사람들의 무덤을 훼손했느냐고요?"

"자네는 자네가 누구인지 알게 되는 그 순간을 평생 동안 두려워하고 있었어. 한순간에 모든 사실을 알게 되자 그 충격으로 또다시 발작을 일으킨 거야. 기억상실 상태에서 자네는 지금까지 자네를 버린 부모님에게 품고 있었을 끝없이 깊은 억울함과 공포와 증오의 감정을 표현한 거지. 이건 물론 심리적으로 그렇다는 거야."

"증오 같은 건 생각해본 적 없어요!"

"물론 그렇겠지."

"그런 감정은 한 번도 느껴본 적 없다고요."

"의식적으로는 그래."

하워드는 작업실로 이어지는 문 앞에 멈춰 섰다. 그는 잠시 어둑한 방을 바라보았다. 그러더니 문을 지나 작업실로 들어갔고, 엘러리는 그가 서성거리는 소리를 들을 수 있었다. 소리가 멈추고 불이 켜졌다.

"선생님, 이리로 들어오세요."

"발에 뭘 좀 신어야 하지 않겠어?" 엘러리는 간신히 의자에서 일어섰다.

"그딴 건 지옥에나 가라고 해요! 이리 오세요!"

하워드는 받침대 옆에 서 있었다. 약간의 수염이 난 주피터 조각상이 점토로 제작되어 받침대 위에 놓여 있었다.

엘러리는 궁금한 듯 물었다. "왜 그래?"

"어젯밤에 서재에서 나온 후 이곳에서 빈둥거렸다고 말씀드렸죠. 이게 제가 한 일이에요."

"주피터상?"

"아뇨, 이거 말이에요." 하워드는 조각상의 아랫부분을 가리켰다. 점토 위에는 날카로운 도구로 이렇게 새겨져 있었다.

H. H. 웨이(H. H. WAYE)

"이걸 한 건 기억나?"

"그럼요! 왜 그랬는지도 기억해요." 하워드의 웃음소리가 귀에 거슬렸다. "제 진짜 이름이 어떻게 생겼는지 보고 싶었어요. 제 작품에는 항상 H. H. 밴혼이라고 서명을 해왔거든요. H. H.는 쓸 수밖에 없었어요……. 그 사람들이 저에게 이름이나 중간 이름은 지어주지 않았으니까요. 하지만 웨이는 제 성(姓)이죠. 그리고 그거 아세요?"

"뭘?"

"전 웨이라는 성이 마음에 들었어요."

"마음에 들었다고?"

"네, 지금도 그래요. 아래층에서 아버지가 처음 말씀해주셨을 때는 아무 느낌도 없었어요. 하지만 시간이 지나고, 여기로 올라와서…… 점점 좋아지더라고요. 보세요." 하워드는 벽으로 달려가 보드 위에 핀으로 꽂은 스케치들을 가리켰다. "지금까지 미술관 프로젝트용으로 그린 스케치에 전부 H. H. 웨이라고 서명했는데, 정말 마음에 들었어요. 이걸 제 공식 서명으로 만들겠다는 생각도 거의 굳혔다고요. 선생님, 제가 그 사람들을 증오했다면 이 이름을 이토록 좋아할 수 있었을까요?"

"의식적으로? 물론 충분히 가능해. 자네의 증오를 스스로에게 숨기기 위해서."

"제 부모님이 주신 이름을 좋아하게 되었고, 그다음엔 정신을 잃은 채로 폭풍우를 뚫고 15킬로미터를 달려가서 그분들의 무덤에 침을 뱉었다고요?" 하워드는 의자에 주저앉았다. 얼굴은 잿빛이었다.

"그럼 얘기가 이렇게 되는 거로군요." 하워드는 천천히 말했다. "제가 정상일 때는 지금의 이 모습이에요. 하지만 의식을 잃으면 완전히 다른 사람이 돼요. 의식이 깨어 있을 때, 저는 아주 괜찮은 놈이에요. 하지만 기억상실 상태에 빠진 저는 미치광이이거나 악마인 거예요. 완전히 지킬 박사와 하이드 씨네요!"

"또 과장하고 있군."

"제가요? 부모님의 묘비를 쪼개는 건 아무리 봐도 '이성적인' 행동은 아니에요! 그건 절대 용납할 수 없는 짓이라고요. 전 세계에 다양한 문화가 있다고 해도, 부모를 공경하는 일에 있어서는 공통의 규범이 있다는 걸 잘 아시잖아요. 그걸 조상 숭배라고 하건, 아버지 어머니에 대한 효도라고 하건 말이에요!"

"하워드, 이제 잠자리에 드는 게 좋겠어."

"제가 제 부모의 무덤을 더럽혔다면 살인은 안 하겠어요? 강간은요? 방화는요?"

"하워드, 아무 말이나 막 지껄이지 말고 이제 그만 침대로 가."

그러나 하워드는 발작을 하듯 엘러리의 손을 움켜쥐었다.

"도와주세요. 절 지켜봐주세요. 절 떠나지 마세요."

그의 눈은 공포에 질려 있었다.

이 친구는 애착의 대상을 디드릭에서 나로 옮겼군. 나는 이제 그의 아버지야.

우여곡절 끝에 엘러리는 하워드를 침대에 눕혔다. 그는 하워드가 고단한 잠에 빠져들 때까지 침대 옆을 지켰다.

그러고 나서 그는 터덜터덜 계단을 내려와 집을 나왔고, 차고에서 로드스터와 컨버터블에 묻은 진흙을 긁어내며 끔찍한 한 시간을 보냈다.

별채 창문으로 일요일 아침이 스며들 무렵 엘러리는 잠자리에 들었다.

일곱 번째 날

그리고 일곱째 날에, 그는 그가 미처 하지 않은 모든 일들과 그 중에서도 특히 소설 집필을 내려놓고 안식을 취했다. 그는 화가 잔뜩 난 출판사가 계약 조항을 휘두르며 무슨 말을 퍼부을지에 대해서는 생각하지 않으려 애썼다. 그는 속박된 그의 상태와는 크게 관련 없는 편지를 몇 통 쓰는 수고로움을 감내하고, 모든 일을 마친 후 나른하게 햇빛을 쬐었다.

마을에는 교회가 있었다.

예배가 어떻게 진행될지 엘러리는 미처 알지 못했다. 한날 괴로움은 그날로 족하다고, 성바울교회의 치처링 목사의 설교만으로도 그날 하루의 괴로움은 충분했다. 목사의 목소리는 예언자처럼 드높았다. 아니, 여기는 고교회파*이니까 우레 같다고 해야 맞겠다. 그러나 심판을 내리고 권고하고 꾸짖는 그의 기개는 예레미야를 닮아 있었다. "*슬프고 아프다! 내 마음속이 아프고 내 마음이 답답하여 잠잠할 수 없으니…….*" 목사의 설교 소리는 교회 맨 뒷자리까지 들렸다. "*이는 나의 심령이 나팔 소리와 전쟁의 경보를 들음이로다…….*** 이로 인하여 땅이

** 영국 국교회의 한 종파. 로마 가톨릭 교회와 가장 유사한 것으로 알려져 있다.*

*** 〈예레미야〉 4장 19절.*

슬퍼할 것이며…… 살륙하는 자를 인하여 나의 심령이 피곤하도다 하는도다."* 이 대목에서 하워드는 거의 꺼져 들어갈 지경에 이르렀고, 울퍼트는 웃었고, 샐리는 눈을 감았다. 디드릭은 엄숙하게 조용히 앉아 있었다. 그러나 설교의 마지막 부분에서 치처링 목사는 〈예레미야〉를 끝낸다는 예고도 없이 〈누가복음〉 6장 38절로 넘어갔다. "*주라, 그리하면 너희에게 줄 것이니 곧 후히 되어 누르고 흔들어 넘치도록 너희에게 안겨주리라. 너희의 헤아리는 그 헤아림으로 너희도 헤아림을 도로 받을 것이니라.*" 그러다 곧 목사는 교구 위원 중 한 사람이 낡은 교회 강단을 새로 단장하기 위해 기부를 했음을 공표했다. 그리고 또한 아낌없이 내주는 이 주님의 종이 잘 알려진 이름을 가지고 있다는 사실 또한 밝혔다. "현세에서 유명하다는 뜻이 아닙니다." 치처링 목사는 우렁차게 외쳤다. "현세에서도 유명하지만, 우리 아버지의 눈에 낯익은 이름이라는 것입니다. 하느님을 두려워하는 이 영혼은 자신을 위해 보물과 재화를 지상에 쌓아둠으로써 선행을 실행한 것이 아닙니다. 물론 그 자신을 위해 재화를 지상에도 쌓긴 했지요. 그렇지 않았다면 어떻게 예수님의 산상 설교 말씀을 따라 좀이 슬지 않고 부패하지 않는 천국에 보물을 쌓을 수 있었겠습니까? 저는 좋으신 주님께서 저를 용서해주시리라 믿으며, 그리스도 안에서 맺어진 우리의 선하고 의로운 형제가 바로 디드릭 밴혼이라는 사실을 이 자리에서 밝히는 바입니다!" 신도들은 웅성거렸고, 목을 길게 빼서 두리번거리며 주님의 종을 향해 환한 표정을 지어 보였다. 그러는 동안 밴혼 가족의 지정석에 깊이 파묻히듯 앉아

** 〈예레미야〉 4장 28절, 31절.*

있던 주님의 종은 겸손함 같은 것은 없는 표정으로 목사의 얼굴을 바라보았다. 그러나 이 사건은 목사가 이전에 보여주었던 음산하고 무거운 책망의 분위기를 흩어놓는 계기가 되었다. 예배를 마무리하는 마침 성가가 울려 퍼지고 예배가 끝나자, 사람들은 모두 영적인 존재가 된 듯한 기분을 한껏 느꼈다.

엘러리조차도 영혼이 고결해진 것 같은 기분으로 성바울교회를 나섰다.

남은 일요일은 밤으로 속을 채운 구운 칠면조와 설탕에 조린 마, 레몬 셔벗 수플레 등과 같은 좋은 것들로 채워졌다. 식후에는 멘델스존의 〈엘리야〉를 들었다. 샐리는 경건한 태도로 음악을 들었고 디드릭은 흥분했다. 몇 주 전에 하워드가 새로 산 음반이었는데, 엘러리는 모두 다 스스로를 성찰할 필요가 있는 오늘까지 음반의 첫 시연을 아껴둔 것을 두고 하워드가 현명하다고 생각했다. 그러고 나서 우아한 라이츠빌의 사교 모임이 이어졌다. 부인들은 즐겁게 웃었고, 품위 있는 신사들은 상투적인 얘기를 늘어놓다가 가끔씩 재미난 이야기를 던지곤 했다. 모임에서 만난 사람들은 엘러리가 이전에 만나본 적 없는 사람들이었다. 거기에 대해 그는 막연히 감사하는 마음이 들었다.

그날은 마지막까지 기분 좋게 끝났다. 라이츠빌에서는 일요일 저녁을 일찍 마무리한다. 모두들 11시 30분에 집으로 돌아갔고, 엘러리는 자정에 잠자리에 들었다.

엘러리는 어둠 속에 누워 그날 하루 동안 하워드와 울퍼트를 비롯한 모든 사람들이 대단히 훌륭하게 행동했다는 생각을 했다. 그리고 인간은 이중적인 존재라는 생각과, 웬만큼 괜찮은 인간이 되려면 얼마나 이중적이 되어야 하는지를 생각했다. 그러다 그는 이 빌어먹을 소설을 끝낼 때까지는 자신의 영혼을 거두어 가지 마십사 하고 주님께 기도했다. 아침에 일어나자마자 곧장 굳은 의지를 가지고 일을 시작해야겠다고 마음먹었다. 그리고 다음 순간 그는 낡은 목욕 가운을 입고 퀘토노키스 호수에 뛰어들어, 창백한 샐리의 누드 조각상 아래 어슴푸레 빛나는 털 달린 네 통의 편지를 잡으려 허우적거렸다. 샐리의 조각상은 디드릭의 얼굴을 하고 있었고, 그는 그것이 당연하다고 느꼈다.

월요일 아침, 타자기는 따끈따끈한 좋은 낱말들을 맹렬히 쏟아내고 있었다. 10시 51분이 되었을 때 별채의 문이 벌컥 열렸다. 놀란 엘러리가 벌떡 일어서서 몸을 돌리자, 샐리와 하워드가 문으로 뛰어 들어왔다.

"전화가 또 왔어요."

그 순간 일요일은 아예 존재하지도 않았던 것처럼 사라졌다. 지금은 다시 토요일의 홀리스 호텔이었다.

엘러리가 물었다. "무슨 전화가 또 왔다는 거죠, 샐리?"

"협박범이요."

"그 저주받을 놈. 탐욕스러운 돼지 새끼." 하워드가 굵은 목소리로 말했다.

"지금 전화가 왔다고요?"

샐리는 떨고 있었다. "네, 제 귀를 믿을 수가 없었어요. 다 끝난 줄 알았는데."

"지난번처럼 속삭이는 목소리였습니까? 성별을 구분할 수 없는?"

"네."

"뭐라고 하던가요?"

"로라가 전화를 받았어요. 그 사람이 밴혼 부인을 찾더래요. 제가 전화를 받았더니 그자가 이렇게 말했어요. '돈은 고맙다. 자, 이제 두 번째 입금이다.' 저는 처음엔 그게 무슨 말인지 몰랐어요. 그래서 말했어요. '전부 다 가져가지 않았어요?' 그러자 그 사람이 대답했어요. '2만 5천을 받았지. 나는 더 원해.' 제가 그랬죠. '지금 무슨 소리를 하는 거예요? 당신이 나한테 판 것을 돌려받았는데('편지'라는 말은 하고 싶지 않았어요. 로라나 에일린이 들을 수도 있었으니까요)……. 그것들은 없어졌어요. 태웠다고요.' 그랬더니 그자가 그러더군요. '나에게 사본이 있다'라고요."

"사본." 하워드가 으르렁거렸다. "사본으로 뭘 할 수 있겠어요? 내가 그 전화를 받았으면 지옥에나 떨어지라고 말해줬을 거예요, 샐리!"

"사진 복사라고 들어본 적 있어, 하워드?" 엘러리가 물었다.

하워드의 몸이 굳어졌다.

"'나에게 사본이 있다'고, 그자가 그렇게 말했어요." 샐리가 숨도 쉬지 않고 말을 이었다. "'그리고 그 사본들은 원본과 거의 똑같아. 이제 이 사본을 팔도록 하겠다'라고도 했어요."

"그래서요?"

"저는 더 이상은 돈이 없다고 말했어요. 이런저런 말을 많이 했어요. 아니, 하려고 했지만 그자는 들은 척도 안 했어요."

"이번에는 얼마를 요구하던가요, 샐리?" 애초에 충고를 들었다면 저런 겁에 질린 표정은 지을 일이 없었을 텐데. 엘러리는 속으로 생각했다.

"또 2만 5천 달러예요!"

"또 2만 5천!" 하워드가 부르짖었다. "도대체 2만 5천 달러를 어디에서 또 구한단 말인가요? 그자는 우리가 돈을 찍어내기라도 하는 줄 아는 건가요?"

"입 다물어, 하워드. 샐리, 나머지 얘기도 다 해보세요."

"그자는 2만 5천 달러를 라이츠빌 기차역 대합실에 두라고 했어요. 얼마 전에 생긴 물품 보관함 중 하나에 넣으라는 거예요."

"어디에?"

"10번 보관함이요. 그자는 오늘 아침 첫 번째 편지에 열쇠가 들어 있을 거라고 했어요. 그리고 정말 그랬어요. 방금 우편함에서 가져왔거든요."

"샐리 씨 앞으로 온 우편물입니까?"

"네."

"열쇠를 만졌습니까?"

"네, 봉투에서 열쇠를 꺼내 살펴봤어요. 하워드도요. 그러지 말았어야 했나요?"

"상관없을 것 같군요. 범인은 대단히 신중해요. 자기 지문을 남길 만한 사람이 아닙니다. 봉투는 남겨놓았습니까?"

"제가 가지고 있어요!" 하워드는 주위를 슬그머니 둘러보고는 주머니에서 봉투를 꺼내 엘러리에게 건네주었다.

봉투는 겉이 번들번들한 싸구려로 아주 평범한 것이었다. 미국 내 5센트 균일가 상점의 문구류 코너에서 살 수 있는 흔한 제품이었다. 주소는 타자기로 적혀 있었다. 봉투 덮개에는 아무것도 없었다. 엘러리는 말없이 봉투를 밀어놓았다.

"그리고 여기 열쇠요." 샐리가 열쇠를 내밀며 말했다.

엘러리는 그녀를 바라보았다.

샐리의 얼굴이 붉어졌다.

"그자는 맨 위 칸, 10번 보관함 안에 돈을 넣으라고 했어요. 눈에 띄지 않게 안쪽 벽까지 밀어 넣으라고요." 샐리는 여전히 열쇠를 내밀고 있었다.

엘러리는 열쇠를 받지 않았다.

잠시 후, 샐리는 쭈뼛거리며 열쇠를 엘러리 앞 책상 위에 올려놓았다.

"이번에도 시간제한 같은 걸 두었나요?" 마치 아무 일도 없다는 듯 엘러리가 물었다.

샐리는 전망 창 너머로 라이츠빌을 멍하니 바라보았다. "돈은 오늘 오후 5시까지 기차역 보관함에 넣어야 한다고 했어요. 아니면 오늘 밤 증거물을 디드릭에게 보낸다고요. 디드릭의 사무실로, 제가 손을 쓸 수 없도록요."

"5시. 그 말은 기차역이 한창 붐비는 시간에 가져가겠다는 뜻이로군요." 엘러리가 곰곰이 생각했다. "슬로컴, 배녹, 콘헤븐에서 오는 기차들…… 그자는 다소 서두르고 있어요. 안 그래요?"

"우리에게 시간 여유를 좀 더 줘야 하는데." 샐리가 말했다.

"협박범한테 스포츠맨 정신이라도 기대하시는 겁니까?"

"알아요. 우리에게 경고하셨죠." 샐리는 여전히 엘러리를 쳐다보지 않았다.

"자꾸 들먹이려는 건 아닙니다, 샐리. 저는 단순히 앞으로 일어날 일을 알려주려는 겁니다."

"앞으로!" 하워드가 다가왔다. 엘러리는 의자를 뒤로 젖히면서 호기심 어린 눈으로 그를 올려다보았다. "앞으로라니 무슨 말이에요? 무슨 얘기를 하시는 거예요?" 이제 샐리도 하워드를 바라보았다.

"이게 끝이 아니라고 생각하시는 건가요?"

"하지만……!"

"샐리, 그자는 당신에게 사진 복사본을 주겠다는 얘기 같은 건 하지 않았어요. 아닌가요?"

"안 했어요."

"그렇게 말했다고 해도 마찬가지입니다. 그자는 그 편지의 사진 복사본을 10장이라도 만들어놨을 수 있습니다. 아니면 100장, 아니면 천 장."

샐리와 하워드는 말없이 서로를 바라보았다.

그 모양이 보기 거북해서 엘러리는 창밖 하늘로 시선을 돌렸다. 그는 갑자기 두 사람이 안쓰러웠다. 너무 안쓰러워서 그는 그들의 어리석음과 부족함을 용서했고 스스로의 어리석음과 부족함을 곰곰 생각해보았다. 결과만 놓고 보면, 객관적이고 냉정하고 냉소적인 태도를 유지하면서 두 사람에게 따끔하게 충고를 했어야 했다. 그러나 엘러리는 감정에 연루된 문제를 다룰 때는 대책 없이 감정적인 사람이었다. 그리고 어린 두 사람은 혼란에 빠져 있었다.

엘러리가 돌아섰다. 샐리는 큰 의자에 웅크리고 앉아 손에 얼굴을 파묻고 있었다. 하워드는 술병을 무섭게 노려보며 술을 따르고 있었다.

"이건 시작에 불과해요." 엘러리가 부드럽게 말했다. "그자는 더 요구할 겁니다. 그리고 더, 그리고 또 더. 그자는 당신들이 가진 걸 가져갈 거고, 당신들이 훔친 걸 가져갈 거고, 결국은 증거를 디드릭에게 팔 거예요. 돈을 주지 말아요. 지금 디드릭에게 같이 가요. 그리고 전부 말하는 거예요. 할 수 있겠어요, 두 사람 모두? 아니면 둘 중 한 사람이라도?"

샐리는 더욱 깊이 고개를 파묻었다. 하워드는 스카치위스키 잔을 바라보았다.

엘러리는 한숨을 쉬었다.

"압니다. 교수대에 오르는 마음이겠죠. 하지만 지금 상황은 훨씬 더 안 좋아요. 한 번만 잘못돼도……."

"제가 두려워한다고 생각하시는 거죠." 샐리는 얼굴을 가리고 있던 손을 거두었다. 그녀는 울고 있었다. 그러나 그녀가 우는 것은 화가 났기 때문이었다. 그녀는 토요일 밤에 그랬던 것처럼 화가 나 있었다. 그 이유는 달랐지만. "지금 제가 염려하는 건 디드예요. 그이는 죽을 거예요." 샐리가 의자에서 벌떡 일어서서 격한 어조로 말했다. "저 자신에 대해서는 더 이상 신경 쓰지 않아요. 저는 그냥 전부 다 잊어버리고 싶어요. 그리고 처음부터 다시 시작하는 거예요. 디드와 다시 잘 지내는 거예요. 그렇게 할 수 있어요. 필요하다면 하워드를 멀리 떠나보낼 수도 있어요. 저는 물불을 가리지 않을 거예요, 엘러리 씨. 제가 얼마나 인정사정없이 굴 수 있을지 당신은 모를 거예요. 하지만 그러려면 기회를 잡아야 해요." 샐리는 몸을 돌렸다. "어쩌면……." 그녀는 목이 메인 목소리로 말했다. "그자가 다음엔 한참 후에 연락을 할지도 몰라요. 다음번이라는 게 있다면…….”

“샐리, 이 봉투는요,” 엘러리는 주머니를 툭툭 쳤다. “오후 5시 30분에 라이츠빌 우체국의 소인 찍는 기계를 통과했습니다. 토요일 오후에요. 내가 첫 번째 2만 5천 달러를 주고 나서 한두 시간밖에 안 지났을 때예요. 그러니까 이자는 내가 어펌 하우스에서 돈을 가져간 다음 곧장 이 봉투를 부쳤다는 겁니다. 이자가 세 번째 요구를 '한참 후에' 할 것 같습니까?”

“어쩌면 그자가 그냥 전부 다 그만둘지도 모르잖아요.” 샐리가 갑자기 버럭 외쳤다. “우리가 가진 게 더 이상 없다는 걸 깨닫게 되면 멈출지도 몰라요. 어쩌면…… 어쩌면 중간에 죽을지도 모르고요!”

엘러리가 말했다. “하워드, 자네는?”

“아버지가 아셔서는 안 돼요.” 하워드는 스카치위스키를 입안에 털어 넣었다.

“그럼 돈을 주겠다는 것이군.”

“그래요!”

샐리가 말했다. “그래야만 해요.”

엘러리는 깍지 낀 손을 배 위에 올렸다. “뭘로?”

하워드는 위스키 잔을 있는 힘껏 벽난로에 집어 던졌다. 위스키 잔이 벽난로의 벽돌에 부딪혀 산산조각 나면서 마치 다이아몬드처럼 흩어졌다.

“다이아몬드 같구나.” 하워드가 중얼거렸다. “저게 다 다이아몬드였으면 좋겠다.”

“샐리, 왜 그래요?” 엘러리가 놀라 몸을 앞으로 일으켰다.

샐리가 이상한 목소리로 말했다. “금방 올게요.”

정원에서 그녀는 뛰기 시작했다. 두 사람은 그녀가 수영장을 돌아 테라스를 가로질러 집으로 달려가는 모습을 바라보았다.

하워드가 고개를 저었다. "오늘 아침엔 앞뒤가 맞는 게 하나도 없네요." 그는 사과하듯이 말했다. "술잔을 깬 건 죄송해요, 선생님. 제가 어린애 같았죠?" 그는 다른 잔을 꺼내 술을 따랐다. "자, 범죄를 위해."

엘러리는 입에 술잔을 털어 넣는 하워드를 지켜보았다.

하워드는 멍하니 몸을 돌렸다.

정확히 3분 후 샐리가 테라스에 모습을 드러냈다. 그녀의 손은 재킷의 오른쪽 주머니에 꽂혀 있었다. 그녀는 테라스와 정원을 차분하게 걸어왔다. 그러나 별채 현관에서부터 서두르더니, 집 안에 들어서자마자 문을 세차게 닫았다.

하워드는 얼빠진 듯 샐리를 쳐다보았다.

그녀는 오른손을 그에게 내밀었다.

그녀의 손에서 다이아몬드 목걸이가 대롱거렸다.

"금고에서 가져왔어요."

"목걸이를?"

"이건 내 거예요."

"하지만 목걸이를 내놓을 순 없어요!"

"이거면 2만 5천 달러를 받을 수 있을 거예요. 디드는 이걸 사려고 10만 달러는 줬을걸요." 그녀는 엘러리를 향해 돌아섰다. "한번 보실래요?"

"굉장하군요, 샐리." 엘러리는 목걸이를 보고도 움직이지 않았다.

"그래요, 정말 아름답죠." 그녀의 목소리는 차분히 가라앉아 있었다. "디드가 지난 결혼기념일에 선물로 준 거예요."

"안 돼요." 하워드가 말했다. "안 돼요. 너무 위험해요."

"하워드."

"잃어버리게 될 거예요, 샐리. 아버지한테 어떻게 설명하려고 그래요?"

"지난번 2만 5천 달러를 구하려고 당신도 위험을 무릅썼잖아요."

"그건…… 아니에요. 나는……."

"어디에서 그 돈을 구했든 흔적이 남았겠죠, 쪽지나 뭐 그런. 당신은 위험을 무릅썼어요. 이젠 내 차례예요, 하워드. 받아요."

하워드의 얼굴이 붉어졌다.

그러나 그는 그것을 받았다.

창을 통해 흘러드는 햇빛이 목걸이에 부딪혀 사방으로 부서졌다. 하워드의 손에 불이 붙은 것 같았다.

"하지만…… 이걸 현금으로 바꿔야 하는데." 하워드가 중얼거렸다. "나는…… 어떻게 하는지 몰라요."

무능력한 하워드. 의존적인 하워드.

"이건 그야말로 바보짓이야." 엘러리가 회전의자에 앉아서 말했다.

하워드는 맹렬한 기세로 엘러리를 돌아보았다.

"선생님, 선생님에게 뭘 해달라고는 절대……."

"지금 그 말은 전당포에 목걸이를 저당 잡히고 싶다는 말이지, 하워드."

"선생님은 그런 일에 관해서는 잘 아시잖아요." 하워드는 말을 더듬었다. "저는 몰라요."

"아니, 알아. 그리고 그게 바로 내가 이 모든 일을 바보짓으로 단정하는 이유야."

"하지만 돈을 구해야 하잖아요." 샐리가 단호한 목소리로 말했다.

엘러리는 어깨를 으쓱했다.

"엘러리 씨." 샐리는 이제 간절히 애원하기 시작했다. "저를 위해 해주세요. 부탁이에요. 이건 제 목걸이예요. 제 책임이에요. 하워드 말이 맞아요. 저희는 당신에게 더 이상 이 일과 관련해서 도와달라고 부탁을 할 수가 없어요. 무슨 일이든. 그렇지만 이번 한 번만 더 해주시면 안 돼요?"

"제가 하나 여쭤보지요, 샐리." 엘러리가 분명한 목소리로 말했다. "왜 직접 할 생각은 안 하는 겁니까?"

"누군가 절 볼 거예요. 그게 디드일 수도 있고, 울퍼트일 수도, 어쩌면 회사 직원 중 한 사람일 수도 있죠. 제가 전당포에 들어가는 걸 누군가 보게 될 거예요. 이 마을이 얼마나 작은 마을인지 모르시죠. 순식간에 라이츠빌에 소문이 퍼질 거예요. 결국 디드가 그 일을 듣게 될 거고요. 누군가 그 일로 한몫 잡으려 할 거고 그럼 분명 그이는 그 얘기를 들을 거예요! 모르시겠어요?"

하워드가 갑자기 끼어들었다. "그래요. 저도 마찬가지고요, 선생님." *샐리가 이 얘기를 꺼내기 전엔 이런 문제는 생각도 안 했으면서. 기회는 잽싸게 낚아채는군.*

"아니면 전당포 주인이 말을 하고 다닐지도 모르고……."

엘러리는 눈썹을 추켜올렸다. "정리를 해보죠. 샐리, 그러니까 지금 이 목걸이가 당신 것이라는 걸 밝히지 않고 전당포에 맡겨주기를 원한다는 겁니까?"

"그게 중요한 거예요. 디드가 알지 못하도록……."

"도무지 이해가 안 가는군요." 엘러리의 얼굴이 어두워졌다. "이런 목걸이를……. 사람들이 알아볼 거예요. 전당포 주인이 모른다고 해도, 누군가 다른 사람이 이걸 본다면……."

"하지만 디드는 이걸 뉴욕에서 산걸요." 샐리가 간절히 말했다. "그리고 한 번도 걸어본 적이 없어요. 집에서 파티를 할 때도요. 선물로 받은 지 몇 달밖에 안 돼요. 특별한 때를 위해 아껴두었어요. 마을 사람들 중에 본 사람이 없어요……."

"아니면 어디 다른 데 가서 저당을 잡힐 수도 있잖아요." 참으로 도움이 되는 하워드가 끼어들었다.

"라이츠빌 밖으로 나갈 시간은 없어, 하워드. 당신들 두 사람은 낯선 사람이 전당포에 들어서서 10만 달러짜리 목걸이를 척 내놓으면, 전당포 주인이 아무 말 없이 2만 5천 달러를 꺼내줘서 그걸 들고 나오면 된다고 생각하나 보군요. 이 마을에는 전당포가 딱 하나 있어요. 광장에 있는 심슨 씨의 전당포요. 그러니 몇 군데 돌아보며 알아볼 수도 없어요. 심슨은 소유권을 증명하는 서류나 소유주가 위임을 했다는 증거 서류 같은 걸 요구할 겁니다. 게다가 심슨도 2만 5천 달러를 준비해야 해요. 그것도 즉시." 엘러리는 고개를 저었다. "이건 그냥 바보짓이 아니에요. 불가능한 일입니다."

그러나 이제 두 사람은 엘러리에 맞서 결사적으로 논쟁을 하기 시작했다. 엘러리는 이들이 하는 짓이 역겨웠다.

"하지만 방금 J. P. 심슨을 안다고 말했잖아요." 샐리가 말했다. "지난번 라이트 가족의 집에서 머무실 때부터요. 그 하이트 사건 때……."

"나는 심슨을 몰라요, 샐리. 짐 하이트의 재판에서 잠깐 봤을 뿐입니다. 그 사람은 검찰 측 증인이었고요."

"하지만 그 사람은 선생님을 기억할 거예요." 하워드가 외쳤다. "선생님은 특별한 사람이니까요. 여기 사람들은 선생님을 절대 잊지 않았어요!"

"어쩌면 그럴지도. 하지만 심슨이 자기 서랍에 2만 5천 달러를 넣어두고 있을 것 같아?"

"심슨은 이 마을의 최고 부자 중 하나예요." 샐리가 의기양양하게 반박했다. "라이츠빌 은행에 가장 큰 계정을 가지고 있어요. 그리고 가끔 그런 큰 대출도 해줘요. 작년에만 해도 시도니 글래니스가 어떤 번드레한 남자와 정신없이 사랑에 빠져서 곤란한 지경에 처한 적이 있었어요……. 그때도 편지였는데……. 아무튼 그래서 그 남자가 시도니를 협박했는데, 액수는 저도 잘 모르겠어요. 시도니는 어머니에게 보석을 많이 물려받았거든요. 그걸 심슨에게 저당 잡혀서 이 남자가 편지를 클로드에게 보내지 못하게 돈을 줬어요. 클로드 글래니스는 시도니의 남편이에요. 심슨이 돈을 얼마를 내줬는지는 잘 몰라요. 하지만 만 5천 달러는 족히 넘었을 거라고 들었어요. 이 남자가 체포되면서 얘기가 샜고, 클로드는 총으로 머리를 쏘아 자살했어요. 그 협박범은 지금 교도소에 있어요. 하지만 범인이 체포되기 전에 마을 사람들이 모두 그 일을 알게 돼서……."

"그런데도 마을 사람들이 이번 일은 모를 거라고 생각하는 이유가 도대체 뭡니까?"

"왜냐하면 당신은 엘러리 퀸이기 때문이죠." 그녀가 항변했다. "심슨에게 가셔서 지금 극비로 처리해야 하는 굉장히 중요한 사건 때문에 라이츠빌에 있다고 말하는 거예요. 아무도 모르게 밴혼 씨 집에 머물고 있다고. 그리고 고객의 이름을 밝힐 수는 없지만 고객의 목걸이를 저당 잡혀야 한다, 뭐 그런 식으로요. 보셨죠? 제가 엘러리 씨의 대사까지 써드리고 있네요. 아, 제발 해주세요!"

엘러리의 몸에 있는 모든 이성적인 세포들 하나하나가 그에게 지금 당장 일어서서 짐을 싸고 첫 기차로 라이츠빌을 떠나 어디로든 가라고 명령하고 있었다.

하지만 그렇게 하는 대신 엘러리는 말했다. "이 일이 어떻게 끝나든 간에, 지금 두 사람에게 미리 경고합니다. 나는 지금 이 어린애 장난 같은 위험한 짓거리와는 아무 관계도 없습니다. 지금부터는 나에게 진실이 아닌 다른 것에 대해 눈감아달라고 부탁하지 마세요. 저는 거절할 겁니다. ……이제 그 보관함 열쇠와 목걸이를 주세요."

마을에 갔던 엘러리는 1시가 조금 지나서 돌아왔다.

두 사람은 엘러리를 기다리고 있었던 것인지, 그가 채 모자도 벗기 전에 별채의 문 앞에 나타났다.

엘러리가 말했다. "끝났어요." 그리고 그 자리에 그대로 서 있었다. 엘러리는 침묵을 지키며 두 사람에게 떠날 것을 요구하고 있었다.

그러나 샐리는 집 안으로 들어오더니 안락의자에 앉았다.

"말씀해주세요. 어떻게 됐어요?"

"당신이 옳았어요, 샐리."

"제 말이 맞았죠? 심슨이 뭐라던가요?"

"날 기억하더군요." 엘러리가 웃었다. "사람들이 얼마나 잘 속는지를 생각하면 우울해져요. 특히 영민한 사람들이 잘 속죠. 나는 그걸 늘 잊어버려요. 그리고 그럴 때마다 항상 실수를 하고……. 심슨은 혼자 알아서 다 하더군요. 나는 별로 얘기한 것도 없는데. 내가 뭔가 굉장히 엄청난, 아주 은밀하면서도 중요한 일을 한다고 생각하더군요. 그 일에 협조하게 됐다는 생각에 으쓱거리면서 말이죠." 그는 다시 웃었다.

샐리는 천천히 의자에서 일어섰다.

"하지만 돈은요." 하워드가 물었다. "돈 때문에 무슨 문제는 없었어요?"

"전혀. 심슨은 가게 문을 잠그고 개인 금고로 가더군. 가방 하나 가득 돈을 담아가지고 나왔어." 엘러리는 라이츠빌을 향해 몸을 돌렸다. "굉장히 감명을 받더군. 그 목걸이와 나, 국제적으로 영향을 미칠 게 틀림없다고 생각하는 사건에서 자신이 맡게 될 역할에…….

돈은 기차역의 10번 보관함에 있어. 열쇠는 그 줄의 보관함 맨 위에 놨고. 맨 뒤쪽에, 벽에 닿게 밀어놓았지. 너무 높아서 우연히 눈에 띌 일은 없을 거야. 그자는 그런 것도 다 고려했던 거지." 그리고 엘러리가 말했다. "두 사람은 지금 내 기분이 어떨지 상상이 갑니까?"

그는 몸을 돌렸다.

"상상이 가느냐고요?"

두 사람은 엘러리 앞에 서서 묵묵히 그를 바라보다가 곧 고개를 돌렸다.

잠시 후 샐리의 입술이 달싹거렸다.

"감사하다는 말 같은 건 필요 없어요." 엘러리가 말했다. "이제 내 일을 좀 하게 날 내버려둬 주겠어요?"

그는 월요일 저녁 식사에는 참석하지 않았다. 로라는 쟁반에 음식을 담아 그에게 가져왔고, 엘러리는 로라가 보는 앞에서 의무적으로 그릇을 비웠다. 그러고 나서 그녀는 쟁반을 가지고 나갔다.

그는 새벽까지 일을 했다.

화요일 아침, 엘러리가 면도 도구를 치우는데 거실에서 누군가 그를 불렀다. "퀸? 일어났소?"

그 목소리의 주인이 모리아티 교수*라고 해도 그보다 더 놀랄 수는 없었을 것이다.

그는 속옷 차림에 손에는 면도기를 든 채로 아래층으로 내려갔다.

"방해가 되지 않았길 바랍니다." 울퍼트 밴혼이 배고픈 비버처럼 이를 활짝 드러내고 웃으며 아이처럼 주머니에 손을 찔러 넣고 혼자 서 있었다.

"아닙니다. 좋은 아침이네요."

"좋아요, 아주 좋아요. 문이 열린 걸 보고 일어났는지 궁금해서요. 간밤에 계속 불이 켜져 있었던 것 같은데?"

"3시 반까지 일을 했습니다."

* 아서 코난 도일의 〈셜록 홈스〉 시리즈에 등장하는 홈스의 숙적.

"그럴 거라 생각했소." 울퍼트는 쓰레기로 가득 찬 책상을 보며 환하게 웃었다. 눈을 전부 다 뜨고 있는데도 교활해 보이는 사람은 이자가 처음이라고 엘러리는 생각했다. "작가의 책상은 이렇게 생겼군요. 멋져요, 멋져. 그럼 잠은 많이 못 잤겠군요, 퀸."

이제 게임을 시작하려는 건가.

"거의 못 잤죠." 엘러리가 미소를 지었다. "스스로를 혹사시키다 보면 모든 게 다 딱딱해지고 꽉 짜여서 긴장을 풀기까지 꽤 오랜 시간이 걸리거든요."

"작가들은 안락하고 편안한 생활을 할 거라고 늘 생각했는데 말이죠. 아무튼 일어나 있어서 다행입니다."

이제 시작인가.

"일요일 이후로 본 적이 없어서요. 치처링 목사는 어땠습니까?"

아직 아니군.

"진지하기로는 꽤 진지하더군요."

"그래요. 하하! 아주 영적인 사람이죠. 조금은 아버지가 생각나기도 합니다." 울퍼트는 비아냥거리듯 웃었다. "하지만 아버지는 물론 근본주의자셨죠. 나와 형님은 아버지한테 늘 무릎이 후들후들 떨리도록 혼나곤 했어요. 하지만 봐요. 우리 둘 다 훌륭하게 잘 성장하지 않았습니까?" 울퍼트는 목소리를 낮추고, 도끼 같은 콧날을 쑥 들이밀더니 드디어 공격의 한 수를 날렸다. "오늘 아침에 우리와 같이 식사할 마음이 없죠? 어제도 저녁 식사를 같이 하지 않았고. 그래서 나는……."

엘러리는 마주 보며 미소를 지었다. "아침 식탁에 특별한 메뉴라도 나오나 보죠, 울퍼트 씨?"

울퍼트가 윙크를 했다. 엘러리는 소름이 끼쳤다.

"아주 특별한 거죠!"

"에그 베네딕트인가요?"

울퍼트는 큰 소리로 웃으며 손뼉을 쳤다. "대단하시군! 아니, 그런 것보다 훨씬 더 멋진 겁니다."

"그럼 꼭 가야겠군요."

"먼저 한 가지 알려드리죠. 형님은 웃기는 멍청이예요. 형식적인 걸 싫어하죠. 형님한테 연설을 시키려면 민병대를 호출해도 모자라요. 무슨 말인지 알겠소?"

"아뇨."

"서둘러 옷을 입는 게 좋을 겁니다, 퀸. 꽤 흥미진진한 볼거리가 될 테니까!"

그럼에도 엘러리는 마음이 동하지 않았다.

울퍼트 밴혼은 아침 식사 내내 속에 감춘 비밀을 감질나게 어루만지고 부풀렸다. 키들키들 웃으며 디드릭에게 애매한 말을 늘어놓는 모양새가 여느 때와는 딴판이었다. 고민 많은 하워드마저도 이를 눈치채고는 놀랐다. "삼촌, 오늘 왜 이러세요?"

"하워드, 그런 일로 트집 잡지 마라." 디드릭이 건조하게 말했다.

모두 웃었다. 그중에서도 울퍼트가 가장 크게 웃었다.

"심술궂게 굴지 말고 털어놓아 보세요, 울프." 샐리가 미소를 지으며 말했다.

"뭘 털어놔요? 하하!" 울퍼트가 순진하게 말했다.

"울퍼트를 몰아붙이지 마, 여보. 울프가 저렇게 웃는 건 아주 드문 일이니까." 디드릭이 말했다.

"알았어요, 알았어." 울퍼트가 엘러리에게 윙크를 하며 말했다. "형님, 제가 형님의 궁금증을 풀어드리죠."

"뭐? 오, 지금 날 놀리는 거로구나."

"이제 마음의 준비를 단단히 하시고 긴장하세요."

"준비됐다."

그 순간, 샐리도 긴장했다. 하워드도 긴장했다. *악인은 쫓아오는 자가 없어도 도망하나니.**

"형님, 오늘 밤 어디에 가시게 될지 아십니까?"

"어딜 가냐고? 집 말고 달리 갈 데가 어디 있나."

"그렇지 않습니다. 샐리, 커피 좀 더 따라줘요." 울퍼트는 요란스럽게 컵을 흔들었다.

샐리는 그 어느 때보다도 떨리는 손으로 커피를 따랐다.

"아, 그러지 좀 마세요. 도대체 무슨 비밀이기에 이래요?" 하워드가 으르렁거렸다.

"하워드, 너도 상관있는 일이야. 하하하!"

"그만해라, 하워드." 디드릭이 조용히 말했다. "자, 울프? 그래서 내가 오늘 밤 어딜 가는데?"

울퍼트는 뼈가 앙상한 팔꿈치를 테이블 위에 올려놓고 커피를 한 모금 마셨다. 그러고는 컵을 내려놓고 검지를 수줍게 휘둘렀다. "이 얘긴 하면 안 되는데……."

"그럼 하지 마." 디드릭이 갑자기 의자를 뒤로 밀었다.

"하지만 그러기엔 너무 좋은 일이라서요." 울퍼트가 서둘러

* *〈잠언〉 28장 1절.*

말했다. "그리고 어차피 곧 아시게 될 거예요. 잠시 후 사무실에 가시면요. 그 사람들이 형님을 초대하기 위해 대표단을 보낼 겁니다."

"초대해? 어디로? 왜? 대표단은 또 뭐야?"

"미술관 건립 위원회의 그 늙은 여편네들 말이에요. 클래리스 마틴, 헐마이니 라이트, 매켄지 부인, 에멀린 뒤프레 그리고 나머지 임원들."

"하지만 왜? 날 어디에 초대한다는 거야?"

"오늘 저녁에 열리는 떠들썩한 파티에요."

"무슨 파티?" 디드릭은 놀란 목소리로 물었다.

"형님." 울퍼트는 의기양양하게 말했다. "지난번에 위원회 사람들이 형님이 기부하신 것 때문에 호들갑 떨지 않았으면 좋겠다고 하셨죠. 자, 오늘 밤에 형님은 홀리스 호텔 그랜드 볼룸에서 열리는 대연회의 영예로운 귀빈이 되시는 겁니다. 감사의 연회죠. 예술의 후원자, 문화의 수호자이시며 미술관 설립을 가능케 한 남자, 디드릭 밴혼을 위해! 만세! 만세!"

"감사의 연회인가." 디드릭이 힘없이 말했다.

"그렇습니다. 연회복과 연설과 그의 작품. 오늘 밤 밴혼 가족은 공인이 되는 겁니다! 위대한 남자가 가운데 서고, 그의 아름다운 아내는 오른쪽에, 재능 있는 아들은 왼쪽에 서는 거죠. 모두들 다 같이 쫙 빼입고서요!" 울퍼트는 다시 웃었다. 그 웃음소리가 짐승이 으르렁거리는 소리처럼 들렸다. "…… 달아나고 싶으세요, 형님? 실은, 제가 비밀을 하나 말씀드리죠." 울퍼트가 한 번 더 윙크를 했다. "그 사람들에게 제안을 한 게 접니다!"

디드릭이 그답게 반응해서 다행이라고 엘러리는 생각했다. 디드릭은 경악했고 울퍼트는 그걸 보며 즐겼다. 그걸 보는 샐리는 겁에 잔뜩 질린 눈빛을 애써 감춰야 했고, 놀라 입이 떡 벌어진 하워드는 태연한 표정을 지으려 애를 썼다.

엘러리는 속이 뒤집히는 것 같았다.

디드릭이 고함을 지르고 호통을 치는 동안("내가 어디 그런 데 가는가 봐라! 날 억지로 그런 곳에 끌고 갈 수는 없어!") 울퍼트는 디드릭의 화를 돋우었고("연회장도 준비가 다 끝났어요. 만찬도 주문이 들어갔고, 초대장도 벌써 발송됐다고요.") 샐리와 하워드는 간신히 그 자리에 앉아 있을 뿐이었다.

실랑이가 끝나고 디드릭은 두 손을 들었다. 디드릭은 샐리에게 말했다. "꼼짝없이 붙들린 것 같은데. 음, 그래도 한 가지 좋은 점은 있어. 당신이 멋지게 차려 입을 기회가 왔으니까. 내가 선물해준 다이아몬드 목걸이를 걸도록 해, 샐리." 샐리는 미소를 지으며 "당연하죠, 여보"라고 한 마디 하고는, 디드릭의 키스를 받기 위해 살짝 고개를 기울였다. 마치 지금 이 순간 J. P. 심슨의 금고 안에 놓여 있는 목걸이를 거는 것이 이 세상에서 가장 기쁜 일인 것처럼.

디드릭과 울퍼트가 나갔다. 세 명의 공모자들은 그 자리에 그대로 앉아 있었다. 로라가 들어와 아침 식사를 마친 자리를 치우려 했지만 샐리가 고개를 젓자 문을 쾅 닫고 나가버렸다.

마침내 엘러리가 입을 열었다. "우리 어디 다른 곳으로 가는 게 좋겠어요."

"작업실로 가요." 하워드가 뻣뻣하게 일어섰다.

위층에 올라가자마자 샐리가 무너졌다. 그녀의 몸이 쉴 새 없이 떨렸다. 하워드도 말이 없었다. 다리를 벌리고 서 있는 모습이 죽은 조각상 같았다. 엘러리는 작은 주피터상 앞에서 서성거렸다.

"미안해요." 샐리가 훌쩍거렸다. "나는 일을 망치는 데 천재인가 봐요. 하워드, 이제 우리 어쩌죠?"

"나도 알았으면 좋겠어요."

"꼭 무슨 형벌 같아요." 샐리는 의자의 팔걸이를 잡고 힘없이 천장의 기둥을 바라보았다. "구석에서 빠져나오자마자 또 다른 덫에 걸려버려요. 이젠 웃음이 나올 지경이에요. 다른 사람에게 이런 일이 일어났다면 나는 웃었을 거예요. 우리는 제정신이 아닌 벌레 두 마리처럼 성냥갑을 빠져나오려고 애쓰고 있어요. 도대체 목걸이에 대해서 어떻게 설명을 하느냐고요?"

엘러리는 그건 그녀가 목걸이를 저당 잡히겠다고 결심했을 때 생각했어야 하는 문제라고 말하고 싶었지만 그러지 않았다.

"시간 여유가 좀 있을 줄 알았어요." 그녀는 한숨을 쉬었다. "그런 줄 알았어요. 시간이 되면 방법을 생각해낼 거라고. 이제 그때가 왔어요. 이렇게 빨리……."

그래. 엘러리는 생각했다. 그게 이 사건의 가장 큰 특징이다. 압박. 일련의 사건들이 주는 압박이 서로서로 밀집해 있다. 사건들은 이제 전부 들어설 수도 없는 공간에 빼곡히 들어차 있다. 무언가가…… 이 압박이라는 비정상적인 요소. 비정상적인 요소……. 이 말이 그의 의식 속에 깊이 새겨질 때까지 끊임없이 되풀이되었다. 비정상적인…….

하워드 역시 음침한 목소리로 무언가를 거듭해서 중얼거리고 있었다.

"뭔데, 하워드?"

"별거 아니에요." 샐리가 말했다. "하워드는 그 목걸이를 옻칠한 상자에 넣어두었다가 지난 6월에 다른 보석들과 함께 도둑맞았다고 하라는 거예요."

"그리고 끝내 찾지 못한 거죠! 그게 중요해요!"

"하워드, 전혀 도움이 안 되는군요. 나는 그때 디드에게 보석상자 안에 든 내용물을 목록으로 정리해서 줬어요. 그 목걸이는 목록에 없었어요. 상자 안에 없었으니까요. 그런데 무슨 말을 하라는 거예요? 목록에 적는 걸 잊었다고? 아무튼 그 목걸이는 그동안 내내 아래층 그이의 금고에 있었어요. 내가 그걸 가지러 서재에 갔다고 말했잖아요. 디드는 금고를 자주 열어보니까, 금고에서 목걸이를 봤을 거예요. 울퍼트도 그럴 거고요."

"울퍼트." 하워드가 그 의미를 깨닫고 화가 나서 얼굴이 흙빛으로 변했다. "연회만 아니었다면…… 그 비열한 인간……. 그것만 아니면 이럴 필요가 전혀 없었는데!"

"그만 좀 해요, 하워드."

"잠깐."

"왜요?"

"아니, 잠깐만요, 잠깐만." 하워드의 목소리가 불쾌할 정도로 부드러워졌다. "빠져나갈 방법이 있어요, 샐리. 썩 마음에 들진 않지만, 그래도……."

"뭔데요?"

하워드는 샐리를 바라보았다.

"하워드, 그게 뭐냐고요?" 샐리는 정말로 혼란스러워했다.

하워드는 천천히 신중하게 말했다. "도난 사건처럼…… 꾸미는 겁니다."

"도난 사건?" 그녀가 벌떡 일어섰다. "도난 사건이라고요?" 그녀는 공포에 질렸다.

"그래요! 어제저녁, 아니면 밤중에요. 아버지와 울퍼트는 오늘 아침에 서재에 내려가지 않았어요. 그건 확실해요. 우리가…… 금고를 여는 거예요. 금고 문을 연 채 내버려두는 거예요. 프랑스식 창문의 유리를 깨고요. 그러면 샐리, 샐리가 아버지 사무실로 전화를 걸어서……."

"하워드, 지금 무슨 소리를 하는 거예요?"

하워드는 샐리가 지난번 도난 사건을 모른다는 사실을 잊었어. 이제 그녀는 궁금해지기 시작했어. 이제 그도 샐리가 그렇다는 걸 알았고. 이제 감추려고 하겠지.

"그럼 당신이 제안을 해봐요." 하워드가 퉁명스럽게 말했다.

샐리는 엘러리를 흘깃 바라보았지만 곧바로 시선을 돌렸다.

"선생님." 하워드의 목소리는 매우 이성적으로 들렸다. "무슨 생각 하세요?"

"이것저것. 하지만 유쾌한 생각은 하나도 없어."

"네, 저도 알아요. 제 말은……."

"소용없을 거야."

"하지만 우리가 달리 뭘 할 수 있겠어요?"

"진실을 말할 수 있겠지."

"아, 네. 고맙습니다!"

"나한테 물어봐서 난 대답을 한 거야. 이 일은 이제 빠져나갈 길을 찾기엔 너무 복잡해졌고 희망도 없어." 엘러리는 어깨를 으쓱해 보였다. "실은 빠져나갈 길 같은 게 있었던 적은 한 번도 없었지."

"아뇨, 아버지에겐 말 못 해요. 안 할 거예요. 아버지에게 그런 상처를 안겨드릴 수는 없어요!"

엘러리는 하워드를 바라보았다.

하워드의 시선이 흔들렸다.

"좋아. 맘대로 해. 나도 나 자신에게 상처를 주고 싶지 않으니까."

"하지만 제 이유는 그런 게 아니에요." 샐리가 신음했다. "저는 제 자신은 생각하지 않아요. 전혀. 전혀요."

침묵 속에 엘러리가 말했다. "그렇다면 일종의 결말에 도달한 것 같군요."

하워드가 불쑥 말했다. "뭔가 제안해주실 만한 게 있어요?"

"하워드, 말했잖아. 그 전당포 건이 나에겐 마지막이었어. 나는 완전히, 확고부동하게, 이 모든 일에 반대야. 자네가 바보짓하는 걸 막을 수는 없지만, 적어도 더 심한 짓을 하는 건 막을 수 있지. 미안해."

하워드가 고개를 끄덕이며 간결하게 물었다. "샐리는요?"

그녀는 의자에서 일어섰다.

엘러리는 두 사람의 뒤를 따라 디드릭의 서재로 향하면서 지금 자신의 심리 상태가 어떤지 분석해보고 싶다는 생각이 들었다. 가장 합리적인 길은 짐을 싸서 떠나는 것이다. 그럼에도 그는 그 자신도 이 문제와 관련이 있는 것처럼 두 사람과 함께 터무니없는 소용돌이에 휘말리고 있었다. 그냥 호기심 때문일 것이다. 아니면 호기심에 더해 일종의 비뚤어진 의리나 양심에 따른 충동 때문일 것이다. 한번 계약을 맺고 나면 중간에 어떤 일이 생기더라도 최후를 함께해야 하는 것처럼.

그들이 서재에 들어서자 샐리는 서재의 문에서 등을 돌렸고 엘러리는 한쪽 구석에 섰다.

모두들 아무 말도 없었다.

하워드가 손수건을 뭉쳤다. 마치 팬터마임을 보는 것 같았다. 그는 디드릭의 금고를 열었다. 그런 다음 손에 손수건을 두르고 난폭한 손놀림으로 금고 안을 거칠게 휘저었다. 금고에서 나오는 그의 손에 벨벳 상자가 들려 있었다. 그는 그것을 열었다. 상자는 비어 있었다.

"이거 맞죠?"

"네."

하워드는 금고 아래 바닥에 상자를 내려놓고 뚜껑을 열었다. 그는 금고 문을 연 채 내버려두었다.

이제 뭘 하려는 걸까? 이 장면은 어쩐지 지적인 흥미를 자극했다.

하워드는 프랑스식 창문으로 성큼성큼 걸어가면서 무쇠로 만든 문진을 아버지의 책상에서 집어 들었다.

"하워드." 엘러리가 말했다.

"네?"

"외부에서 도둑이 침입했다는 흔적을 남기려는 거면, 테라스 쪽에서 유리를 깨는 게 더 현명하다고 생각하지 않아?"

하워드는 흠칫 놀랐다. 그러더니 얼굴이 붉어졌다. 그러고 나서 그는 손수건을 감은 손으로 프랑스식 창문을 열고 밖으로 나가, 밖에서 문을 닫고 손잡이 근처의 유리를 문진으로 깨뜨렸다. 유리는 서재 바닥에 산산이 흩어졌다.

하워드가 다시 안으로 들어왔다. 이번에는 문을 열어둔 채였다. 그는 서서 주위를 둘러보았다.

"내가 뭐 잊은 게 있나요? 좋아요, 샐리. 이제 됐어요."

"뭐가요, 하워드?" 샐리가 멍하니 그를 바라보았다.

"이제 당신 차례예요. 아버지에게 전화해요."

샐리가 침을 삼켰다.

그녀는 바닥에 흩어진 유리를 피해 책상 뒤 커다란 의자에 앉아, 전화기를 끌어당겨 다이얼을 돌렸다.

두 남자는 아무 말도 하지 않았다.

"밴혼 씨 부탁해요. ……아니, 디드릭 밴혼 씨요. ……네, 저는 밴혼 부인이에요."

그녀는 기다렸다.

엘러리가 책상으로 가까이 다가갔다.

"여보세요?" 전화기에서 굵은 목소리가 흘러나왔다.

"디드, 내 목걸이가 없어졌어요!"

하워드는 돌아서서 더듬더듬 담배를 찾았다.

"목걸이? 없어졌다고? 무슨 얘기야, 여보?" 샐리는 울음을 터뜨렸다.

*아무리 눈물을 흘려도 단 한 단어조차 씻어내지 못하리.**

"오늘 밤 파티 때문에 금고에 있던 목걸이를 가지러 왔어요. 그런데……."

"금고 안에 없어?"

* 오마르 루바이야트의 시.

"네!"

울어요, 샐리, 울어요.

"예전에 꺼냈다가 어디 두고 잊어버렸겠지, 여보."

"금고가 열려 있었어요. 테라스 문은……."

"오."

이 '오'는 아주 이상한 '오'예요, 밴혼 부인. 부인은 지금 디드릭이 뭘 알고 있는지, 뭘 의심하는지 몰라요. 조심해요.

"디드, 어쩌죠?"

울어요, 샐리, 울어요.

"샐리. 여보. 이제 그만 울어. 퀸 씨에게…… 그 사람 거기 있어?"

"네!"

"퀸 씨 좀 바꿔줘. 그리고 그만 울어, 샐리." *아직도 이상하다.* "그냥 목걸이잖아."

샐리는 아무 말 없이 수화기를 내밀었다.

그래, 그냥 10만 달러짜리 목걸이지.

엘러리가 수화기를 받았다.

"네, 밴혼 씨."

"서재를 좀 둘러보셨습니까……?"

"프랑스식 창문이 깨져 있습니다. 벽의 금고가 열려 있고요."

밴혼은 유리에 대해서는 묻지 않았다. 밴혼은 기다렸다. 엘러리도 기다렸다.

"아내에게 아무것도 만지지 말라고 말해주세요. 지금 집으로 가겠습니다. 제가 갈 때까지 좀 지켜봐 주시겠습니까, 퀸 씨?"

"물론이죠."

"고맙습니다."

디드릭이 전화를 끊었다.

엘러리가 전화를 끊었다.

"어떻게 됐어요?" 하워드의 얼굴이 온통 일그러져 있었다. 샐리는 그냥 그 자리에 앉아 있었다.

"디드릭이 나에게 이곳을 지켜봐 달라고 부탁했어. 아무것도 만지지 못하게 하라고. 바로 집으로 오신다네."

"아무것도 만지지 말라고요!" 샐리가 일어섰다.

"아무래도 경찰에 신고를 하려는 것 같아요." 엘러리가 천천히 말했다.

데이킨 서장은 많이 늙어 있었다. 이전에 야위었던 몸은 이제는 가냘파 보였다. 살갗은 부스러질 듯했고, 머리칼은 잿빛이 되어 있었다. 큰 코는 더 커 보였다.

그러나 그의 눈은 여전히 우윳빛 유리창처럼 형형했다.

데이킨은 디드릭과 울퍼트 사이에 서서 서재로 들어섰다. 엘러리가 그곳에 있다는 것을 알고 있었을 텐데도, 그의 시선은 먼저 깨진 유리로, 그다음에는 열려 있는 금고로 향했고, 세 번째에서야 엘러리를 보았다. 데이킨다운 제스처다. 그러나 엘러리를 보고 그의 시선이 곧 따뜻해지더니 엘러리에게 다가와 악수를 청했다.

"우리는 꼭 무슨 문제가 있을 때만 만나는 것 같군요." 데이킨이 말했다. "왜 여기 와 있는 걸 나한테 알리지 않은 거요?"

"좀 숨어 있었거든요, 서장님. 밴혼 가족이 저를 숨겨주신 겁니다. 책을 한 권 쓰고 있어서요."

"여기 이 사람들보다는 행간에 숨은 의미를 잘 지켜보고 있었을 것 같군요." 데이킨이 웃으며 말했다.

"부끄러운데요. 정말입니다."

라이츠빌의 경찰서장은 마른 턱을 비비며 서 있었다.

"다이아몬드 목걸이란 말이죠? 오, 안녕하세요, 밴혼 부인." 그는 하워드에게도 고개를 끄덕여 보였다.

샐리가 말했다. "오, 디드." 디드릭은 그녀를 감싸 안았다.

문 앞에 서 있던 울퍼트는 아무 말도 하지 않았다. 그는 삐딱한 시선으로 서재를 둘러보았다. 벌레라도 찾고 있는 건가. 엘러리는 생각했다.

데이킨 서장은 마루에 흩어진 유리를 조심스럽게 피하면서 프랑스식 창문으로 다가가, 날카롭게 깨진 유리창의 구멍을 살펴보았다.

"6월 이후로 두 번째 도난 사건이군요." 데이킨이 말했다. "아무래도 부인에게 앙심을 품은 자가 있는 모양입니다."

"이번에도 운이 좋았으면 좋겠어요, 데이킨 씨."

데이킨은 금고 쪽으로 다가갔다.

"뭐 찾은 거라도 있습니까, 퀸 씨?" 디드릭이 물었다. 그의 턱이 앞으로 튀어나와 있었다.

"아주 명백한 사건입니다, 밴혼 씨. 데이킨 서장님이 말씀하시겠지만요. 그건 그렇고, 데이킨 서장님이 오셨으니 저는 더 이상 필요 없겠지요. 저는 서장님의 능력을 대단히 존경합니다."

"아, 고맙군요." 데이킨이 벨벳 상자를 집어 들며 말했다.

디드릭은 엄숙하게 고개를 끄덕였다. '나도 그렇소'라고 말하는 듯했다.

미치도록 화가 나겠지. 엘러리가 생각했다. 처음엔 2만 5천 달러고, 이번엔 다이아몬드 목걸이야. 저 사람에게 뭐라 할 일도 아니야.

데이킨은 시간을 들여 현장을 살폈다. 데이킨은 언제나 그랬다. 그는 짜증이 치밀 정도로 밀물 같은 신중함을 지니고 있었다. 움직이는 걸 볼 수는 없지만, 그래도 때가 되면 밀물은 모든 것을 삼켜버리고 그 무엇도 그것을 막을 수 없게 된다.

샐리와 하워드는 매료된 듯 데이킨을 바라보고 있었다.

"밴혼 부인."

샐리가 벌떡 일어섰다. "아! 다들 조용히 있어서 놀랐어요. 왜 그러세요, 데이킨 씨?"

"목걸이를 마지막으로 보신 게 언제입니까?"

"한 달도 더 됐어요." 샐리가 재빨리 대답했다.

대답이 너무 빨랐어.

"왜, 아니야, 여보." 디드릭이 얼굴을 찌푸리며 말했다. "2주 전이었지. 기억 안 나? 금고에서 꺼낸 적이 있었잖아……."

"밀리 버넷에게 보여주려고요. 그러네요." 샐리의 얼굴이 붉어졌다. "잊고 있었어요, 디드. 바보같이."

"2주라." 데이킨은 서서 이 사실을 곱씹었다. "그 이후로 누군가 그걸 본 사람 있습니까?"

"하워드?" 디드릭이 물었다.

흉한 얼굴이 돌처럼 굳었다.

"저요?" 하워드가 초조하게 웃었다. "저요, 아버지?"

"그래."

"제가 그걸 볼 일이 뭐가 있어요? 저는 금고에 갈 이유가 전혀 없는데요."

디드릭이 굵은 목소리로 말했다. "네가 봤을지도 모른다고 생각했던 거다, 아들아."

그는 의심하고 있어. 그는 몰라. 그는 의심하고 있어. 그리고 그것 때문에 괴로워하고 있어. 의심은 가는데 알지를 못해서 괴로운 거야. 하워드? 불가능해. 샐리? 생각할 수조차 없어. 하지만…….

디드릭은 몸을 돌렸다.

"월요일 아침에도 금고에 있었어요." 울퍼트가 말했다.

"어제?" 디드릭이 울퍼트를 날카롭게 쳐다보았다. "확실해?"

"물론 확실하죠." 울퍼트는 메마른 미소를 지었다. "그 허친슨 건 관련 서류를 꺼내려고 금고를 열었거든요. 목걸이는 거기 있었어요."

데이킨이 물었다. "이 상자 안에 말입니까, 울퍼트 씨?"

"맞습니다."

"상자가 열려 있었나요?"

"아뇨……. 하지만……."

"그럼 이 안에 목걸이가 있는 걸 어떻게 아셨습니까?" 데이킨이 부드럽게 물었다. "이런 일은 아주 조심스럽게 접근해야 합니다, 울퍼트 씨. 사실을 수집하는 데 있어서 말이죠. 어쩌다 보니 그 상자를 열어보시게 된 겁니까, 울퍼트 씨?"

"사실은 그랬습니다." 털이 수북한 울퍼트의 귀 끝이 자홍색으로 물들었다.

"열어보셨단 말이죠?"

"그냥 본 거예요. 그게 다입니다. 내가 거짓말한다고 생각하는 겁니까?" 울퍼트는 화를 냈다.

디드릭이 목소리를 높였다. "그게 무슨 상관입니까? 도난은 어젯밤에 일어났어요. 유리창은 어제저녁 늦게까지도 멀쩡했으니까요. 마지막으로 목걸이를 본 것이 언제인지가 무슨 상관입니까?"

그는 이미 후회하고 있어. 이 일로 데이킨을 부른 걸 후회하고 있어. 씁쓸한 일이야. 이건 씁쓸한 후회야.

경찰서장이 말했다. "이 일에 대해선 곧 말씀드리겠습니다, 밴혼 씨." 그리고 그의 말에 담긴 단호하고 위협적인 의미를 미처 깨닫기도 전에, 데이킨은 자리를 떴다.

디드릭은 마을로 돌아가지 않았다. 울퍼트는 돌아갔지만, 디드릭은 문을 굳게 닫아놓고 그날의 대부분을 서재에서 보냈다. 한번은 참고 서적을 찾으러 엘러리가 서재로 가려고 했다. 그러나 디드릭이 아무 목적 없이 서성이는 발소리를 문 앞에서 듣고, 엘러리는 별채로 돌아왔다. 하워드는 작업실에서 문을 걸어 잠그고 있었다. 샐리는 자기 방에 있었다.

엘러리는 일을 했다.

오후 5시, 디드릭이 별채의 문 앞에 나타났다.

"오, 안녕하세요."

그는 자신과의 전투에서 싸워 이겼다. 주름은 더욱 깊어졌지만 절제된 표정이었다.

"그 나이 든 암탉들로 구성된 대표단을 보셨습니까?"

"위원회요? 아뇨. 저는 일하느라고……."

"산이 마호메트에게 오는 꼴이죠. 제가 뭐라 할 수 있었겠습니까? 제가 바보처럼 느껴지더군요. 어쩔 수 없이 가야 할 것 같습니다."

"각자의 고난이 있는 거죠." 엘러리가 웃으며 말했다.

"〈욥기〉에도 비슷한 말이 있죠." 디드릭이 가볍게 미소를 지으며 응수했다. "아버지가 늘 인용하시곤 했는데. 아, 그래요. *인생은 고난을 위하여 났나니 불티가 위로 날음 같으니라.** 우리 중 누구는 꼭 용접기로 고문이라도 당하는 것 같군요……. 실은 선생을 방해하고 싶지는 않습니다. 하지만 오늘 밤 그 저주받은 감사 연회에 우리와 함께 가주십사 말씀드리는 걸 잊었어요. 퀸 씨가 함께 가주신다면……."

"죄송합니다만 사양해야 할 것 같네요." 엘러리가 잽싸게 대답했다. "물론 저를 가족처럼 대해주시는 것은 무척 감사한 일입니다만."

"아뇨, 아닙니다. 우리는 선생이 우리와 함께 계셔주시는 것이 좋습니다."

"그런 곳에 입고 갈 옷도 변변히 없고……."

"제 턱시도를 입으시면 되지요."

"그랬다간 옷 안에서 허우적거릴 텐데요. 아무튼 밴혼 씨, 그 자리는 밴혼 씨를 위한 자리니까요."

"그 말은 여기 계속 남아 애꿎은 타자기만 괴롭히시겠다는 건가요?"

* *〈욥기〉 5장 7절.*

"필요한 만큼의 절반도 괴롭히지 못하고 있는걸요. 저는 집에 있겠습니다."

"우리가 입장을 바꿀 수 있으면 좋겠군요!"

그 말에 두 사람은 함께 다정하게 웃었고, 잠시 후 디드릭은 손을 흔들며 떠났다.

강한 사람이다.

엘러리는 밴혼 가족이 떠나는 것을 지켜보았다. 위풍당당하게 연미복과 실크 모자를 갖춰 입은 디드릭은 샐리를 위해 문을 열어주었고, 샐리는 치자 꽃으로 장식한 거대한 밍크를 두르고 흰 드레스를 끌며 계단을 내려왔다. 머리에는 섬세한 망사 같은 걸 쓰고 있었다. 그들 뒤로 서 있는 울퍼트는 장의사의 조수처럼 보였다. 하워드가 모는 캐딜락 리무진이 다가왔다. 디드릭과 샐리는 뒷좌석에 올라탔고, 울퍼트는 하워드의 옆자리에 앉았다. 라이츠빌의 상류층들은 운전기사를 고용하는 일이 드물었다.

리무진은 소리를 내며 길을 따라 내려갔고 모퉁이를 돌더니 사라졌다.

아마 지금 저들은 그 일에 대해서는 한 마디도 꺼내지 않겠지.

그는 다시 타자기 앞으로 돌아왔다.

7시 30분에 로라가 나타났다. "밴혼 부인이 선생님을 저택으로 모셔서 저녁 식사를 드시도록 하라고 하셨습니다."

"오, 로라. 신경 안 쓰셔도 돼요."

"신경 쓰는 게 아닙니다. 저택에서 식사를 하시겠어요, 아니면 제가 쟁반에 음식을 담아 올까요?"

“쟁반에요, 쟁반이 좋겠어요. 정말로 신경 쓰지 마세요. 아무래도 좋으니까요.”

“네, 선생님.” 그러나 로라는 우물쭈물하며 서성거렸다.

“네? 무슨 일이에요?” 이 여인은 점점 골칫거리가 되어가고 있다.

“퀸 선생님, 그게…… 뭐 잘못된 일이라도 있나요? 제 말은…….”

“잘못되다니요?”

로라는 앞치마를 쥐어뜯었다. “밴혼 부인은 방에서 하루 종일 울기만 하세요. 그리고 디드릭 주인님은……. 그러더니 오늘 아침에는 경찰서장님을 모셔 오지를 않나.”

“글쎄요. 뭔가가 잘못됐다 해도 그건 우리가 상관할 일은 아니잖아요. 안 그래요?”

“아, 물론이죠, 선생님.”

로라가 쟁반을 들고 돌아왔을 때, 그녀는 입술이 가늘어지도록 입을 앙다물고 있었다.

엘러리는 그녀가 자기 우상의 발에 오점이 묻어 있음을 발견했다는 사실을 눈치챘다.

일은 순조롭게 진행되었다. 페이지가 휙휙 넘어갔고 방 안에는 타자기 소리만이 울렸다.

“선생님.”

엘러리는 하워드가 옆에 서 있는 것을 발견하고 놀랐다. 그는 문이 열리는 소리조차 듣지 못했다.

“벌써 온 거야, 하워드? 이야, 지금 몇 시야?”

하워드는 모자를 쓰고 있지 않았다. 야회복 단추가 풀어져 있었고 흰 스카프의 끝자락이 너풀거렸다. 그의 눈빛을 본 엘러리는 모든 것을 기억해냈다.

엘러리가 의자를 뒤로 밀었다.

"집으로 오세요."

"하워드, 무슨 일이야?"

"방금 연회에서 돌아왔어요. 데이킨이 기다리고 있더라고요."

"데이킨? 데이킨이 왔어? 내가 정말 몰입하고 있었나 보네……."

"데이킨이 선생님을 모셔 오라고 절 여기로 보냈어요."

"나를?"

"네."

"왜 그런지는 얘기 안 해?"

"아뇨, 그냥 모셔 오라고만 했어요."

엘러리는 셔츠의 단추를 잠그고 재킷으로 손을 뻗었다.

"선생님."

"왜?"

"데이킨이 심슨도 데리고 왔어요."

심슨.

"전당포 주인?"

"전당포 주인이요."

엘러리는 마음을 굳게 먹었다.

J. P. 심슨은 대머리에 포도 알 같은 눈을 가진 키 작은 시골

사람으로, 항상 뭔가 냄새를 맡고 있는 것 같은 얼굴이었다. 입고 있는 얼룩 묻은 외투는 단추를 전부 채워놓았고 모자는 손으로 단단히 붙들고 있었다. 그는 디드릭의 거대한 의자에 겨우 엉덩이만 걸치고 앉아 있었다. 엘러리와 하워드가 들어오자 그는 벌떡 일어나 종종걸음으로 의자 뒤로 돌아가 섰다.

모피 코트를 아직 벗지 않은 샐리는 프랑스식 창문 옆 그림자 안에 서서, 하얀 장갑을 낀 손으로 연회의 메뉴를 구기고 있었다.

디드릭의 얼굴에는 예의 그 당혹스러운 표정이 떠올라 있었다. 그의 외투와 모자는 바닥에 떨어져 있었다. 스카프는 하워드처럼 아직 목에 두르고 있었고, 머리는 헝클어져 있었다. 그는 무서울 정도로 말이 없었다.

울퍼트는 형의 주위를 서성거렸다.

데이킨 서장은 책장에 기대어 서 있었다.

"데이킨 서장님."

데이킨은 똑바로 서서 주머니에 손을 넣었다.

"이 문제로 선생을 부르는 게 좋겠다고 생각했습니다, 퀸 씨."

"무슨 문제요?"

마치 몰랐다는 것처럼.

"자, 이제 모셔 왔으니……." 디드릭이 거칠게 말했다. "말씀해보십시오. 무슨 일입니까, 데이킨?"

데이킨의 손이 주머니에서 다이아몬드 목걸이를 꺼냈다.

"부인의 목걸이입니까, 밴혼 부인?"

연회 메뉴가 바닥에 떨어졌다.

샐리가 몸을 굽혔지만 데이킨이 더 빨랐다. 데이킨은 메뉴를 집어 그녀에게 정중하게 건넸다. 엘러리는 이 남자의 움직임이 아름답다고 생각했다. 접근하지 않는 것처럼 하면서 그녀의 옆에 다가서는 자세가. 이 남자는 정말로 라이츠빌에 있기에 아까운 인물이다.

"고맙습니다." 샐리가 말했다.

"부인의 것이 맞습니까, 밴혼 부인?"

샐리는 장갑을 낀 손 위에 반짝이는 목걸이를 올려놓았다.

"네." 그녀가 희미하게 말했다. "네, 맞아요."

"데이킨, 이걸 어디서 찾았소?" 디드릭이 말했다.

"그건 심슨 씨가 말할 겁니다, 밴혼 씨."

전당포 주인이 흥분한 목소리로 말했다. "저걸로 저당을 잡아줬어요! 어제요, 어제 오후에."

"한번 둘러보십시오, 심슨 씨." 서장이 느릿느릿 말했다. "그걸 당신에게 가져온 사람이 이 중에 있습니까?"

심슨은 엘러리를 향해 분개한 손가락을 흔들었다.

울퍼트조차도 놀랐다. 디드릭은 그 자리에서 굳어버렸다.

"이 신사분이요?" 디드릭은 믿을 수 없다는 듯 물었다.

"퀸. 엘러리 퀸. 이 사람이에요!"

엘러리는 얼굴을 찡그렸다. 잘 안 될 거라고 그들에게 말했었는데. 이제 그들은 곤란한 처지가 되었다. 그는 슬픈 눈빛으로 샐리와 하워드를 힐끔 보았다. 샐리는 목걸이를 쥐고 그것을 들여다보고 있었다. 하워드는 열심히 놀란 척을 하고 있었다.

전부 다 바보짓이야.

"퀸 씨가 이 목걸이를 저당 잡혔다고요?" 디드릭이 말하고 있었다. "퀸 씨가?"

"자기가 무슨 그렇고 그런 일을 맡았는데 그 고객을 위한 일이라는 인상을 풍기더라고요." 땅딸막한 전당포 주인이 외쳤다. "날 완전히 쥐고 흔들었어요! 날 말려들게 했다고요! 내가 항상 이런 뉴욕 놈들은 알 수 없다고 그랬잖습니까. 덩치도 크고 완전히 여우 같다고요. 항상 물건이나 훔치고 다니고……. 왜 말 안 했습니까, 퀸 씨? 밴혼 부인의 물건을 훔쳤다고 왜 말 안 했느냐고요?" 그는 의자 뒤에서 춤을 추듯 움직였다.

디드릭이 웃었다. "이건, 솔직히 뭐라고 말을 해야 할지, 어떻게 생각해야 할지 모르겠군요. 퀸 씨……?" 그는 무기력하게 말했다.

자, 이제 두 사람 차례예요, 소년 소녀 여러분……. 엘러리는 다시 하워드를 보았다.

그때 이상한 일이 일어났다.

하워드가 고개를 돌렸다.

하워드가 고개를 돌렸다…….

그러나 시선을 잡아야만 했다.

엘러리는 하워드의 시선을 겨우 다시 붙들었다.

하워드가 다시 고개를 돌렸다.

재빨리, 엘러리는 샐리를 쳐다보았다.

그러나 샐리는 다이아몬드 개수를 세고 있는 것 같았다.

이럴 순 없어. 어떻게 이럴 수가. 하워드! 샐리!

엘러리는 집요하게 샐리를 노려보며 그녀가 고개를 들도록 했다.

샐리는 그를 못 본 척했다.

갑자기 엘러리는 목이 조여오는 것을 느꼈다. 그 느낌이 들자 그는 자신의 감정이 무엇인지 알아차렸다. 그는 화가 났다. 태어나서 그 어느 때보다도 화가 나 있었다. 너무나 화가 나서 입을 열면 무슨 말이 튀어나올지 알 수 없었다.

이제 디드릭은 그를 바라보고 있었다. 그는 더 이상 무기력하지 않았다. 이제 그는 의심스러운 표정을 짓고 있었고, 그 의심의 불을 지피고 날을 세우는 어떤 기쁨 같은 것을 느끼고 있었다.

그는 기뻐하고 있어. 그는 이 일을 붙들고 늘어지려고 해. 방금 전까지도 그는 허둥대고 있었어. 이제 그의 앞에 뜬금없이 구명 도구가 던져졌고, 그는 그걸 잡으려 해.

엘러리는 신중하게 담배에 불을 붙였다.

"퀸 씨." 데이킨은 정중했다. "이 모든 게 굉장히 이상해 보인다는 걸 굳이 말할 필요는 없겠죠. 분명 퀸 씨가 설명할 수 있을 거라고 저는 확신합니다. 하지만……."

"그래요! 설명해보라고 그래요!" 심슨이 외쳤다.

"설명해주시겠습니까, 퀸 씨?" 아주 정중하다.

엘러리는 성냥을 불어 껐다. 그는 담배를 피우며 기다렸다.

디드릭의 눈빛이 흐려졌다.

"자, 퀸 씨?" 디드릭이었다. 냉혹한 디드릭.

그걸 잡았어.

"책을 쓰고 있다더니!" 울퍼트 밴혼이 폭발했다. 그는 몸을 앞뒤로 흔들며 음산한 기쁨을 만끽하고 있었다.

"퀸 씨." 다시 디드릭이다. *처형을 내리기 전 변명할 기회를 주시겠다는 거죠. 젠장, 내가 만일…….* "퀸 씨, 무슨 말이든 좀 해보세요!"

"무슨 말을 할까요?" 엘러리가 미소를 지었다. "굴욕적이라고요? 모욕을 당하고 있다고요? 화가 났다고? 아니면 충격을 받았다고요?"

디드릭은 이 말을 깊이 생각해보는 듯했다. 그러더니 조용히 말했다. "굉장히 영리한 말이군요."

"그런가요, 밴혼 씨?"

"왜냐하면 지금 내가 뭔가 숨겨진 진실이 있다고 생각하게 되었으니까요. 다른 진실이."

"이를테면?"

"지난번 도난 사건 말입니다. 금요일 아침에."

데이킨이 재빨리 말했다. "그건 또 뭡니까, 밴혼 씨?"

"금요일 아침에 금고가 한 번 털렸습니다, 데이킨. 현금으로 2만 5천 달러가 없어졌지요."

펄쩍 뛰어요, 샐리. 그래요, 그를 봐요. 오, 하지만 고개를 돌렸군요. 너무 빨랐어요.

"그땐 신고를 안 하셨군요. 밴혼 씨." 데이킨이 눈을 깜박이며 말했다.

"형님, 나한테도 얘기를 안 하셨잖아요." 울퍼트가 말했다. "왜……?"

"그때도 이곳에 머물고 계셨죠, 퀸 씨." 디드릭이 말했다.

엘러리는 신중하게 고개를 끄덕였다.

"그때도 저 프랑스식 창문의 유리가 깨져 있었습니다, 데이킨. 주말에 유리장이를 불러서 고쳐놓았지요. 그렇지만 그때는 유리가 이곳 서재에서 바깥쪽으로 깨져 있었습니다. 인정해야겠군요. 그때는 이게 내부의 일이라고 생각했습니다. 제 말은…… 일하는 사람 중 하나이거나."

당신답지 않아요, 디드릭. 일하는 사람 중 하나? 하긴, 달리 뭐라 말할 수 있겠어요?

"하지만 이제는…… 첫 번째 사건 때 깨진 유리는 아주 영리한 수법이었어요. 속임수죠."

"아마추어의 소행처럼 보이게 하려고요?" 데이킨이 천천히 고개를 끄덕였다. "그럴 수도 있겠군요, 밴혼 씨."

"뭘 그리 우두커니 보고만 있는 겁니까?" 심슨이 날카롭게 외쳤다. "저 사람이 무슨 하느님이라도 돼요? 저 남자가 나한테 사기를 쳤다고요! 사기꾼이란 말입니다!"

디드릭이 턱을 문지르며 눈살을 찌푸렸다. "심슨, 퀸 씨가 그 목걸이를 저당 잡힌 사람이 확실합니까?"

"확실하냐고요? 밴혼 씨, 사람 얼굴을 기억하는 게 내 일입니다. 내가 확실하다는 데 당신의 인생을 걸어도 좋아요. 당연히 확실하지요. 저 사람한테 미국 달러를, 그것도 아주 많이 쏟아부었단 말입니다. 저자에게 물어봐요. 어서요!"

"그 말이 맞습니다, 심슨." 엘러리가 어깨를 으쓱했다. "제가 밴혼 부인의 목걸이를 저당 잡혔죠……. 맞아요."

샐리가 힘없는 목소리로 "실례합니다"라고 말했다. 그녀는 방을 나서려는 듯 문으로 향했다.

디드릭이 "샐리" 하고 부르자 그녀는 걸음을 멈추고 잠시 후 몸을 돌렸다. 엘러리는 그녀의 예쁜 얼굴에 떠오른 기묘한 표정을 보았다. 샐리는 결심을 하기 직전이었다. 엘러리는 우울한 기분으로 그녀가 뛰어내릴지 아니면 달려 나갈지 궁금한 마음이 들었다. "이번 일은 밑바닥까지 파헤쳐야 해." 디드릭이 거칠게 말했다. "정말이지 믿을 수가 없군요. 퀸, 당신은 한탕하고 도주할 사람이 아니오. 당신은 특별한 사람이에요. 이런 일을 했다면 무언가 그만한 이유가 있었을 거요. 그 이유가 뭔지 말해주시겠소? 부탁합니다."

"아뇨."

"아니라고?" 디드릭의 턱이 굳어졌다.

"아뇨, 밴혼 씨. 저를 위해 하워드가 대답해줄 겁니다."

샐리는 안 돼. 샐리는 혼자서 해내야 해. 이건 중요해. 나는 바보지만 이게 중요하다는 건 알고 있어.

"하워드?" 디드릭이 말했다.

"하워드, 난 기다리고 있어." 엘러리가 말했다.

"하워드?" 디드릭이 다시 말했다.

"하워드, 무슨 할 말 없어?" 엘러리가 부드럽게 물었다.

"할 말이요?" 하워드가 입술을 핥았다. "무슨 말을 하라고요? 제 말은…… 뭐가 뭔지 하나도 모르겠어요. 전혀요."

죄를 저지르려는 건가, 하워드?

"퀸." 디드릭이 엘러리의 팔을 잡았다. 엘러리는 거의 비명을 지를 뻔했다. "퀸, 내 아들이 이 일과 무슨 관련이 있는 거요?"

"마지막 기회야, 하워드."

하워드는 엘러리를 노려보았다.

엘러리는 어깨를 으쓱했다. "밴혼 씨. 하워드가 저 목걸이를 제게 주었습니다. 하워드가 저걸 현금으로 바꿔달라고 저에게 부탁했어요."

하워드는 몸을 떨기 시작했다. 그는 거칠게 말했다. "저건 빌어먹을 거짓말이에요. 저 사람이 무슨 말을 하는 건지 모르겠어요."

죄를 저질렀군. 끝.

그럼 샐리는?

샐리는 그 자리에 그대로 서 있을 뿐이었다.

그녀는 저기에 서 있지만 뛰어내렸어. 그녀는 인정사정 보지 않겠다고 말했어. 그리고 하워드는 무슨 짓이든 하겠다고 말했고. 자기들이 거짓말하고, 훔치고, 배신한 사실을 디드릭이 알지 못하게 하기 위해서. 두 사람 모두 진심이었군.

이 일에 샐리를 끌어들이지 않은 데에는 특별한 이유 같은 건 없었다. 그러나 막연한 뭔가가 엘러리의 입을 막았다. 그는 순전히 감상적인 이유일 뿐이라고 결론을 내렸다. 뿐만 아니라 그녀는 그걸 알고 있었다. 그는 작고 사악하고 의기양양한 여인의 눈에서 샐리가 그것을 알고 있다는 사실을 읽을 수 있었다. 그러나 샐리는 사악하지도 작지도 않았다. 어쩌면 그녀는 그 누구보다도 선량하고 큰 사람이었다. 그는 그녀를 끌어들이지 않을 수 있어서 행복했다. 하워드가 그녀를 붙들고 늘어지면서 밑바닥까지 굴러 떨어지지만 않는다면. 그러나 하워드가 그럴 거라고는 생각지 않는다. 그녀를 위해서가 아니라, 그 자신을 구하기 위해서.

엘러리는 생각을 전부 멈췄다. 그는 다시 정신을 가다듬었다. 디드릭은 그를, 그리고 하워드를 바라보고 있었다. 그러더니 디드릭은 이상한 행동을 했다. 그는 샐리에게 성큼성큼 걸어가서 그녀가 손에 든 목걸이를 뺏더니, 금고로 걸어가 목걸이를 던져 넣고 금고 문을 쾅 닫은 뒤 다이얼을 돌렸다.

데이킨 서장을 향해 돌아섰을 때 디드릭의 표정은 단호했다.

"데이킨, 사건은 끝났소."

"고발은 없습니까?

"고발은 없습니다."

데이킨의 뿌연 눈이 가볍게 흔들렸다. "당신 소유물이니까요, 밴혼 씨."

"잠깐!" J. P. 심슨이 외쳤다. "사건이 끝났다고? 그럼 내가 저 목걸이에 지불한 돈은 어쩌고요? 내가 그 돈을 포기할 것 같아요?"

"얼마였습니까, 심슨?" 디드릭이 정중하게 물었다.

"2만 5천 달러요."

"2만 5천 달러." 디드릭이 입술을 굳게 다물었다. "지난 일이 생각나는군요, 퀸 씨. 안 그렇습니까? 아무튼 그 액수가 맞습니까? 2만 5천 달러?"

"정확해요."

디드릭은 책상으로 다가가 불편한 침묵 속에 수표에 서명을 했다.

데이킨과 심슨이 떠나고, 울퍼트는 두 사람을 배웅하러 나갔다. 디드릭은 책상에서 일어나 샐리의 팔에 손을 올렸다.

샐리는 몸을 떨며 간신히 입을 열었다. "네, 디드."

그는 샐리를 데리고 문으로 갔다. 하워드도 따라 움직였지만 아버지의 덩치가 그 앞을 가로막았다.

하워드의 면전에서 문이 닫혔다.

근사하군.

하워드가 외쳤다. "선생님, 왜 그 얘기를 꺼낸 거예요? 젠장, 왜 그랬어요?"

그는 주먹을 쥐고 있었고 얼굴은 붉으락푸르락했다. 그는 분노로 인한 광분 상태에 빠져 금방이라도 엘러리에게 달려들 것 같았다.

"내가 왜 그 얘기를 꺼냈느냐고, 하워드?" 엘러리는 믿을 수 없다는 듯 물었다.

"그래요! 왜 우리를 지켜주지 않은 거예요?"

"그러니까 그 말은 내가 저지르지도 않은 범죄를 왜 고백하지 않았느냐 하는 말인가?"

"고백 같은 건 할 필요도 없었어요! 그냥 그 빌어먹을 주둥이를 가만히 닥치고 있었으면 됐단 말이에요!"

진정하자.

"심슨이 날 지목했는데도?"

"아버지는 절대 고소하지 않았을 거예요!"

제정신이 아니군.

"그 대신 선생님은 우리와의 약속을 어겼어요. 아버지가 의심하게 만들었다고요! 제가 거짓말을 하게 몰아붙이기까지 하고. 아버지는 이제 제가 거짓말을 한다고 생각하게 됐어요. 제게서 진상을 알아내지 못한다면 조만간 샐리에게서 알아내려고 할 거예요!"

진정하자, 진정해.

"내 생각엔, 하워드. 샐리는 자기 일은 자기가 알아서 잘 할 거야. 그것도 아주 잘. 밴혼 씨는 샐리가 이 일과 어떤 형태로든 연관이 있다고는 생각지 않으셔. 밴혼 씨가 의심하는 건 자네뿐이야."

잘 속였어. 하워드는 이제 내 얘길 믿고 있어.

"그 말씀은 맞아요." 갑자기 화를 냈던 것처럼, 갑자기 분노가 가라앉았다. "그건 감사해요. 샐리는 지켜주셨으니까."

"그래." 엘러리가 말했다. "너그러운 퀸이지. 그러니 이제 자네 아버지는 단순히 자네가 도둑이라고 생각할 뿐이야, 하워드. 자기 아들이 계모와 바람이 났다고 생각할 이유는 전혀 없어. 다시 말하지만, 너그러운 퀸이지."

하워드는 얼굴이 몹시 창백해졌다.

그는 안락의자에 주저앉아 손톱을 물어뜯기 시작했다.

엘러리가 말했다. "모든 일이 기가 막힐 만큼 당혹스러워서, 솔직히 내 평생 처음으로 무슨 말을 해야 할지 모르겠어. 자네한테 주먹을 한 방 날려서 머리를 날려버렸어야 하는데. 자네가 정상이었다면 그랬을 거야."

엘러리는 전화기로 손을 뻗었다.

"뭘 하시려고요?" 하워드가 웅얼거렸다.

엘러리는 책상 위에 걸터앉았다. "내가 여기 더 머문다면 앞으로도 계속 이 진흙탕을 더 엉망으로 만들게 될 거야. 그게 한 가지 이유야. 또 한 가지 이유는 내가 이미 질릴 대로 질렸다는 거야. 나는 이 멍청하고 말도 안 되는 일에서 손을 떼겠어. 자네와 샐리가 옳다고 생각하는 대로 해. 어차피 내 말은 듣지도 않았잖아. 나는 불륜 문제 때문에 여기 온 게 아니야. 이 일을 미리 알았더라면 애초에 여기 오지도 않았을 거야. 자네의 기억상실증 문제에 관해서 충고하자면, 어차피 듣지도 않겠지만,

뉴욕에서 했던 얘기와 똑같아. 심리학 분야의 진짜 최고 전문가를 만나서 전부 털어놓으라고.

세 번째는, 하워드." 엘러리는 엷은 미소를 지으며 말했다. "내가 정말로 중요한 교훈을 얻었다는 거지. 즉, 파리에서 몇 주 정도 만난 걸 가지고 절대 한 남자를 판단하지 말라는 것. 그리고 여자에 관해서는 어떤 근거로든 절대, 절대로, 판단 같은 건 아예 하지 말라는 것."

그는 다이얼을 돌려 교환원을 연결했다.

"떠나시는 거예요?"

"오늘 밤에 즉시. 여보세요, 교환원……."

"택시를 부르시게요?"

"아, 잠깐만요. 그래, 하워드. 왜?"

"오늘 밤에는 기차가 끊어졌어요."

"아…… 죄송합니다, 교환원." 엘러리는 천천히 전화를 끊었다. "그럼 호텔에 가서 묵어야겠네."

"그건 바보 같은 짓이에요."

"그리고 위험하고? 하워드 밴혼의 손님이 라이츠빌에서의 마지막 밤을 홀리스 호텔에서 묵었다는 소문이 퍼질까 봐?"

하워드의 얼굴이 붉어졌다.

엘러리는 웃었다. "그럼 어쩌라고?"

"제 차를 가져가세요. 오늘 밤 꼭 떠나시겠다면 제 차로 가세요. 차는 마을에 주차해두시면 제가 다음번에 마을에 나갈 때 가져오면 돼요. 어차피 미술관 프로젝트 때문에 이번 주말에 뉴욕에 가서 뭘 좀 사와야 해요. 아버지에게는 선생님이 갑자기 오늘 밤 떠나기로 했다고 말할게요. 그건 사실이니까요. 그리고 제가 차를 빌려드렸다고도 말할게요. 그것도 사실이죠."

"하지만 내가 떠안을 위험도 생각해야지, 하워드."

"위험? 무슨 위험이요?"

"데이킨이 날 추적할 위험. 자동차 도둑으로 영장을 끊어서."

하워드가 중얼거렸다. "그 농담 참 재밌네요."

엘러리가 어깨를 으쓱했다.

"좋아, 하워드. 그렇게 하지."

엘러리는 편안하게 차를 몰았다. 많이 늦은 시간이라서 도로에는 차가 거의 없었다. 하워드의 로드스터는 해방의 노래를 흥얼거렸다. 하늘에는 별들이 정직하게 반짝였고 연료는 가득 채워져 있었다. 엘러리는 행복감과 평화를 느꼈다.

처음부터 잘못된 일이었다. 하워드의 문제에 참견하지 말았어야 했다. 그러나 그때는 미스터리가 있었고, 하워드에 대한 호감과 호기심이라는 인간적인 요소가 있었다. 하지만 그 후 바리새 호수에서 있었던 성애의 분출에 대해 알게 되었을 때, 그 즉시 가장 가까운 출구를 향해 달아났어야 했다. 그렇게 하지 않았다면 이후에 협박범과 무슨 협상이 오갔든 단호하고 분명하게 그 일에 얽히는 걸 거절했어야 했다. 일이 진행되는 동안 어느 단계에서든 합리적으로 생각해서 구역질나는 하워드의 배신으로부터 스스로를 보호했어야 했다. 그러므로 따지고 보면 다른 누구를 탓할 것 없이 스스로를 책망해야 할 일이다.

그러나 그것은 안락한 자책이었다. 이미 그의 치유의 동반자인 여행 가방에는 평화가 내려앉았다.

이제는 라이츠빌을 회상하며 바라볼 수 있게 되었고, 쓰라린 상처는 빠르게 아물어갔다. 이제는 디드릭 밴혼과 그의 거대한 문제를, 그리고 샐리 밴혼과 그녀의 거대한 문제를 관망할 수 있었다. 심지어는 하워드마저도 똑바로 바라볼 수 있었다. 잔인한 개인사로 말미암아 불행해진 타락한 죄인. 분노보다는 동정의 대상이었다. 그리고 울퍼트는 그냥 잊어버리면 되는 못돼먹은 사람이고. 크리스티나 밴혼은 유령만도 못하다……. 유령의 오래된 그림자, 이도 없는 입으로 어두운 골방에서 성경 구절이나 웅얼거리는 여자.

성경.

성경!

엘러리는 길가에 차를 세웠다. 두 손으로 운전대를 잡고 운전대에 몸을 기댄 채 한동안 가만히 앉아 있었다. 쿵쾅거리는 심장을 가라앉히려 애쓰는 동안 그의 머릿속은 상상조차 할 수 없는 생각들로 가득 채워졌다.

생각해내는 데 시간이 좀 걸렸다. 몇 가지 풀어야 할 의문이 있었고, 머릿속에서 죽은 나뭇가지를 골라내 던져야 했다. 차마 믿을 수 없는 겉모습으로부터 모든 것이 형체를 드러내도록 하려면 체계적인 절차를 세워야 했다. 그 엄청난 규모를 전부 파악하려면 충분한 거리를 두고 바라봐야만 한다.

하지만 그게 가능한가? 정말 가능할까?

그렇다. 실수일 리가 없다. 그럴 리가 없다.

모든 조각 하나하나가 전체적으로 무시무시한 색을 띠고 있었고, 가장자리들이 서로 맞아 들어가면서 엄청난 패턴을 드러내고 있었다. 단순하면서 엄청나고, 엄청나면서도 단순한 패턴.

패턴……. 엘러리는 예전에 패턴에 관한 생각을 하며 불편해했던 기억을 떠올렸다. 전에도 그는 그 상형문자를 해석해보려고 애를 썼다. 그러나 이것은 로제타스톤이다. 실수할 가능성은 전혀 없다.

한 조각이 빠져 있다.

뭐지?

천천히. 하나…… 넷…… 일곱…….

*청황색 말이 나오는데 그 탄 자의 이름은 사망이니.**

미친 사람처럼, 그는 로드스터의 시동을 걸고 쏜살같이 출발했다.

가속 페달이 바닥까지 닿도록 밟아대며 차를 몰았다.

좀 전에 24시간 영업을 하는 식당이 있었어.

식당에서 야간 근무를 하던 종업원이 퀭한 눈으로 그를 바라보고 있었다.

전화기에 동전을 집어넣는 엘러리의 손이 심하게 떨렸다.

"여보세요?"

빨리빨리!

"여보세요! 밴혼 씨입니까?"

"그런데요?"

무사하다.

"디드릭 밴혼 씨 맞습니까?"

** 〈요한계시록〉 6장 8절.*

"그래요! 여보세요? 누구요?"

"엘러리 퀸입니다."

"퀸?"

"네, 밴혼 씨……."

"하워드가 자러 가기 전에 선생이 떠났다고 나한테……."

"신경 쓰지 마세요! 밴혼 씨가 지금 무사하신 게, 그게 중요한 겁니다."

"무사해요? 물론 나야 무사하지요. 그런데 무슨 일 때문에 그러는 겁니까? 무슨 얘기를 하는 거냐고요?"

"지금 어디 계세요?"

"어디냐고? 퀸 씨, 지금 도대체 왜 이러는 거요?"

"말씀하세요! 어느 방에 계시냐고요?"

"서재요. 잠이 안 와서 잠깐 내려와 아까 미뤄둔 서류 작업을 하려고……."

"모두 집에 있습니까?"

"울퍼트만 빼고요. 울퍼트는 데이킨과 심슨과 함께 마을로 내려갔어요. 우리가 협상 중인 거래의 계약에서 뭘 잊어버린 게 있어서 늦게까지 일할 것 같다고 쪽지를 남겼더군요. 그리고……."

"밴혼 씨, 제 말 잘 들으세요."

"퀸, 더 이상은 나도 감당할 수 없소." 디드릭은 지친 것 같았다. 목소리가 씁쓸하게 들렸다. "그게 무슨 일이든 나중에 말할 수 없는 거요? 이해가 안 가는군요. 그렇게 급히 짐을 싸서 떠나더니……."

엘러리가 급히 말했다. "제 말 잘 들으세요. 듣고 계세요?"

"그래요!"

"제 지시 사항을 그대로 따르셔야 합니다."

"무슨 지시?"

"서재 문을 잠그세요."

"뭐요?"

"문을 잠그시라고요. 문뿐만이 아닙니다. 창문도 잠그세요. 프랑스식 창문도. 누구에게도 문을 열어주지 마세요. 아시겠어요? 저 이외의 다른 사람에겐 절대로 문을 열어주면 안 됩니다. 아시겠어요?"

디드릭은 말이 없었다.

"밴혼 씨! 듣고 계세요?"

"그래요, 듣고 있소." 디드릭이 아주 느릿느릿 말했다. "듣고 있어요, 퀸 씨. 말씀대로 하겠소. 그건 그렇고 지금 어디요?"

"잠깐만요. 어이, 거기! 이봐요!"

종업원이 말했다. "뭔 문제라도 있는 거요?"

"여기서 라이츠빌까지 얼마나 멀죠?"

"라이츠빌이요? 한 70킬로미터 정도 되죠."

"밴혼 씨!"

"네."

"저는 지금 라이츠빌에서 약 70킬로미터 정도 떨어진 곳에 있습니다. 최대한 빨리 돌아가겠어요. 가는 데 아마 40분이나 45분 정도 걸릴 겁니다. 남쪽 테라스로 난 프랑스식 창문으로 들어가겠어요. 제가 노크를 하면 누구냐고 물어보세요. 제가 대답을 할 겁니다. 제가 대답을 할 때에만 문을 여세요. 그리고 정말로 그게 저인지 꼭 확인하셔야 합니다. 아시겠죠? 예외는 없습니다. 집 밖에서건 안에서건 누구도 서재에 들이시면 안 됩니다. 아시겠어요?"

"잘 알아들었소."

"그걸로도 충분하지 않을 수 있어요. 책상 서랍에 38구경 스미스앤드웨슨이 아직 있나요? 혹시 없더라도 그걸 가지러 서재 밖으로 나가지 마세요!"

"여기 있어요."

"그걸 꺼내세요. 지금요. 가지고 계세요. 좋아요, 저는 이제 전화를 끊고 출발합니다. 전화를 끊자마자 문을 잠그고 창문에서 떨어져 계세요. 그럼 곧……."

"퀸 씨."

"네? 뭡니까?"

"도대체 뭣 때문에 이러는 겁니까? 선생이 말하는 걸로 봐서는 누가 내 목숨을 노리기라도 하는 것 같군요."

"그 말이 맞습니다."

여덟 번째 날

43분 후, 엘러리는 프랑스식 창문을 두드렸다.

서재는 어두웠다.

"누구요?"

창문 뒤에 서 있는 것이 디드릭인지는 알 수 없었다.

"퀸입니다."

"누구요? 다시 말해봐요."

"퀸이요, 엘러리 퀸."

열쇠가 돌아갔다. 엘러리는 프랑스식 창문을 열고 안으로 들어선 후 재빨리 문을 닫고 열쇠를 돌렸다. 그는 어둠 속을 더듬어 커튼을 찾아 창문을 가렸다.

그러고 난 후에야 그는 말했다. "이제 불을 켜도 됩니다, 밴혼 씨."

책상 위의 등이 켜졌다.

디드릭은 책상 맞은편에 서 있었다. 38구경 권총이 반짝거렸다. 책상 위는 장부와 서류들로 어수선했다. 그는 파자마 위에 가운을 입고 있었고, 맨발에 가죽 슬리퍼를 신고 있었다. 그의 얼굴은 매우 창백했고, 아무 표정도 없었다.

"불을 끈 건 좋은 생각이었습니다." 엘러리가 말했다. "저도 그 생각은 못 했네요. 이제 총은 신경 안 쓰셔도 됩니다."

디드릭이 총을 책상 위에 올려놓았다.

"무슨 일 있었습니까?" 엘러리가 물었다.

"아무 일도."

엘러리가 웃었다. "굉장한 운전이었어요. 항상 그렇게 운전해보고 싶었죠. 발을 좀 쉬어도 괜찮을까요?"

그는 디드릭의 회전의자에 앉아서 다리를 뻗었다.

디드릭의 입가에서 근육이 꿈틀거렸다. "이제 나도 내 인내심의 한계에 도달했어요, 퀸 씨. 모든 내막을 알아야겠어요, 지금 당장."

"그래요." 엘러리가 말했다.

"내 목숨이 위험하다느니 하는 얘기는 다 뭐요? 나한테는 적이 없습니다. 적 비슷한 것도 없어요."

"있습니다, 밴혼 씨."

"누구요?" 그가 책상에 몸을 기대자 노동으로 다져진 커다란 주먹에 온 힘이 실렸다.

그러나 엘러리는 의자에 깊숙이 기대어 앉아 있을 뿐이었다.

"누구냐고!"

"밴혼 씨." 엘러리가 고개를 이리저리 굴렸다. "저도 방금 이 사실을 알아냈습니다……. 너무 엄청난 사실이라 이곳에 돌아온 겁니다. 한 시간 반 전이었다면 의회에서 절 강제 소환하는 법안을 통과시켰다고 해도 돌아오지 않았을 겁니다.

제가 지난 화요일 기차에서 내린 이후로 엄청나게 많은 일들이 일어났습니다. 처음에는 그 일들이 서로 연결된 것처럼 보이지 않았습니다. 그러다가 점점 서로 간의 연결선이 윤곽을 드러냈지만, 그래도 단순하고 평범한 사건들일 뿐이었어요. 저는 전체적으로 그것들 사이에 보다 거대한 연결이 존재하는 것 같은 느낌이 들어 계속 신경이 쓰였죠. 사건들 전체에 무언가…… 패턴이 있는 것 같았거든요. 그 패턴이 무엇인지는 전혀 알 수 없었습니다. 그건 그냥 느낌이었는데…… 이걸 직감이라고 불러보죠. 소위 인간의 영혼이라고 하는 암흑의 구멍을 저처럼 마냥 헤집고 다니다 보면 특별한 감각이 생기거든요."

디드릭의 눈빛은 여전히 냉랭했다.

"저는 그걸 그냥 상상이라고 치부해버렸습니다. 굳이 뒤쫓지 않았어요. 하지만 방금 전, 라이츠빌을 떠나면서 뭔가 번뜩이는 이미지가 떠올랐습니다.

번뜩이는 이미지라는 말은 상투적이지요." 엘러리가 중얼거렸다. "하지만 그것이 어떻게 일어났는지에 대한 적절한 표현을 찾을 수가 없습니다. 그냥 떠올랐어요. 마른하늘에 갑자기 번개가 번쩍였다고나 할까요. 그 빛으로 저는 패턴을 찾아냈습니다." 엘러리가 천천히 말했다. "흉측하고 거대한, 전체적인 패턴을. '거대하다'고 말하는 것은 그것이 거대함을 내포하고 있기 때문입니다, 밴혼 씨. 말하자면 루시퍼였던 사탄의 거대함이랄까요. 어둠의 천사에게는 일종의 아름다움이 있습니다. 그리고 악마는 자신의 의도대로 성경을 인용할 수 있지요. 압니다. 지금 제 얘기가 횡설수설처럼 들린다는 걸요." 엘러리는 잠시 말을 멈췄다. "하지만 아직 그 안에 내포된 종말론적인 무시무시한 거대함을 다 얘기한 게 아닙니다."

"누굽니까?" 디드릭이 으르렁거렸다. "뭘 알아낸 거요? 아니면 뭘 생각해냈소? 아니, 그 '무엇'이 도대체 뭡니까?"

그러나 엘러리가 말했다. "이 패턴의 끔찍한 특징은 바로 필연성에 있습니다. 그러니까 한번 옷감에 새겨지면, 그리고 가위를 대면, 마지막 가장자리까지 잘라야 하는 겁니다. 완벽한 패턴이에요. 그것은 완벽해야 하고, 그렇지 않으면 의미가 없습니다. 그래서 제가 알게 된 겁니다. 그래서 밴혼 씨에게 전화를 건 것이고요. 그래서 목이 부러질 뻔한 위험을 무릅쓰고 당신에게 달려온 겁니다. 그 일은 멈추지 않아요. 끝을 봐야 하니까요. 그래야 하니까요."

"끝을 본다고?"

"마지막까지 달려가야 하죠."

"무슨 마지막?"

"말씀드렸잖습니까, 밴혼 씨. 살인 말입니다."

디드릭은 엘러리를 잠시 동안 더 쳐다보았다. 그러더니 책상에서 물러나 안락의자로 성큼성큼 걸어갔다. 그는 의자에 앉아 고개를 떨구었다.

이 남자를 무너뜨리는 건 의심과 불확실성뿐이야. 그는 사실을 알기만 하면 그게 뭐든 직시할 수 있어. 그러니 이제는 알아야 해.

"좋아요." 깊은 목소리로 디드릭이 말했다. "살인 사건이 있을 거란 말이지요. 그리고 내가 피해자가 될 예정인 건 알았소. 그런 얘기요, 퀸 씨?"

"그건 마치…… 중력만큼이나 확실한 겁니다. 이 시점에서 그 패턴은 불완전해요. 이걸 완성시킬 수 있는 게 단 하나 있는데, 바로 살인입니다. 그리고 일단 제가 그 패턴과 설계자를 알아내고 나자, 밴혼 씨만이 유일한 희생자가 될 수 있다는 사실을 알게 되었습니다."

디드릭은 고개를 끄덕였다.

"이제 말해보시오, 퀸 씨. 누가 날 죽이려 하는 겁니까?"

두 사람의 시선이 방을 가로질러 서로 맞부딪쳤다.

엘러리가 말했다. "하워드입니다."

디드릭은 자리에서 일어나 책상으로 돌아왔다. 그는 담배 상자를 열었다.

"피우시겠소?"

"고맙습니다."

그는 책상 위의 라이터로 엘러리의 시가에 불을 붙여주었다. 불꽃은 흔들리지 않았다.

"아시겠지만……." 디드릭이 연기를 뿜으며 말했다. "나는 무슨 얘기가 나오든 받아들일 준비를 하고 있었습니다만, 이 살인 사건 얘기는 예상 밖이군요. 내가 선생의 결론을 받아들인다는 건 아닙니다. 나는 거장인 선생에게 충분히 경의를 표하고 있어요. 그건 선생이 여기 처음 왔을 때부터 누누이 밝혔지요. 그러나 선생의 그런 얘기를 다 곧이곧대로 믿는다면 나는 바보일 거요."

"저도 제 얘기를 밴혼 씨가 다 받아들일 거라고는 기대하지 않았습니다."

디드릭은 푸른 연기 사이로 엘러리를 바라보았다. "증명할 수 있소?" 그가 물었다.

"그 자체로 증명이 됩니다. 제가 말씀드렸듯이 그 패턴은 완벽하니까요."

디드릭은 침묵을 지켰다.

그러다가 잠시 후 말했다. "하워드 문제는……. 퀸 씨…… 그 아이는 내 아들이오. 내가 그 아이의 친아버지가 아니라는 건 아무 상관이 없어요. 나는 추리소설도 많이 읽었고, 이를테면 자식이 부모를 살해하는 이야기에서 부모와 자식 간의 혈연 관계가 없었다는 식으로 묘사하는 작가들을 보면 항상 웃음을 터뜨리곤 했어요. 작가들은 항상 그런 경우엔 아이를 입양아로 설정하더군요. 그게 무슨 큰 상관이 있는 것처럼! 사람과 사람 사이의 감정적인 유대 관계는 함께 살아온 시간에 비례해서 쌓이는 것이지 유전자와는 거의 상관이 없습니다. 나는 하워드가 갓난아기일 때부터 키워왔어요. 그 애는 내가 만든 겁니다. 그 아이의 세포 하나하나에는 내가 들어 있어요. 물론 내 안에는 하워드가 있고.

내가 아주 좋은 아버지는 아니었다는 건 인정합니다. 그래도 하느님은 내가 최선을 다했다는 걸 아실 거요. 그런데 살인? 하워드가 살인자이고 그 아이가 날 죽이려 한다고? 그건…… 그건 너무…… 꾸며낸 이야기 같소, 퀸 씨. 절대로 믿을 수 없는 얘기요. 우리는 30년 이상을 함께 살아왔는데. 그건 받아들일 수가 없습니다."

"밴혼 씨 기분은 알아요." 엘러리가 짜증스럽게 말했다. "죄송합니다. 하지만 제 결론이 틀리다면, 밴혼 씨, 저는 앞으로도 어떤 것이든 결론 같은 것은 내리지 않겠습니다. 저는…… 생각 자체를 하지 않겠습니다.."

"대단한 선언이로군요."

"제 말은 단어 하나하나가 모두 진심입니다."

디드릭은 서성거리기 시작했다. 입에 물고 있는 시가가 화가 난 듯 치솟아 있었다.

"하지만 왜?" 그가 거칠게 말했다. "도대체 무슨 까닭으로? 흔한 이유일 수는 없어요. 나는 하워드에게 모든 것을 주었고……."

"모든 것을 주었지만 한 가지는 주지 않았습니다. 그리고 불행하게도 그 한 가지가 하워드가 가장 원하는 것입니다. 아니, 원한다고 생각하고 있지요. 아무튼 마찬가지이지만. 또한," 엘러리가 중얼거렸다. "하워드는 당신을 사랑합니다. 하워드는 당신을 자기중심적으로 사랑합니다, 밴혼 씨. 그래서 그런 전제를 모두 감수하더라도, 밴혼 씨를 죽이는 것이 논리적으로 완벽하게 말이 되는 겁니다."

"무슨 소리인지 전혀 모르겠군요." 디드릭이 외쳤다. "나는 단순한 사람이라 단순한 얘기에 익숙해요. 당신이 주장하는 그 패턴이라는 것이 도대체 뭐기에 결말이 나를 죽이는 거라는 겁니까? 다른 누구도 아닌 하워드의 손에 의해서!"

"여기에 하워드를 불러놓고 설명하겠습니다."

디드릭은 문을 향해 걸음을 떼었다.

"안 돼요!" 엘러리가 벌떡 일어섰다. "혼자 가시면 안 됩니다!"

"바보처럼 굴지 마시오."

"밴혼 씨, 저도 하워드가 어떻게 할지는 모릅니다. 언제 할지도요……. 제가 아는 건, 당장 오늘 밤에라도 계획을 세웠을 수 있다는 겁니다. 그래서 제가…… 왜 그러십니까?"

"오늘 밤에 계획이 있을 수 있다." 밴혼은 천장을 힐끗, 아주 재빨리 쳐다보고는 곧바로 다시 고개를 저었다.

"왜 그러세요?"

"아닙니다. 너무 바보 같아서. 선생 말을 들으니 내가 갑자기 조마조마해져서……." 디드릭이 퉁명스럽게 웃었다. "하워드를 데려오지요."

디드릭이 문을 열기 전에 엘러리가 그의 팔을 잡았다.

잠시 후 디드릭이 말했다. "정말 확신하고 있군요."

"네."

"좋아요. 샐리와 나는 따로 방을 씁니다……. 그렇지만 이건 정말이지 터무니없는 일이오!"

"제가 말해야 하는 것에 비하면 100분의 1만큼도 아닙니다, 밴혼 씨. 계속하세요!"

디드릭이 노려보았다. "오늘 밤 그 일이 있고 나서, 선생이 떠난 후, 샐리가 무척 초조해했어요. 그렇게 초조해하는 모습은 본 적이 없었어요. 2층에서 샐리가 나에게 말하고 싶은 중요한 일이 있다고 했습니다. 나한테 비밀로 지키고 있던 일인데 더 이상은 감출 수가 없다고 하더군요."

너무 늦었어요, 샐리.

"그래서요?"

디드릭이 엘러리를 노려보았다. "그게 뭐든…… 그 일도 알고 있다고…… 말하려는 거요?"

"그럼 샐리가 아직 얘기를 안 했단 말인가요?"

"나는 그때까지도 그 목걸이 사건 때문에 화가 나 있었소. 솔직히 말해서 그 이상 화가 날 수 없을 정도였습니다. 나는 샐리에게 나중에 얘기하라고 했죠."

“그게 아니고요, 밴혼 씨! 지금 뭘 걱정하시는 겁니까?”

“무슨 일이오, 퀸? 젠장, 도대체 이게 무슨 일이냐고요?”

“지금 뭘 걱정하시는 거냐고요?”

디드릭은 온 힘을 다해 시가 꽁초를 벽난로에 던졌다. “샐리가 제발 들어달라고 애원을 하더군요.” 그가 외쳤다. “그래서 나는 오늘 밤 끝내야 할 일이 있으니 그 일이 뭐든 잠깐 기다리라고 했지요. 샐리가 알았다면서 기다리겠다고, 오늘 밤에는 꼭 말해야 한다고 그랬습니다. 그러면서 내 방에서 날 기다리겠다고 했어요. 내가 늦게까지 일을 하게 되면 내 방에서 자고 있겠다고, 그러면 와서 자기를 깨우라고…….”

“밴혼 씨의 침대. 밴혼 씨의 침대라고요?”

디드릭의 침실 문은 열려 있었다.

디드릭이 전등 스위치를 다급하게 두드리자 방 안의 모습이 쏟아지듯 한눈에 들어왔다. 그중에서도 샐리가, 방의 일부분인 샐리가, 그녀가 누워 있는 침대나 그녀 주위의 다른 죽은 것들 사이에서도 더욱 도드라지게 눈에 들어왔다.

그 광경은 기이했다. 샐리도 함께 죽어 있었기 때문이었다.

샐리는 전혀 샐리 같지 않은 모습으로 흉측하게 일그러져 죽어 있었다. 비틀어지고 충혈된 가고일 같은 얼굴에서 샐리다운 모습으로 단 하나 남은 것이라고는 처음 만났을 때 엘러리를 신경 쓰이게 만들었던 그 희미한 미소뿐이었다. 지금 그 미소만이 샐리를 기억할 수 있는 유일한 것으로 남아서, 엘러리는 마음이 편안해졌다. 그는 그녀의 머리카락에 손가락을 대고 부드럽게 뒤로 쓸어 넘겼다. 그리고 그 자리엔 그가 예상했던 것이 남아 있었다. 그녀의 목 위로 반 고흐의 강렬한 손가락 터치가 그녀의 죽음에 관한 이야기를 생생한 목소리로 전하고 있었다.

그녀는 격렬한 몸싸움의 흔적 안에 뒤틀린 채 누워 있었다. 그녀가 살아 있던 마지막 순간에 그녀의 다리와 팔이 침대 시트와 담요에 이런 흔적을 남긴 것이었다.

할퀴어진 목의 살갗은 매우 차가웠다.

엘러리가 한 걸음 물러서면서 디드릭을 밀치자 디드릭은 균형을 잃고 침대 위, 샐리의 다리 위에 세게 주저앉았다. 눈은 뜨고 있었지만 의식이 없는 채로 그는 그곳에 앉아 있었다.

엘러리는 디드릭의 책상에서 손거울을 가지고 돌아와 거울을 죽은 자의 입에 가져다 댔다. 샐리가 죽은 것은 알았지만 습관처럼 한 행동이었다. 목 깊은 곳이 막힌 듯 숨 쉬기가 힘들었지만, 그는 그 고통을 느끼지 못했다. 그의 내면 깊은 곳 어디에선가 이 엄청난 범죄에 대한 그의 책임을 묻는 목소리가 들려왔지만, 그것도 듣지 못했다. 한참 뒤에 샐리의 입술 자국이 남은 거울을 디드릭의 책상에 가져다 놓을 때, 그 목소리가 거듭거듭 무슨 말을 하는지 어렴풋이 인식하게 되었지만, 그럼에도 그는 재빨리 디드릭의 침실을 나왔다.

하워드는 작업실과 연결되어 있는 자기 방 침대 위에 누워 있었다.

그는 옷을 다 갖춰 입고 있었고, 지난번 피델리티 공동묘지에서 폭풍우 몰아치던 그 밤을 보낸 후 엘러리가 발견했을 때처럼 반 혼수상태에 빠져 있었다.

자네는 스스로를 가장 정확히 진단했어, 하워드. 자네는 스

스스로를 하이드 씨로 진단했고 가장 더러운 살인을 예견했어.

하워드의 손에 무언가가 있었다.

엘러리는 하워드의 손을 들어 올렸다. 길고 부드러운 머리카락 네 가닥이 힘센 조각가의 손가락 사이에 잡혀 있었고, 엄지를 제외한 모든 손가락의 손톱 아래에는 샐리의 목에서 떨어져 나온 피 묻은 살점이 끼어 있었다.

아홉 번째 날

데이킨 서장이 밤새도록 들락거리는 덕에 조금은 편안한 마음이 들었다. 다른 사람들은 모두 처음 보는 사람들이었기 때문이었다. 이제는 주도(主都)에서 주지사를 연임 중인 젊은 카터 브래드퍼드의 후임이었던, 비둘기 부리 같은 입을 가진 필 헨드릭스 검사는 어디로 갔는가? 천식과 딸기술을 달고 살던 신경질적인 검시관 샐럼슨은 어디로 갔는가? 중풍에 걸린 늙은 장의사 덩컨은 어디로 갔는가? 아아 슬프도다. 헨드릭스는 워싱턴에서 열심히 마녀사냥 중이었고, 샐럼슨은 쌍둥이 언덕의 공동묘지에서 영원한 안식을 누리고 있었으며, 라이츠빌의 지난 두 세대를 안락한 대지로 보내준 나이 많은 덩컨 씨는 대기와 바람과 먼지와 함께 허공을 떠돌고 있었다. 세상을 떠나면서 자신을 화장해달라는 간곡한 유언을 남겼기 때문이었다.

음침하게 생긴 젊은 남자가 집요한 시선으로 엘러리를 관찰하고 있었다. 챌런스키라는 이름의 남자였는데, 알고 보니 그는 라이츠 카운티의 검사로 흉악범을 처단하는 네메시스* 역할을 하고 있었다. 검시관은 그럽이라는 이름의 활달하고 날렵한 외과 의사로, 긴 코와 메스 같은 눈을 가지고 있었다. 장의사는

* 그리스 신화의 율법의 여신.

(라이츠빌에는 여전히 공식 시체 안치소가 없었다) 통통한 체격을 가진 덩컨 씨의 아들이 맡았다. 입술에 연신 침을 묻혀가며 검시관, 챌런스키 검사, 데이킨 경찰서장과 검시 문제를 열심히 논의하는 모습으로 미루어 짐작하건대, 그는 시신 안치대 위에서 잉태되어 관을 요람 삼아 자라고, 이유식을 떼듯 시체 방부액을 떼고, 사춘기 시절 어느 주말에 아버지의 장의사를 찾아온 손님에게 첫 연정을 품었을 것이 틀림없었다. 엘러리는 샐리를 바라보는 그의 눈길이 마음에 들지 않았다. 아주 마음에 들지 않았다.

수요일 아침, 평발에 통나무 목을 한 튼실한 체격의 남자가 강렬한 냄새를 풍기며 돌진해 들어왔다. 길팬트의 후임인 카운티의 보안관 모스리스였다. 전혀 나아진 게 없다! 다행히 모스리스 보안관은 집 밖의 신문기자들이 그의 이름의 철자를 정확하게 파악할 정도의 시간 동안만 머물렀을 뿐이었다.

그리고 또 사람들이 있었다. 주 경찰관, 라이츠빌 무전 순찰대원, 일반인처럼 보이는 검은 가방을 든 사람들, 그리고 그냥 사람들……. 그중에서도 특히 목을 길게 빼고 기웃거리는 마을 사람들은 대부호의 저택을 어슬렁거릴 수 있는 전통적인 미국인의 권리를 행사하며 단순히 오래 묵은 호기심을 만족시키는 것이 아닐까 의심이 되었다.

라이츠빌에서의 살인이 다른 곳에서의 살인보다 왜 더 달콤한 냄새를 풍겨야만 하는지, 그런 이유 같은 건 없을 거라고 엘러리는 생각했다.

엘러리는 이상하게도 평화로운 기분을 느꼈다. 물론 그의 일부분에만 해당하는 얘기였다. 그의 대부분은 피곤과 불쾌한 감정에 사로잡혀 있었다. 그는 오랫동안 잠도 자지 못했고, 불행한 아이샤처럼 최고의 순간을 누리던 디드릭 밴혼이 순식간에 늙어버리는 것을 목격해야 했다. 그 자신도 두 시간이나 울퍼트 밴혼을 견뎌야만 했다. 울퍼트는 엘러리를 거실 구석에 붙들어놓고 유년 시절의 하워드가 어떤 악마적 성향을 지니고 있었는지를 회고하며 집요하게 엘러리를 괴롭혔다. 하워드는 불과 아홉 살 나이에 줄무늬 뱀을 붙잡아 토막을 내기도 했고, 파리를 잡자마자 날개를 모조리 뜯어버렸으며, 울퍼트의 침대를 엉겅퀴로 채워놓기도 다반사라, 근본도 모르는 저런 자식을 키워봤자 좋을 일이 없을 거라고 디드릭에게 늘 경고를 했다는 등의 이야기를 늘어놓았다. 그리고 당연한 일이지만, 그곳엔 하워드가 있었다. 충혈된 눈에 헝클어진 머리를 한 채로 당황하고 있는 하워드. 하워드는 데이킨이 '지프'라고 부르는, 엘러리는 잘 모르는 라이츠빌 경찰관을 대동하고 욕실로 갈 때 말고는 미동조차 없이 앉아 있었다. 경찰관의 보고에 따르면 하워드는 욕실에서 그저 손을 문질러 씻을 뿐이라고 했다. 시간이 흐를수록 하워드의 손은 점점 창백해지고 물에 불어 쭈글쭈글해지다가, 마침내는 바닷물에 담가놓은 것처럼 되어버렸다. 이날 아침 하워드는 진정한 의미에서 골칫거리였다. 왜냐하면 그는 어떠한 질문에도 대답을 할 수 없었기 때문이었다. 콘헤븐 주립 병원의 신경과장이 범죄 현장에서 하워드와 두 시간을 보냈는데, 그 후 그는 깊은 생각에 잠긴 듯했다. 엘러리는 신경학자와 하워드의 기억상실증 이력에 관해 이야기를 나누었다. 그러자 주 형법 위원회의 정신의학 자문이기도 한 이 의사는, 다른 의사들과 마찬가지로 뭔가 말할 것 같지만 실제로는 절대 입을 열지 않는 불가사의한 분위기를 고수하며 고개만 열심히 끄덕였다.

그럼에도 여전히 작은 평화가 있었다. 어둠이었던 것이 이제 빛이 되었고 종말이 손 닿을 곳까지 다가왔기 때문이었다.

엘러리는 데이킨과 챌런스키에게 자신이 사건에 결정적인 영향을 미치는 사실을 알고 있으며, 정의 구현까지는 아니라도 다만 진실을 추구하기 위해 하워드를 이곳에서 데리고 나가기 전에 이 사실을 공개할 기회를 달라고 청했다. 하워드를 상대로 한 기소는 사실의 왜곡인 동시에 비정상적이고 논리적으로도 불완전하여, 애초에 사건 자체가 성립될 수 없다는 것이었다. 그리고 엘러리는 신경학자에게도 잠시 이곳에 남아줄 것을 요청했다. 부탁을 들은 신경학자는 귀찮아하는 표정이 역력했지만 아무튼 남기로 했다.

수요일 오후 2시 30분, 데이킨 서장이 부엌으로 들어왔을 때, 엘러리는 그곳에서 반쯤 뜯어먹은 구운 오리의 시체를 게걸스럽게 삼키고 있었다(로라와 에일린은 각자 방에 틀어박혀 하루 종일 모습을 보이지 않았다). 데이킨이 말했다. "자, 퀸 씨. 당신이 준비됐다면, 우리도 되었소."

엘러리는 브랜디에 절인 복숭아를 한입 가득 삼키고, 입술을 훔친 후 자리에서 일어섰다.

거실에서 엘러리가 말했다. "크리스티나 밴혼 여사는 이곳에 오시지 않았군요." 데이킨 서장이 움직이려 하자 엘러리가 급히 말했다. "아뇨, 신경 쓰지 마세요. 부인은 이 일과는 전혀 상관이 없어요. 여기 오셔봤자 성경이나 인용하시려 할 겁니다.

방해만 될 뿐이죠. 부인은 이 일에 대해서는 전혀 알지 못합니다. 그냥 위층에 계시도록 두세요."

"디드릭." 엘러리가 밴혼을 이렇게 부른 것은 처음이었다. 디드릭은 조금 놀란 듯 정신을 차렸다. 그는 관심을 보이며 고개를 조금 들었다. "안타깝지만 지금부터 할 얘기에 상처를 많이 받으시게 될 겁니다."

디드릭이 손을 저었다. "나는 이게 다 무슨 일인지 알고 싶을 뿐입니다." 그는 공손하게 말했다. 그러고는 덧붙였다. "이젠 남은 것도 얼마 없으니까." 그러나 그 말은 다른 사람이 아닌 자신에게 하는 말이었다.

의자에 웅크리고 앉은 하워드는 어깨와 무릎만 보였다. 그는 면도가 필요했고, 잠과 위로가 필요했다. 그는 이미 현실 세계로부터 벗어나 외따로 떨어진 하나의 물체였다. 그의 눈만이 현실과 이어져 있었지만, 그 눈은 차마 바라보기가 힘들었다. 사실 다른 사람들은 하워드를 극도로 무시하고 있었고, 그중에서도 신경학자와 울퍼트는 아예 어디에도 시선을 두지 않고 있었다.

"이 이야기를 쉽게 풀어가기 위해서……." 엘러리가 망설였다. "……이 각각의 여러 단계를 확실히 이해할 수 있게 하기 위해, 저는 맨 처음부터 이야기를 시작하려고 합니다. 하워드가 지난주 뉴욕에 있는 제 아파트에 찾아온 이후로 무슨 일이 있었는지를 최대한 간단히 정리해서 말씀드리도록 하겠습니다."

그리고 엘러리는 지난 여드레 동안 있었던 일을 모두 이야기했다. 바워리의 싸구려 여인숙에서 깨어난 하워드가 엘러리를 찾아왔던 일, 그의 기억상실증에 관한 이야기, 그의 두려움, 엘러리에게 라이츠빌에 와서 자신을 지켜봐 달라고 부탁했던 것. 엘러리가 밴혼 저택에 도착한 첫날 밤, 저녁 식사 자리에서 울퍼트가 전한 소식, 즉 미술관 건립 위원회가 디드릭의 조건을 받아들여 하워드를 미술관 건물을 장식하는 신상(神像) 제작의 공식 조각가로 지정했다는 것. 이 소식을 들은 하워드가 자신이 새로 맡은 일에 열의를 보이며 그 자리에서 스케치를 하고, 바로 다음 날 점토로 모형을 만들기 시작했다는 이야기. 그리고 그다음 날, 샐리, 하워드, 엘러리가 퀘토노키스 호수로 갔고, 그곳에서 하워드와 샐리가 디드릭에게 진 빚에 대해 털어놓은 것, 즉 하워드는 아무것도 가진 것 없는 버려진 아기였고, 폴리가의 가난한 사라 메이슨이었던 샐리는 디드릭이 아니었다면 가난하고 무지한 매춘부의 길을 걷게 될 운명이었다는 것. 그러고 나서 두 사람이 엘러리에게 바리새 호수 별장에서 저지른 욕정의 범죄를 모두 털어놓았고(이 대목을 이야기하면서 엘러리는 수치스러운 느낌이 들어 디드릭 밴혼에게서 애써 시선을 돌렸다. 디드릭이 타 들어가는 종이처럼 점점 쭈그러들고 있었기 때문이다) 어리석게도 하워드가 그 모든 일을 네 통의 편지에 적어 샐리에게 보냈으며, 그 후 6월에 샐리가 편지를 보관하던 옻칠한 상자를 도둑맞았다는 것. 그리고 엘러리가 도착하기 전날 불쑥 협박범에게서 전화가 걸려 왔고, 두 번째 전화에서 엘러리도 그 일에 휘말리게 되었다는 것. 퀘토노키스 호수에 다녀온 날 밤 디드릭과 대화를 나누던 중, 그 전날 도둑이 또 들어 서재 벽의 금고에서 500달러짜리 지폐로 2만 5천 달러를 훔쳐 갔다는 사실을 알게 된 것, 그 액수는 하워드가 협박범에게 전해달라고 엘러리에게 맡긴 돈의 액수와 정확히 일치했다는 것. 셋째 날, 엘러리가 협박범에게 보기 좋게 허를 찔렸고, 그날 밤 디드릭은 하워드의 출생의 진실을 알아냈다며, 하워드가 오래전 세상을 뜬 웨이라는 이름의 농사꾼 부부의 아들이었다고 말한 일. 그 얘기를 듣고 난 하워드의 반응, 그리고 일요일 새벽 엘러리가 기억상실 상태의 하워드를 추적해 도착한 피델리티 공동묘지에서 하워드가 친부모의 묘비를 진흙과 끌과 망치로 훼손했던 이야기. 그 후 하워드가 엘러리에게 주피터의 점토 모형에 H. H. 밴혼이 아닌 H. H. 웨이라는 서명을 새긴 것을 보여주었던 것. 협박범의 세 번째 전화와 이후 있었던 사건들 중 특히 엘러리가 하워드의 요청에 따라 샐리의 목걸이를 전당포에 맡긴 것과, 엘러리가 도둑이라는 누명을 쓸 위기의 순간에 하워드가 놀랍게도 진실을 부정했던 것 등을 이야기했다.

이야기를 하는 내내 디드릭은 의자의 팔걸이를 움켜잡고 있었고 하워드는 조각상처럼 앉아 있었다.

"여기까지가 지금까지의 이야기입니다." 엘러리가 이야기를 계속했다. "얼핏 보기엔 사건들이 무작위로 이어진 것처럼 보일 것입니다. 그리고 왜 제가 이런 장황한 이야기로 여러분의 시간을 뺏는지 궁금하실 것입니다. 그 이유는 이 사건들이 우연히 발생한 것이 아니라 서로 연결되어 있기 때문입니다. 서로 견고하게 맞물려 있어 지극히 사소해 보이는 어느 한 사건도 다른 사건들보다 절대 그 중요도가 떨어지지 않습니다.

어젯밤 저는 뉴욕으로 돌아가던 길이었습니다. 저는 하워드에게 신물이 났고, 샐리에게 실망했습니다. 그냥 질렸던 겁니다. 그런데 라이츠빌에서 멀어지는 동안에 갑자기 어떤 생각이 떠올랐습니다. 단순한 생각이었죠. 그 단순한 생각이 모든 것을 바꾸었습니다. 그리고 저는 이 사건의 본질을 보았습니다. 처음으로요."

그는 잠시 말을 멈추고 목을 가다듬었다. 그때 챌런스키 검사가 말했다. "퀸, 지금 무슨 얘기를 하는 건지 당신은 알고 있는 거요? 왜냐하면 솔직히 나는 모르겠거든요." 그러나 데이킨 서장이 말했다. "챌런스키 검사, 저 사람이 전에도 저런 식으로 말하는 걸 들어본 적이 있어요. 기회를 줘보시오."

"아무튼 이상하긴 합니다. 이 '공청회'는 법적인 근거도 없어요. 이걸 '공청회'라고 부를 수 있다면 말입니다. 저는 이게 정확히 뭔지도 모르겠어요. 게다가 어떤 경우이든 하워드 밴혼 씨는 변호사의 변호를 받아야 하잖습니까."

"이건 검시 심문의 범위를 넘어서는 거예요." 검시관인 그럽이 말했다. "어쩌면 이건 앞으로 뭔가 불법적인 짓을 하려고 근거를 마련하려는 속임수일지도 몰라요, 챌런스키."

"저 사람이 얘기하게 둬요. 뭔가 말을 할 거요." 데이킨이 말했다.

"뭘요?" 검사가 비아냥거렸다.

"나도 몰라요. 하지만 저 사람은 항상 그랬소."

엘러리가 말했다. "고맙습니다, 데이킨 서장님." 그리고 그는 기다렸다. 챌런스키와 그럽이 어깨를 으쓱하자 그는 계속했다.

"저는 길가에 차를 세우고 사건을 한 조각 한 조각 전부 검토했습니다. 모든 것을 처음부터 다시 살폈지만, 이번에는 기준 좌표계가 있었지요."

"무슨 좌표계요?" 챌런스키가 물었다.

"성경입니다."

"뭐라고요?"

"성경이요, 챌런스키 씨."

"이제는 어쩐지 여기 있는 이 친구보다 퀸 씨 당신이 콘브랜치 박사님의 환자가 되어야 할 것 같은데요." 검사는 웃으며 주위를 둘러보았다.

"저 사람이 얘기하게 그냥 좀 놔둬요, 챌런스키." 신경학자가 말했다. 그러나 그러면서도 그는 하워드에게서 눈을 떼지 않았다.

"그러자 곧 모든 것이 분명해졌습니다." 엘러리가 말했다. "하워드는 여섯 가지 행위를 저질렀으며, 이 여섯 가지 행위에는 아홉 가지의 죄가 포함되어 있다는 것입니다."

이 말에 챌런스키의 얼굴에서 웃음이 사라졌고 검시관은 오만하게 꼬고 있던 다리를 풀었다.

"아홉 가지의 범죄?" 챌런스키가 말했다. "그럽, 그게 뭔지 알아요?"

"아뇨."

"좀 기다려봐요." 데이킨이 말했다.

"무슨 아홉 가지 범죄요, 퀸?"

엘러리가 말했다. "아홉 가지 범죄는 서로 다른 범죄이면서도 큰 의미에서는 같은 범죄입니다. 제가 말하려는 것은 그 범죄들에는 연속성이 있으며 서로 조화를 이루며 패턴을 형성하고 있다는 것입니다. 그 범죄들은 유기적인 관계를 가지고 있습니다. 즉 하나의 전체를 구성하는 부분들인 것입니다.

저는 이 관계의 속성을 이해했습니다. 그리고 여러분도 일단 이것을 이해하고 나면, 제가 그랬듯 앞으로 일어날 하나의 범죄를 예측하는 것이 가능해집니다. 그래야만 합니다. 그것은 피할 수 없는 결론입니다. 아홉 개의 범죄, 그리고 그것은 불가피한 열 번째 범죄로 이어집니다. 그뿐이 아닙니다. 일단 그 패턴의 특성을 이해하게 되면, 제가 그랬듯이 열 번째 범죄가 무엇일지, 누구를 대상으로 무엇을 노리는 것인지, 그리고 누가 저지를 것인지를 예측할 수 있게 됩니다. 저는 지금까지 이런 저런 경험을 상당히 쌓아왔습니다만, 지금껏 이토록 완벽한 것은 만나본 적이 없습니다. 주제 넘는 말을 하려는 것은 아닙니다만, 여러분 중 어느 누가 이런 것을 경험해본 적이 있을까 싶습니다. 여러분 중 누구도, 그 어디에서도, 이런 사건은 다시 만날 수 없을 거라고 감히 말하고 싶습니다."

이제는 사람들의 숨소리와 밖에서 성난 경찰관이 외치는 소리 말고는 아무 소리도 들리지 않았다.

"예측할 수 없었던 단 한 가지 요소는 시간이었습니다. 그 열 번째 범죄가 언제 일어날지는 알 수 없었습니다." 엘러리는 쾌활하게 말했다. "그 일은 제가 라이츠빌로부터 70킬로미터쯤 떨어진 곳에서 차를 세우고 앉아 생각을 거듭하는 동안에도 일어날 수 있었기 때문에, 전화가 있는 가장 가까운 곳으로 달려가 밴혼 씨에게 즉시 보호 조치를 취하도록 지시했고 최대한 빨리 이곳으로 돌아온 겁니다.

저는 밴혼 부인이 오늘 밤 부군의 침실, 부군의 침대에서 잠이 들 거라는 사실을 알 수가 없었습니다. 하워드의 손은 어둠 속에서 아버지의 목을 더듬어 찾았고, 아버지 대신에 그가 사랑했던 여인을 질식시켜 목숨을 앗았습니다. 그가 기억상실 상태에 빠져 있지 않았다면 감촉을 통해 상황을 파악하고 즉시 손을 떼었을 겁니다. 그러나 그 순간 그는 단순히 살인 기계였을 뿐이고, 일단 가동에 들어간 기계는 주어진 임무를 완수한 것입니다."

엘러리가 말했다. "여기까지가 개요입니다.

이제 하워드의 여섯 가지 행위, 제가 언급한 아홉 가지 죄를 아우르는 그 여섯 가지 행위에 대해 살펴보고, 그 뒤에 감춰진 계획을 밝힌 후 열 번째 범죄를 예측해보겠습니다.

하나." 엘러리는 말을 멈췄다. 그러더니 그는 과감히 시작했다. "하워드는 고대 신들의 모습을 조각하는 일을 하고 있었습니다."

그리고 그는 다시 말을 멈췄다. 일반인들에게 이런 맥락도 없고 뜬금없는 기이한 이야기를 받아들이라고 부탁하는 건 무리였다. 그저 기다릴 수밖에 없었다.

"고대의 신이라니." 검사가 멍한 표정으로 말했다. "이게 무슨……."

"무슨 말을 하는 거요, 퀸?" 데이킨 서장이 걱정스러운 듯 물었다. "그게 범죄요?"

"네, 데이킨 서장님." 엘러리가 말했다. "한 가지 범죄가 아닙니다. 실제로는 두 가지입니다."

챌런스키는 입을 벌린 채 뒤로 기대어 앉았다.

"둘. 하워드는 자신의 조각과 스케치와 초벌 조각에 의미심장한 서명, H. H. 웨이를 남겼습니다."

챌런스키는 고개를 저었다.

"H. H. 웨이." 검시관이 이 말을 되뇌었지만, 화를 내고 있지는 않았다. 오히려 이 말을 자기 목소리로 들으면 어떻게 들리는지를 한번 시험해보려는 것 같았다.

"그것도 범죄요?" 검사가 짜증스러운 웃음을 띠며 물었다.

"네, 챌런스키 씨." 엘러리가 말했다. "그것도 특히 불경스러운 죄죠.

셋. 하워드는 디드릭에게서 2만 5천 달러를 훔쳤습니다."

이 말에 사람들은 모두 반가운 마음으로 긴장을 풀었다. 마치 우르두어로 진행되던 강의에서 강사가 갑자기 영어를 말한 것 같았다.

"뭐, 그게 범죄란 건 나도 동의합니다!" 챌런스키가 웃으며 주위를 돌아보았다. 그러나 아무도 대꾸하지 않았다.

"그 위에 새겨진 패턴을 파악하신다면 챌런스키 씨도 하워드의 모든 행위가 죄가 된다는 것에 동의하실 겁니다. 비록 행위 전부가 형법상의 범죄라고 할 수는 없겠지만요.

넷. 하워드는 아론 웨이와 매티 웨이의 묘지를 훼손했습니다."

"점점 더 기반이 단단해지는군요." 그럽 검시관이 말했다. "그건 범죄죠, 챌런스키. 기물 파손이나 뭐 그런 거 아닐까요?"

"꼭 그렇지는 않습니다. 형법에서는……."

"하워드가 자기 부모님의 묘지에 저지른 두 가지 범죄는 검사님의 법전에서 찾을 수 없을 겁니다. 계속해도 될까요?" 엘러리가 말했다.

"다섯. 하워드는 샐리 밴혼과 사랑에 빠졌습니다. 그리고 이것도 두 가지 범죄에 해당합니다.

그리고 마지막으로 여섯. 샐리의 다이아몬드 목걸이를 전당포에 맡겨달라고 저에게 부탁한 사실을 부인하면서 하워드는 터무니없는 거짓말을 했습니다.

여섯 가지 행위, 아홉 가지 범죄. 인간이 저지를 수 있는 열 가지 최악의 범죄 중 아홉 가지. 챌런스키 씨가 가지고 있는 법전보다 훨씬 더 오랜 역사를 지닌 권위가 정한 그 죄악 말입니다."

"그런 권위라니, 무슨 권위 말입니까?"

"대문자 G로 시작하는 권위죠."

챌런스키가 벌떡 일어섰다. "이건 도대체……."

"신(God)."

"뭐요?"

"구약성경을 통해 우리가 하느님으로 알고 있는 신 말입니다, 챌런스키 씨. 그리스 정교회와 로마 가톨릭과 대다수의 개신교에서 여전히 천명하고 있는 신, 고대 유대인들이 성경에서 처음으로 하느님이라고 기록한 신 말입니다. 그렇습니다. 신, 히브리어의 4자음 문자*의 번역으로는 야훼이며, 기독교 성경 주해에서는 여호와로 번역되는 그분. '감히 이름을 말할 수 없는', '그 이름을 말로 전달해서는 안 되는' 절대자……. 주 하느님 말입니다, 챌런스키 씨. 그분은 인간이 알 수 없는 형태를 띠고 모세를 시나이 산의 구름 한가운데로 불러 그곳에서 40주야를 보내게 하셨습니다. 그리고 *'여호와께서 시나이 산 위에서 모세에게 이르시기를 마치신 때에 증거판 둘을 모세에게 주시니 이는 돌판이요 하느님이 친히 쓰신 것이더라.'***

* *히브리어에서 하느님을 나타내는 네 글자. YHWH, YHVH 등*

** *〈출애굽기〉 31장 18절.*

그 여섯 가지 행위를 통해……." 엘러리가 말했다. "*하워드는 십계명 중 아홉 계명을 어겼습니다.*"

신경학자가 몸을 움직였다. 의미심장한 꿈이라도 꾸는 것처럼 불편하게 몸을 뒤틀었다. 그러나 하워드를 포함한 다른 사람들은 여전히 꼼짝도 않고 앉아 있었다. 하워드는 현실 세계를 벗어나 그 자신만의 세계에 머물고 있는 듯했다. 그 무시무시한 세계에는 엘러리조차도 감히 발을 들일 수 없었다.

"로마의 신들을 조각함으로써……." 엘러리가 말했다. "하워드는 두 가지 계명을 어겼습니다. '*너를 위하여 새긴 우상을 만들지 말라.*' 그리고 '*너는 나 외에는 다른 신들을 네게 있게 말지니라.*' 그의 조각에 H. H. 웨이라고 서명함으로써 하워드는 '*너는 너의 하느님 여호와의 이름을 망령되이 일컫지 말라*'는 계명을 어겼습니다. 이것은 범죄성 정신장애를 앓고 있는 하워드의 정신이 어떻게 작용했는지를 보여주는 특히 흥미로운 예입니다. 여기에서 그는 장난삼아 카발라*를 슬쩍 건드려 보고, 성경의 각각의 글자, 단어, 숫자, 억양이 내포하고 있는 숨겨진 의미를 믿었던 중세 신지학자**들의 주술을 모방했습니다. 구약성경의 최대 미스터리는 바로 하느님이 모세에게 밝힌 하느님의 이름입니다. 그리고 그 이름은 제가 방금 언급한 히브리어의 4자음 문자에 숨겨져 있습니다. 네 개의 자음은 다양하게 쓰여왔고, 실제로는 IHVH에서 YHWH까지 총 다섯 가지 방식이 있는데, 이로부터 하느님의 이름으로 추정되는 조합

** 히브리 신비 철학.*

*** 신비한 체험이나 특별한 계시에 의하여 알게 되는 철학적, 종교적 지혜 및 지식을 연구하던 학자.*

이 다양하게 재구성되어왔죠. 그리고 이러한 구성 가운데 현대 사회에서 가장 널리 인정되는 것은 야훼(Yahweh)입니다. 그리고 H. H. 웨이(Waye)를 구성하는 글자들을 살펴보면, 이것이 야훼의 애너그램*임을 알 수 있습니다."

챌런스키는 입을 떡 벌렸다.

엘러리가 말했다. "네. 정말 말도 안 되죠, 챌런스키 씨.

그리고 디드릭 밴혼의 금고에서 2만 5천 달러를 무단으로 가져감으로써, 하워드는 '도적질하지 말라'는 계명을 어겼습니다.

지난 일요일 새벽 아론 웨이와 매티 웨이의 무덤을 훼손함으로써, 하워드는 또 다른 두 가지 계명을 어겼습니다. '*안식일을 기억하여 거룩히 지키라.*' 그리고 '*네 부모를 공경하라.*'" 그는 희미하게 미소를 지었다. "아무래도 이 자리에 성바울교회의 치처링 목사님을 모실 걸 그랬나 봅니다. 이 부분에서는 전문가의 조언이 필요한 것 같아서요. 바로 안식일에 관한 문제입니다. 네 번째 계명에서 언급하는 '안식일'은 제가 알기로 로마 가톨릭과 루터교에서는 세 번째 계명에 해당합니다. 그러나 유대교, 그리스 정교회 그리고 대부분의 개신교에서는 네 번째 계명이죠. 아무튼 십계명에서 말하는 안식일은 이스라엘의 사바스(Sabbath)이며, 이날은 토요일입니다. 제가 아는 바로는 사바스를 지키던 초기 그리스도인들이 예수의 부활을 매주 기념하는 의미에서 '주님의 날', 즉 일요일을 안식일로 삼아 지키게 된 것이죠. 이제 생각이 날 것 같은데 이 이중 기념은 사도 바울이 애초부터 유대인의 안식일은 기독교인의 안식일과 관계가 없다는 금언을 내렸음에도 불구하고 부활 이후 몇 세기 동

** 단어의 철자 순서를 바꾸어 새로운 의미의 단어로 조합하는 놀이.*

안 지켜져왔습니다. 뭐, 상관없습니다. 기독교 신자인 하워드에게는 안식일이란 일요일인 것이죠. 그리고 그 일요일 새벽에 그는 자신의 부모의 묘지를 훼손했습니다."

엘러리가 말했다. "샐리와 사랑에 빠짐으로써, 그리고 그녀와 바리새 호숫가 밴혼 별장에서 동침함으로써, 하워드는 두 가지 계명을 어겼습니다. '*네 이웃의 아내를 탐하지 말라*'와 '*간음하지 말라.*'"

엘러리는 곧바로 아홉 번째로 넘어갔다. "그리고 하워드는 샐리의 목걸이를 저당 잡혀 달라고 저에게 부탁했던 사실을 부인함으로써, '*이웃에 대하여 거짓 증언을 하지 말라*'는 계명을 어겼습니다."

이제 사람들은 거대한 기이함에 압도되어 주문에 걸린 듯 앉아 있었다. 설사 그 주문을 깰 수 있었다 하더라도 그들은 주문을 깨지 않았을 것이다.

엘러리가 다시 이야기를 계속했다. "어젯밤 하워드의 차를 길가에 세우고 이 아홉 개의 조각을 모으면서, 저는 저 자신에게 아주 자연스러운 질문을 던졌습니다. 이 모든 것은 우연인가? 순전히 우연에 의해 하워드가 십계명 중 아홉 계명을 어기는 일련의 행위를 저지를 수 있을까? 그리고 스스로에게 대답해야 했습니다. 아니, 그것은 가능하지 않습니다. 우연에 따라 조화롭게 십계명을 어기는 범죄가 일어날 가능성은 극히 낮습니다. 따라서 하워드는 이 아홉 가지 계명을 의도적으로 어긴 것이며, 십계명을 가이드로 삼아 사전 계획에 따라 체계적으로 진행한 것입니다.

그러나 하워드가 십계명 중 아홉 계명을 어겼다면……." 엘러리가 외쳤다. "그는 멈추지 않을 것이며, 멈출 수도 없었을 것입니다. 열은 완전한 수이고, 아홉은 열이 아닙니다. 빠진 계명, 어겨야 하는 계명, 그것은 현대인에게 있어 사회적으로 가장 바람직한 가치이며 가장 도덕적인 계명으로서 모든 계명의 상위에 두는 계명입니다. *'살인하지 말라.'* 열은 완전하고 아홉은 열이 아니니, 열 번째 계명이 살인을 금지하는 도덕적인 계명이므로, 저는 하워드가 세상에 대한 거대한 반항의 정점으로 살인을 아껴두고 있다는 사실을 알게 되었습니다.

하워드가 살인의 대상으로 삼은 사람은 누구일까요? 하워드의 행동에서 보이는 외견적 징후나 내면의 심리가 암시하는 바를 고려할 때 두 경우 모두에서 같은 답이 나옵니다. 하워드가 원한 것은 무엇이었습니까? 아니면 그가 원한다고 생각했던 것은 무엇이었을까요? 이렇게 질문을 바꾸는 것은 저 스스로 인정하듯이 제 생각이 비전문가의 이론이기 때문입니다. 콘브랜치 박사님, 제 생각은 하워드가 실제로 샐리를 전혀 사랑하지 않았고, 단순히 자신이 그렇다고 생각했던 것에 불과하다는 것입니다. 그는 디드릭의 아내를 원했습니다. 아니, 원한다고 생각했습니다. 여기에 방해가 되는 사람은 누구입니까? 디드릭뿐입니다. 그렇다면 하워드의 관점에서는 디드릭을 제거함으로써 자신이 그의 아내를 취할 수 있게 됩니다. 디드릭을 죽이려다가 우연히 샐리를 죽이게 되지만, 논리적으로 볼 때 이 사실은 중요하지 않습니다. 이것은 비극적이지만 전체적으로 무관한 사건입니다.

그러나 심리학적 경로를 따르더라도 디드릭이 계획된 희생자라는 결론에 이를 수 있습니다. 유년 시절부터 하워드의 감정 기제의 주된 추진력은 오이디푸스 콤플렉스였습니다. 그 점에 대해서 저는 전혀 의문을 품고 있지 않습니다. 사실 10년 전 파리에서 하워드를 처음 알게 되었을 때부터 그랬죠. 디드릭 밴혼에 대한 하워드의 숭배 감정은 대단히 노골적이었고, 누가 보더라도 착각할 수 없는 것이었습니다. 파리의 작업실에 있던 조각들의 모델은 제우스, 아담, 모세였지만 —아, 그때도 모세가 있었군요— 그것들은 본질적으로는 모두 디드릭이었습니다. 그리고 10년 후 제가 직접 디드릭을 만났을 때, 저는 그때 그 조각들이 특징이나 체격 면에서 모두 디드릭이었다는 것을 알게 되었습니다.

하워드의 일생을 살펴보면 아버지의 형상에 대한 그의 흠모는 거의 필연적일 수밖에 없습니다. 얼굴도 모르는 어머니는 그가 아기였을 때 그를 버렸습니다. 그런 그를 덩치 크고, 힘세고, 존경할 만한 남자 중의 남자가 거두었고, 그의 아버지이자 보호자가 되어 아버지와 어머니의 역할을 동시에 합니다. 그리고 오이디푸스 신화에서처럼, 부친 살해의 씨앗 역시 거기에 있었습니다. 아버지의 형상이 아들을 거부하고, 아버지의 사랑이 하워드의 관점에서 봤을 때 한 낯선 여인에게로 옮겨가자, 사랑이 증오로 변했기 때문입니다. 그 순간에 씨앗이 싹튼 거죠. 우연히도 디드릭이 샐리와 결혼한 날 첫 번째 기억상실이 일어납니다. 그리고 하워드는 자신의 아버지를 훔쳐 간 여인과 '사랑'에 빠지게 된 겁니다! 제 말에 틀린 점이 있다면 언제든지 정정해주세요, 콘브랜치 박사님. 저는 이것이 전혀 사랑이 아니었다고 봅니다. 이것은 무의식적으로 이중적인 행위가 됩니다. 즉, 자신을 거부한 아버지에 대한 형벌인 동시에, 아버지가 자신을 거부하도록 만든 여인과 아버지와의 관계를 망침으로써 아버지의 사랑을 되찾으려는 것입니다.

이제 이 주목할 만한 사실을 고찰해봅시다. 자신을 배신한 아버지의 형상을 살해하려는 계획을 세우면서, 아들은 그와 동시에 또 다른 아버지의 형상을 살해할 수 있는 방법을 사용합니다!" 콘브랜치 박사는 혼란스러운 듯 보였다. 엘러리는 몸을 앞으로 숙여 신경학자를 직접적으로 바라보며 말을 이어갔다. "이 집안의 환경을 보세요. 하워드의 어린 시절과 이후 청년 시절에 이르기까지, 신의 말씀에 사로잡힌 양할머니 크리스티나 밴혼으로부터 지배당하던 이 집안. 할머니의 신앙은 살아 있는 여호와를 설파했던 미치광이 근본주의자와의 결혼으로부터 파생된 것이었죠. 이런 환경에서 하워드가 어떻게 가부장적 신의 개념으로부터 벗어날 수 있었겠습니까? 이로써 우리는 이 일련의 사건이 얼마나 완벽한지 알 수 있습니다. 아버지 하느님의 십계명을 의도적으로 어김으로써, 하워드는 가장 위대한 아버지의 형상을 깨뜨리는 것입니다."

엘러리는 외따로 떨어져 앉은 하워드를 측은한 눈빛으로 한 번 보고, 미치광이의 존재에 혐오감을 드러내는 일반인들도 힐긋 본 후, 부드러운 목소리로 말했다. "이제 여러분도 왜 제가 이 일로 여러분의 시간을 빼앗았는지 아시겠지요. 하워드가 세운 모든 계획은 균형이 깨진 영혼에 의해 만들어진 것입니다.

이런 하워드의 광기를 의학계 사람들이 뭐라고 부를지는 모르겠습니다, 콘브랜치 박사님. 하지만 살인으로 치닫는 이런 일련의 범죄 패턴으로 십계명을 선택한 것, 그리고 이 사건에서 하워드가 매우 영리하고 집요하게 패턴을 따랐음을 고려하면 하워드에게는 자격을 갖춘 심리학자의 진단이 필요하며, 멀쩡한 정신의 범법자들을 다루는 형사 재판에 회부되어서는 안 된다는 사실은 비전문가가 보더라도 명백합니다.

여기 이 사람은 평범한 살인자로 다루어서는 안 됩니다. 굳이 말하자면 하워드는 형사법상으로 정신 질환자입니다. 하워드는 정신병원으로 보내야 하며, 그러기 위해 조금이라도 도움이 된다면, 저는 여러분이 원하시는 어떤 시간, 어떤 장소에라도 출석해서 저의 추론과 성경에 입각한 분석을 제공해드리겠습니다."

그리고 엘러리는 디드릭 밴혼을 보았다가 바로 시선을 돌렸다. 디드릭은 울고 있었다.

한동안 디드릭이 흐느끼는 소리 외에는 아무것도 들리지 않았고, 그마저도 곧 멈추었다.

챌런스키 검사가 콘브랜치 박사를 바라보았다.

그는 목청을 가다듬었다.

"선생님, 이…… 이 이야기에 대해서 어떻게 생각하십니까?"

신경학자가 말했다. "지금 당장은 이 사건의 의학적, 법률적 측면에 관해 언급하지 않도록 하겠습니다, 챌런스키 씨. 다소 시간이 걸릴 것 같고, 아마도…… 자문을 많이 구해야 할 겁니다."

"그렇다면!" 검사는 팔꿈치를 무릎 위에 괴었다. "기소의 측면에서 말하자면…… 그의 변호사들이 뭐라고 할지는 일단 접어두고요……. 우리는 사건을 맡았고 검시 심문이 끝나는 대로 즉시 재판을 개시할 준비가 되어 있음을 밝히는 바입니다."

데이킨 서장이 몸을 움직였다. "콘헤븐 실험실에서 답이 왔소?"

"네, 여기 모이기 직전에 전화로 1차 보고를 받았습니다, 데이킨 서장님. 하워드 밴혼의 손가락 사이에서 발견된 머리카락 네 가닥은 밴혼 부인의 머리카락으로 확인되었습니다. 손톱 아래 있었던 살점 조각 등은, 실험실의 의견에 따르면 밴혼 부인의 목에서 나온 것이고요. 사실상 거기엔 의심할 여지가 없습니다. 하지만 저는 이 사실을 법적으로 정확히 해야 한다고 생각합니다. 그리고 솔직히 지금으로서는 그가 밴혼 부인인 것을 알고 죽였는지, 아니면 어둠 속에서 밴혼 씨로 착각을 하고 죽였는지는 크게 신경 쓰지 않아요. 어느 쪽이든 동기는 확실하니까요. 그가 불륜 상대를 살해한 최초의 인물도 아니고요. 사실……." 검사의 얼굴에 미소 같은 것이 떠올랐다. "…… 무슨 아버지의 형상을 증오했다느니 어쩌느니 하는 그럴싸한 이야기보다는 이쪽이 훨씬 더 제시하기 쉬운 동기죠. 이제 이 정도로 하고……."

챌런스키가 천천히 몸을 일으켰다.

하워드가 말했다. "이제 저를 데려가시려는 건가요?"

하워드의 작업실에 있는 주피터 조각상이 갑자기 입을 열어 말을 했어도 사람들이 이보다 더 놀라지는 않았을 것이다.

그는 챌런스키도 엘러리도 쳐다보지 않고, 오직 데이킨 경찰서장만 바라보고 있었다.

"데려간다고? 그래, 하워드." 데이킨은 불편해 보였다. "그래야 할 것 같다."

"절 데려가시기 전에 하고 싶은 일이 있어요."

"화장실에 가려고?"

"세상에서 가장 오래된 핑계죠." 챌런스키가 미소를 지었다. "그래봤자 소용없어, 밴혼. 아니면 웨이라고 해야 하나? 이 집은 완전히 포위됐거든. 안팎으로 전부."

"저자가 좀 돈 건가요?" 그럽 검시관이 느릿느릿 말했다.

"도망치려는 게 아니에요." 하워드가 말했다. "도망쳐봤자 어디로 가겠어요?"

그럽과 챌런스키가 웃었다.

"저 애의 말을 제대로 들어요!"

디드릭이었다. 벌떡 일어선 디드릭의 얼굴에 경련이 일고 있었다.

하워드는 여느 때처럼 차분하고 끈기 있게 말했다. "저는 그냥 2층의 제 작업실에 가고 싶은 거예요. 그뿐이에요."

한동안 아무도 입을 열지 않았다.

"뭣 때문에, 하워드?" 마침내 데이킨 서장이 말했다.

"다시는 못 볼 테니까요."

"위험하진 않을 것 같은데요, 챌런스키." 데이킨이 말했다. "어차피 달아날 수도 없고 본인도 그걸 아니까요."

검사는 어깨를 으쓱했다. "죄수의 신변은 서장님 소관입니다. 저라면 보내지 않겠습니다만."

"콘브랜치 박사의 의견은 어떻소?" 경찰서장은 얼굴을 찌푸리며 물었다.

신경학자는 고개를 저었다. "무장한 경관 없이 보내서는 안 됩니다."

데이킨은 망설였다.

"하워드, 작업실에 가서 정확히 뭘 하려는 거지?" 엘러리가 물었다.

하워드는 대답하지 않았다.

"하워드……." 이번에도 디드릭이었다.

하워드는 그저 그곳에 서서 바닥만 쳐다보고 있었다.

콘브랜치 박사가 말했다. "대답을 하는 게 어때요, 하워드? 하고 싶은 게 뭡니까?"

하워드가 대답했다. "제 조각들을 부수고 싶어요."

"이건 합리적인 요청이군요. 이런 상황에서는." 신경학자가 말했다.

그는 데이킨을 슬쩍 보고 고개를 끄덕였다.

데이킨의 얼굴에 고마워하는 표정이 떠올랐다. 그는 하워드 뒤에 서 있던 키 큰 젊은 경찰관에게 말했다. "지프, 따라가."

하워드는 몸을 돌려 침착하게 걸어 나갔다.

경찰관은 오른손으로 권총의 검은 손잡이를 매만지며 벨트를 추켜올렸다. 그러고는 하워드를 바짝 뒤쫓아 방을 나갔다.

"너무 오래는 안 돼." 데이킨이 말했다.

디드릭은 무겁게 주저앉아 있었다. 하워드는 방을 나서면서 그에게 시선을 돌리지 않았다.

나에게조차 눈길을 주지 않는군. 엘러리는 생각했다. 그리고 그는 거인의 거대한 창문으로 다가가 정원을 내다보았다. 그곳에서는 경찰관 세 명이 늦은 오후의 햇살 아래 담배를 피우며 웃고 있었다.

채 3분도 지나지 않아 찢어질 듯한 굉음이 울렸고 사람들은 모두 고개를 들었다.

곧이어 다음 소리가, 또 다음 소리가 들렸다. 그러더니 소리는 점차 빨라지면서 파괴적인 리듬으로 울렸다. 그러다 파괴의 소리가 멈추고 긴 정적이 흐른 후, 분노로 가득찬 우상 파괴의 마지막 소리가 울렸다.

다시 정적이 흘렀다.

그들은 모두 문을 향해 돌아앉아 있었다. 문에서는 계단의 끝이 내다보였다. 사람들은 우상 파괴자가 경찰관과 함께 계단을 내려와 그들의 시야에 들어오기를 기다렸다. 그러나 아무 일도 일어나지 않았다. 우상 파괴자도, 경찰관도 보이지 않았다. 여전히 텅 빈 복도와 계단이 보일 뿐이었다.

데이킨이 복도로 나가 색 바랜 계단 난간에 손을 짚고 외쳤다. "지프! 이제 데리고 내려와!"

지프는 대답이 없었다.

"지프!"

서장의 외침에는 극도의 공포가 담겨 있었다.

그러나 지프는 대답하지 않았다.

"맙소사." 데이킨이 말했다. 순간적으로 뒤를 돌아본 그의 얼굴은 점토처럼 창백했다.

곧 데이킨은 재빨리 계단을 올랐고, 사람들은 그의 뒤를 쫓았다.

경찰관은 작업실의 닫힌 문 앞에 대자로 뻗어 있었다. 왼쪽 귀 위에는 보라색 혹이 나 있었고, 일어서려고 기를 쓰며 긴 다리를 허우적거리고 있었다.

총집에 총이 없었다.

"문 앞에 오자마자 제 배를 때렸어요." 그가 헐떡였다. "제 총을 빼앗더니 그걸로 절 때렸어요. 저는 기절했고요."

데이킨이 문을 흔들었다.

"잠겼어."

엘러리가 외쳤다. "하워드!" 그러나 챌런스키가 엘러리를 어깨로 밀치고 소리쳤다. "밴혼, 어서 문 열지 못해!"

문은 열리지 않았다.

"열쇠 있습니까, 밴혼 씨?" 데이킨이 숨을 헐떡였다.

디드릭이 그를 멍하니 바라보았다. 그는 그 말을 이해하지 못하는 것 같았다.

"문을 부숴야 할 것 같습니다."

그들이 문에서 조금 떨어진 곳에 서서 몸으로 문을 부술 준비를 하고 있는데, 그때 총성이 울렸다.

한 발의 총성이었고, 그 소리에 이어 무언가가 마루로 떨어지는 듯한 금속성 소리가 들렸다.

사람 몸이 떨어지는 것 같은, 더 무겁고 둔한 소리는 없었다.

그들이 함께 문에 부딪치자 문이 바로 열렸다.

하워드는 작업실 천장의 가운데 기둥에 매달려 있었다. 그의 팔은 대롱거렸고 손목에서 떨어지는 핏방울이 마루 위에 고여 두 개의 웅덩이를 이루고 있었다. 조각용 끌로 손목을 그은 것이었다. 그러고 나서 그는 도르래에서 걷어낸 밧줄을 들고 의자에 기어올라 기둥에 밧줄을 걸고, 양끝을 목에 단단히 감아 묶은 후 발아래 의자를 걷어찼다. 그러고 나서 경찰관의 권총을 총구가 위로 향하도록 입에 물고 방아쇠를 당겼다. 38구경의 총알이 입천장을 뚫고 나가면서 뇌 조직의 일부를 날려버렸다.

챌런스키 검사는 얼굴을 찌푸리며 기둥에 박힌 총알을 파내 손수건에 감쌌다.

그럽 검시관이 말했다. "최악의 방법으로 세상을 뜨고 싶었나 보군요."

점토, 진흙, 돌 조각이 작업실 바닥에 흩어져 있었다. 울퍼트 밴혼이 주피터상의 커다란 파편 위로 발을 잘못 디뎌 발목을 삐면서 비명을 질렀다.

신문들은 그야말로 난리가 났다.

퀸 경감이 말한 대로였다. "살인에, 치정에, 하느님까지…… 신문 보급소 관리자들이 꿈꿀 만한 사건이야."

어쩌다 보니 사건을 낚으려고 전신선 앞에 죽치고 있던 기자들의 귀에 십계명에 관한 엘러리의 설교 전문이 들어갔다. 그 이후로 이야기는 점점 너덜너덜해져갔다. '엘러리 퀸의 가장 엄청난 사건', '유명한 탐정의 깔끔한 스트라이크', '모세 살인자, 거장을 만나다', '탐정, 성경으로 죄인을 잡다', '엘러리 퀸, 자신의 성공을 뛰어넘다', ……이런 것들은 단순히 헤드라인의 일부일 뿐이고 기사의 부제들을 보고 있노라면 엘러리의 손발이 오그라들 지경이었다. 미국 전역과 캐나다에서 쏟아지는 신문 기사들 때문에 퀸의 아파트 바닥이 신문지로 하얗게 뒤덮였고, 퀸 경감은 힘들게 번 돈을 아들의 스크랩북의 보다 위대한 영광을 위해 기꺼이 투자했다. 기사 스크랩은 그의 아들의 아이디어가 아니라 엄격히 말해 그의 아들의 아버지의 생각이었다. 3주 동안 현자와 바보들이 몰려들어 퀸의 집 문 앞의 길을 넓혔고, 전화벨은 끊임없이 울려댔다. 인터뷰를 하려는 기자들이 몰려들고, 유령 작가들은 이미 밴혼 사건으로 대하소설을 써 와서 거장의 승인과 수수한 대가를 요구했다. 잡지 편집자들은 끝없이 전보를 보냈고 사진기자들은 문밖에서 죽치고 있었다. 광고 에이전시 대표 중에서도 두 사람 정도는 이를테면 크림 샴푸나 아니면 '살인'이라는 이름의 새로운 향수에 대해 유명 탐정이 광고를 해주면 그의 '유명한 성과'와 함께 높은 상승효과를 기대할 수 있을 거라고 구슬렀다. 라디오 역시 이에 질세라 엘러리 퀸 씨에게 개신교, 로마 가톨릭, 유대교를 대표하는 유명한 성직자들과의 일요일 오후 대담 프로그램에 출연해달라는 제안을 들고 찾아왔다. 프로그램의 가제는 '성경 대 하워드 밴혼'이었다. 여기에 유명한 탐정을 더 위대한 영웅으로 만들어주겠다며 접근하는 음흉한 무리들이 있었고, 이들은 하나같이 엄청난 액수를 불렀다. 엘러리는 누군지 모를 입싼 사람이 십계명 이야기를 언론에 흘려 자신의 성과를 싸구려 장신구처럼 만들어버린 것에 격분하여 누군지 밝혀지기만 하면 가만두지 않겠다고 펄펄 뛰었지만 (엘러리는 몇 달 후 뭔가 고차원적이고 난해한 심리학적 동기에 의해 콘브래치 박사가 저지른 짓일 거라고 결론을 내렸다.) 퀸 경감이 그를 달랬다. 그리고 사실을 전부 밝히려면, 아흐레의 불가사의가 끝난 후 엘러리가 절대로 들킬 염려가 없다고 확신이 들었을 때 이제는 터지기 일보 직전인 경감의 스크랩북을 몰래 몇 장 훔쳐보았다는 사실도 기록해야 할 것이다. 그 결과 그는 때로는 겸손한 영혼이라도 싫든 좋든 근사하고 기분 좋은 은근한 자부심에 젖어

들 수 있음을 경험했다. 심지어 엘러리는 자신을 '가장 극적인 수훈을 올린 웨스트 87번가의 천재'라고 일컫는 잡지 기사를 처음부터 끝까지 정독하기도 했다.

그러나 엘러리의 이력에 화려한 막간극을 선사한 모든 언론 기사들 중에서도 압권은, 한 신조어 제작의 천재가 쓴 기사였다. 이 신조어 제작의 천재는 한 고급 신문 일요 특별판 기사 '성경에 미친 정신 분열증 환자'에서 범죄학 사전에 오를 만한 문구를 만들어냈다.

이 어원학의 아인슈타인 같은 친구는 엘러리 퀸을 가리켜, 이후 모든 시대에 걸쳐 '십계명 탐정'으로 길이길이 기억될 사람이라고 칭송했다.

***

이로써 죽음의 책이 끝나고,
생명의 책이 시작되노라.

제2부
열 번째 날의 불가사의

그렇다면 적어도 열흘 동안의 불가사의가 되겠구나.
여느 불가사의보다 하루가 더 길겠구나.
— 셰익스피어, 《헨리 6세》

열 번째 날

그의 사냥감은 사람이었으니, 그는 마법의 무기를 들고 죄악의 구렁텅이를 서성거리며 피비린내 풍기는 추적으로 그 명성을 점차 높여갔더라. 시대는 암울하여 악인이 이보다 더 사납고 교활하고 탐욕스러웠던 적이 없더라. 그러나 그는 리처드의 아들 엘러리요, 법 앞의 강한 사냥꾼이었으니, 그에 대적하여 이길 자가 없더라.

밴혼 사건이라는 역작을 일구어낸 이듬해는 필연적으로 엘러리의 이력에서 가장 바쁘고 가장 찬란한 성공을 거둔 해였다. 전방위에서 날아온 사건들이 그를 에워쌌으며, 어떤 사건은 바다를 건너오기도 했다. 그는 그해에 유럽에 두 번 갔고, 남아메리카와 상하이를 한 번씩 다녀왔다. 로스엔젤레스에서도, 시카고에서도, 멕시코시티에서도 그를 알아보았다. 퀸 경감은 엘러리를 서커스의 바람잡이로 키웠어도 이보다는 만나기 쉬웠을 것이라고 불만을 터뜨렸다. 벨리 형사는 경찰청 앞 거리에서 엘러리를 3미터나 지나쳐 간 후에야 막연한 기억이 떠올라 뒤를 돌아보기도 했다.

엘러리의 고향에서도 범죄가 부족할 일은 없었다. 뉴욕 시의 황무지에서는 그의 위업이 울려 퍼졌다. 경련을 일으킨 선태 식물학자 사건이 있었는데, 이 사건에서 엘러리는 엄지손톱보다도 작은 마른 물이끼 조각에서 출발하여 거의 완벽한 추론을 내놓은 후, 뉴욕에서 가장 이름 있는 병원의 수술실로 달려가 한 생명을 구하고 명성을 드높였다. 또 아델리나 몽퀴에 사건에서도 놀라운 활약을 보이며 사건을 해결했지만, 기이한 귀부인의 유언 집행인과의 합의에 의해 1972년 이전에는 공개할 수 없게 되었다. 이런 것들은 단순히 예를 든 것일 뿐이고, 퀸의 비망록에 들어 있는 모든 사건 목록은 때가 되면 순서대로 책으로 공개될 것이다.

이 모든 일에 종료를 선언한 것은 엘러리였다. 전에도 과하게 체중이 는 적은 한 번도 없었지만, 그는 이전 해 9월 이후로 상당히 체중이 줄었고 그조차도 깜짝 놀라기에 이르렀다.

"그렇게 정신없이 설치고 다니니 그렇지." 퀸 경감이 8월의 어느 아침 이른 식사를 들면서 말했다. "엘러리, 이젠 브레이크를 좀 걸어야겠다."

"이미 그렇게 했어요. 어제 바니 컬을 만났는데, 저더러 관상동맥 혈전증으로 영광스럽게 죽고 싶으면 지난 11개월 동안 했던 것처럼만 살면 된다고 하더군요."

"그 말을 듣고 정신을 좀 차렸으면 좋겠구나! 이제 뭘 할 거냐?"

"글쎄요……. 올 한 해 책 스무 권도 쓸 만큼 자료는 충분히 모아놨는데, 책 쓸 시간이 없었으니. 심지어는 계획 세울 시간도 없었어요. 이제 작가 노릇을 다시 시작해야겠어요."

"크리플러 사건은?"

"토니에게 이미 넘겼어요. 애도의 뜻과 함께."

"하느님, 감사합니다." 경감이 진지하게 말했다. 이제 그의 침대 위 선반에는 스크랩북을 한 권도 더 꽂을 수 없었던 것이다. "그런데 왜 이렇게 서둘러? 일단 좀 쉬지 않고? 어디라도 좀 다녀오려무나."

"어디 가는 건 질렸어요."

"이렇게 곧장 의자에 붙어 앉아 일을 시작할 줄은 몰랐는데." 노신사는 커피포트에 손을 뻗으며 투덜거렸다. "이제 받아들여야겠군. 네가 서재라고 부르는 그 아편굴에 틀어박히게 되면 나는 널 전혀 못 보겠구나. 봐! 벌써 그 후줄근한 스모킹 재킷을 입고 있잖아!"

엘러리가 웃었다. "말했잖아요. 책 쓸 거라고."

"언제?"

"지금 당장이요. 오늘. 아침부터."

"그런 힘은 어디에서 나오는 거냐……. 새 재킷을 좀 사지 그러니. 꼭 그딴 걸 걸쳐야만 한다면 말이다."

"이 재킷을 버리라고요? 이걸 입어야 글이 써지는걸요."

"네가 너의 그 말장난을 시작한다면……." 그의 아버지가 테이블을 밀치고 일어나면서 말했다. "각자 자기 일은 자기가 알아서 하는 거지. 이따 보자, 아들아."

그리하여 다시 한 번 엘러리 퀸은 서재에 들어가 문을 닫고, 저술 활동에 필요한 모든 것을 준비하게 된다.

책을 한 권 잉태하는 데 필요한 준비 과정은 책을 쓰는 것을 준비하는 과정과 기술적으로 다르다. 후자의 경우 타자기를 점검하고 청소하고, 리본을 교체하고, 연필을 깎고, 최소한의 노력을 들여 집을 수 있도록 깨끗한 종이를 팔에서부터 적당히 떨어진 곳에 두고, 메모지나 노트가 타자기와 정확한 각을 이루도록 배치하는 작업이 필요하다. 그러나 작품 구상에 착수할 때는 완전히 다르다. 작가의 머릿속이 아이디어로 가득 차 있고 그 안에서 스파크가 마구 튄다고 하더라도, 관련 용품이나 물건에 대한 관리나 배치 같은 것은 전혀 필요가 없다. 그에게는 단지 양탄자와 비참한 자기 자신만 있을 뿐이다.

그러므로 우리는 밴혼 사건이 있던 이듬해 8월 어느 화창한 이른 아침에 서재에 있는 엘러리 퀸을 관찰해보기로 한다.

그는 작품에 대한 정열로 불타오르고 있다. 그는 장군처럼 양탄자 위를 걸으며 정신력을 결집시키고 있다. 그의 이마는 깨끗하다. 눈빛은 강렬하지만 고요하다. 다리는 서두르지 않고 흐트러지지도 않는다. 손은 차분하다.

이제 20분 정도 더 관찰해보자.

그는 다리를 떨고 있다. 눈빛은 거칠어졌다. 눈썹은 난폭하게 움직인다. 손은 아무 쓸모없는 주먹일 뿐이다. 그는 서늘한 냉기를 찾아 벽에 기대서 있다. 그는 쏜살같이 의자로 달려가, 마치 탄원이라도 하듯 무릎 사이에 움켜쥔 두 손을 끼우고 의자의 가장자리에 앉는다. 갑자기 벌떡 일어서서 파이프를 채워 다지고 불을 붙인 후, 두 모금을 빤다. 담뱃불은 꺼졌지만 파이프는 여전히 입술 사이에 물고 있다. 그는 손톱을 야금야금 물어뜯는다. 머리를 문지른다. 그러다가 입안의 충치를 살펴본다. 코를 꼬집는다. 재킷 주머니에 손을 찔러 넣는다. 의자를 툭 걷어찬다. 책상 위 조간신문의 헤드라인으로 눈길을 돌리다가 꿋꿋하게 고개를 돌린다. 그는 창가로 갔다가 곧 차양 위를 기어 다니는 파리에 과학적 호기심을 느낀다. 그는 오른쪽 주머니의 담배 가루를 만지작거리다가 먼지를 둥글게 뭉치고, 같은 주머니에 들어 있던 종잇조각 위에 먼지 덩어리를 놓는다. 그는 종이로 먼지 덩어리를 감싼 후 주머니에서 꺼내 그것을 본다.

종이에는 이렇게 쓰여 있었다.

밴혼
노스 힐 드라이브
라이츠빌

1

엘러리는 책상 의자에 앉았다. 그는 종잇조각을 압지 위에 놓은 후, 앞으로 몸을 숙여 팔을 책상 위에 평평하게 올려놓고, 턱을 손에 괴고, 코에서 5센티미터쯤 떨어진 종이를 노려보았다.

밴혼. 노스 힐 드라이브. 라이츠빌.

밴혼 사건에서 남은 것은 이것뿐이구나.

그는 이제 거의 1년 전의 그 장면이 기억났다.

그때 그는 지금의 이 스모킹 재킷을 입고 있었다. (*맙소사, 그때 이후로 이 재킷을 처음 입은 거구나.*)

그는 하워드에게 집에 갈 돈을 조금 주고 아래층으로 배웅을 하러 내려갔고 하워드는 택시를 불러 세웠다. 두 사람은 거리에서 악수를 나누었는데, 그때 엘러리는 하워드의 집 주소를 모른다는 사실이 생각났다. 두 사람은 웃었고, 하워드는 입고 있던 엘러리의 재킷에서 검은색 노트를 꺼내 한 장을 찢어 거기에 주소를 적어주었다.

이 종이에.

그리고 엘러리는 위층으로 다시 올라와 라이츠빌에 대한 생각에 잠겼고, 그러면서 종잇조각을 스모킹 재킷 주머니에 찔러 넣었던 것이다. 바로 다음 날 가운을 옷장에 걸어두고서는, 그 이후로 입은 적이 없었다.

이게 남은 전부야.

종이에 쓰인 작은 글씨를 들여다보자 하워드가 그에게 돌아왔다. 그리고 샐리가, 디드릭과 울퍼트가 그리고 그 늙은 여인이. 그들 모두가 돌아왔다.

파리가 날아와 '밴'이라는 글자 위에 건방지게 자리를 잡고 앉았다. 엘러리는 입김을 불었다. 파리는 날아가고 종잇조각은 뒤집혔다.

뒷면에도 글씨가 있었다!

같은 필체의 작은, 조각으로 새긴 듯한 손 글씨였다. 그러나 앞면과 달리 뒷면은 가득 채워져 있었다.

엘러리는 자리에 앉아 호기심에 종이로 손을 뻗었다.

하워드의 글씨. 검은 노트. 그러나 이건 주소도 전화번호도 아니다. 작은 글씨로 꽉 채워진 종이. 이어지는 문장들.

일기?

글은 문장의 중간에서부터 시작되었다.

…… S를 위해 만들어준 바보 같은 이름이다. 그래도 그 이름을 그들 단둘이 있을 때 외에는 쓰지 않아서 다행이다. 왜 그런 일에 신경을 쓰지? 그래도 그 사람 나이에. 아, 솔직해지자. 이유는 알고 있다. 하지만 정말 바보 같다. 둘이 결혼하기 전에는 그녀를 '리아(Lia)'라고 부르더니. 리아!!!!!! 그렇게…… 그가 직접 쓴 느끼한 쪽지에 그렇게 적혀 있었다. 그걸 내가 찾…… 그리고 결혼하고 나서는 '샐로미나(Salomina)'라고. 그런 이름은 도대체 어디에서 주워 오는 거야??!! 귀엽고도 위대한 D. 밴혼. 새침하다. 샐로미나, 샐리, 샐, 바보 같은 전개다. 도대체 그녀의 본명이 무슨 문제가 있다고 그러나? 나는 사라가 좋다. 나는…… 아아, 이제 그만해야겠다. 여기 쓰는 것도 안 된다. 그건 그의 권리고 그녀의 권리다. 그만하자. 침대로 가자. 잠이 들기만 바랄 뿐.

일기. 맞다.

하워드가 전혀 말하지 않은 한 가지.

리아. 샐로미나.

어떻게 그런 이름들로 불렀는지 재밌군.

리아. 샐로미나. 디드릭은 그 이름들을 어디에서 가져온 걸까? 생각이 계속 오락가락하다가 갑자기 자리를 잡았고, 엘러리는 퀘토노키스 호수로, 호숫가에 세워놓은 컨버터블의 샐리 옆자리로 되돌아갔다. 그녀는 몸을 약간 틀고 다리를 단정히 모으고 앉아 있었다. 멋진 다리였다. 하워드는 이끼가 낀 바위 옆에서 돌멩이를 걷어차고 있었다. 엘러리는 그녀에게 담배를 내밀었다.

-제 이름은 사라 메이슨(Sara Mason)이에요.

그녀의 목소리와 호수의 새들이 통나무에서 날아오르는 소리가 들렸다.

—다른 모든 것들 중에서도, 저를 샐리라고 부르기 시작한 건 디드였어요.

다른 모든 것들. 리아 그리고 샐로미나?

—둘이 결혼하기 전에는 그녀를 '리아'라고 부르더니……. 둘이 결혼하기 전. 사라 메이슨이 아니다. '리아 메이슨'. 아마 디드릭이 '사라'라는 이름을 싫어했나 보다. '사라 메이슨'이라는 이름에선 뭔가 엉뚱한 이미지가 연상된다. 입술을 꼭 다문 학교 선생님. 아니면 숱 없는 머리카락에 머릿수건을 쓰고 거실의 블라인드를 내리며 돌아다니는 뉴잉글랜드의 주부. '리아 메이슨'은 젊고 부드럽고 심지어 신비스럽게 들리기까지 한다. 샐리에게 더 잘 어울린다. 또한 그 이름은 디드릭 밴혼의 일면에 대해서도 설명해준다. 무언가 비밀스럽고 다정한.

—결혼하고 나서는 샐로미나라고. 왠지 익숙하다. 아니, 아니다. 첫 두 글자가 익숙하게 느껴진 것뿐이다. 헤로디아스*의 딸의 이름……. 엘러리는 웃었다. 그럼 왜 '살로메'가 아니지? 왜 '샐로미나'인가? 이름의 끝에 '미나'가 붙으면서 그 이름 자체로 이미 여성화가 되는데. 아니, 이건 분명 디드릭의 순수한 창작이었을 거다. '리아'처럼. 확실히 음악적이다. 에드거 앨런 포의 창작 같은 느낌이다.

그는 의자 등받이에 등을 기대고 앉아 파이프에 불을 붙이고, 즐겁게 담배를 피우며 회상의 고삐를 붙들고 있었다. 이 회상을 떠나보내면 다시 양탄자 순례와 절망으로 돌아가야 하니까.

** 복음서에 등장하는, 세례 요한의 목을 원한 안티파스의 부인.*

그는 연필을 집어 들고 종이에 끄적거리기 시작했다.

리아 메이슨?

그는 그 이름을 썼다. 그래, 아주 좋아.

그는 다시 그 이름을 썼다. 이번에는 인쇄체 대문자로.

LIA MASON

오호, 그럼 이건? LIA MASON – A SILO* MAN!

그는 농촌의 분위기를 풍기는 문구를 적었다. 이제 이렇게 된다.

LIA MASON

A SILO MAN

그는 잠시 동안 이름의 글자들을 살펴보고, 또 이렇게 썼다.

O ANIMALS**

탄원인가? 그는 킬킬거리며 웃었다.

다음 변주는 빨리 나왔다.

NAIL AMOS***

그리고,

SIAM LOAN

MAIL A SON

ALAMO SIN

MONA LISA

SAL

모나리자.

모나리자?

* 곡식 저장고.

** 오, 동물들.

*** 에이머스를 못 박아라.

모나리자!

이거다. 이거였다. 그 미소. 그 현명하고 슬프고 신비롭고 보는 이를 사로잡는 모순적인 미소! 그는 샐리를 이전에 어디에서 봤는지가 궁금했었다. 그전에 그녀를 한 번도 만난 적이 없었는데도. 샐리는 모나리자의 미소를 지었다. 정말로 똑같았다. 마치 다빈치의 초상화 모델로 지오콘다 부인이 아니라 샐리 자신이 앉아 있었던 것처럼…….

디드릭도 그 미소를 봤을까?

당연히 봤을 것이다. 디드릭은 사랑에 빠져 있었으니까.

디드릭도 그걸 알아본 걸까? 엘러리와 마찬가지로?

엘러리의 눈이 흐려졌다.

그는 연습장을 들여다보았다.

MONA LISA

SAL

거의 기계적으로 그는 끝맺지 않은 변주를 완성시켰다.

SALOMINA

샐로미나.

리아 메이슨, 모나리자, 샐로미나.

리아 메이슨, 모나리자, 샐로미나.

관자놀이에서 맥박이 뛰기 시작했다.

남자가 여자와 사랑에 빠졌다. 그녀의 미소는 어디선가 본 듯한 도발적인 미소였고, 그는 그 미소에서 모나리자의 미소를 보았다. 그녀의 이름은 메이슨이다. 남자는 자신의 전성기를 지나고 있고 그녀는 어리다. 그녀는 그의 처음이자 하나뿐인 사랑이다. 그의 열정은 굶주린 남자의 식욕처럼 강렬하다. 특히 결혼하기 전, 그는 굶주림의 대상에게 완전히 몰입해 있다. 여자는 집착의 대상이며 그녀를 둘러싼 모든 것은 확대되어 날카롭게 그의 눈에 비친다. 그리고 남자는 원래부터 예민하고 안목이 높다. 모나리자를 발견한 건 아주 기분 좋은 일이다. 그는 그걸 가지고 논다. 그리고 만족한다. 그는 종이에 적어본다. 모나리자.

그리고 갑자기 그는 사라 메이슨의 성을 이루는 다섯 글자가 '모나리자'와 겹친다는 것을 눈치챈다. 이제는 단순히 만족스러운 정도가 아니다. 그는 희열을 느낀다. 그는 모나리자의 철자에서 M, A, S, O, N을 제거한다. 세 글자가 남는다. L, I, A. 이야, 이 자체로도 이름이 되는데! '리아'라는 이름. 세상이 더 아름다워지는 것 같다. 리아…… 리아 메이슨…… 모나리자. 리아 메이슨.

은밀하게, 그는 자신의 사랑에게 새로이 세례를 준다. 이제부터 사라는 그의 생각의 옷장 속에서 리아가 된다.

그러다가 어느 날, 그는 그 문을 그녀에게 열어준다. 그 이름을 말한다. 입 밖으로. 수줍게. "리아." 그녀는 여자고, 이것은 그녀에 대한 흠모다. 그녀는 이것이 마음에 든다. 이제 두 사람은 그의 비밀을 공유한다. 단둘이 있을 때 그는 그녀를 '리아'라고 부른다.

둘은 결혼하고, 신혼여행을 떠난다.

이제는 공생의 시간이다. 두 유기체가 합쳐지고 녹아드는 시간. 연인의 결합 외에는 아무것도 없다. 친구도, 일도, 방해물도, 방해를 받을 가능성도. 두 사람은 서로에게 빠져든다. 삶은 한옆에 비켜서 있다. 둘의 결합은 집보다 더 중요하고, 이름은 우주의 비밀이 될 수 있다. 그녀는 그에게 어떻게 리아라는 이름을 짓게 되었느냐고 묻는다. 만약 그가 이전에 그녀에게 말한 적이 있었다면 그 이야기를 다시 끄집어낸다. 그는 즐겁고 대담하고 독창적이다. 이제 '리아 메이슨'은 걸맞지 않다. 그녀는 더 이상 메이슨이 아니다. 다른 이름을 찾아야 한다. 종이와 연필을 잡아라, 디드릭. 그리고 너의 무한한 재능을 보여주어라. 네가 얼마나 고집불통에 기발하고 로맨틱한 여린 늙은 개인지를, 네가 핫스퍼*이면서 다르타냥임을 보여주어라. 그리고 장애물에게는 죽음을! 으르렁! 아브라카다브라! 프레스토!
"샐로미나."

그리고 둘은 함께 웃었고, 분명 그녀는 '샐로미나'가 '이브' 이래로 가장 사랑스러운 이름이라고 말했을 것이다. 하지만 사람들에게 설명하기엔 조금 어색하지 않을까? 이에 그는 근엄하게 동의를 했고, 그들은 사회적인 용도를 위해 '샐리'라는 애칭을 쓰기로 타협하기에 이른다. 그 당시 그녀는 이 멋진 거인의 사랑에 보답하기에 이 정도 작은 비용을 감수하는 것은 당연하다고 여겼을 것이다.

엘러리는 한숨을 쉬었다.

어쩌면 이와는 완전히 딴판으로 진행되었을지도 모른다.

이 이야기가 지금 무슨 상관이 있나.

이건 아직 쓰지 않은 책을 쓰기 싫어서 혼자서 꾸며낸 이야기에 불과하다.

글쎄…….

그는 책상에서 일어나 아까 그 양탄자를 다시 걸으며 작품에

* 셰익스피어의 역사극 《헨리4세》 1부에 등장하는 성격 급한 인물.

대한 생각을…….

아무튼 그 가엾은 디드릭이 애너그램을 즐기는 사람이었다는 걸 이렇게 늦게 알게 되었다는 건 흥미로웠다. 이제 생각해 보니 전에 디드릭의 책상에서 단어 놀이 책을 봤던 기억이 떠올랐…….

애너그램?

애너그램! 그래, 그거다. 바로 그거였다. 리아 메이슨 그리고 샐로미나. '모나리자'의 철자와 같은 글자로 만든 이름들이 '애너그램'으로 만들어졌다는 사실을 미처 떠올리지 못하다니, 우습다.

애너그램 때문에…….

애너그램 때문에…….

-그의 조각에 H. H. 웨이라고 서명함으로써 하워드는 '너는 너의 하느님 여호와의 이름을 망령되이 일컫지 말라'는 계명을 어겼습니다. 이것은 …… 특히 흥미로운 예입니다. 여기에서 그는 장난삼아 카발라를 슬쩍 건드려보고, 성경의 각각의 글자, 단어, 숫자, 억양이 내포하고 있는 숨겨진 의미를 믿었던 중세 신지학자들……. 그리고 H. H. 웨이를 구성하는 글자들을 살펴보면, 이것이 야훼의 애너그램임을 알 수 있습니다.

H. H. 웨이. 야훼. 애너그램. 몇 번째인지는 모르겠지만, 하워드의 관에 박힌 열 개의 못 중 하나.

엘러리의 머릿속에서 째깍거리는 소리가 들리기 시작했다. 예의 그 성가신 맥박 소리가.

이게 도대체 뭐가 흥미로워? 그는 그의 맥박에게 짜증스럽게 물었다. 그러니까 디드릭은 애너그램을 하며 놀았다는 거지. 디드릭은 애너그램으로 지적인 만족을 얻었어. 그리고 하워드도 마찬가지야. 그에게는 불행한 일이었지만.

불행하게도…….

엘러리는 진심으로 스스로에게 화가 났다.

한집에 사는 두 남자가 동시에 애너그램을 즐기는 게 가능한가?

당연히 가능하다. 그건 마치 한집에 사는 두 남자가 동시에 버번 위스키를 좋아하는 게 가능한 것과 마찬가지다. 어쨌든 일은 그렇게 되었다. 어쨌든. 어쩌면 하워드는 디드릭에게 애너그램을 배웠을 것이다. 어쨌든. 내 머릿속 맥박은 도대체 왜 이렇게 뛰는 거야?

그는 스스로에게 화가 치밀었다.

사건은 끝났어. 결론은 완벽했어. 이 바보야, 다 끝난 사건과 1년 전에 죽어서 묻힌 사람들 걱정은 그만하고 일이나 해!

그러나 엘러리 퀸의 머릿속 모든 생각들은 애너그램을 중심으로 회전하고 있었다.

10분이 지나 엘러리는 다시 책상에 앉아 손톱만 들여다보고 있었다.

하지만 만일 하워드가 디드릭에게서 애너그램을 배웠다면, 아버지로부터 애너그램의 흥미를 이어받았다면, 하워드가 애초에 애너그램을 즐기는 사람이었다면, 왜 그는 '리아'와 '샐로미나'라는 애칭에 대해서 이런 글을 썼을까? -그런 이름은 도대체 어디에서 주워 오는 거야??!!

하워드는 그 이름들을 싫어했다. 그는 그 이름들이 거슬렸다. 그럼에도 그는 그 이름들이 어떻게 만들어졌는지 몰랐다. 엘러리는 애너그램을 즐기는 사람이었고, 그는 5분 만에 그 비밀을 풀었다.

아, 이건 바보짓이야!

그는 다시 작가 노릇을 해보려 애를 썼다.

그리고 그는 또다시 실패했다.

10시가 조금 넘어서 그는 콘헤븐으로 장거리 전화를 걸었다.

그냥 전화만 하는 거야. 그러고 나서 다시 일을 하는 거야.

"콘헤븐 탐정 사무소의 버머입니다." 남자의 목소리가 들렸다.

"저, 여보세요." 엘러리가 말했다. "엘러리 퀸이라고 합니다. 저는……."

"뉴욕의 엘러리 퀸이요?"

"맞습니다." 엘러리가 말했다. "저 말입니다, 버머 씨. 옛날 사건과 관련해서 좀 신경 쓰이는 일이 있어서요. 그냥 저, 제가 흔들의자와 뜨개바늘이 필요한 늙은 할머니처럼 쪼잔한 사람이라는 걸 스스로 확인하려고 그러는 겁니다."

"아, 네, 엘러리 씨. 뭐든 도와드리죠." 버머는 친절하게 말했다. "제가 관련된 사건입니까?"

"네, 그렇습니다. 어떤 면에서는."

"무슨 사건인데요?"

"밴혼 사건이요. 작년에 라이츠빌에서 있었던."

"밴혼 사건이요? 와, 그거 정말 대단했죠. 안 그래요? 나도 그 사건에 조금이라도 관련이 있었으면 좋았을 텐데 말입니다. 그랬으면 저도 엘러리 씨가 차지한 신문 지면을 조금이라도 차지할 수 있었겠죠." 버머는 남자 대 남자로 속 얘기를 털어놓는다는 듯 웃었다.

"하지만 관련이 있으셨잖아요." 엘러리가 말했다. "아, 사건의 주요 부분은 아니지만, 그래도 디드릭 밴혼에게 의뢰를 받아 조사를 좀 하셨죠. 그리고……."

"제가 누구한테 조사 의뢰를 받았다고요?"

"디드릭 밴혼. 하워드 밴혼의 아버지요."

-그래서 이 사건을 콘헤븐의 믿을 만한 기관에 의뢰했습니다.

"하워드 밴혼의 아버지요? 엘러리 씨, 누가 그러던가요?" 버머는 놀란 것 같았다.

"그 사람이요."

"그 사람 누구요?"

"범인의 아버지요. 그 사람이 그랬어요. 이 사건을 콘헤븐의 믿을 만한 기관에 의뢰했다고……."

"글쎄요, 저는 아니었습니다. 저는 밴혼 가족 중 누구와도 관계가 없어요. 운도 나쁘지. 아마 그 사람이 보스턴하고 착각을 했나 봅니다."

"아뇨, 분명히 콘헤븐이라고 했습니다."

"우리 중 누가 술에 취했나 본데요! 내가 뭘 조사했다고 그러던가요?"

"그의 양아들의 친부모를 추적하는 겁니다. 그러니까 하워드의 친부모 말이죠."

-조금 전 콘헤븐에서 탐정 사무소 소장이 전화를 했다. 그

사람들이 전말을 알아냈다, 얘야…….

"모르겠는데요."

"지금 그 탐정 사무소의 소장님이신 거죠?"

"물론이죠."

"작년에는 누가 소장이었습니까?"

"저요. 이 사무소는 내 겁니다. 여기서 개업한 지가 15년째요."

"그럼 아마 소장님의 직원 중 한 사람이……."

"이건 저 혼자 하는 사업이에요. 직원이라곤 저뿐입니다."

엘러리는 입을 다물었다.

그러다가 다시 말했다. "아, 물론이죠. 제가 오늘 아침엔 정신이 좀 없네요. 콘헤븐에 있는 다른 탐정 사무소는 이름이 어떻게 됩니까?"

"콘헤븐에는 다른 탐정 사무소가 없어요."

"작년에 말입니다."

"작년에 말이오."

"무슨 말씀이죠?"

"콘헤븐에는 다른 탐정 사무소가 있었던 적이 없다니까요."

엘러리는 다시 입을 다물었다.

"도대체 무슨 일입니까, 엘러리 씨?" 버머가 궁금한 듯 물었다. "내가 뭐 해줄 수 있는 일이……?"

"디드릭 밴혼과 얘기를 나눠보신 적이 없습니까?"

"전혀요."

"그 사람을 위해 일한 적도 없고요?"

"전혀요."

엘러리는 세 번째로 입을 다물었다.

"전화 아직 안 끊었습니까?" 버머가 물었다.

"네, 버머 씨. 그럼 말이죠. 혹시 웨이라는 이름 들어보셨습니까? W, A, Y, E인데요? 아론 웨이는? 매티 웨이는? 피델리티 공동묘지는요?"

"전혀요."

"그럼 사우스브리지 박사는?"

"사우스브리지 박사요? 들어본 적 없어요."

"고맙습니다. 정말 고맙습니다."

엘러리는 전화를 끊었다. 그는 잠깐 동안 멈췄다가, 모든 것을 내려놓고 라과디아 공항의 전화번호를 돌렸다.

2

아직 이른 오후에 엘러리는 라이츠빌 비행장에 내려 관리 건물을 서둘러 지나친 후 택시 승차장으로 달려갔다.

외투의 앞섶은 열린 채로, 손으로는 모자챙을 계속 붙잡고 뛰었다.

그는 택시로 뛰어들었다.

"스테이트 스트리트의 도서관으로."

〈라이츠빌 레코드〉 사무실로 가지 않고서는 이것이 최선이다.

라이츠빌은 8월의 햇볕 아래 졸고 있었다. 몇 사람이 스테이트 스트리트의 느릅나무 아래에서 어슬렁거리고 있었다. 경찰관 두 명이 카운티 법원 건물의 계단에 앉아 목덜미의 땀을 닦고 있었다. 그중 한 사람은 지프였다.

엘러리는 몸을 떨었다.

"도서관입니다, 손님." 택시 운전기사가 말했다.

"기다리세요."

엘러리는 도서관 계단을 뛰어 올라갔다. 그러나 로비에서는 속도를 늦추었다.

그는 모자를 벗어 들고 독수리 박제 앞을 터덜터덜 걸어 열린 문을 지나, 미스 에이킨의 영역으로 들어섰다. 무더위를 피해 시원한 곳을 찾는 시민인 척하면서, 미스 에이킨이 자리에 없길 바랐다. 그러나 그곳에 그녀가 있었다. 여전히 매서운 늙은 고르곤의 모습을 한 그녀는 열한 살쯤 되어 보이는 겁에 질린 소녀에게 연체 벌금 6센트를 물리고 있었다. 미스 에이킨은 현금 상자를 열면서 고개를 들고 의심의 눈초리로 주위를 둘러보았으나, 코트를 걸친 남자가 손수건으로 얼굴의 땀을 훔치고 있을 뿐이었다. 그는 미스 에이킨의 책상을 지나 도서관을 관통하는 복도에 이를 때까지 내내 손수건으로 얼굴을 닦았다.

엘러리는 손수건을 주머니에 쑤셔 넣고 '정기간행물'이라는 표지판이 붙은 문으로 뛰어갔다.

정기간행물실 사서의 책상은 비어 있었다. 방 안을 지키는 사람은 젊은 여성 한 사람뿐이었는데, 그녀는 날짜가 지난 〈새터데이 이브닝 포스트〉 더미 위에 기대어 가볍게 코를 골고 있었다.

엘러리는 발끝으로 걸어서 〈라이츠빌 레코드〉 파일로 다가갔다. 그는 1917년도 신문철을 매우 조심스럽게 들고 잠자는 미녀를 지나쳐 책상으로 가 조심스럽게 신문을 펼쳤다.

-심한 폭풍이 불던 여름날…….

그러나 그는 4월 기사부터 시작해 봄의 기사도 전부 훑었다.

출산을 마치고 돌아가던 중 사고로 목숨을 잃은 마을 외과 의사의 소식은 분명히 1917년 라이츠빌 주요 신문의 1면 기사였을 것이다. 그래도 엘러리는 모든 페이지를 전부 훑어보았다. 다행스럽게도 당시 〈라이츠빌 레코드〉는 4페이지짜리 신문이었다.

엘러리는 그 와중에 부고란도 모두 읽었다.

12월 중순쯤에 이르자 그는 포기를 했다. 그는 파일을 선반의 제자리에 가져다 놓고, 잡지에 고개를 박고 유쾌하게 코를 고는 젊은 여인을 남겨둔 채, '출구 아님'이라고 선명히 쓰인 옆문을 통해 라이츠빌 공공 도서관을 몰래 빠져나왔다.

그는 이제 정말로 속이 메슥거렸다.

엘러리는 발을 질질 끌며 어퍼 휘슬링 애비뉴로 향했다. 주머니에 넣은 손이 떨렸다.

북부 전화국 건물의 입구에서 그는 마음을 다잡았다. 그러기까지 조금 시간이 걸렸다.

그러고 나서 그는 건물로 들어가 관리자를 만나게 해달라고 부탁했다.

그가 그곳 직원에게 한 이야기는 이후에 분명하게 기억이 나지 않았다. 그러나 아무튼 꾸며낸 그 이야기 덕에 그가 원하던 것을 얻을 수 있었다. 1916년과 1917년의 라이츠빌 전화번호부였다.

1916년의 전화번호부에 사우스브리지라는 이름을 가진 사람이 없다는 사실을 확인하는 데 정확히 25초가 걸렸다.

그리고 1917년 전화번호부에 사우스브리지라는 이름을 가진 사람이 없다는 사실을 확인하는 데는 정확히 20초가 걸렸다.

1914, 1915, 1918, 1919, 1920년의 전화번호부를 요구할 때마다 그의 눈에는 쫓기는 기색이 역력했다.

그중 어디에도 사우스브리지는 없었다. 외과 의사도 무엇도.

손을 뻗어 모자를 집으려는 그는, 이제 정말로 몸이 불편했다.

그는 광장을 피했다. 대신 그는 제즈릴 도로와 만나는 어퍼 휘슬링 애비뉴를 따라 걸어 내려와 로어 메인 스트리트를 지나고, 슬로컴 스트리트로 향했다. 슬로컴 스트리트에서 그는 방향을 틀어 워싱턴 스트리트까지 긴 거리를 서둘러 걸었다.

로건스 마켓은 파리들과 그 밖의 다른 것들로 생기가 넘쳤다. 슬로컴 스트리트와 워싱턴 스트리트가 만나는 교차로는 한산했다. 이에 감사하며 그는 워싱턴 스트리트를 건너 프로페셔널 빌딩으로 들어갔다. 바로 옆 라이츠빌 꽃 가게 안에 있는 앤디 비로바티안의 한쪽 팔과 아르메니아인 특유의 섬세한 얼굴이 슬쩍 보였지만, 지금은 꽃도 아르메니아도 반갑지 않았다.

그는 프로페셔널 빌딩의 넓은 나무 계단을 느릿느릿 걸어 올랐다. 오래된 나무판에서 나는 발소리가 성가시게 울렸다.

계단을 다 오른 그는 오른쪽으로 방향을 틀었다. 그곳에 낯익은 표지판이 보였다.

의학박사, 마일로 윌러비.

그는 숨을 들이마시고, 애써 미소를 지으며 들어갔다.

윌러비 박사의 진료실 문은 닫혀 있었다.

의자에는 얼굴이 누런 농부가 고통스러운 표정을 하고 앉아 있었다.

젊은 임신부가 그 옆에서 꿈꾸는 듯한 눈을 하고 앉아 있었다.

엘러리도 그곳에 같이 앉아 기다렸다. 여전히 보기 흉한 초록색 가구가 놓여 있고, 여전히 커리어와 아이브스의 색 바랜 풍속화 판화가 벽에 걸려 있고, 여전히 낡은 선풍기가 머리 위에서 덜그럭거리며 돌고 있었다.

진료실 문이 열리고, 대기실의 임신부보다는 조금 나이가 많은 듯한 또 다른 임신부가 환한 얼굴로 뒤뚱뒤뚱 걸어 나왔다. 그리고 늙은 윌러비 박사가 뒤따라 나왔다. 그는 정말로 늙었다. 바싹 마른, 쭈글쭈글한 모습이었다. 날카롭던 눈은 무뎌지고 더 깊어졌다. 그는 엘러리를 곁눈질하고는 "조금만 더 기다리시오" 라고 말했다. 그러더니 다른 여자 환자에게 고개를 끄덕였다.

여자 환자가 일어서서 갈색 자루 안에서 무언가 작은 것을 집더니 진료실로 들어갔고, 윌러비 박사는 문을 닫았다.

그녀가 나올 때 자루는 없었다. 윌러비 박사는 농부에게 손짓을 했다.

농부까지 나오자 엘러리는 진료실로 들어갔다.

"절 기억 못 하시겠죠, 윌러비 선생님."

늙은 외과 의사는 안경을 코 위로 올리며 그를 바라보았다.

"오, 퀸 씨 아니신가!"

그의 손은 부드럽고 촉촉했다. 둘은 악수를 했다.

"작년에 우리 마을을 다녀갔다고 들었네." 윌러비 박사가 기운차게 의자를 당기며 말했다. "신문에 그 끔찍한 이야기가 터지기 훨씬 전이었지. 왜 우리를 안 보고 그냥 갔나? 헐마이니

라이트가 자네한테 아주 화가 나 있어. 나도 화가 많이 났고!"

"그때는 아흐레밖에 머물지 않았습니다, 선생님. 그리고 그동안 좀 많이 바빴거든요." 엘러리는 희미하게 미소를 지으며 말했다. "엘리 판사님은 좀 어떠세요? 클래리스는?"

"늙어가고 있지. 우리 모두 늙어가고 있어. 그런데 지금 여기서 뭘 하는 건가? 아, 뭐 그런 건 상관없고. 자, 일단 헐마이니에게 전화부터……."

"저, 부탁인데, 그러지 말아주세요." 엘러리가 말했다. "고맙습니다, 선생님. 오늘 하루만 있는 거예요."

"사건인가?" 노인은 눈을 가늘게 뜨고 그를 바라보았다.

"음, 네, 실은 그렇습니다." 엘러리가 웃었다. "오늘도 정보가 필요하지 않았다면 선생님께 연락을 드리지 않는 불손을 저질렀을 겁니다."

"그랬다면 아마 살아 있는 내 모습을 볼 마지막 기회를 놓쳐버렸을 테지." 의사가 웃었다.

"네, 무슨 말씀이세요?"

"아무것도. 그냥 내 해묵은 농담이라네."

"아프셨어요?"

"다들 항상 그걸 물어보지." 윌러비 박사가 말했다. "히포크라테스의 격언 중 하나가 생각나는군. '노인은 젊은이보다 병에 덜 걸리지만, 노인의 병은 절대 주인을 떠나지 않는다.' 심각한 건 아니야. 일을 덜해서 그래. 그뿐이야! 수술을 그만둬야 해서 말이야……." 늘어지고 누르께하게 삭은 피부, 쭈그러들고 메말라서 누가 쥐어짠 것 같은 몸……. 암인가? "그래, 정보라니 무슨 정보인가, 퀸?"

"1917년 여름에 사고로 죽은 남자에 관한 겁니다. 이름은 사우스브리지고요. 기억하세요?"

"사우스브리지." 의사는 얼굴을 찌푸렸다.

"선생님은 라이츠빌 사람이라면 산 사람이든 죽은 사람이든 그 누구보다도 가장 잘 아실 테지요. 사우스브리지입니다."

"슬로컴에 살던 소우브리지라는 가족이 있었는데. 1906년 무렵에 슬로컴에서 말 보관소를 운영했고……."

"아뇨, 이 사람 이름은 사우스브리지입니다. 의사였어요."

"의사?" 윌러비 박사는 놀란 듯 보였다.

"네."

"가정의학과?"

"그럴 겁니다."

"사우스브리지 박사라……. 라이츠빌에서 개업의 노릇을 했을 리가 없어. 카운티의 어느 지역에도 그런 가정의학의는 없네. 아니면 내가 한 번은 들어봤을 거야."

"제 정보에 따르면 그분은 라이츠빌에서 진료를 했다고 합니다. 출산이나 그런 것들."

"누가 실수를 한 거겠지." 노인은 고개를 저었다.

엘러리가 천천히 말했다. "누군가가 실수를 한 겁니다, 윌러비 박사님. 전화 좀 써도 될까요?"

"물론이지."

엘러리는 경찰서에 전화를 걸었다.

"데이킨 서장님 좀……. 데이킨 서장님이세요? 엘러리 퀸입니다. 맞아요, 다시 왔어요. 아뇨, 오늘만입니다. 어떻게 지내세요?"

"나야 잘 있지." 데이킨 서장은 기쁜 목소리로 말했다. "당장 이리 와요!"

"안 됩니다, 서장님. 시간이 정말 없어요. 그건 그렇고 콘헤븐의 버머라는 남자를 혹시 아세요?"

"버머? 탐정 사무소를 운영하는?"

"네, 그 사람 평판이 어떻습니까? 정직해요? 믿을 만한가요?"

"내가 한 가지 말하겠는데……."

"네?"

"버머는 우리 주에서 내가 두 번 생각 않고 믿을 수 있는 유일한 사설탐정이오. 그 사람을 안 지가 14년이 되었어요. 그 사람과 뭘 같이 해야겠다고 생각하고 있다면, 그 사람은 틀림없는 A급이에요. 그 사람은 입 밖에 낸 말은 절대 보증하는 사람이오."

"고맙습니다." 엘러리는 전화를 끊었다.

"조지 버머라면 내 환자인데." 윌러비 박사가 말했다. "치료를 받으러 콘헤븐에서 이곳까지 온다오. 치질이 있거든."

"그 사람이 믿을 만하다고 보시나요?"

"그 사람이라면 내가 가진 모든 걸 걸고서라도 믿을 수 있지."

"제 생각엔……." 엘러리는 일어서면서 말했다. "이제 물러가야 할 것 같습니다, 선생님."

"이렇게 금방 가버리면 자넬 절대 용서하지 않겠네."

"저도 저를 절대 용서하지 않을 겁니다. 선생님, 몸 관리 잘 하세요."

"염려 말게. 나는 가장 위대한 치유자의 관리를 받고 있으니까." 윌러비 박사는 미소를 지으며 악수를 청했다.

엘러리는 아주 천천히 워싱턴 스트리트를 걸어 광장으로 향했다.

디드릭 밴혼이 거짓말을 했다.

지난 9월, 디드릭 밴혼은 길고 복잡한 이야기를 했다. 그리고 그것은 거짓말이었다.

믿을 수가 없다. 그러나 사실이 그렇다.

왜? 왜 아기일 때부터 사랑으로 길러온 양아들의 존재하지도 않는 부모 이야기를 지어낸 것일까?

잠깐.

어쩌면 매티와 아론 웨이는……. 어쩌면 다른 설명이 있을지도 모른다.

엘러리는 홀리스 호텔 앞에 주차된 택시에 잽싸게 올라타서 외쳤다. "피델리티 공동묘지로."

3

그는 택시 기사에게 기다리라고 말했다.

그는 돌담을 가늠해가며 잡초가 우거진 무덤 사이를 빠른 걸음으로 걸어갔다. 이제는 해가 낮게 기울었다.

얼마 지나지 않아 나란히 누워 있는 두 무덤을 발견했다. 키 작은 묘비 한 쌍이 덤불에 거의 파묻혀 있었다.

엘러리는 무릎을 꿇고 덤불을 헤쳤다.

아론과 매티 웨이.

여기 있다. 퍼석퍼석하고 잘 바스러지는 돌 위에 새겨진 글씨.

아론과 매티 웨이.

그는 그 이름을 살펴보았다.

뭔가가 조금 달라 보였다. 그러나 그렇게 따지면 이 묘지 전체가 다르게 보였다. 1년 전 그가 여기 왔을 때는 폭풍우가 치던 중이었고, 한밤중이었다. 희미한 라이터 불빛으로 묘비를 살폈고, 불빛에 비친 묘비의 글씨는 펄럭펄럭 춤을 추었다.

그는 몸을 앞으로 기울였다.

글자 하나가 이상했다.

그게 다른 점이었다. 희미한 불빛의 환상도 아니고 기억의 장난도 아니었다.

마지막 글자.

웨이(WAYE)의 E가 다른 글자와 다르게 새겨져 있었다.

그 글자는 깊이 새겨져 있지 않았다. 비전문가가 망치로 대충 새긴 것이었다. 가까이에서 자세히 살펴보니 글자는 엉성하고 비뚤비뚤하고 다른 글자들과 모양이 달랐다. 마지막 E를 계속 살펴볼수록 그 차이점은 극명하게 드러났다. 게다가 글자 E는 윤곽선도 더 선명했다. 사실 윤곽선은 지나치게 선명했다.

그는 완벽주의자였으므로, 무덤에서 긴 풀을 하나 뽑아 껍질을 벗기고, 그것을 자처럼 이용해서 묘비에 새겨진 아론의 첫 글자 A로부터 묘비의 왼쪽 모서리까지의 길이를 쟀다. 그러고 나서 엄지손톱으로 풀 위에 길이를 표시한 뒤 눈금이 새겨진 녹색 자를 묘비의 오른쪽 모서리에 가져다 댔다.

웨이의 E에서부터 묘비의 오른쪽 모서리까지의 길이는 아론의 A에서부터 묘비의 왼쪽 모서리까지의 길이보다 짧았다.

여전히 만족스럽지 못한 그는 풀에 새긴 자국을 묘비의 오른쪽 모서리에 대고 풀의 다른 끝이 어디에 오는지를 확인했다.

풀의 끝은 정확히 웨이의 Y자에 놓였다.

엘러리는 이 결론을 마주하고 싶지 않아 몸부림을 쳤다. 그러나 결론은 피할 수 없었다.

이 묘비를 제작한 석공이 새긴 원래 비문은 이런 것이었다.

아론과 매티 웨이(AARON AND MATTIE WAY).

또 다른 손이 비문의 끝에 E라는 글자 하나를 덧붙인 것이다.

이것이 사실이다.

엘러리는 풀을 떨어뜨리고 주위를 둘러보았다. 근처에 갈라진 돌 벤치가 웃자란 잡초 사이에 묻혀 있었다.

엘러리는 그리로 걸어가 벤치 위에 주저앉아 잡초를 씹기 시작했다.

"이봐요, 손님."

엘러리는 놀라 정신이 들었다. 묘지는 사라졌고 그는 질식할 것 같은 어둠 속에 앉아 있었다. 노란색 빛줄기가 눈앞의 어둠을 갈라놓았는데, 빛줄기는 원뿔 모양으로 흔들리고 있었다.

몸이 떨려와, 엘러리는 외투 안에서 몸을 움츠렸다.

"누구요? 잘 보이질 않아서." 엘러리가 말했다.

"이럴 줄 알았어. 날 완전히 잊어버렸을 것 같더라고요." 남자의 목소리가 말했다. "하지만 뭐 돈은 내실 테니까요. 요금 내실 거죠, 손님? 지금도 미터기가 계속 돌아가고 있어요. 저더러 기다리라고 하셨잖아요."

밤이었다. 그리고 그는 아직도 피델리티 공동묘지에 있었다. 갈라진 돌 벤치에. 그리고 이 사람은 택시 기사다. 손전등을 들고 있는.

"아, 그래요." 엘러리가 말했다. 그는 일어서서 몸을 폈다. 관절이 모두 뻣뻣하고 아팠지만, 몸을 펴는 것만으로는 전혀 치유할 수 없는 내면의 또 다른 통증이 있었다. "네, 그렇죠. 요금은 내겠습니다."

"잊어버리고 있을 줄 알았어요." 화가 많이 누그러진 목소리로 택시 기사가 다시 강조해서 말했다. "거기 돌 조심해요! 자, 손전등 불빛 잘 봐요. 제가 뒤에서 비춰줄게요."

엘러리는 황폐한 무덤들을 지나 돌담으로 향했다.

돌담을 넘자 갑자기 그가 지금까지도 묘지의 입구를 한 번도 찾지 못했다는 생각이 떠올라 씁쓸한 기분이 들었다.

죽음에 이르는 이 길은…….

"어디로 모실까요, 손님?" 택시 기사가 물었다.

"네?"

"어디로 가느냐고요."

"아." 엘러리는 택시 뒷좌석에 등을 기댔다. "힐 드라이브로."

피델리티에서 힐 드라이브로 가려면 노스 힐 드라이브를 지나야 했다. 엘러리는 기다렸다.

낯익은 대리석 저택이 눈에 들어오자, 그는 앞으로 몸을 숙였다.

"기사님, 지금 지나치는 저 집은 누구 집입니까?"

"네? 아, 저기는 밴혼 씨네 저택이에요."

"밴혼. 아, 그렇지. 이제 기억나요. 저 집에 아직도 사람이 삽니까?"

"그럼요."

"밴혼 형제가 아직도 저기 산다고요? 둘 다?"

"네, 그 늙은 할머니도 같이 살고 있죠." 기사는 뒤를 돌아보았다. "저 집이 좀 심하게 가세가 기울었어요. 아주 제대로였죠. 디드릭 밴혼의 마누라가 그렇게 세상을 뜨고 난 다음에요. 그게 작년이었죠."

"그래요?"

"네, 늙은 디드릭이 그걸 받아들이기가 꽤 힘들었나 봐요. 듣기로는 자기 어머니보다 더 늙어 보인다고 그러던데요. 그 할머니는 하느님보다도 더 늙었고. 게다가 그 아들이 그렇게 죽은 것도 도움이 안 됐어요. 이름이 하워드였죠. 조각가였다던데." 기사는 다시 몸을 돌리고, 목소리를 낮추어 말했다. "아시죠? 하워드가 죽였답니다."

"네, 저도 읽었어요. 신문에서."

기사는 다시 운전대 쪽으로 고개를 돌렸다. "디드릭은 더 이상 사람들 앞에 나타나지 않아요. 이 마을을 운영하다시피 했는데. 이제는 그 동생이 전부 주무르고 있어요. 동생 이름이 울퍼트예요. 디드릭은 그냥 집에만 있어요."

"그렇군요."

"끔찍한 사건이죠. 자, 이제부터 노스 힐 드라이브에서 힐 드라이브로 접어듭니다. 힐 드라이브 어디로 가시는 겁니까, 손님?"

“저기 저 집인 것 같은데요.”

“휠러 씨 댁이요? 알겠습니다.”

“집 앞까지 들어가지 마세요. 저기 모퉁이에서 내리면 됩니다.”

“네, 손님.” 기사는 차를 멈춰 세웠고 엘러리는 차에서 내렸다. “와, 요금이 아편전쟁 국채만큼이나 어마어마하게 나왔네요.”

“제 잘못이죠. 여기 있습니다.”

“고맙습니다!”

“고맙습니다. 기다려주셔서.”

기사는 차의 기어를 넣었다. “괜찮아요, 손님. 묘지에 가는 손님들은 시간 가는 걸 잊어버리곤 해요. 뭐 좋은 일이죠. 안 그래요?”

엘러리는 웃었고 택시는 가던 방향으로 계속 언덕을 내려갔다.

엘러리는 택시의 반짝이는 미등이 굽은 길 너머로 사라질 때까지 기다렸다.

그러고 나서 그는 뒤로 돌아 노스 힐 드라이브를 향해 언덕을 오르기 시작했다.

4

엘러리가 두 기둥 사이를 지나 저택의 진입로에 접어들자 달이 떴다.

이 길에 가로등이 있었는데.

지금은 불이 꺼져 있었다.

그러나 달빛은 밝았다. 그것은 행운이었다. 진입로의 상태가 마음 놓고 걸을 수 없는 지경이었기 때문이다. 그가 기억하는 아름답고 매끄럽던 길은 바퀴 자국, 웅덩이, 돌무더기로 엉망이 되어 있었다. 사이프러스와 주목을 지나 언덕 꼭대기까지 난 나선 계단을 오르면서, 그는 길 양옆으로 나무와 나무 사이에 심어져 있던 관목들이 거의 다 죽고 그 아래로 초목들이 미친 듯이 제멋대로 자라나 땅을 온통 뒤덮고 있는 걸 발견했다.

정말로 가세가 기울었구나.

황폐하다. 황폐해졌다. 집 전체가.

저택은 어두웠다. 북쪽 벽면에 있는 북쪽 테라스, 정원, 손님용 별채도 마찬가지였다.

엘러리는 테라스를 돌아 정원과 수영장으로 향했다. 물이 마른 수영장에는 썩은 낙엽이 반쯤 채워져 있었다.

그는 손님용 별채를 바라보았다.

창문에는 널빤지가 대어져 있었다. 문은 자물쇠로 채워놓았다.

정원은 오랫동안 관리를 하지 않은 듯 잡초가 무성해서 예전의 모습을 찾아볼 수가 없었다.

그는 그곳에 잠시 동안 서 있었다.

그러다가 조심스럽게 저택의 뒤쪽으로 돌아갔다.

쐐기 모양의 불빛이 그를 이끌었다. 그는 발끝으로 걸어가 부엌 안을 들여다보았다.

크리스티나 밴혼이 싱크대 앞에서 몸을 웅크리고 접시를 닦고 있었다. 늙어서 둥글게 굽은 그 등은 잘못 알아볼 수가 없었다. 그러나 그녀가 물기 묻은 손을 닦으며 잠시 뒤를 돌아본 순간, 그것은 크리스티나가 아니라 로라였다.

밤공기가 무더웠지만, 엘러리는 주머니에 손을 넣었다. 주머니 안에는 돼지가죽 장갑이 있었다.

그는 장갑을 꺼내 천천히 손에 꼈다.

그러고 나서 그는 뒷벽 쪽으로 방향을 잡고, 부엌 창문 아래로 몸을 숙인 채 벽에 바짝 붙어 걸어갔다.

그는 먼 모퉁이를 돌아 잠시 걸음을 멈췄다. 은색의 불빛이 어둠 속에서 툭 튀어나와 남쪽 정원의 철제 난간을 어루만졌다.

서재의 불빛이었다.

엘러리는 벽을 따라 걷다가 테라스의 계단을 올랐다.

그는 불빛이 새어 나오는 곳 바로 앞에 멈춰서 조심스럽게 방 안을 들여다보았다.

커튼이 완전히 내려져 있지 않았다.

서재의 일부가 보였다. 길고 좁고 무의미한 일부였다. 그 일부에, 앉아 있는 남자의 키 높이 정도에 얼굴이 조금 보였다.

아주 늙은 남자의 얼굴이었다. 늘어진 회색빛 피부의 남자.

엘러리는 그 얼굴을 금방 알아보지 못했다.

그러나 그때 그 얼굴이 조금 움직였고, 눈 하나가 어둠 속 틈새 사이에 꽂혔다. 엘러리는 그 눈을 알아보았다. 크고 깊고 맑고 아름다운 눈이었다. 그리고 그 눈을 보며 그는 자신이 지금 디드릭 밴혼을 보고 있다는 사실을 알게 되었다.

그는 장갑을 낀 손으로 프랑스식 창문의 유리를 날카롭게 두드렸다.

디드릭의 눈이 시야에서 벗어났다. 다른 눈이 보였다. 그 눈은 엘러리를 똑바로 바라보고 있었다. 아니면 그렇게 보이는 것 같았다.

엘러리는 다시 문을 두드렸다.

별로 사용한 적 없는 휠체어가 삐걱거리는 소리가 방 안에서 울리자 엘러리는 한 발 물러섰다.

"누구요?"

그 목소리는 얼굴만큼이나 낯설었다. 늙은 회색빛 목소리였다.

엘러리는 프랑스식 창문 앞에 바짝 다가섰다.

"퀸입니다. 엘러리 퀸."

그는 문을 열기 위해 손잡이를 잡고 돌렸다.

문은 잠겨 있었다.

그는 손잡이를 흔들었다. "밴혼 씨! 문 여세요."

그는 자물쇠에 열쇠를 꽂는 소리를 듣고 뒤로 물러섰다.

문이 열렸다.

디드릭은 문 뒤 휠체어에 앉아 있었다. 노란 담요를 어깨에 걸치고, 손으로 바퀴를 꼭 붙들고 있었다. 그는 더 잘 보려고 눈을 가늘게 뜨고 엘러리를 한참 동안 쳐다보았다.

엘러리는 안으로 한 걸음 들어와 프랑스식 문을 닫고 열쇠를 돌려 문을 잠근 후 커튼을 내렸다.

"왜 돌아온 겁니까?"

그래. 정말 어머니만큼이나 늙었구나. 어쩌면 어머니보다 더. 그의 힘은 사라졌다. 껍데기마저 부서졌다. 더러운 흰색의 머리카락은 듬성듬성 죽어 늘어져 있었다.

"그래야 했으니까요." 엘러리가 말했다.

서재는 그가 기억하는 그대로였다. 책상, 전등, 책, 회전의자. 다만 지금은 방이 좀 더 커 보였다. 그러나 그것은 디드릭이 작아졌기 때문이었다.

그가 쪼그라들어 죽으면, 이 방이 거대한 비누 거품처럼 사방으로 부풀어 올라 모든 존재를 삼키면서 결국 아무것도 남기지 않을 것이라고 엘러리는 생각했다.

삐걱거리는 소리를 듣고 엘러리는 뒤를 돌아보았다. 디드릭은 휠체어를 움직여 서재의 한가운데를 지나, 책상 위 전등이 비추는 불빛을 피해 그림자가 드리워진 공간으로 들어갔다. 그의 다리만 불빛에 비치고 나머지 몸은 그림자에 잠겼다.

“그래야 했다고?” 음지에서 디드릭이 말했다. 혼란스러운 목소리였다.

엘러리는 회전의자에 앉아 등을 기댔다. 외투로 몸을 감싸고 여전히 모자를 쓴 채로, 장갑 낀 손을 의자의 팔걸이에 올려두었다.

“그래야 했습니다, 밴혼 씨.” 엘러리가 말했다. “왜냐하면 오늘 아침에 제가 제 스모킹 재킷에서 하워드의 일기장 한 페이지를 찾았고 그 뒷면에 하워드가 쓴 글을 처음으로 읽었거든요.”

“이만 가셨으면 좋겠소, 퀸 씨.” 디드릭이 유령 같은 목소리로 말했다.

그러나 엘러리가 말했다. “그걸 보고 저는 밴혼 씨 당신이 애너그램을 즐기는 사람이라는 사실을 발견했습니다. 저는 ‘리아 메이슨’과 ‘샐로미나’에 대해서는 전혀 몰랐습니다. 밴혼 씨가 애너그램으로 그런 이름을 만들어냈다는 것도 몰랐고요.”

휠체어는 움직이지 않았다. 그러나 그의 목소리에는 힘이 실렸다. 거기에는 따스한 기색이 깃들어 있었다. “전부 잊고 있었는데. 가엾은 샐리."

"그래요."

"그래서 그걸 '발견'했다고 이렇게 여기까지 돌아온 겁니까, 퀸 씨? 나를 보러? 참 친절하시군요."

"아뇨. 그걸 발견하고 저는 콘헤븐 탐정 사무소에 전화를 걸었지요."

휠체어가 삐걱거렸다.

그러나 목소리는 말했다. "아, 그래요?"

"그 전화를 끊고 저는 이곳으로 날아왔습니다. 밴혼 씨." 회전의자에 앉은 엘러리는 몸을 한껏 낮추며 말했다. "저는 방금 피델리티 공동묘지에 다녀왔습니다. 거기서 아론과 매티 웨이의 묘비를 자세히 들여다보았지요."

"그 묘비. 그게 아직도 거기 서 있습니까? 우리는 죽고 묘비는 살아남다니. 불공평하지요. 안 그렇소, 퀸 씨?"

"밴혼 씨. 당신은 콘헤븐 탐정 사무소에 하워드의 부모를 찾아달라고 의뢰한 적이 없습니다. 하워드가 어렸을 때 당신이 말한 파이필드라는 남자를 통해서 시도해본 적은 분명 있을 겁니다. 하지만 그 사람이 아무것도 찾아내지 못하자, 그걸로 끝이었어요. 나머지는 당신이 지어낸 겁니다.

아론과 매티 웨이의 무덤을 찾은 건 콘헤븐의 버머가 아니었습니다. 그건 밴혼 씨 당신이었어요. 하워드의 출생에 관한 이야기를 당신에게 해준 건 버머가 아니었습니다. 당신이 지어낸 겁니다. 하워드의 부모가 누구인지는 신만이 아시겠지만, 적어도 웨이 부부는 아니었습니다. 사우스브리지 박사는 존재한 적 없는 사람입니다. 당신이 이야기 전부를 지어낸 거죠. 웨이의 묘비에 E자를 새로 새겨 넣어 그들의 이름이 W-A-Y-E가 되도록 한 후에요. 당신은 하워드에게 가짜 부모를 알려주었습니다, 밴혼 씨. 하워드에게 가짜 이름을 준 겁니다."

휠체어의 남자는 침묵을 지켰다.

"그럼 왜 당신은 하워드에게 가짜 이름을 주었을까요?

그건 말입니다, 밴혼 씨. 그 가짜 이름이, 없던 E를 추가한 웨이가 하워드 헨드릭의 이니셜인 H. H.와 결합해서 새로운 서명인 H. H. 웨이를 만들어내기 때문입니다. 그리고 E를 추가함으로써, 제가 작년에 선보인 이래로 지금쯤은 세계적으로 유명해졌을 그 명쾌한 분석에서 언급한 대로, 하워드의 서명은 야훼(Yahweh)의 애너그램이 됩니다. 그리고 이로써 하워드는 십계명 중 하나, 즉 '*너는 너의 하느님 여호와의 이름을 망령되이 일컫지 말라*'는 계명을 어긴 게 됩니다."

디드릭이 말했다. "나는 예전의 내가 아니오, 퀸 씨. 지금 나한테 뭔가 무시무시하고 매서운 이야기를 하는 것 같은데, 나는 혼란스럽군요. 지금 무슨 말을 하는 겁니까?"

"기억이 잘 안 나신다면 기억을 되살려드리죠." 엘러리가 말했다. "밴혼 씨, 당신은 하워드에게 성만 알려주고 이름을 알려주지 않을 경우, 하워드가 당신이 입양했을 때 자신에게 지어준 이름인 하워드 헨드릭을 그대로 써야 한다는 사실을 알았습니다. 그리고 당신은 하워드가 항상 자기 작품에 H. H. 밴혼이라고 서명한다는 사실을 알고 있었습니다. 그가 진짜 성인 웨이(Waye)를 받아들이게 된다면, 그는 자연스럽게 H. H. 웨이로 서명을 할 것이었습니다. 하워드는 영웅을 조각하는 프로젝트를 진행 중이었으니, 자기 조각에 '새로운' 이름을 새길 가능성이 높았죠.

그렇지만 하워드가 그렇게 하지 않는다고 해도, 당신이 직접 할 수 있었습니다, 밴혼 씨. 왜냐하면 당신에게는 하워드의 기억상실증이라는 엄청난 이점이 있었으니까요. 당신이 그의 조각에 H. H. 웨이라고 새겨놓으면, 하워드가 기억을 잃었을 때 그렇게 새긴 거라고 생각할 수 있었겠죠. 그럼 도대체 누가, 하워드를 포함해서 그 누가 그걸 부인할 수 있겠습니까? 어느 쪽이든 당신은 잃을 게 없었습니다.

어쨌든 결과적으로 하워드는 자기 조각 중 하나에 H. H. 웨이라는 서명을 남겼고, 작업 스케치에도 여러 개의 서명을 남겼습니다."

"정말로 무슨 말을 하는 건지 모르겠소." 휠체어에 앉은 디드릭이 힘없이 말했다. 그는 이제는 늘어진 살갗과 밧줄 같은 혈관만 남은 큰 손으로 눈을 가렸다. "하느님의 이름을 걸고, 도대체 내가 뭣 때문에 그런 짓을 한다는 겁니까?"

"자연스럽게 하느님의 이름을 입에 올리시는군요, 밴혼 씨." 엘러리가 말했다. "그때도 그러셨는데 말입니다. 왜 그런 짓을 했냐고요? 그건 하워드에게 주님의 이름의 애너그램을 쥐여주기 위해서였습니다."

디드릭은 말이 없었다.

그러다가 디드릭이 말했다. "그런 일이 실제로 일어났다고 믿으라니, 좀처럼 믿기 어렵군요. 그러니까 선생 말은 이 모든 게…… 이 모든 게, 주님의 이름의 애너그램을 하워드에게 떠안기려고, 내가 하워드의 출생에 대한 이야기를 지어냈다는 거요? 지금까지 들어본 중에 가장 기가 막힌 이야기입니다."

"아, 기가 막히죠." 엘러리가 말했다. "하지만 이 일은 실제로 일어난 일입니다. 지금 제 얘기는 사실에 관한 설명일 뿐이에요. 다른 설명은 없습니다. 당신은 하워드의 부모에 대해 거짓말을 했고, 피델리티 공동묘지의 묘비에 E자를 새겨 넣었고, 이를 통해 신의 이름의 애너그램을 만들어 그 결과 저로 하여금 하워드가 십계명 중 하나를 어겼음을 입증하게 만들었습니다. 당신 말대로 기가 막힙니다. 믿을 수 없을 만큼 억지스러워요. 그렇지만 그런 일이 일어났습니다, 밴혼 씨. 그리고 그건 당신이 인간의 본성에 대한 불가해한 통찰력과 엄청난 상상력을 가지고 있기 때문에 일어난 일입니다. 당신은 이런 기가 막히고 믿을 수 없는 일에 쉽게 매료되는 사람을 끌어들였어요. 밴혼 씨, 당신은 내가 가진 욕구를 알았던 겁니다!"

엘러리는 익숙치 않은 흥분에 반쯤 몸을 일으켰다. 그러나 곧 그는 다시 자리에 앉았다. 그리고 이야기를 다시 시작했을 때, 목소리는 가라앉아 있었다.

"당신은 기가 막힌 결론을 향해 나아가야 했습니다, 밴혼 씨. 그러나 그 수단은 현실적이고, 평범하고, 논리적이었어요. 당신의 계획에서는 하워드에게 신의 이름의 애너그램을 부여할 필요가 있었습니다. 그 이름을 고를 때 당신은 선택을 했습니다. 아마도 당신에게는 두 가지 선택이 있었을 겁니다. 여호와(Jehovah) 아니면 야훼(Yahweh). 그렇지만 여호와는 다루기가 좀 힘들죠. 여호와에서 하워드의 이름에 들어가는 H를 두 개 빼면 남는 글자는 j, e, o, v, a인데, 이걸로는 제대로 된 사람 이름을 조합하기가 쉽지 않으니까요. 하지만 야훼에서 H를 두 개 빼고 나면 y, a, w, e가 남는데, 사람 이름으로 완벽하게 어울리는 웨이(Waye)를 만들 수 있습니다. 이제 할 일은 라이츠빌이나 슬로컴이나 콘헤븐 인근에서, 카운티나 주(州) 어디에서건, 웨이라는 이름을 가지고 태어나 하워드의 생일 이후에 가족을 남기지 않고 죽은 부부를 찾는 것입니다. 혹시 시간이 부족하면 여자 혼자라도 괜찮겠죠. 부부가 더 낫겠지만.

당신은 웨이(Waye)는 찾을 수 없었습니다만 웨이(Way)를 찾았습니다. 그 단어 자체는 앵글로색슨 어원입니다. 뉴잉글랜드의 인종적 배경도 크게 보면 영국이니까요. 오히려 웨이(Way)를 한 사람도 찾을 수 없었다면 그게 더 놀라운 일이었을 겁니다. 아론과 매티 웨이를 찾아낸 당신은 그들의 과거도 만들어낼 수 있었습니다. 아니면 당신 말대로 그들이 정말로 가난한 농사꾼이었을 수도 있겠죠. 그건 상관없습니다. 당신은 당신의 목적에 따라 사실의 내용을 다듬을 수 있었고, 아니면 수단을 사실에 맞게 뜯어 고칠 수도 있었겠죠. 당신은 운신의 폭이 엄청나게 넓었으니까요."

불편했던 속은 가라앉았다. 그러나 여전히 추웠다. 그는 밴혼을 쳐다보지 않았다.

휠체어에 앉은 디드릭이 말했다. "퀸 씨, 지금 이 모든 게……. 이런 얘기로 도대체 뭘 증명하려고 하는 겁니까?"

"하워드가 십계명을 전부 어기지 않았다는 것을요. 이 시점에서 저는 말할 수 있습니다. 이제 저는 적어도 하워드가 어겼다고 설명한 계명 중 하나는 하워드가 어긴 것이 아니며, 당신이 만든 결과라는 걸 알고 있습니다, 밴혼 씨.

따라서 저는 오늘 저녁 피델리티 공동묘지에 앉아 스스로에게 물었습니다, 밴혼 씨. 만일 하워드가 계명 중 하나를 어긴

게 아니라면, 나머지 계명도 어기지 않았다는 게 가능할까요?“

5

디드릭은 발작적인 기침을 했고 그 바람에 휠체어가 춤을 추었다. 몸을 굽힌 그의 눈이 미친 듯 움직이면서, 그는 거친 동작으로 책상 위를 가리켰다.

책상 위에는 은으로 만든 물 주전자가 있었다. 엘러리는 벌떡 일어나서 컵에 물을 따라 서둘러 기침하는 디드릭에게 들고 갔다. 그는 컵을 디드릭의 입에 가져다 댔다.

마침내 디드릭이 말했다. “고맙소, 퀸 씨.” 엘러리는 컵을 책상에 다시 올려놓고 자리에 앉았다.

이제 디드릭의 커다란 턱은 가슴에 파묻혀 있었다. 감긴 눈이 마치 잠든 것처럼 보였다.

그러나 엘러리는 계속 말했다. “저는 스스로에게 다른 질문도 해봤습니다. 제가 지적했던 하워드의 열 가지 범죄 중에 그가 정말로 저질렀다고 확신할 수 있는 건 뭘까? 유죄인 것처럼 보이는 범죄는 제외하고요. 그가 외압에 의해 강제로 저질러야 했던 범죄도 빼고, 그에게 씌워진 범죄도 빼고……. 그런 게 아니라 그가 개인적으로, 직접적으로, 자신의 자유의지를 가지고 저지른 죄 말입니다. 그리고 그거 아십니까?” 엘러리가 미소를 지었다. “제가 1년 전 하워드의 머리 위에 쌓아놓은 그 열 가지 범죄 중에서, 지금 그에게 명백한 책임이 있는 범죄는 겨우 두 가지뿐이라는 사실을 확신할 수 있었습니다. 이젠 조금 늦었죠. 안 그렇습니까?"

감긴 눈꺼풀이 떨렸다.

"제가 아는 사실은 하워드가 샐리를 원했다는 것, 또는 원한다고 생각했다는 것입니다. 이건 절대 오류일 가능성이 없습니다. 그건 하워드가 직접 저에게 말했거든요. 그리고 저는 하워드가 샐리와 잤다는 걸 알고 있습니다. 이 역시 오류일 가능성은 절대 없습니다. 두 사람이 직접 저에게 말했으니까요."

손이 움찔거렸다.

"따라서 저는 하워드가 두 가지 계명을 어겼음을 알고 있습니다. *'네 이웃의 아내를 탐하지 말라'*와 *'간음하지 말라'*입니다. 하지만 나머지 여덟 계명은 어떻습니까? 저는 방금 신의 이름과 관련한 계명에서는 당신에게 책임이 있다는 점을 증명했습니다. 그렇다면 설명하지 않은 나머지 일곱 개의 계명에 대해서도 당신에게 책임이 있을 수 있을까요?"

엘러리가 갑자기 일어섰다. 디드릭이 눈을 떴다.

"저는 오늘 저녁 어둠 속에서 피델리티 공동묘지의 돌 벤치에 앉아 일종의 지옥을 통과했습니다. 이제 밴혼 씨 당신도 그 지옥으로의 여행에 모시고 가려고 합니다! 같이 가시겠습니까?"

디드릭이 입을 벌렸지만 소리는 나지 않았다. 다시 시도하자 이번에는 꺽꺽거리는 목소리가 튀어나왔다. "나는 늙었어요. 지금 많이 혼란스럽소."

그러나 엘러리가 말했다. "작년에 저는 하워드가 십계명 중 *'너는 나 외에는 다른 신들을 네게 있게 말지니라'*와 *'너를 위하여 새긴 우상을 만들지 말라'*는 계명을 깨뜨렸다는 것에 대한 '증명'에서부터 시작했습니다. 그리고 제 증명에 대한 증거는 무엇이었습니까, 밴혼 씨? 이겁니다. 하워드는 고대 신들의 조각을 제작하는 프로젝트에 참여했다. 그리고 이것은 아주 좋은 증거였습니다. 어느 정도까지는 그랬습니다. 그러나 그렇게 멀리까지 가지는 못했습니다. 생각해보세요. 진짜 사실만 놓고 따져봤을 때, 누가 하워드에게 고대 신들을 조각하게 한 것입니까?

당신입니다, 밴혼 씨. 당신뿐이었습니다. 라이츠빌 미술관 건립 위원회에서 목표에 훨씬 못 미치는 성과로 기금 마련에 실패했을 때 당신이 그들을 구원해주었습니다. 엄청난 부채를 메워주면서 그 대가로 하워드가 미술관 건물의 외장에 조각을 할 수 있게 해주었습니다. 재정 지원의 조건으로 하워드가 고대 신들의 조각상을 제작하도록 지정한 것은 당신이었습니다."

6

휠체어가 뒤로 미끄러지면서 디드릭은 완전히 음지 속에 파묻혔다. 엘러리는 이전에 이와 비슷한 장면을 본 것 같은 느낌에 충격을 받았다. 그러나 곧 그는 단순히 휠체어에 앉은 이 남자가 1년 전 어느 날 밤 처음 보았던, 정원 벤치에 앉아 있던 노파의 모습과 많이 닮아 있는 것뿐임을 알게 되었다.

"그러고 나서 저는 하워드에게 '*도적질하지 말지니라*'라는 계명을 어겼다는 죄명을 부여했습니다. 그때 저는 근거가 탄탄하다고 생각했습니다. 그 당시, 하워드가 협박범에게 전해달라고 퀘토노키스 호수에서 저에게 준 2만 5천 달러를 훔쳤다는 사실에 의문의 여지가 있었습니까? 의심을 할 수나 있었을까요? 전혀 없었습니다. 그 돈은 여기 있는 당신의 금고에서 나온 것입니다. 그건 당신 돈이었습니다. 그때 밴혼 씨는 저에게 금고에서 도난당한 500달러짜리 지폐 50장의 일련번호 목록을 주셨지요. 저는 그 번호를 하워드가 준 500달러 지폐 50장과 비교했습니다. 그리고 마지막까지 번호가 일치했습니다. 제가 이 점을 왜 이렇게 집요하게 물고 늘어질까요? 하워드 자신도 그 돈을 당신의 금고에서 훔쳤다고 인정했는데요.

그렇지만 오늘 저녁 공동묘지에서, 밴혼 씨, 저는 스스로에게 물었습니다. 하워드가 원래 도둑이어서 그 돈을 훔친 것인가, 또는 자연스럽게 품게 된 돈의 유혹 때문에 훔친 것인가, 아니면 뭔가 비정상적인 성격을 가진 어떤 사건이 일어나 비정상적인 강요에 의해, 정상적인 상황이었다면 그런 유혹에 흔들리지 않았을 하워드가 돈을 훔치도록 내몰리게 된 것인가? 그리고 그 비정상적인 어떤 사건이 하워드로 하여금 당신의 2만 5천 달러를 훔치게 한 것이라면, 밴혼 씨, 그 사건은 누가 만든 것입니까?

그리고 이 문제가 저를 사건의 가장 중요한 부분에 이르게 했습니다."

디드릭은 자신의 보호막인 음지 안에서 일어서려는 듯 몸을 움직였다.

"이제 저는 하워드에게 책임을 물었던 범죄 중 몇 가지는 그에게 씌워진 누명임을 알게 되었습니다.

그래서 저는 누가 누명을 씌웠는지를 생각했습니다.

저는 이 누명을 씌운 자를 알 수 없는 실체로, 수학 문제의 한 요소인 미지수 X로 두었습니다. 하워드는 누명을 썼습니다. 따라서 누명을 씌운 자가 존재합니다. 저는 곧바로 스스로에게 물었습니다. 알려지지 않았으나 중량을 가지고 있는 이 존재는 무엇을 나타낼까요? 이 미지수 X의 값은 무엇일까요?

글쎄요. 저는 우리의 X가 깨어진 다섯 개의 계명 중에서 세 가지 죄목에 책임이 있다는 것을 알았습니다. 미지수 X 씨에겐 대단히 좋지 않아 보입니다. 아주 좋지 않습니다. 왜냐하면 작년에 제가 하나의 해답에 도달했을 때, 그 해답이란 건 하워드가 십계명을 어겼다는 것이었기 때문입니다. 이제 저는 그것이 사실이 아니었음을 알게 되었습니다. 이 점은 대단히 중요합니다. 우리의 X는 하워드가 십계명을 어긴 것처럼, 아니면 적어도 제가 점검했던 다섯 가지 중 세 가지를 어긴 것처럼 보이도록 환상을 만들었습니다. 그렇다면 이것은 수학적으로 말할 때 X의 '값'으로 보입니다. 즉, 그는 하워드가 십계명 전부를 스스로 어긴 것처럼 보이게 사건들을 조작한 것입니다.

하지만 그렇다고 한다면 X, 즉 하워드에게 누명을 씌운 자는 무엇을 알아야 합니까? 그는 다음의 기본적인 사실을 알아야 합니다. 하워드 자신이 외부에서 조작되지 않은 그의 자유의지로 두 가지 계명을 어겼다는 사실입니다. 또는 우리가 십계명이라고 부르는 윤리 규범을 거스르는 범죄 두 가지를 저질렀다고 할 수도 있죠. 저는 누명을 씌운 자 X가 이 사실을 알았어야만 했다고 말합니다, 밴혼 씨. 그렇지 않다면 누명을 씌운 자 X가 세운 이 특별한 십계명 계획은 하워드의 행위와 무관하게 세웠다고 말해야 하기 때문입니다. 이건 상상할 수 없는 일입니다. 아뇨. 하워드가 남의 아내를 탐하지 말라는 계명과 간음하지 말라는 계명을 어긴 것으로 인해, 누명을 씌운 자 X는 더 거대하고, 더 폭넓고, 모든 것을 아우르는 계획을 세워 하워드가 모든 계명을 어기도록 만든 것입니다. 아니면 하나를 제외한 모든 계명이라고 해야 할까요. 그러나 전체적인 계획은 그 하나에 집중되도록 되어 있습니다. 그게 제 논점의 핵심입니다. 이 부분은 적당한 때를 위해 남겨두겠습니다."

엘러리는 컵에 물을 따랐다. 그는 그것을 입술에 가져다 댔다. 그러나 잠시 컵을 바라본 후, 그는 장갑을 낀 손으로 입술이 닿았던 자리를 문지르고 물을 마시지 않은 채 컵을 내려놓았다.

"그럼 누명을 씌운 자는 하워드가 샐리를 탐했고 결국 그의 욕망을 만족시켰다는 사실을 어떻게 알게 되었을까요? 방법은 하나뿐입니다. 애초에 그 사실은 그 두 사람, 하워드와 샐리만 알고 있었습니다. 누구에게도 털어놓지 않았고 오로지 저에게만 말했죠. 그리고 저 역시 누구에게도 얘기하지 않았습니다. 우리 세 사람 중 누군가, 그중에서도 특히 하워드나 샐리가 네 번째 사람에게 이 이야기를 했을 가능성은 떠오르자마자 접어야 했습니다. 그들이 겪었던 모든 문제는 그 이야기를 털어놓지 않으려고 했던 결과였으니까요. 게다가 저도 그들의 바람대로 침묵을 지켜야만 했습니다.

그렇다면 누명을 씌운 자는 어떻게 알았을까요? 어떻게 알게 되었을까요? 그자가 그 사실을 알 수 있도록 하는 어떤 사실이 있었습니까?

그렇습니다! 하워드는 샐리에 대한 자신의 감정과 두 사람의 불륜 행위를 글로 남겼습니다. 어리석게도 바리새 호수에서의 그 일 이후 네 통의 편지를 쓴 것입니다.

결론은? 누명을 씌운 자는 그 편지를 읽었습니다.

하지만 이 부분이 중요합니다, 밴혼 씨!" 엘러리가 외쳤다. "왜냐하면 다른 누군가가 그 편지를 읽었고…… 이 신비로운 자가 그 편지를 통해 알게 된 사실로 인해 샐리를 협박할 수 있었기 때문입니다! 제가 '다른 누군가'라고 말했습니까? 왜 그걸 '다른 누군가'라고 말해야 합니까? 누명을 씌운 자가 편지를 읽었고, 협박범이 편지를 읽었다면, 누명을 씌운 자가 협박범이라고 말할 수 없겠습니까?"

디드릭은 엘러리가 책상 위에 올려둔 컵을 홀린 듯이 바라보았다.

"그러나 이제는……." 엘러리는 떨리는 목소리로 말했다. "우리는 수학적 기호를 벗어나 인간을 다룰 수 있게 됩니다. 누명을 씌운 자 X는 누구입니까? 저는 이것을 이미 증명했습니다. 당신입니다, 밴혼 씨. 그런데 누명을 씌운 자는 협박범입니다. 따라서, 밴혼 씨, 당신은 하워드와 샐리를 협박한 자입니다."

이제 디드릭은 고개를 들었고 엘러리는 그의 얼굴을 전부 볼 수 있었다. 디드릭의 얼굴에 비친 무언가를 본 엘러리는 좀 더 서둘러 이야기를 계속했다. 마치 지금 흔들리면 자신도 모르는 어떤 방식에 의해 전투에서 패배할 것처럼.

"오늘 저녁 그 벤치에 앉아 생각했던 내용 중에서 이 부분이 가장 최악이었던 것 같습니다, 밴혼 씨. 왜냐하면 이 생각이 떠오르자 작년의 제 '명석한' 분석이 기억나면서, 무자비하고 완전무결한 논리로 하워드에게 죽음의 일격을 날리던 그때로 되돌아가게 되었으니까요. 그리고 지금은…….” 엘러리는 방 건너편에서 반짝이는 거인의 눈을 매섭게 노려보았다. “그때의 제 논리가 무자비했던 것은 사실이지만, 전혀 완벽하지 않았다는 사실을 알게 되었습니다. 그저 느슨하고 얄팍한 논리일 뿐 아니라, 거대한 결함을 감추고 있었습니다……. 협박범의 정체가 그토록 중요함에도 불구하고, 저는 협박범의 정체에 대해 의문을 제기하는 걸 완전히 무시했던 겁니다! 어리석은 저는 무의식적으로 그 협박범이 익명의 존재인 보석 도둑과 동일인이라는 거듭되는 암시에 빠져들었습니다. 하지만 익명의 존재 같은 건 없었습니다, 밴혼 씨. 도둑도 없었습니다. 당신이 익명의 존재였지요, 밴혼 씨. 당신이 협박범이었고요.”

그는 잠시 말을 멈췄다. 그러나 디드릭은 아무 말도 하지 않았다. 그는 다시 이야기를 이어갔다.

“당신은 어떻게 협박범이 되었습니까? 시작은 단순했을 겁니다. 작년 5월 아니면 6월 초에 당신은 샐리의 옻칠한 상자에서 비밀 공간을 발견했습니다. 거기에서 네 통의 편지를 본 겁니다. 아마 아주 우연히 일어난 일이었을 겁니다. 샐리의 보석을 넣던 중에, 아니면 꺼내던 중에, 상자가 손에서 떨어졌고 이중 바닥이 튀어 올랐고 편지를 보았을 겁니다. 그런 비밀 장소에 편지가 숨겨져 있다는 사실에 호기심이 생겼거나, 아니면 아내와 관련된 모든 걸 알고 싶다는 마음으로 그 편지를 읽어보게 되었을 겁니다. 아니, 어쩌면 읽으려는 생각이 없었는데 그냥 단어 하나, 문장 하나가 눈에 들어왔을지도 모릅니다. 편지에는 봉투가 없었으니까요. 그리고 만일 그것이 특정한 단어나 문구였다면 그걸 읽었겠지요. 당연히 그랬을 겁니다.”

디드릭은 여전히 아무 말도 없었다.

"그들의 비밀을 알게 됐다는 사실을 당신은 아들과 아내에게 알리지 않았습니다. 그럼요, 절대 들키지 않았죠. 두 사람은 터무니없게도 당신을 잘못 판단했습니다. 당신이 조금도 의심하고 있지 않다고, 그 둘이 저에게 얼마나 열심히 확신을 시켜주었는지 아십니까? 당신이 이미 몇 달 전부터 알고 있는 그 사실을 당신이 의심하지 못하게 하려고 그들은 완전히 제정신을 잃고 어린애들처럼 미친 듯이 겁을 냈습니다! 그리고 당신은 의심하지 않는 순진한 남편의 역할을 정말로 완벽하게 연기했지요.

그러나 그동안 내내 당신은 알고 있었고, 그동안 내내 당신은 기회를 노리고 있었습니다. 샐리는 만일 당신이 그 사실을 알게 된다면 아무 말 없이 위자료를 주고 이혼을 해줄 거라고 말했습니다.

가엾은 샐리." 엘러리는 미소를 지었다.

그리고 그는 말했다. "의심 없는 순진무구한 남편 역할을 계속 유지하기 위해, 그리고 더 거대한 계획에 꼭 필요한 분위기를 조성하기 위해, 당신은 보석 상자와 그 안에 든 보석을 가져갔습니다. 그러고는 절도범이 샐리의 침실에 침입해 보석 상자를 훔쳐 간 것처럼 꾸미기 위해서 필요한 증거를 조작합니다. 영리하게도 당신은 보석을 여러 도시의 전당포에 분산시켜놓았습니다……. 조사해보면 작년 이 무렵에 당신이 갑작스럽고 중요한 '출장'을 여러 번 갔다는 사실을 쉽게 확인할 수 있겠죠. 물론 당신은 보석이 회수될 거라는 걸 알았습니다.

그렇지만 편지는 당신이 보관했습니다, 밴혼 씨. 그리고 때가 되었을 때, 당신은 그 편지를 사용해 협박을 했습니다. 당신이 협박범이 된 것이지요. 그때 그 사실을 몰랐던 걸 생각하면 얼굴이 붉어집니다. 협박범이 집으로 전화를 했을 때마다, 그리고 딱 한 번 그 보이지 않는 존재가 실제로 움직였을 때, 그러니까 홀리스 호텔 객실의 책상 서랍에서 돈을 가져갔을 때……. 그때마다 당신은 항상 집에 없었습니다."

엘러리는 담배를 꺼냈다. 거의 기계적인 손놀림이었다. 그러나 손가락 사이에 낀 담배를 보자, 그는 조심스럽게 담배를 다시 주머니에 넣었다.

"작년 5월이나 6월 초, 그 네 통의 편지를 발견하고 협박 계획을 세웠던 그때, 당신의 머릿속에 십계명 계획이 세워져 있었을 것 같진 않습니다. 아니, 그렇지 않았을 것으로 확신합니다. 그 당시 당신의 목적은 단순히 하워드와 샐리를 전전긍긍하게 만드는 정도가 전부였을 겁니다. 영감은 나중에 어떤 독립적인 계기에 의해 떠올랐겠지요. 이를테면 미술관 건립 프로젝트나, 당신이 보관하고 있던 그 편지에 담긴 정보에서부터. 제 생각엔 뉴욕의 제 아파트에서 하워드가 저를 라이츠빌로 초대하기로 했다고 당신에게 전화를 걸었던 그날까지도 그 거대한 계획은 완전한 모습을 갖추지 않았을 겁니다. 하지만 이 내용도 나중에 다시 언급하지요."

엘러리는 끊임없이 몸을 움직였다.

"이제 협박 사건 자체를 둘러싼 정황으로 옮겨가겠습니다. 협박범인 당신은 샐리에게 현금으로 2만 5천 달러를 요구했습니다. 첫 번째 요구였죠. 당신은 샐리가 하워드에게 이 얘기를 털어놓으리라는 걸 알았습니다. 샐리에게도 하워드에게도, 아니면 둘이 합쳐도, 2만 5천 달러는 없다는 걸 당신은 알고 있었으니까요. 당신은 그들을 잘 알고 있었습니다. 그들이 당신에게 감사의 마음을 품고 있는 것도, 당신이 다치게 될까 봐 강박에 가까울 정도로 두려워하는 것도. 따라서 협박범이 당신에게 편지를 보내겠다는 '위협'을 실행에 옮기는 걸 막기 위해서라면 두 사람이 무슨 짓이든 하리라는 것도 당신은 잘 알고 있었습니다! 두 사람은 당신이 거액의 현금을 이곳 금고에 늘 보관하고 있다는 걸 알았습니다. 그리고 당신은 두 사람이 그걸 안다는 것을 알았지요. 그리고 당신은 궁지에 몰린 하워드가 그 돈을 생각해내고 금고에서 가져갈 거라는 걸 알았습니다. 당신은 금고에 돈을 충분히 넣어두었습니다. 아니, 어쩌면 금고에 있는 액수대로 샐리에게 요구한 것인지도 모르겠군요.

밴혼 씨, 이로써 하워드가 도둑질에 관한 계명을 어겼을 때 그것은 그럴 수밖에 없었던 정황 때문이었다고 결론을 내렸습니다. 그리고 정확히 의도한 대로 그런 상황을 만들어낸 것은 당신이었습니다."

디드릭은 미소를 지으며 휠체어를 밝은 곳으로 밀었다.

그는 이를 드러내고 미소를 지으며 힘이 실린 목소리로 쾌활하게 말했다. "선생의 놀라운 연설을 계속 듣고 있자니 외경심이 드는군요. 정말 영리하고, 대단히 복잡합니다!" 그는 웃었다. "그런데 듣기 좋은 소리도 어지간해야지요. 안 그렇습니까? 선생은 나를 무슨 신처럼 만들고 있어요. 신 그 자체로! 내가 이것도 창조하고 저것도 창조하고……. 하워드가 이렇게 할 걸 '확신'하고 하워드가 저렇게 할 걸 '알고'……. 날 너무 치켜세우는 것 아니오, 퀸 씨? 그러니까…… 그걸 뭐라고 하죠?"

"전지전능?"

"그래요. 내가 어떻게 그렇게 모든 걸 확신할 수 있겠소? 내가 아니라 다른 누구라도 그런 건 불가능하지요."

"항상 모든 걸 확신할 수는 없습니다." 엘러리가 조용히 말했다. "그리고 그렇게 확신을 갖는 것이 꼭 중요한 것만도 아닙니다. 당신의 계획은 유연하니까요. 아까도 말했지만 당신은 운신의 폭이 아주 넓었습니다.

그러나 이 극악무도한 계획에서 밴혼 씨 당신은 하워드와 샐리를 움직이게 하는 것이 무엇인지를 정확히 파악하고, 그에 대한 심오하고 세밀한 이해를 바탕으로 계획을 세워 행동했습니다. 그 둘은 당신의 성격을 잘못 판단했지만 당신은 그렇지 않았어요. 당신은 그들의 내면에서 일어나는 은밀한 작용에 대해 당신 자신의 내면을 들여다보는 것처럼 잘 알고 있었습니다. 그들이 무엇을 느끼는지, 무슨 생각을 하는지, 무엇을 할지……. 당신은 대단히 높은 정확도로 예측을 할 수 있었고, 실제로도 그 예측은 맞았습니다. 당신은 30여 년 동안 하워드를 관찰했고, 샐리는…… 그때 샐리가 아홉 살이었나요? 그때부터 알고 있었으니까요. 그 후 그 오랜 세월 동안 편지를 주고받으면서, 샐리는 스스로도 말했듯이 다른 소녀들이라면 자기 엄마에게도 말하기 꺼렸을 이야기들을 당신에게 모두 이야기해주었던 겁니다. 그리고 샐리의 경우, 샐리에 대한 당신의 이해는 친밀한 결혼 관계를 통해 절정에 달합니다. 밴혼 씨, 당신은 당신 나름의 방법으로 심리학의 대가예요. 당신이 그 재능을 보다 건설적인 방향으로 쓰지 않은 건 안타까운 일입니다."

"어쩐지 칭찬으로는 들리지 않는군요." 디드릭이 음울한 미소를 지으며 말했다.

"또 다른 면에서 보자면, 당신이 매번 옳아야 할 필요는 없었습니다. 만일 무언가 판단상의 오류로 인해, 아니면 미처 고려하지 않은 어떤 요소나 예측하지 못한 사건 때문에 하워드와 샐리가 당신의 의도대로 정확히 움직이지 않더라도, 당신은 그냥 다른 줄을 잡아당겨 다른 일련의 상황들을 가동시키면 되는 겁니다. 그러면 조만간 하워드는 당신이 원하는 대로 행동을 하게 되어 있었겠죠.

하지만 결과적으로 볼 때 당신의 판단은 대단히 정확했습니다. 당신은 지극히 정확한 자극을 주었고, 정확한 지점에 정확한 압력을 가했으며, 하워드와 샐리는 정확히 당신이 원하는 대로 움직였습니다.

그리고 덧붙이자면……." 엘러리는 매우 낮은 목소리로 말했다. "……하워드와 샐리만 그랬던 게 아닙니다."

7

"계속하시오." 잠시 후, 디드릭 밴혼이 말했다.

엘러리는 놀라 고개를 들었다. "죄송합니다.

지금까지의 제 분석에서 당신은 하워드에게 세 가지 범죄를 덮어씌우고 네 번째 범죄를 저지르도록 강요했습니다.

저는 하워드가 '*안식일을 기억하여 거룩히 지키라*'와 '*네 부모를 공경하라*'는 계명을 어겼다고 결론을 내렸었습니다. 그

계기가 되었던 사건은 무엇이었습니까? 어느 일요일, 어두운 새벽 시간에 피델리티 공동묘지에서 하워드가 묘비를 훼손했던 것이었습니다. 바로 당신이 하워드에게 그의 부모라고 알려주었던 두 사람의 묘비를 말입니다.

고백하건대, 오늘 오후에 사건을 재구성하던 중 이 부분에서 저는 고착 상태에 빠졌습니다. 아무리 하워드에 대한 당신의 판단이 기민하다고 해도, 하워드가 웨이 부부의 무덤을 훼손할 거라고 예상하는 건 그야말로 불가능한 일이었습니다. 그런 짓을 일요일에 할 거라고 예상하는 건 더 말할 필요도 없고요. 제 논리 구조가 통째로 무너질 위험에 처한 겁니다. 그러나 곧 저는 무엇이 정답인지 알 수 있었습니다.

하워드가 그런 짓을 하리라는 걸 예상해서 계산에 넣을 수도 없었고, 그렇다고 강제로 하게 할 수도 없었기 때문에, 당신이 하워드의 역할을 직접 맡아 한 것입니다.

이 가설을 거듭 생각할수록, 저는 일이 그렇게 진행되었던 것으로 확신하게 되었습니다. 그 밤 저는 한 번도 하워드의 얼굴을 본 적이 없었고, 그의 목소리도 들은 적이 없었습니다. 제가 본 것은 하워드의 차와, 하워드의 코트와 모자를 걸친, 하워드와 체격이 비슷한 남자였고, 그 남자가 조각가들이 쓰는 망치와 끌을 휘두르는 것을 보았습니다……. 당신의 계획에서 하워드가 필연적으로 그런 행위를 해야만 했다는 사실을 고려한다면, 그리고 당신이 실제로 하워드가 그런 짓을 하도록 할 수 없었다는 점을 감안한다면, 누군가 다른 사람이 그날 밤 하워드의 역할을 맡아 그런 행위를 해야 했습니다. 그것은 당신의 계획이었고 당신의 체격이 하워드와 비슷하니, 그 '누군가 다른 사람'은 바로 당신이었을 겁니다.

그렇다면 재구성은 간단해지죠. 이렇게 가정해보겠습니다. 일요일 아주 늦은 밤, 다른 사람들이 모두 잠자리에 들었을 때, 당신은 가볍게 한잔하자며 하워드의 작업실이나 침실로 갑니다. 아버지와 아들 간의 대화를 나누자거나 뭐 그런 것이었겠죠. 그리고 당신은 하워드에게 약이 든 술을 건네줍니다. 중간에 방해를 받지 않는다면 아침까지 잠들기에 충분한 양의 약을 탄 거죠. 하워드가 곯아떨어지자, 당신은 그의 양말, 그의 신발, 그의 바지를 입습니다. 그리고 모양이 워낙 독특해 쓰기만 해도 누구든 하워드라고 알아볼 챙 넓은 스테트슨 모자를 쓰고 긴 트렌치코트를 걸칩니다. 당신은 잠든 하워드를 남겨두고 조용히 아래층으로 내려와 차고로 갑니다. 당신은 샐리의 컨버터블에 열쇠를 꽂아둡니다. 당신을 뒤쫓을 저를 위해서죠. 그리고 하워드의 로드스터에 올라탑니다. 저택의 정면으로 돌아 나올 때 일부러 엔진을 심하게 가동시킵니다. 별채에 있는 저의 주의를 끌기 위해서요. 당신은 고의로 저택 현관 앞에서 차를 세우고 시동을 끕니다. 제가 확실히 뒤쫓을 수 있도록, 그리고 제가 옷을 입지 않았을 경우 옷을 입을 시간을 주기 위해서죠. 아니, 어쩌면 당신은 차를 가지러 나가는 길에 제가 손님용 별채의 현관에 앉아 졸고 있는 것을 보았을 겁니다. 시동을 끈 것은 저에게 외투를 입을 시간을 주기 위한 것이었고요. 그리고 제가 일어나 정원을 가로질러 뛰기 시작한 것을 보고, 당신은 출발합니다.

밴혼 씨, 당신은 그날 밤 숙련된 낚시꾼이 물고기를 가지고 놀 듯 저를 가지고 놀았습니다. 전반적인 시간 계산은 놀라울 정도로 치밀했어요. 저를 상대로 일을 너무 쉽게 만드는 실수도 저지르지 않았습니다. 당신은 제가 당신과 아슬아슬하게 추격전을 벌이고 있다고 생각하도록 했습니다. 그리고 만일 제가 당신을 놓쳤다면, 당신의 꽁무니를 다시 쫓을 수 있도록 기회를 주었을 겁니다.

비도 도움이 되었죠. 하지만 비가 오지 않았다고 해도 당신은 여전히 안전했습니다. 어두운 밤이었으니까요. 그리고 당신은 어떤 경우든 제가 당신에게 너무 가까이 접근하거나 당신을 말리려는 시도를 하지 않으리라는 걸 이미 알고 있었죠. 저는 당신을 하워드라고 굳게 믿고 있었고, 제 역할은 방해하는 것이 아니라 관찰하는 것이라는 걸 당신은 알고 있었거든요.

그리고 웨이의 무덤에 이르자 당신은 하워드의 작업실에서 가지고 온 망치와 끌로 묘비를 훼손합니다.

그 후 일어난 일을 생각해보면 인간의 심리와 상황에 대한 당신의 판단이 흠잡을 데가 없다는 사실을 알 수 있습니다. 아마도 그런 재능 때문에 사업에서 성공을 거둘 수 있었던 거겠죠.

당신은 집으로 돌아옵니다. 당신은 제가 즉시 당신을 뒤쫓지 않을 거라는 걸 알았습니다. 훼손된 묘비를 살펴봐야 했으니까요. 그리고 제가 노스 힐 드라이브로 돌아와서 하워드를 보러 가기 전에 젖은 옷부터 갈아입을 가능성이 훨씬 더 크다는 걸 알았습니다. 네, 그 부분은 운에 맡겨야 했어요. 하지만 신중하게 세운 계획이라면 계산된 위험도 계획의 일부가 되지요. 그리고 그 위험은 그렇게 크지 않았습니다. 분명히 저는 저택에 진흙 자국을 남기고 싶어 하지 않았을 겁니다. 그랬다간 다음 날 경위를 설명해야 했을 테니까요. 제 자신이 폐렴에 걸리는 위험은 접어둔다고 해도 말입니다.

제가 별채에서 옷을 갈아입는 동안 당신은 저택의 꼭대기 층에서 거장의 작품에 마무리 터치를 가합니다. 당신은 젖은 양말과 진흙이 묻은 신발을 벗고 그걸 하워드의 발에 신깁니다. 당신은 흠뻑 젖은 진흙투성이 바지를 벗어 하워드에게 입힙니다. 하워드를 일으켜 앉힌 후 트렌치코트를 벗어 하워드에게 입히고 단추를 채웁니다. 하워드의 젖은 모자는 그의 머리 옆 베개 위에 둡니다. 그러고 나서 조용히 당신 방으로 돌아갑니다."

엘러리가 말했다. "당신은 제가 아침까지 하워드의 방에 가지 않을 가능성도 계산해두었을 겁니다. 그러나 언제가 되었든 저는 하워드를 확인하기 위해 그의 방으로 가야만 했습니다. 그리고 공동묘지에서 보았던 진흙투성이의 젖은 옷을 완전히 갖춰 입고 의식을 잃고 쓰러져 있는 하워드를 본 저는 필연적으로 그가 전형적인 기억상실 상태에 빠진 것이라고 생각하게 된 거죠.

그렇습니다, 밴혼 씨. 안식일을 어긴 죄와 하워드의 '부모'를 욕되게 한 죄를 저지른 것은 당신이었습니다. 그렇게 함으로써 십계명을 어긴 자는 하워드였다고 저를 속였던 것입니다.

8

디드릭이 다시 말했다. "계속해봐요, 퀸 씨."

"아, 그럴 겁니다." 엘러리가 말했다. "그리고 이제부터 얘기할 내용이 아마도 당신의 심리학적인 치밀함을 보여주는 가장 극적인 예가 될 것입니다.

저는 작년에 아무 생각 없이 하워드가 *'이웃에 대하여 거짓 증언을 하지 말라'*는 계명을 어겼다고 증명해 보였습니다. 그 때 저는 하워드가 저에게 목걸이를 전당포에 맡겨달라고 부탁한 사실을 부인했음을 지적했죠. 그건 물론 사실이었습니다. 하워드는 저에게 목걸이를 저당 잡혀 달라고 부탁했고, 자기가 그러지 않았다고 거짓말을 했습니다.

하지만 여기서 상황을 조작하고 하워드를 정확히 조종해서 하워드가 거짓말을 할 수밖에 없도록 몰아간 것은 또다시 당신이었습니다!

밴혼 씨, 협박범인 당신은 샐리에게 두 번째로 2만 5천 달러를 요구했습니다. 표면적으로는 이미 돈을 지불한 첫 번째 요구의 뒤를 이은 것이었지요. 이 요구는 가장 취약한 부분에 최대의 압력을 가하기 위한 것이었습니다. 샐리와 하워드가 어디서 또 2만 5천 달러를 구할 수 있었겠습니까? 이제는 주위에 쉽게 훔칠 수 있는 돈도 없습니다. 당신은 그들이 돈을 빌릴 만한 데가 전혀 없다는 것을 알고 있었습니다. 흔적이 남는 걸 감수하더라도 말입니다. 두 사람의 수중에 그 정도 액수의 돈이 될 만한 물건은 딱 하나뿐이었습니다. 샐리의 목걸이죠. 분명 둘 중 한 사람은 협박범의 두 번째 요구를 만족시키기 위한 수단으로 샐리의 목걸이를 떠올릴 것이 틀림없었습니다.

그것 말고도 더 있습니다. 당신은 협박범과의 첫 번째 협상에서 제가 샐리의 중재자로 나섰던 것을 알고 있었습니다. 따라서 그들이 다시 돈을 구하려 할 때 제가 비슷한 역할을 맡으리라는 것은 쉽게 예상할 수 있는 일입니다. 행여 제가 그렇게 하지 않더라도 당신은 분명히 또 다른 계획을 준비하고 있었을 겁니다. 그 계획에서도 아마 저는 그 일에 휘말렸을 것이고 결국 같은 결론에 이르렀겠죠. 하워드가 저를 대상으로 거짓 증언을 하는 것 말입니다.

하지만 저는 그들을 돕는 데 동의했고 실행에 옮겼습니다. 그리고 당신의 심리학적 연극의 절정을 위한 무대도 마련되었죠.

제가 그 목걸이를 전당포에 맡기고 지시대로 현금을 라이츠빌 기차역에 가져다 놓자마자 당신은 공격을 감행했습니다.

이번에는 동생 울퍼트가 당신의 도구였습니다, 밴혼 씨. 샐리와 하워드를 잘 아는 것만큼 당신은 울퍼트도 잘 알고 있었습니다. 울퍼트가 뭐라고 했나요? 미술관 건립 위원회가 당신의 기부에 대해서 '호들갑'을 떨지 않았으면 '좋겠다'고 당신이 말했다고 했습니다! 그런 '바람'을 울퍼트에게, 질투심 많고 냉혹하고 적대적인 그에게 털어놓는다는 건, 결국 울퍼트에게 당신의 바람을 좌절시켜달라고 부탁하는 거나 다름없죠. 실제로 울퍼트는 낄낄거리며 이렇게 말했습니다. '그 사람들에게 제안을 한 게 접니다!' 저는 울퍼트가 그날 아침 식사 시간에 그렇게 말한 것을 기억합니다. 그러나 울퍼트는 반만 맞았어요. 그는 단지 도구였을 뿐입니다. 당신의 도구였죠. 당신은 그를 가지고 논 겁니다, 밴혼 씨. 당신의 아내와 아들을 가지고 놀았던 것처럼 말이죠. 울퍼트는 자기 딴에는 당신을 당혹스럽게 하겠다며 위원회에게 넌지시 말을 흘려 감사의 연회를 열게 하고, 당신이 꺼릴 것이 뻔한 정장 차림의 자리를 마련했습니다. 그렇지만 그는 정확히 당신이 원하는 대로 행동한 것입니다. 왜냐하면 그로 인해 당신에게는 샐리에게 다이아몬드 목걸이를 걸라고 무심하고 자연스럽게 지시할 구실이 생겼거든요. 당신은 이미 샐리가 목걸이를 가지고 있지 않다는 걸 알고 있었지요.

그래서 샐리는 목걸이가 없어졌다는 사실을 밝혀야만 했습니다. 그녀가 진실을 말할까요? 아, 그럴 리가요. 진실을 말하려면 그녀는 협박에 관한 얘기를 전부 해야 했고, 그렇게 되면 그 이유도 말해야 합니다. 당신은 샐리가 죽는 한이 있어도 그 일을 밝히지 못하리라는 걸 알았습니다. 그리고 샐리가 그 얘기를 털어놓기 전에 하워드가 그녀를 죽일 겁니다. 그들이 다시 한 번 사라진 목걸이에 대해 그럴듯한 이야기를 지어내리라는 것은 합리적인 가설입니다. 도둑의 기운이 감돕니다. 하워드는 이미 현금을 한 번 훔쳤고 그것이 외부에서 침입한 도둑의 소행으로 보이도록 꾸민 적이 있습니다. 그러니 다른 '도둑'이 목걸이를 훔쳐 갔다는 아이디어가 떠오른 것이죠.

그리고 샐리가 사무실로 전화를 해서 금고에 있던 목걸이를 '도둑맞았다'고 말했을 때, 당신은 당신의 계산이 정확히 맞아들었음을 파악하고 마지막 압력을 가합니다. 데이킨 경찰서장에게 전화를 건 것이지요.

그때부터는 잘못될 것이 없었습니다. 데이킨은 심슨의 전당포에서 목걸이를 찾았고, 샐리와 하워드는 목걸이를 다시 손에 넣었고, 심슨은 목걸이를 저당 잡힌 사람으로 저를 지목했고, 저는 순전히 자기방어 차원으로 하워드가 저에게 목걸이를 전당포에 맡겨달라고 부탁한 사실을 털어놓을 수밖에 없었죠. 그리고 하워드는 샐리와의 불륜 이야기가 튀어나오는 것을 막기 위해 이를 부인해야 했고…… 이로써 그는 어리석은 이웃에 대한 거짓 증언을 해야 했습니다."

그리고 엘러리는 말했다. "시나이 산의 십계명과 관련된 아홉 범죄 중, 하워드가 아무 영향을 받지 않고 자기 의지로 저지른 죄는 두 가지뿐이고, 나머지 일곱 가지는 당신이 속임수를 쓰거나 하워드로 변장을 하고 저지른 후 하워드에게 덮어씌운 것입니다.

아홉 가지 범죄. 그리고 제가 그 거대한 패턴을 알아채고 필연적인 열 번째 범죄를 예측했을 때, 밴혼 씨, 당신은 저에 대한 대비를 했습니다. 그 무렵 당신의 무대는 절정을 위해 완벽하게 준비가 되어 있었습니다.

당신이 원한 것은 살인이었기 때문입니다, 밴혼 씨." 엘러리가 말했다. "냉혹한 분노를 만족시키기 위한 복수로서의 이중 살인……. 당신을 두고 외도를 한 아내의 죽음과, 당신 아내의 애정을 훔쳐 간 양아들의 죽음. 저는 하워드를 당신의 살인 희생자로 포함시켰습니다, 밴혼 씨. 왜냐하면 그가 저지르지도 않은 살인에 대해 법적 처벌을 받아 죽거나, 아니면 그가 스스로 그 일을 저질렀다고 믿고 자기 손으로 목숨을 끊거나, 어느 쪽이든 그의 죽음은 살인이기 때문입니다……. 그리고 당신은 그를 살해한 살인자입니다. 당신의 그 큰 손으로 하워드의 목을 조른 것이나 마찬가지죠. 사실 당신은 그 손으로 샐리의 목숨을 빼앗았습니다."

9

디드릭의 턱은 다시 가슴에 파묻혔고, 그의 눈은 다시 감겼다.

그리고 휠체어에 앉은 그는 다시 잠든 것처럼 보였다.

그러나 엘러리는 이야기를 계속했다. "제가 그날 밤 당신에게 목숨이 위험하다고 경고하기 위해 전화했을 때, 밴혼 씨, 당신은 마침내 위대한 순간이 도래했다는 것을 알았습니다. 만일 그 순간에 어떤 의구심이 들었다고 해도, 제가 여기까지 돌아오는 데 40분에서 45분이 걸릴 거라고 말하는 순간 그 의구심은 깨졌을 겁니다. 당신의 목적에 이 이상 더 잘 부합할 수가 없었습니다. 40분에서 45분이면 당신이 해야 할 일을 하기에 충분한 시간이었습니다.

제 생각엔 밴혼 씨 당신은 제가 십계명의 패턴을 발견하든 못 하든 상관없이 그날 밤 샐리를 죽이려고 계획했던 것 같습니다. 샐리가 살해되기 전 제가 그것을 발견하지 못했다고 해도, 이후에 당신이 만든 증거들을 가지고 그것을 발견 못 하기가 더 어려웠을 겁니다. 그리고 만일 최악의 경우가 일어나, 제가 바보처럼 그 패턴을 알아내는 데 실패한다고 해도, 분명히 당신은 그에 대한 대비도 해두셨을 겁니다. 십계명 패턴을 직접 밝힐 수도 있고, 아니면 저에게 뭔가 넌지시 암시를 던져줘서 결국 제 눈을 뜨게 했겠죠. 당신이 우연에 운을 맡기는 일은 절대 없다는 걸 신께서도 아실 겁니다. 당신은 모든 사건에서 저에게 '10'이란 숫자를 끊임없이 던져주었습니다……. 심지어는 협박범과의 랑데부에 쓰인 홀리스 호텔의 방 1010호와 네 통의 편지를 놓아두었던 어펌 하우스의 10호실, 그리고 라이츠빌 기차역에서 두 번째 2만 5천 달러를 놓아두었던 10번 사물함까지 말입니다!

아까도 말했듯 제가 당신에게 허락한 시간은 충분했습니다.

울퍼트는 집에 없었습니다. ……아니면 그것도 당신 계획의 일부였나요, 밴혼 씨? 동생에게 갑자기 중요하고 급한 일이 생겨 그 늦은 밤 사무실에서 일하고 있다는 그 말도? 당신의 어머니는 분명 방에서 나오시지 않을 것이고, 행여 나온다 하더라도 어머니 정도는 쉽게 다룰 수 있었겠죠. 로라와 에일린은 잠들었고…… 라이츠빌의 가정부들은 일찍 잠자리에 들죠. 그러니 방해를 받을 위험은 거의 없었습니다. 비슷한 상황에서 1590년 처음으로 사용되었던 그 속담처럼 해안은 깨끗했습니다.

그래서 제가 당신의 '안전'을 위해 제 바보 같은 목숨을 걸고 라이츠빌을 향해 질주하는 동안, 당신은 차분하게 하워드의 방으로 올라갔습니다. 다시 한 번 잠들기 전에 같이 한잔하자고 제안했고, 다시 한 번 그에게 약을 먹였습니다. 그러고 나서 당신은 2층으로 내려와 샐리에게 당신의 침실로 오라고 청했습니다. 당신은 그곳에서 그녀의 목을 조르고 시체를 당신의 침대에 두었습니다. 그러고 나서 다시 위층으로 올라가 샐리의 머리카락 네 가닥을 하워드의 손에 쥐여주고, 핀셋을 이용해 샐리의 목에서 미세한 피 묻은 살점을 떼어와 하워드의 손톱 밑에 끼워두었습니다. 그러고 나서 당신은 이곳 서재로 돌아와, 제가 지시한 대로 문을 잠그고 저를 기다렸습니다.

일은 끝났습니다. 캔버스 위의 작품에 마지막 붓질이 끝난 것입니다. 이제 남은 건 몇 가지 거짓말과, 당신의 연기 능력을 보여주는 것뿐입니다. 당신처럼 특별한 상상력과 재능을 가진 사람에겐 별일 아니었죠. 사실 당신은 그날 밤 자신의 능력을 뛰어넘었습니다. 당신이 제게 한 거짓말, 특히 샐리가 당신에게 '뭔가 중요한 얘기'를 하려고 당신의 침실에서 기다리기로 했다는 그 거짓말, 그녀가 자신의 불륜을 고백하려 한다는 암시를 담은 그 거짓말은 무척 감동적이었습니다. 그리고 샐리가 당신의 방에서 기다리고 있는 걸 제가 발견하도록 한 그 방법은 그저 천재적이라고 할 수밖에 없었습니다.

그리고 저는 거기에 완전히 넘어갔지요, 밴혼 씨." 엘러리가 멍하게 말했다. "모든 점에서 넘어갔어요. 당신은 저를 위해 희생자를 마련해두었고, 저 엘러리 퀸, 회색 뇌세포를 뽐내며 별 볼일 없이 우쭐대는 개살구일 뿐인 저는 결정적 한 방을 준비합니다. 저의 '명쾌한' 추론에, 하워드의 손에 남은 샐리의 머리카락과 살점이라는 의심할 수 없는 증거까지 더해져, 하워드에게 빠져나갈 여지를 전혀 남기지 않았습니다……. 저를 위한 여지도요."

엘러리가 천천히 말했다. "왜냐하면 진실은, 당신이 창조한 위대한 음모를 제가 당신의 도구가 되어 하워드에게 덮어씌운 것이기 때문입니다. 제가 아니었다면 그토록 완벽할 수 없었을 것입니다. 그러므로 저는 당신이 하워드를 살해하는 것을 도왔습니다. 저는 사건의 이전에도, 사건이 진행되는 동안에도, 그 이후에도, 우쭐대는 당신의 꼬마 개살구에 불과했던 것입니다."

이제 디드릭이 거대한 머리를 들었고, 그의 눈이 떠졌고, 살갗이 늘어진 그의 손이 조급하게 움직였다.

"선생은 나에게 이 거대한 범죄의 혐의를 씌우는군요." 그는 어느 정도 생기를 띤 목소리로 말했다. "그리고 인정해야겠습니다. 선생이 말했듯, 꽤 그럴싸하게 들려요. 그렇지만 그냥 진실에 대한 관심 차원에서 말하는 건데, 선생의 주장에는 선생의 논리를 무너뜨릴 수 있는 한 가지 사실에 대한 고려가 포함되지 않은 것 같습니다."

"그래요?" 엘러리가 말했다. "밴혼 씨, 저는 기꺼이 그것을 듣고 싶습니다. 저는 제 인생에서 지금보다 더 제 분석이 깨지기를 바랐던 적이 없었습니다."

"음, 그렇다면 퀸 씨, 긴장 풀어요." 디드릭의 목소리는 예전처럼 우렁찼다. 휠체어를 움직여 책상에 다가올 때는 메마른 뺨에 가벼운 생기마저 돌았다. "선생은 하워드가 내 아내를 죽이지 않았다고 말했습니다. …… 물론 그건 그 아이가, 나를 죽이는 것으로 생각하고 저지른 짓입니다. 그러나 만일 하워드에게 죄가 없다면, 퀸 씨, 선생이 그 애에게 살인의 죄를 물었을 때 왜 그 아이는 그것을 부인하지 않았을까요? 죄가 없는 사람이라면 그렇게 했을 겁니다. 그런데 그 아이는 어떻게 했습니까? 자기 손으로 자기 목숨을 끊었어요. 모르시겠소? 그 죄는 씻을 수 없는 죄요. 하워드는 유죄입니다. 그래요. 그 가엾은 아이는 당신이 증거를 쥐고 자신을 조여올 것을 알았던 거요. 그리고 그 아이는 부인할 수 없었소. 하워드는 자살을 하면서 자기 죄를 인정한 거요."

엘러리는 고개를 저었다. "그렇게는 안 됩니다, 밴혼 씨. 이 사건을 분석하면서 보았던 여러 요소들처럼, 당신이 지금 한 얘기 중에서 두 가지는 사실입니다. 하지만 일부만 사실이에요. 당신은 처음부터 끝까지 절반의 진실과 그 진실의 겉모습을 엄청난 이점으로 활용해왔지요.

하워드는 죄를 부인하지 않았습니다. 그건 사실입니다. 하지만 그건 그에게 실제로 죄가 있기 때문이 아니었습니다. 그가 죄를 부인하지 않았던 것은 자신에게 죄가 있다고 믿고 있었기 때문입니다!

하워드는 당신이 자신에게 약을 먹였다는 걸 몰랐습니다. 그는 제가 생각한 것과 마찬가지로, 자신이 또 한 번 기억상실 증세를 일으켰다고 생각했던 겁니다. 하워드는 자신이 기억을 잃을 때 무슨 일이 일어났는지를 항상 걱정했습니다. 하워드가 뉴욕으로 저를 찾아왔을 때, 그는 그 문제를 가장 심각하게 고민하고 있었습니다. 그가 저에게 라이츠빌로 와달라고 부탁한 건 정확히 그 때문이었습니다. 자신을 지켜봐 달라고, 다시 기억을 잃게 되면 자신을 추적해달라고, 그래서 그 시간 동안 자기가 무엇을 하는지 확인해달라고요……. 그가 말했듯 자신이 지킬 박사와 하이드 씨인지 확인해달라는 것이었습니다. 왜냐하면 그는 기억을 잃은 자신의 모습을 전혀 기억할 수 없었기 때문입니다.

밴혼 씨, 당신은 하워드의 기억상실에 대해 전부 알고 있었습니다. 하워드의 기억상실 증세가 당신이 세운 모든 계획의 주춧돌이었지요. 하워드의 마음속에는 기억을 잃은 사이 자신이 뭔가 범죄를 저지르지 않을까 하는 집요한 두려움이 있었습니다. 당신은 그걸 알고 있었죠. 그리고 하워드가 기억상실에서 깨어난 후(실제 기억상실은 아니지만 하워드와 저를 포함해서 어느 누구도 그걸 알 수는 없었겠죠. 당신을 제외하고는) 자신이 기억을 잃은 동안 샐리가 목이 졸려 질식사했고 그의 손에 그녀의 머리카락과 살점이 남은 것을 발견한다면…… 하워드는 자신이 유죄라고 믿을 거라는 걸 당신은 알았습니다. 자신의 기억상실 병력 때문에 하워드는 자신이 유죄라는 증거를 아무런 의문 없이 받아들일 준비가 되어 있었습니다.

그의 자기 파괴 행위에 관해 말하자면, 하워드는 항상 자살의 위험을 안고 있었습니다. 하워드와 같은 심리적 유형의 사람에게 자살의 위험은 항상 내재되어 있습니다. 한 예로, 뉴욕에서 겪었던 기억상실 상태에서 깨어났을 때(그때 저를 찾아왔던 것이죠) 저를 찾아온 그는 여인숙 창문 밖으로 뛰어내리는 것을 심각하게 고민했다고 말했습니다. 사실 제가 하워드와 처음 이야기를 나눌 때도, 저는 무의식 상태에서의 자살을 의심했고, 그래서 무의식에서 깨어날 때 자살을 시도해본 적이 있느냐고 단도직입적으로 묻자 그는 세 번 그런 적이 있다고 인정했습니다.

아뇨, 제가 그의 '유죄'를 입증한 이후에 하워드가 저지른 자멸 행위에는 특별한 점이 없습니다, 밴혼 씨. 그는 자기가 샐리를 살해했다고 확신하고 있었고, 자기가 끝났다고 생각했습니다. 그리고 그의 기질을 잘 알고 있던 사람이라면 누구라도, 이를테면 당신이 알고 있던 것만큼 잘 알고 있던 사람들이라면, 능히 예측할 수 있었을 출구를 선택했습니다.

이런 얘기를 하다 보니……." 엘러리가 갑자기 덧붙였다. "……실질적으로 데우스 엑스 마키나*인 당신을 가리키는 모든 단서들을 작년에 제가 이미 알고 있었다는 생각이 드는군요. 제가 당신을 위해 하워드를 죽음으로 몰아넣었을 때 말입니다. 심지어는 당신이 가지고 있던 심리학 지식에 대한 단서도 제 수중에 있었어요……. 당신에게 심리학 지식이 없었다

* '기계를 타고 내려온 신'을 뜻하며 고대 그리스극에서 신과 같은 초월적 존재를 등장시켜 이야기를 끝내는 경우를 가리키는 말로 사용되었다.

면, 제가 이미 말했듯, 당신은 계획을 수립조차 못 했을 테지요. 당신은 우리가 만난 첫날 저녁에 흔쾌히 그 단서를 제 손에 쥐여주었어요. 저녁 식사 자리의 대화에서요. 당신은 그때 책에 관한 이야기를 했고, 책이 실생활과 어떤 관련을 갖는지를 말했습니다. 그리고 당신은 당신에게 실질적인 가치를 가진 몇 권 되지 않는 책 중에 '인간의 심리를 다룬 몇몇 연구'에 관한 책이 있다고 말했습니다. 무슨 책인가요, 밴혼 씨? 안타깝게도 당신의 서재를 충분히 주의 깊게 살펴보지 못해서요."

디드릭은 여전히 희미한 미소를 짓고 있었다. 그러나 엘러리는 이제 그의 미소와 울퍼트의 미소 사이에 비슷한 점이 있다는 걸 알아차렸다. 디드릭의 얼굴이 완전히 보이지 않았을 때는 분명하지 않던 유사점이었다.

"선생도 잘 알고 있을 거라 생각합니다만, 나는 항상 선생의 열광적인 팬이었지요. 선생이 쓴 소설이나 현실 세계에서 이룬 성과에 대해서." 디드릭이 말했다. "작년에 선생이 이곳에 머물고 있을 때 말했어야 했는데. 선생에 대한 나의 존경에도 불구하고 나는 항상 선생의 방법, 이른바 '퀸의 방법'이라고 칭송받는 그 방법에 치명적인 약점이 있다고 생각해왔습니다."

"어디 하나뿐이겠습니까." 엘러리가 말했다. "그 약점이란 게 뭡니까?"

"법적 증거요." 디드릭이 유쾌하게 말했다. "한 사람이 범죄에 대한 혐의로 기소됐을 때, 상상력 없는 경찰과 사실 관계를 다루는 훈련을 거친 검사와 판결을 내리는 판사들이 요구하는 증거 말입니다. 불행하게도 법은 단순한 논리에는 감동받지 않아요. 그 논리가 얼마나 명석한가 하는 것은 상관없지요. 법은 피고에게 죄를 묻기 전에 법적으로 인정되는 증거를 요구합니다."

"좋은 지적입니다." 엘러리가 고개를 끄덕였다. "저도 증거 수집은 증거가 필요한 사람들이 할 일이라고 선을 그어 저 자신을 방어하는 게 마음에 들지 않습니다. 지금까지의 제 역할은 범인을 찾는 것이지 그들을 벌하는 것이 아니었습니다. 저도 때로는 저의 논리로 누군가를 지목했을 때, 그것이 증거를 수집하는 사람들에게는 커다란 과제가 되는 경우가 있었다는 걸 인정합니다.

그러나……." 엘러리의 목소리는 점점 엄숙해졌다. "이 일은 그렇게까지 어렵지는 않을 거라고 생각합니다."

"그래요?" 이제 디드릭의 미소는 울퍼트의 미소와 더욱 흡사해졌다.

"네, 당신의 위업은 한정된 범위 안에서는 대단합니다. 그러나 여기저기에 허점을 남겨놓았지요. 협박범으로서의 당신은 대담하고 상상력이 풍부했지만, 그 역시 누구라도 걸려들 만한 종류의 일이었습니다. 작년에 당신이 샐리의 보석들을 맡겼던 전당포의 주인들은 범인의 인상착의를 마구잡이로 묘사했겠지요. 기준이 될 만한 인상이 없었기 때문입니다. 이제 이 사람들에게 당신의 사진을 보여주거나, 아니면 당신을 직접 대면시킬 수도 있겠군요. 시간이 당신 편이라고 해도, 제 생각에 전당포 주인 중 하나나 둘 정도는 보석을 들고 온 남자로 당신을 지목할 수 있을 겁니다.

그리고 협박범이 첫 번째 2만 5천 달러를 가져가기 위해 빌린 홀리스 호텔과 어펌 하우스의 방 문제가 있습니다. 당시에는 협박범과의 협상을 깨지 않겠다고 약속했기 때문에 제가 그 문제를 추적하지 않았습니다. 그건 역시 당신도 계산했던 것이겠지요. 그렇지만 이제는 철저한 조사를 하게 될 겁니다. 당신은 홀리스 호텔과 어펌 하우스의 장부에 서명을 했을 것입니다. 필적 전문가들이 당신의 글씨를 확인할 수 있겠죠. 그곳 직원들도 당신이 그 방을 빌린 사람이라고 확인해줄 수 있을 테고요.

사진 복사 얘기는 아마 거짓말이었겠지만, 협박범이 실제로 사본을 가지고 있다는 사실을 증명해야 할 경우에 대비해 한 부 정도는 사본을 만들어두었을 수도 있습니다. 그렇다면 그 사본으로 당신을 추적할 수도 있겠지요. 당신이 소유한 〈라이츠빌 레코드〉 신문사의 복사기를 이용했을까요?

지폐 자체의 문제도 있습니다. 금고에 있던 당신 돈 500달러짜리 50장은 하워드가 훔쳤고, 제가 넘겨받았습니다. 그리고 저는 그 돈을 '협박범'에게 주었습니다. 즉, 당신 손으로 돌아간 겁니다." 엘러리는 앞으로 몸을 기대며 부드럽게 말했다. "그 지폐는 폐기하셨습니까, 밴혼 씨? 아닐 겁니다. 당신의 계획에서 가장 큰 약점은 당신이 절대 의심을 받지 않을 거라고 굳게 믿었다는 겁니다. 500달러짜리 지폐들을 태운다는 것, 당신 자신의 돈을 태운다는 생각은 절대 머릿속에 떠오르지 않았을 겁니다. 가난한 집에서 태어나 고생해서 자수성가한 남자에게 그런 생각이 들 리가 없죠. 그렇다고 해서 감히 그 돈을 사용할 수도 없었을 겁니다. 그러니 그 돈은 지금도 어딘가에 숨겨져 있겠죠, 밴혼 씨. 그리고 분명히 말하지만 지금부터는 그 돈을 폐기할 기회가 없을 겁니다. 그건 그렇고, 저는 아직도 그 지폐들의 일련번호 목록을 가지고 있습니다. 보관해둔 거죠……. 저의 가장 찬란한 '성공'에 대한 기념으로."

이제 디드릭은 얼굴을 찡그린 채 입을 굳게 다물고 있었다.

"두 번째 2만 5천 달러는 어쨌을지 저로서는 알 방법이 없습니다. J. P. 심슨의 돈, 제가 라이츠빌 기차역 사물함에 넣어둔 그 돈 말입니다. 그렇지만 아마 그 지폐도 은행에 기록이 남아 있을 것이고, 만일 당신이 그 돈도 처음의 돈과 함께 보관하고 있다면, 그 역시 당신의 관에 박힐 또 하나의 못이 될 것입니다."

"지금 선생 얘기를 쫓아가려고 애쓰고 있소, 퀸 씨." 디드릭이 말했다. "선생이 존경스러워요. 믿어주시오! 그렇지만 내가 이 점을 지적한다면 어떨까요? 만일 모든 것이 사실이라고 해도, 그건 내가 협박범이라는 사실을 밝힐 뿐이라는 걸 말입니다."

"그뿐이라고요, 밴혼 씨?" 엘러리가 웃었다. "당신이 협박범이었다는 걸 증명하는 게 가장 중요한 작업입니다. 왜냐하면 그 사실을 통해 당신이 당신의 아내와 하워드 사이의 불륜을 모두 알고 있었다는 사실이 입증되기 때문입니다. 그 결과 이 사건 전체를 통해 당신이 가진 단 하나의 심리적 방어 수단이 무너지게 됩니다. 즉 당신은 무슨 일이 일어나고 있는지 전혀 알지 못했다는 추정 말이죠. 밴혼 씨, 당신에게는 동기가 생깁니다. 그러면 모든 경우가 당신에 불리하게 돌아가게 됩니다.

당신을 상대로 한 검찰 측 주장을 상상해볼까요." 엘러리는 말을 이었다. "어렵겠지만 두 가지 사실을 입증할 수 있습니다. 당신이 당신 아내와 양아들의 부적절한 관계에 대해 알고 있었다는 점, 그리고 당신이 그 둘을 벌하기 위한 계획을 세웠다는 점. 아내에게는 죽음으로써, 아들에게는 그녀의 죽음에 대한 책임을 덮어씌움으로써.

당신이 두 사람의 불륜을 알고 있다는 사실은 당신이 협박범이었음을 입증함으로써 증명될 수 있습니다. 그들 둘을 벌하기 위한 계획을 세웠다는 증거는 하워드가 십계명을 어긴 것으로 판명된 모든 상황의 이면에 당신이 존재했다는 것을 밝힘으로써 입증될 것입니다. 그 말은 결국 당신이 하워드에게 누명을 씌웠다는 것이죠. 이러한 관계를 밝히는 데 있어 저의 증언이 치명타가 될 겁니다. 당신이 콘헤븐 탐정 사무소에 하워드의 부모를 찾아달라고 의뢰했다는 거짓말에 대해서는 저뿐만 아니라 버머도 확인해줄 겁니다. 아, 그리고 알고 보니 버머 씨는 이 주(州)에서 상당한 신망을 얻고 있더군요. '사우스브리지 박사'가 존재한 적이 없다는 사실, 이것도 당신의 거짓말이었음을 제가 증언할 겁니다. 그리고 제 증언을 뒷받침해줄 울퍼트가 있지요. 아주 흥미로운 광경이 될 겁니다, 밴혼 씨. 울퍼트가 일생 동안 쌓아둔 당신에 대한 증오를 표출하게 될 극적인 장면 말입니다.

경찰이 수사를 진행할 수 있는 다양한 사실들이 있습니다, 밴혼 씨. 이를테면 당신이 적어도 두 번 하워드를 잠들게 하기 위해 먹였을 약물이 있지요. 어쩌면 하워드의 시신을 발굴해서 체내에 남은 약물을 검출할 필요가 있을지도 모릅니다. 그렇게 된다면, 그 약물을 구매한 사람과 당신을 연결시키는 건 그렇게 어려운 일이 아닐 겁니다. 그런 식인 거죠."

그러나 디드릭은 여전히 희미하게 미소를 짓고 있었다. "조건절이 너무 많군요, 퀸 씨. 하지만 당신이 말한 모든 걸 다 받아들인다고 해도, 나는 아직 그…… 살인 행위 자체와 나를 연결시키는 말은 한 마디도 듣지 못했습니다."

"그렇습니다." 엘러리가 말했다. "네, 그건 사실입니다. 그건 어쩌면 불가능할지도 모릅니다. 하지만 밴혼 씨, 직접 증거에 의해 선고를 받는 살인자는 거의 없습니다. 이 사건은 모든 정황들을 긁어모아 진행될 것이고, 당신은 살인죄로 재판을 받게 될 겁니다……. 그래요." 엘러리는 잠시 후에 말했다. "제 생각엔 그게 중요합니다, 밴혼 씨. 당신은 기소될 것이고, 재판정에 서게 되고, 모든 이야기가 나오겠죠. 그 위대한 디드릭 밴혼이, 지금까지는 배신당한 남편이자 아버지로서 대중의 동정의 대상이었던 그가, 자기 정체를 드러내게 되는 거죠……. 극도로 자기중심적인 인물로 복수를 위해 살인을 저지른 자. 자신에 대한 배신을 알게 되어 감정이 폭발해서 충동적으로 살인을 저지른 것이 아니라, 냉정하게, 의도적으로, 치밀한 사전 계획을 세워 살인을 저지른 자.

당신은 노인입니다, 밴혼 씨. 그리고 일반적인 죽음은 당신에게 큰 공포는 아닐 겁니다. 당신이 어떤 사람인지를 생각해보면 말입니다. 하지만 대중에 대한 폭로는 엄청난 공포이겠지요. 그리고 그것은 당신에게 훨씬 더 고통스러운 죽음이 될 겁니다. 훨씬 더 끔찍한 형벌이죠. 그건 죽어서 무덤에 묻히더라도 그 맨 밑바닥에서까지 괴로워할 만한 형벌이 될 겁니다."

이제 디드릭은 미소를 짓고 있지 않았다. 그의 얼굴에는 두 번 다시 미소가 떠오르지 않았다. 그는 휠체어에 조용히 앉아 있었다. 엘러리는 그를 방해하지 않았다. 그는 그저 그곳에 서서 노인을 바라볼 뿐이었다.

그러나 곧 디드릭이 고개를 들었고, 그는 씁쓸한 어조로 물었다. "만일 그 암캐 같은 년을 죽이고 그 개자식에게 누명을 씌우는 게 내 목적이었다면, 왜 그냥 그렇게 저지르지 않았겠소? 왜 이렇게 십계명을 가지고 거창하고 어마어마한 일을 꾸몄겠소?"

엘러리는 여전히 평온한 어조로 대답했다. 그러나 그의 얼굴은 검붉어져 있었다.

"탐정이라면 한 가지 대답을 가지고 있을 겁니다." 그가 말했다. "그리고 심리학자가 또 다른 대답을 가지고 있겠지요. 진실은 그 두 답의 조합입니다.

밴혼 씨, 당신은 노동자의 체격을 가졌고 평생 동안 실무적인 사업에 몸담았지만, 근본적으로 이성의 지배를 받는 사람입니다. 당신은 독재자의 사고방식을 가지고 있습니다. 당신은 충동에 의해 움직인 적이 한 번도 없었습니다. 모든 것은 미리 생각해야 하고, 계획을 세워야 하는 거죠. 마치 전투처럼, 아니면 정치적인 쿠데타처럼. 당신은 하워드가 아기였을 때부터 미리 틀을 짜놓은 대로 빚었습니다. 당신은 하워드가 조각상에 대한 계획을 세우듯 의도적으로 샐리에 대한 계획을 세웠습니다. 그녀는 당신이 어느 날 갑자기 자신과 사랑에 빠졌다고 생각했지요……. 하지만 그녀가 틀렸습니다. 그녀는 당신이 그녀를 로우 빌리지에서 건져낸 바로 그날부터 그녀와 결혼하기로 결심하고, 이후에 당신의 왕국을 함께 지배할 여인으로 키우기 시작했다는 사실을 몰랐습니다.

당신의 십계명 아이디어는 여러 측면에서 볼 때 당신의 지적인 삶의 절정에 달하는 영감이었습니다. 그 아이디어는 폭넓은 시야와 범위와 힘이 있었습니다. 대규모 작업이었죠. 디드릭 밴혼에게 걸맞은 일이었습니다.

그 아이디어는 모든 논리적 과정이 시작되는 곳에서 출발했습니다. 거기에는 전제가 있지요. 당신의 전제는 이중적이었습니다. 당신은 당신을 배반한 자들에게 벌을 내려야 했습니다. 그리고 그들을 벌하면서 당신은 의심을 받아서는 안 됐습니다. 좀 더 노골적으로 말하자면 처벌을 받아서는 안 됐습니다. 당신이 경험한 마음의 상처는 기본적으로 당신의 자아, 즉 과대망상증 환자의 자아가 입은 것입니다. 따라서 모욕을 당한 전지전능한 자아는 그의 권위에 대한 모욕에 맞서 응징해야 했던 것입니다. 그리고 그는 처벌을 받지 않고 복수함으로써 자신의 자아가 입은 상처를 치유해야 했습니다. 그가 보통 사람을 다스리는 법보다 상위에 있으며, 그의 힘이 법의 힘보다 위대하다는 것을 과시함으로써.

그러나 살인을 저지르고 무고한 사람에게 살인죄를 덮어씌운 후 의심을 피하는 것은 쉬운 일이 아닙니다. 만일 당신이 샐리를 직접적으로 살해했다면, 하워드가 특별히 의심을 받을 이유는 없었을 겁니다. 오히려 당신이 용의 선상에 오르겠지요. 그리고 만일 당신이 단순한 방법으로 하워드에게 누명을 씌웠다면, 겁에 질린 하워드는 샐리와의 관계를 모두 털어놓아버렸을 것이고, 그 결과 당신이 가장 강한 동기이자 거의 유일한 동기를 가진 용의자로 떠오르게 됩니다.

따라서 당신의 당면 과제는 합리적으로 계획을 세워 하워드를 유일무이한 용의자로 등장시키는 것이었습니다. 그러나 하워드가 다른 누군가를 죽일 동기를 가지고 있다면, 정황상으로 볼 때 그 누군가는 당신이지 샐리가 아닙니다. 따라서 당신은 겉으로 보기에 하워드가 당신인 줄로 착각하고 샐리를 죽인 것처럼 보이는 그런 범죄를 마련해야 했습니다. 그리고 한발 더 나아가 하워드 자신도 그것이 자신이 한 짓이라고 확신해야만 했습니다!

밴혼 씨, 당신도 보다시피 이 모든 것은 당신이 스스로를 위해 꾸민 일입니다. 복잡한 계획이 불가피하게 되었지요. 저는 당신이 이런 계획을 세우는 일을 어느 정도 즐겼을 것이라고 생각합니다. 나폴레옹의 정신력을 가진 자라면 고난을 보람으로 삼을 겁니다. 심지어는 그런 고난을 일부러 찾기도 합니다. 그리고 때로는 스스로 고난을 창조해내기도 하고요.

당신은 시간을 넉넉히 썼습니다. 당신이 샐리의 보석 상자에서 편지를 발견했다는 사실을 감추기 위해, 당신은 외부에서 침입한 도둑의 소행으로 가장하는 작업을 진행했습니다. 그러나 그 후 휴식 기간을 가지며 계획을 세웠습니다. 6월과 9월 초 사이에, 당신은 생각했고, 분석했고, 당신이 노린 희생자들에 대해 당신이 알고 있는 사실을 확고히 다졌습니다. 당신은 잠정적인 계획안을 세웠지만 실행에 옮기지는 않았습니다.

당신이 그렇게 주저한 것은 범행 계획이 복잡해질수록, 계획을 세운 사람은 더욱 위험해진다는 걸 깨달았기 때문일 겁니다. 한 가지 요소가 추가되어 계획이 복잡해지면 그에 따라 실패할 가능성, 허점, 예측할 수 없는 사건들, 즉 토머스 하디가 말한 '우연한 사건'이 증가하게 됩니다. 당신이 중요하고도 풀기 어려운 해결책을 향해 더듬거리며 나아가고 있을 때 하워드가 직접 당신에게 기회를 제공했습니다."

엘러리는 갑자기 디드릭의 눈을 바라보았다. 두 사람의 시선이 맞부딪쳤고, 두 남자는 죽음의 문턱 앞에서 멈춰 서게 되었다.

"하워드는 뉴욕에서 당신에게 전화를 걸어 저를 라이츠빌로 초대했다고 말했습니다. 하워드는 바로 집으로 돌아가고 저는 이틀 후에 뒤따라간다고요.

그 즉시 당신은 이 일이 당신에게 어떤 의미인지를 파악합니다. 당신을 무죄로 꾸며줄 수 있는 위장막, 필요로 했지만 당신의 생각만으로는 고안해낼 수 없었던 그것을 제가 제공할 수 있게 된 겁니다. 유명한 탐정이 당신의 방식대로 사건을 해결했는데 어느 누가 당신의 무죄를 의심하겠습니까? 누가 당신을 범인이라고 생각하겠습니까? 그것은 모든 것에 대한 해답이 되었습니다.

아, 물론 위험은 있었지요. 어떤 면에서는 저를 전혀 개입시키지 않는 것보다 훨씬 더 위험했습니다. 하지만 이 엘러리 퀸을 살인의 공범자로 세운다는 그 아름다운 아이디어, 그 규모와 그 스릴이 당신의 상상력을 자극했습니다. 나폴레옹이라도 무릎썼을 작전이자 고난이었죠.

저는 당신이 전혀 주저하지 않았을 거라고 감히 말합니다."

그는 말을 멈췄다. 그리고 디드릭은, 그의 거대한 눈은 흔들림이 없었다. 그는 냉정하게 말했다. "계속하시오."

"하워드는 화요일 아침에 당신에게 전화를 걸었습니다. 저는 목요일에 라이츠빌에 도착했고요. 당신에게는 이틀의 시간이 있었습니다. 그 이틀 동안, 밴혼 씨, 당신은 십계명 아이디어를 생각해냈고 저의 도착에 맞춰 모든 단계를 준비해두었습니다.

당신은 콘헤븐 탐정 사무소와 그 '조사'에 관한 이야기를 지어냈습니다. 당신은 야훼의 애너그램을 만들어냈고, 피델리티 공동묘지에서 아론과 매티 웨이의 무덤을 찾아 그들의 묘비에 E를 새로 새겨 넣었습니다. 미술관 건립 프로젝트의 모든 사업을 가동시켰습니다. ……당신은 제가 도착했던 목요일 저녁에, 미술관 건립 기금의 적자를 벌충하기로 '어제' 제안했다고 말했죠. 그 말은 미술관 일이 시작된 것이 수요일이었다는 말입니다. 하워드가 당신에게 전화를 건 바로 다음 날 말입니다! 당신은 오랫동안 다듬어온 협박 계획을 실행에 옮깁니다. 협박범이 샐리에게 처음 전화를 건 날 역시 수요일, 제가 라이츠빌에 간다고 하워드가 전화했던 바로 다음 날이었다는 사실을 상기시킬 필요가 있을까요?

모든 것은 제가 라이츠빌을 방문한다는 소식과 함께 움직이기 시작합니다.

그렇습니다, 밴혼 씨. 당신은 저에게 공범자의 역할을 넘겨주었고 저는 당신이 예상한 그대로 그 역할에 충실했습니다. 그리고 저는 당신이 저를 위해 세워놓은 계획대로 모든 일을 수행했습니다. 당신의 장단에 맞춰 줄곧 춤을 춘 겁니다. 그것은 진정으로 당신의 가장 위대한 승리였습니다, 밴혼 씨. 왜냐하면 저는 진정으로 당신의 신실한 꼭두각시였기 때문입니다."

엘러리는 잠시 멈췄다. 그는 조금 힘들게 말을 이었다.

"십계명 사건은 모두 저를 위한 것이었습니다. 제가 당신의 방식에 따라 사건을 풀게 하기 위해서, 당신은 제가 태생적으로 흥미를 느낄 만한 사건을 준비해야 했습니다. 당신은 저를 아주 잘 알고 있지요. 아, 우리는 한 번도 만난 적이 없었지만,

당신은 제가 쓴 책을 모두 읽었으며, 신문에 난 저의 이력을 모두 찾아 읽었다고 직접 말했습니다. 그때 저에게 당신이 '퀸 전문가'라고 말하셨던가요. 실제로 그렇습니다, 밴혼 씨. 정말로요. 제가 오늘까지 생각도 못 했던 방식으로.

당신은 제가 저 자신에 대해 아는 것보다 저를 더 잘 알고 있었습니다. 당신은 제가 일하는 방식을 알았습니다. 당신은 제 약점을 알았습니다. 당신은 제가 원하는 그런 사건을, 승리의 결론을 이끌어내기 위해 몸을 던져 싸울 만한 해결책을, 제가 믿을 수 있는 결론을 저에게 던져줘야 한다는 사실을 알았습니다!

당신은 제가 언제나 명백한 답보다는 은근한 답을, 단순한 것보다는 복잡한 것을, 수수한 것보다는 화려한 것을 선호한다는 사실을 알았습니다.

당신은 제가 다소 거창한 심리적 유형의 소유자라는 사실을 알았습니다, 밴혼 씨. 제가 인정하든 안 하든, 스스로가 경이로운 정신세계를 일구는 장인이라고 생각하기를 좋아한다는 사실을요. 그리고 바로 그걸 당신이 저에게 준 것입니다. 현실에서 실행할 수 있는 경이로움을. 거창한 개념을. 가파른 미로를. 눈을 멀게 할 만큼 화려한 절정을. 그리고 저는 당신을 위해 움직였습니다, 밴혼 씨. 저는 당신을 위해 이 거대한 해답을 찾아냈습니다. 그리고 다른 이들은 저의 영리함에 감동을 받아 모두 엎드려 경배했지요. …… 당신은 한 번도 의심을 받지 않았습니다.

십계명." 엘러리가 말했다. "신문에서는 뭐라고 했던가요? '엘러리 퀸 최고의 사건.'"

그리고 엘러리는 변함없이 평온하고 아무런 느낌 없는 목소리로 말을 이었다. "하지만 흥미로운 사실이 있습니다. 저를 정확하게 평가하고, 그 결과로 제가 갖고 놀 수 있도록 십계명 아이디어를 던져주면서, 당신은 당신 자신에게 있어 근본적으로 중요한 무언가를 배반했습니다, 밴혼 씨."

두 눈이 반짝이며 흥미로워하는 기색이 감돌았다.

"그동안 내내 저는 하워드가 감정적으로 겪는 어려움의 원인을 진단하면서, 하워드가 아버지의 형상에 대해 품고 있는 노이로제에 가까운 숭배를 지적했습니다. 거기에 대해서는 의심의 여지가 없으리라 생각합니다. 그러나 하워드가 십계명을 어긴 내용을 그 진단에 포함시키면서 그 원인으로 가장 위대한 아버지의 형상, 즉 신의 부성에 대한 의도적 반란으로 확대했을 때, 분명 저는 오류를 범했습니다. 왜냐하면 그 십계명의 아이디어는 하워드의 것이 아니었기 때문입니다. 그건 당신의 아이디어였죠.

밴혼 씨, 왜 당신은 그런 아이디어를 떠올리고 발전시켰던 것일까요? 어쩌다 당신은 그런 것을 생각해내게 되었을까요? 왜 십계명입니까? 저를 감동시켜 당신 뜻대로 움직이게 하기 위한 아이디어라면 수백 가지라도 생각해낼 수 있었습니다. 하지만 당신은 십계명을 선택했습니다. 왜일까요?

그 이유를 말씀드리죠, 밴혼 씨. 아마 오늘 밤 제가 당신에게 한 이야기 중에서 이 이야기만이 당신이 처음 듣는 이야기가 될 겁니다. 십계명 아이디어를 선택한 그 자체가 당신을 추적할 수 있는 무형의 단서였습니다. 하워드가 아닌 당신을요. 저에게 그걸 파악할 머리만 있었다면 말이죠.

작년에 저는 별것 아닌 으리으리한 이론을 챌런스키 검사, 데이킨 서장, 콘브랜치 박사 앞에서 자세히 늘어놓으면서, 하워드가 십계명이라는 무기를 선택한 이유를 설명하려 했습니다. 아버지의 형상을 파괴함으로써 신의 부성의 형상을 파괴하려 한 것이라고요. 그리고 그 근원은 그의 어린 시절까지 거슬러 올라간다고……. 양할머니는 종교에 빠진 광신자이며, 기타 등등. 하지만 그 내용을 자세히 파고들면 논리적으로 상당히 취약합니다. 하워드에게 적용한다면 말입니다. 밴혼 씨 당신의 말에 따르면 당신의 어머니는 실제로 당신 가족에 전혀 영향을 미치지 않았습니다. 적어도 하워드가 자라는 동안에는 말입니다. 그녀는 가족들에게 거의 모습을 보이지 않았습니다. 그녀가 밖에 나왔다고 해도 아무도 신경을 쓰지 않았습니다. 그리고 하워드는 유모와 가정교사들의 손에서 자랐습니다. 하워드를 지배한 것은 유모나 가정교사이지 당신의 어머니가 아니었습니다. 또 한 가지 분명한 사실이 있지요. 당신 어머니를 제외하면 이 집안에는 과도한 종교적 분위기가 전혀 없습니다.

그렇지만 당신은 어떻습니까? 당신의 어린 시절은요, 밴혼 씨? 당신이 감수성 예민하던 소년이었을 때 성장 환경은 어땠습니까? 당신의 아버지는 근본주의를 신봉하는 광적인 순회 전도사였습니다. 의인화된 신, 복수심이 강하고 질투하는 구약의 하느님을 설파하는 사람이었습니다. 당신의 말에 따르면 당신의 아버지는 당신과 당신의 동생을 항상 두들겨 패셨고, 당신은 죽도록 아버지를 두려워했죠. 하워드는 자기 아버지를 사랑했습니다, 밴혼 씨. 하지만 당신은 아버지를 증오했어요. 그리고 그 증오로부터 당신의 십계명 아이디어가 탄생한 것입니다……. 당신의 의식적인 자아는 몰랐지만, 당신은 아버지의 무기를 이용해 중풍으로 세상을 뜬 지 50년이 된 당신의 아버지를 죽인 것입니다."

엘러리가 서둘러 말했다. "이제 현재로 돌아와야 할 것 같습니다, 밴혼 씨. 당신은 샐리를 죽였고 그 죄를 하워드에게 덮어씌웠습니다. 그러니 하워드의 죽음도 당신 손에 의해 이루어진 것입니다. 저는 당신이 죄를 범하는 데 도움을 주었죠. 따라서 우리는 둘 다, 우리의 방식으로 죗값을 치러야 합니다.

"죗값?" 디드릭이 말했다. "둘 다?"

"우리의 방식대로요, 밴혼 씨." 엘러리가 말했다. "당신은 저를 파괴했습니다. 이해하시겠습니까? 당신이 절 파괴했다고요."

"그건 이해합니다." 디드릭 밴혼이 말했다.

"당신은 저 스스로에 대한 신뢰를 무너뜨렸어요. 어떻게 제가 앞으로 또다시 꼬마 깡통 신 노릇을 하겠습니까? 못 합니다. 감히 생각도 못 할 겁니다. 저는 사람의 목숨을 가지고 도박을 거는 짓은 못 합니다, 밴혼 씨. 그동안 저는 일종의 여가 활동처럼 누군가가 위기에 처했거나 누군가가 하던 일이 위태로워졌을 때, 누군가의 행복을 돕기 위해 사람들의 일에 관여하고 조사를 하곤 했습니다.

이제는 당신이 그런 걸 계속할 수 없게 만들었어요. 저는 끝났습니다. 저는 이제 다시는 어떠한 사건도 맡지 못할 겁니다."

그리고 엘러리는 입을 다물었다.

그러자 디드릭이 고개를 끄덕이며, 다소 유머러스한 목소리로 물었다. "그럼 나의 죗값은 뭐요, 퀸 씨?"

엘러리는 회전의자를 뒤로 밀고 장갑을 낀 손으로 밴혼의 책상 맨 위 서랍을 열었다.

10

"선생도 알겠지만……." 디드릭은 엘러리의 손을 바라보며 말했다. "사람들에게 진실을 얘기해봤자 좋을 건 없어요. 그런다고 그녀가 돌아오진 않아요, 퀸 씨. 그 아이도 그렇고.

지금 선생은 선생이 끝났다고 생각하지요. 끝난 건 나요. 나는 늙었어요. 나한테는 시간이 많지 않아요. 나는 평생에 걸쳐 쌓아왔소. 이걸……." 그는 여윈 손을 막연히 휘둘렀다. "이런 걸 말하는 게 아니오. 돈이나 쓰잘머리 없는 그런 걸 말하는 게 아니오. 내 말은 인생을 말하는 거요. 이름을. 남자가 무덤으로 갈 때 생을 낭비하지 않았다는 기분이 들도록 하는 것.

선생은 상당한 통찰력을 지닌 사람입니다. 내가 한 그 일이 나에게 성취감이나 만족감을 주지 않았다는 것을 선생도 알 거요. 잘 모르겠다고 하시면, 나에게 무슨 일이 일어났는지 지금 나를 보면 알 수 있겠죠. 리어 왕 대사 중에 뭐라더라……? '*떨어라, 아직도 심판의 채찍을 받지 않은 채 가슴속에 비밀의 죄악을 품고 있는 악한아.*'*

이미 절반 이상이 죽어버린 남자에게 이 정도 죗값이면 충분하지 않습니까, 퀸 씨?"

엘러리가 말했다. "아뇨."

* *셰익스피어 《리어 왕》의 3막 2장 중 리어 왕의 대사.*

디드릭이 재빨리 말했다. "나는 재산이 아주 많아요, 퀸 씨. 내가 뭔가를 드릴 수 있다면……."

그러나 엘러리가 말했다. "아뇨."

"미안합니다." 디드릭이 고개를 끄덕였다. "충동적으로 말한 겁니다. 우리 둘 모두에게 수준 이하의 말이었죠. 우리는 좋은 일을 많이 할 수 있어요. 선생과 내가 말이오. 자선단체 이름을 하나 대시면 내가 100만 달러짜리 수표를 쓰겠소."

엘러리가 말했다. "아뇨."

"500만."

"5천만도 안 됩니다."

디드릭은 입을 다물었다.

그러다가 다시 말했다. "선생에게 돈이 그렇게 큰 의미가 없다는 걸 압니다. 하지만 그것이 선생에게 가져다줄 힘을 생각해보면……."

"아뇨."

디드릭은 침묵에 빠졌다.

엘러리도.

그리고 서재도. 서재 안에는 시계조차 없었다.

마침내 디드릭이 말했다. "분명히 뭔가가 있을 겁니다. 누구에게든 제값이 있어요. 선생이 데이킨에게 가는 걸 막기 위해서 내가 내놓을 수 있는 게 뭔가 있겠소?"

그리고 엘러리는 말했다. "네."

휠체어가 재빨리 앞으로 굴렀다.

"뭐요?" 디드릭이 간절히 물었다. "그게 뭡니까? 얘기해봐요. 그건 선생 것이오."

장갑을 낀 엘러리의 손이 책상 서랍에서 나왔다.

밴혼이 금고를 보여주었던 그 밤, 책상 서랍에 들어 있던 총신이 짧고 공이치기가 없는 스미스앤드웨슨 38구경 권총이 엘러리의 손에서 반짝이고 있었다.

디드릭의 입가가 조금 씰룩거렸다. 하지만 그뿐이었다.

엘러리는 리볼버를 다시 서랍 안에 넣었다.

그는 서랍을 닫지 않았다.

그는 일어섰다.

"먼저 글을 남기시는 겁니다. 진짜 같은 변명을 대세요……. 깊은 슬픔이라든지, 병든 자의 고통 같은 얘기로.

저는 서재 밖에서 기다릴 겁니다. 당신이 저에게 무차별 사격을 가하거나 해서 스스로의 위신을 떨어뜨릴 거라고는 생각지 않습니다. 하지만 행여 그럴 생각이 있었다면 잊으세요. 당신이 총을 집으려 그 휠체어를 책상 쪽으로 굴리는 순간, 저는 불이 꺼진 다른 방에 있을 테니까요.

밴혼 씨. 이게 전부입니다."

디드릭이 고개를 들었다.

엘러리는 그를 바라보았다.

디드릭이 고개를 끄덕였다. 천천히.

엘러리는 손목시계를 들여다보았다. "3분을 드리겠습니다." 그러고 나서 그는 책상을, 의자를, 마룻바닥을 쳐다보았다. "안녕히."

디드릭은 대답하지 않았다.

엘러리는 재빨리 책상을 돌아서 말 없는 늙은 남자를 지나쳐 서재를 나간 뒤, 건너편 어둠 속으로 들어갔다.

그는 옆걸음질로 걸어가 기다렸다. 벽에는 기대지 않도록 주의했다. 그는 손목을 얼굴에 가까이 가져다 댔다.

몇 초 후 야광 시계의 바늘이 모습을 드러내기 시작했다.

1분이 흘렀다.

서재는 조용했다.

또다시 25초.

종이 위를 움직이는 펜 소리가 들렸다.

펜은 75초 동안 종이를 긁었다. 그러더니 소리가 멈추고, 새로운 소리가 들렸다. 희미하게 휠체어가 삐걱거리는 소리였다.

휠체어가 삐걱거리는 소리가 멈췄다.

그리고 다시 새로운 소리, 찰칵하는 소리가.

그리고 아주 빠르게, 총성이.

엘러리는 벽에서 뒤로 물러나 서재에서 흘러나오는 불빛을 멀리 돌아 어두운 곳에 자리를 잡고 섰다.

그는 서재 안을 들여다보았다.

그러고 나서 서두르지 않고 어둠에 잠겨 있는 현관 쪽으로 걸어갔다.

그가 현관문을 열자 위층에서 문이 열리는 소리가 들렸다. 곧이어 두 번째 문소리, 세 번째 문소리가 들렸다. 울퍼트? 로라? 늙은 크리스티나?

울퍼트의 가는 금속성 목소리가 집 안에 울렸다. "형님! 아래층에 계세요?"

엘러리는 소리 없이 문을 닫았다.

집 안에서 불빛이 쏟아져 나왔다.

그러나 그는 밴혼 저택의 진입로로 발걸음을 옮겨, 라이츠빌로 향하는 긴 밤의 여행을 시작했다.

역자 후기

성경의 웅장함과 그리스 비극의 섬세함을 닮은 추리소설의 영원한 고전

자타가 공인하는 엘러리 퀸의 팬이지만, 솔직히 20년 전 이 작품을 처음 읽었을 때 받았던 인상은 그리 강렬하지 않았다. 서설이 너무 길고, 기존 작품에 비해 트릭이 단순하게 느껴진 데다, 좀처럼 속 시원한 결말로 나아가지 못하는 탐정 엘러리 퀸이 답답하기까지 했다. 뿐만 아니라 등장인물 수가 적어 대충 찍어도 범인을 맞힐 확률이 높고, 범인이 밝혀진 이후에도 분량이 상당히 많이 남아 있어 마지막 반전이 숨어 있을 거라는 예측도 가능했다. 사건을 해결해나가는 탐정의 '논리'에 열광하던 추리소설 애독자로서는 도대체 왜 이 작품이 걸작이라 평가받는지, 앞서 국명 시리즈를 그토록 재미있게 잘 썼던 엘러리 퀸이 왜 고작 이런 작품을 내놓은 것인지 전혀 납득할 수가 없었다.

아마도 그때는 너무 어려서 이 작품의 진가를 몰라보았던 것이리라. 올해 초 출판사로부터 번역 의뢰를 받고 중년의 나이에 다시 읽게 된 《열흘간의 불가사의》는 천만뜻밖에도 놀라운 작품이었다. 일반적으로 탐정이 사건의 진상을 파헤치고 해결해나가는 과정이 추리소설의 주된 내용이지만, 이 작품은 단순히 사건 해결 과정만 보아서는 그 깊이를 알 수 없는 엄청난

'이야기'를 담고 있었다.

무의식 상태의 하워드가 서서히 정신을 되찾는 장면으로 시작하는 이 작품은, 전체적으로는 성경을 주요 모티프로 취하면서 동시에 한 편의 그리스 비극을 연상시키는 비장한 분위기를 일관되게 유지하고 있다. 선악과를 따 먹고 에덴동산에서 쫓겨난 아담과 이브처럼, 하워드와 샐리는 자신들을 빚어낸 창조주 디드릭을 배신한 결과로 헤어날 수 없는 나락으로 떨어진다. 그리고 치명적 약점을 안고 있는 인간들이 빚어내는 비극의 한가운데, 데우스 엑스 마키나로서의 엘러리 퀸이 있다. 엘러리는 언제나 그랬듯 명석한 두뇌와 날카로운 직관으로 사건을 추리해나간다. 그러나 그 자신도 신이 아닌 나약한 인간일 뿐이기에, 결국은 자신의 실패를 십자가처럼 짊어지고 끝 모를 절망으로 빠져들게 된다. 국명 시리즈라는 유쾌한 원더랜드를 벗어나 현실보다 더 현실 같은 라이츠빌의 세계로 넘어온 독자는 그 안에서 펼쳐지는 인간들의 드라마를 통해 '인간의 본성은 과연 무엇인가'라는 궁극적이면서도 보편적인 문제를 생각하게 된다. 그런 이유로《열흘간의 불가사의》는 언제 어느 때 읽어도 시대에 뒤처지지 않는 고전으로 남게 된 것이다. 사실 내가 번역하기에는 과분한 책이다.

지금까지 번역한 책이 많지는 않지만, 이미 국내에 소개되어 있는 작품을 번역한 것은 이번이 처음이다. 앞서 이 책을 소개한 선배 번역가들의 문장이 아직 독자의 기억에 남아 있는데 새로운 번역을 내놓는다는 것은 상당한 부담이 아닐 수 없다. 그러나 언어가 세월에 따라 변화하는 속성을 지닌 만큼, 그 시대의 살아 있는 언어로 고전을 새롭게 번역하는 것도 가치 있는 작업이라 믿는다. 또한 발달된 인터넷 기술의 도움을 받아 그전에는 찾기조차 쉽지 않았을 여러 인용구의 출처를 밝히고, 묻혀 있던 문화적 배경을 살려 더욱 풍성한 작품으로 선보일 수 있게 되었다(그 대신 각주가 많아진 점은 송구스럽다). 앞으로 한 세대가 지나면 누군가 또다시 새로운 언어로 번역해주기를, 그래서 이 작품이 시대를 뛰어넘어 오래도록 읽히는 영원한 고전으로 남아주기를 바란다.

배지은

옮긴이 배지은
서강대학교 물리학과와 동대학원을 졸업하고, 휴대전화를 만드는 엔지니어로 일했다. 그 후 이화여자대학교 통역번역대학원을 졸업하고, 장르문학과 과학기술서적을 번역하는 프리랜서 번역가로 일하고 있다. 번역한 책으로 《밤의 새가 말하다 1, 2》 《삼쌍둥이 미스터리》 《Make: 아두이노 DIY 프로젝트》 등이 있다.

Ten Days' Wonder
열흘간의 불가사의

2014년 11월 19일 초판 1쇄 인쇄
2014년 11월 27일 초판 1쇄 발행

지은이 | 엘러리 퀸
옮긴이 | 배지은
발행인 | 이원주

책임편집 | 박고운
책임마케팅 | 조용호

발행처 | (주)시공사
출판등록 | 1989년 5월 10일(제3-248호)
브랜드 | 검은숲

주소 | 서울 서초구 사임당로 82(우편번호 137-879)
전화 | 편집 (02)2046-2817 · 영업 (02)2046-2800
팩스 | 편집 (02)585-1755 · 영업 (02)588-0835
홈페이지 | www.sigongsa.com

ISBN 978-89-527-7223-7 04840
978-89-527-6337-2(set)

검은숲은 (주)시공사의 브랜드입니다.

로마 모자 미스터리 The Roman Hat Mystery

로마 극장, 가장 인기 있던 연극의 2막이 끝나갈 무렵 발견된 한 남자의 시체. 두 사촌 형제의 역사적인 첫 공동 작업.

프랑스 파우더 미스터리 The French Powder Mystery

프렌치 백화점 전시실에서 튀어나온 시체. 용의자를 모으고 소거한 후 범인을 지적하다. 미스터리 역사상 가장 멋진 결말.

네덜란드 구두 미스터리 The Dutch Shoe Mystery

네덜란드 기념 병원, 이동식 침대에서 발견된 시체. 흰색 바지와 흰색 신발 한 켤레를 바탕으로 펼쳐지는 놀라운 추리.

그리스 관 미스터리 The Greek Coffin Mystery

미술품 중개업자의 죽음, 사라진 유언장. 최강의 적과 맞닥뜨린 엘러리 퀸의 당혹. 미국 미스터리를 대표하는 걸작.

이집트 십자가 미스터리 The Egyptian Cross Mystery

T자형 십자가에 매달린 목이 잘린 시체. 희생자는 더 늘어날 수 있는 상황. 엘러리 퀸의 치열한 추적이 시작되다.

미국 총 미스터리 The American Gun Mystery
2만 명이 모인 로데오 경기장에서 발생한 죽음. 25구경 자동권총의 행방은?
두 번째 살인 사건 이후 마침내 도달한 진상은?

샴 쌍둥이 미스터리 The Siamese Twin Mystery
화재에 쫓겨 산 정상에 있는 은퇴한 의사의 집에 도착한 퀸 부자.
다음 날 발생한 기이한 살인. 피해자의 손에 쥐어진 스페이드 6 카드의 비밀은?

중국 오렌지 미스터리 The Chinese Orange Mystery
모든 것이 뒤집어진 이상한 사무실에서 뒤집어진 차림새의 시체가 발견된다.
신원을 알 수 없는 이 시체는 왜 이상한 차림으로 죽어 있는가?

스페인 곶 미스터리 The Spanish Cape Mystery
대서양을 향한 반도, 월스트리트 약탈자의 거대한 저택에서 발견된
목 졸린 시체. 그는 왜 망토로 온몸을 감싸고 있었을까?

X의 비극 The Tragedy of X

전차 안에서 서서히 쓰러지는 한 남자. 수십 개의 독바늘이 박힌 코르크 공. 은퇴한 셰익스피어 극 명배우 드루리 레인의 인상적인 첫 등장.

Y의 비극 The Tragedy of Y

미치광이 집안이라 불리는 해터가의 주인이 바다에서 시체로 발견된다. 끊임없이 이어지는 죽음의 징조들. 진실에 다가갈수록 드루리 레인은 고민 속으로 빠져든다.

Z의 비극 The Tragedy of Z

두 번의 비극으로부터 10년 후. 은퇴한 섬 경감은 딸 페이션스와 함께 사건을 조사하던 중, 상원의원의 시체와 마주하게 된다. 드루리 레인이 펼치는 아름다운 소거법과 놀라운 진실.

드루리 레인 최후의 사건 Drury Lane's Last Case

변장을 한 수수께끼의 남자, 그가 남긴 의문의 봉투, 도난당한 셰익스피어의 희귀본. 숨겨져야만 했던 역사의 진실은 과연 무엇일까? 드루리 레인 최후의 사건.